守望塔

夏永军——著

浙江工商大学出版社
ZHEJIANG GONGSHANG UNIVERSITY PRESS
·杭州·

图书在版编目(CIP)数据

守望塔 / 夏永军著. —杭州:浙江工商大学出版
社,2023.10
ISBN 978-7-5178-5555-2

Ⅰ.①守… Ⅱ.①夏… Ⅲ.①长篇小说—中国—当代
Ⅳ.①I247.5

中国国家版本馆 CIP 数据核字(2023)第128300号

守望塔

SHOUWANG TA

夏永军 著

策划编辑	祝希茜	
责任编辑	张婷婷	
责任校对	都青青	
封面设计	朱嘉怡	李酉彬
责任印制	包建辉	
出版发行	浙江工商大学出版社	

（杭州市教工路198号　邮政编码310012）

（E-mail:zjgsupress@163.com）

（网址:http://www.zjgsupress.com）

电话:0571-88904980,88831806(传真)

排　　版	杭州朝曦图文设计有限公司
印　　刷	浙江海虹彩色印务有限公司
开　　本	710 mm×1000 mm　1/16
印　　张	19.75
字　　数	273千
版 印 次	2023年10月第1版　2023年10月第1次印刷
书　　号	ISBN 978-7-5178-5555-2
定　　价	66.00元

　　那风中塔铃声像一双温暖的手,轻轻安抚着她压抑许久的心,仿佛全身也被抱进了那片安谧祥和的光晕里,被细细地抚摸着。

　　几天后，黄昏，楚扬候在广福桥北桥堍，等清芳下班过来。清芳下了桥，看见楚扬候在那，她立马刹住车，上了桥，折小路，绕了过去。

　　她慢慢睁开了眼,发觉眼前清亮起来了,天空一片蔚蓝,浮云流动,天空下是一片绿色沃野,一条条阡陌从村庄里蜿蜒而出,几个扎着羊角辫、穿着土布衣的女孩子,唱着欢快的歌谣,手拿镰刀,提着竹篮,背着草箩,正结伴从村庄里走出来。

　　她将信揉成一团,扔进了校舍后面的湖里,心里却悬得更紧了,喉咙里像燃着一团火焰,烧得她透不过气来。她强作镇定,心里却早已沸腾成了一锅粥。

　　楚扬说,你不知道你羞答答的模样有多秀美,用再美好的词来形容都感
觉拙劣,我搜肠刮肚也只想到眉黛春山,秋水剪瞳。

　　清芳望着澄净的蓝天,波涛汹涌的海面,感觉心境宽广好多,那海面上
展翅飞翔的海鸥,嬉逐着洁白的浪花,把她的思绪带得很远。

睡在少年的脸庞上

　　写这篇序时,我一直在想,这些年里,我为什么习惯于写童年和少年记忆中的文字。后来我想,我不单单是迷恋那一段年少时光,也是因为熟稔于那种叙述语调。那种略带忧伤的语调,可以让我一次又一次轻而易举且顺畅地抵达过去的情境。

　　我对写作素材的拣择,考虑的倒不是快乐或悲伤,而是过去的成长经历,造就了我审美意趣、写作向度以及思维方式上的差别,当我习惯了那种叙述语调之后,接下来就是考虑文字以什么样的方式呈现。

　　著名作家余华在《在细雨中呼喊》(下文简称《细雨》)自序中写道:"我要说明的是,这虽然不是一部自传,里面却是云集了我童年和少年时期的感受和理解,当然这样的感受和理解是以记忆的方式得到了重温。"

　　我在2021年底写完《守望塔》时,还没有看过《细雨》,当我去年看过这部听闻了很久,却一直没有机缘看的长篇小说时,我就放不下它了。这部余华完成于1991年的小说,如果我在那个时期就看到它,那我有理由说,在我后来二十几年的人生当中,我就不会对自己童年及少年时期的孤独耿耿于怀,也不会在认知上产生偏差。孤独和对孤独的恐惧使日子长得难以忍受,我时常为自己是一个孩子而感到忧伤,一直认为只要长大了,就可以摆脱孤独了。余华已经在小说中,将童年及少年时期孤独的来龙去脉完美呈现,并完成了自我救赎,让我产生共鸣。真的很钦佩他三十岁创作这第一部长篇小说时,能捕捉到如此细腻的心思,将孤独写得如此精准到位。

　　看完《细雨》后,我是如此迷恋它。对我而言,它不再仅仅是一部长篇小说,更是治愈心灵的书,书里的孤独少年孙光林仿佛就是我自己,其实不光是他和孤独那样紧密相依，书里每个出场的人物身上，都呈现着那份孤独，那份无人回应他们长夜呐喊的孤独。

每次看《细雨》时，我都想要流泪，我特别能理解孙光林的细腻和敏感，当他在孤独中重遇苏宇时，真的很想尝试让那个人理解他，但是他羞于表达，恨不得发出个脑电波，让对方能立刻理解自己。

这些年我写过不少的散文，也写过一些小说，总是惯以童年和少年的视角回到过去。当我回忆已经成为事实的过去时，我常常变得心安理得。我在过去里，找到了安全感和幸福感，并且在对过去一次次重新编排和整理时，收获了一次又一次的喜悦和满足，对过去的挑挑拣拣，比面对现在和将来，显得更加从容且游刃有余。

就像《细雨》自序中写的："因为当人们无法选择自己的未来时，就会珍惜自己选择过去的权利。回忆的动人之处就在于可以重新选择，可以将那些毫无关联的往事重新组合起来，从而获得了全新的过去，而且还可以不断地更换自己的组合，以求获得不一样的经历。""当漫漫的人生长途走向尾声的时候，财富荣耀也成身外之物，记忆却显得极为珍贵。一个偶然被唤醒的记忆，就像是小小的牡丹花一样，可以覆盖浩浩荡荡的天下事。"

我现在努力回想，当我完成这部《守望塔》时，我是不是时常枕在自己童年和少年的脸庞上？我时常在记忆深处唤醒很多熟悉的幸福感受，也唤醒了很多辛酸感受。

很感谢在此书创作与出版过程中，给予指导与帮助的嘉兴市文联、海盐县委宣传部、海盐县文联、海盐县武原街道，很感谢杭州师范大学王侃教授、海盐作家蔡东升，很感谢不厌其烦参与编审、校对、设计的老师们，深表谢意。

感谢我的家人、朋友们。

是为序！

2023 年 5 月 16 日

情节全虚构，请勿对号坐，唯有心诚真，任人评与说。

弗洛伊德:"幸福的人从不幻想,只有感到不满意的人才幻想,未能满足的愿望,是幻想产生的动力。"

目　录

许多年以后,在瑞平县城谋生的萧清芳时常回想起十九岁那一年,初次见到瀛海塔的那个遥远的下午。

在瑞平县城西慧源寺北一个叫菜油弄的弄堂里,萧清芳租下了一间十来个平方的直筒间,身边跟着九岁的女儿麦田。靠南窗摆下折叠床、书桌,门口内侧摆下煤气灶,门外窗下是煤气罐,煤气管从窗户穿入,床边铺开一张狭窄的裁剪台,一台缝纫机,用布帘与床隔开。她最后揉了揉酸胀的腰,瞅见那台旧电视机还搁在墙角,左挪右移一番,才挤出空间搁下了。

　　麦田在附近的光明小学读书,清芳为了方便早晚接送女儿,才考虑在学校附近租房。那儿是一片地势低矮的老城区,每年夏季台风光临时,出海河水倒灌漫溢,菜油弄时常一片汪洋,十天半月才排尽涝水。

　　她那时没有去房产中介挑选出租房,是想省几百元的中介费。好几日,她顶着烈日,戴着遮阳帽,手臂缠上袖套,走巷入弄寻觅租房信息,最后菜油弄一位孤寡老太接待了她,将她引入一处临河老房。走上逼仄幽暗的楼梯,推开二楼一扇木门,灰尘簌簌地从头顶飘落,一股呛人的霉味从阴暗里跑出。老太说这屋子以前她和老伴住,老伴过世后,她就住在了楼下,楼上垃圾清理一下,还是能住人的。清芳迟疑着走入房间,使劲推开尘封已久的南窗,豁然瞅见了南边几百米之外矗立在护城河边的瀛海塔,在碧澄澄的蓝天下,被夏日骄阳镀了层锃亮的古铜色。转身时,她眼睛里多了一丝晶莹的神采,然后对自己说就这儿了,阿婆,这间我租下了。

　　当年她和发小陈玉娟,从楝树湾出发,走杉树掩映下的乡间小路,骑行两个多小时后才进了县城,沿锦屏路一路往东,路过慧源寺时,猛然瞅见蓝天碧云下一座高耸入云、飞檐翘角的木塔,被深深吸引住了,她从没见过古塔,后来听工友说叫瀛海塔,有上千年历史。当时她站在玉轩桥上遥望了好久,不琢磨那玲珑的八面塔身,而是看古塔瓦当上一只只古铜色的塔铃。风一吹,传来一阵阵清脆悦耳的丁零当啷声,像水面上泛起的波纹,在空旷的天空里一圈一圈地荡漾开,听来安谧、悠远,心里瞬间笃定不少,仿佛周身被一片幻化的光晕裹抱住了,轻盈着,飘浮了起来。直到内殿传来时近时远的诵经声,像潮汐一样漫了过来,她才和玉娟离开。

她回来时,就和萧震涛神采飞扬地说起慧源寺边看到的瀛海塔,指着北边几里远青塍窑厂高耸入云的烟囱说,木塔比那烟囱还高。震涛心里开始默默搭建起一座高大的古塔,很长日子里一直幻想着它的样子。

她每周末都回乡下的家,回去的路上,又驻留玉轩桥片刻,侧耳细听那塔铃声,发觉那声音和她一样孤独。如今她紧邻瀛海塔住了下来,每天清早,一起身就能瞧见它,深夜那塔铃仍在夜风里轻吟,像极了佛堂里僧人念诵的经声,她心里头便更安稳了,一夜无梦。

南窗一直敞开着,缝纫机清脆的嗒嗒声从早响到晚,她不止一次与震涛说,她与古塔有缘,好像是古塔指引着她来到了菜油弄这里。

菜油弄像是一座被遗忘的孤岛,嵌在瑞平县城版图的边缘地带,很陈旧,陈旧得仿佛忘记了悲喜与祸福。她形单影只,与出租房为伴,在乏味的缝纫机声里,一不留神,思绪常常会跑出去很远,从陈年的河流里勾起湿漉漉的记忆碎片,时而温暖、潮湿,时而又心酸、苦涩。

第一章

宋词
谋生
发小
别离

宋　词

一纸泛黄的情书突然被钩住了,从淤积的河床里小心谨慎地撩了上来,徐徐展开,纸已脆裂,字亦斑驳。

清芳捧着脆薄的一纸书,忽而记起了十七岁那一年,收到常宁中学一个陌生男生的来信,信里夹着一张明信片,明信片反面上写着一段话,内容已模糊,只记住一句话:"多情自古伤离别,更那堪,冷落清秋节! 今宵酒醒何处? 杨柳岸,晓风残月。此去经年,应是良辰好景虚设。便纵有千种风情,更与何人说?"

她那时不知优美的词句来自北宋词人柳永的《雨霖铃·寒蝉凄切》,"多情""风情"的字眼,让她深夜里脸颊仍滚烫着,不敢相信只有言情小说里才出现的浪漫情节,居然降临到自己身上。能写出这么唯美、诗意的文字的,究竟是怎样一个人呢? 次日清晨,粉宝瞧出了女儿眼圈发黑,神情倦怠,一番追问才得知缘由,于是震涛也读到了这封匿名信。信上字迹飘逸、娟秀,吸引他的还有那句写在明信片反面的"杨柳岸,晓风残月"。他脱口而出:是情书呢。

情书? 弟——你瞎说什么。清芳一把夺过震涛手里的信,瞬间脸红到耳根。粉宝不懂什么是情书,只是刨根问底信是哪个男的写的,会让女儿失眠。清芳也一头雾水,说不清楚,只是近来课间出操时,发觉高三一男生经常朝她站立的地方偷瞟。莫不是他写来的信? 她好几次发觉时,他又警觉似的收回了目光。

几天后,清芳的心渐渐平定了下来,欣喜渐渐盖过了惊慌。高中男女生谈恋爱屡禁不止，那些长相出众、擅长打扮自己的女生，常常引起男生注目，而清芳穿着素朴，长年梳着马尾辫，箍着牛皮筋，又不爱多说话，更不愿与男生搭话，像一滴水一样消隐在一片寂静的湖里，没想到还是引起男生注意了，她心里暗暗涌起一丝欢喜。

沉寂了几天，她以为事情过去了，却收到了第二封信，这一次他大胆地约她，周四放学后在校门口北面河边的槐树下碰面，信尾署名孙楚扬。她跑去布告栏边，从密密麻麻的名字中找到了他，是高三(1)班的，他在上月全县秋季学生运动会上掷标枪得了第一名，被学校张榜表彰。

她将信揉成一团，扔进了校舍后面的湖里，心里却悬得更紧了，喉咙里像燃着一团火焰，烧得她透不过气来。她强作镇定，心里却早已沸腾成了一锅粥。周四那天，她在教室里度秒如年，终于挨到放学铃声响起，萧雅盈又来等她一起骑车回家，她说等一下要去街上买点东西，让雅盈先回家。

话一出口，她心里就反悔了，长这么大可从来没撒过谎。她暗暗质问自己究竟怎么了。教室里空荡荡的，同学们都陆续走光了，她才关上门，推着车慢慢挪出了校门，晚霞染红了半边天，将她娇小的身影也镀上了一层绮丽的金黄色。

她这时猛然瞧见前方十几米远的老槐树下，站立着一个身穿蓝白条运动衫的男生，正扶着自行车，左右张望着，细看就是那个偷瞄她的男生，他便是孙楚扬。他也看见了她，腼腆起来，朝她莞尔一笑，轻声说你好，我是高三(1)班的孙楚扬，在楼梯间经常看见你的，我们去那边走走吧。

她急忙左顾右看下，确定没人瞧见，才长吁了一口气，手心里早已沁出了汗。她紧握住车把，愣愣地跟随他，朝河北岸常宁老街踱去。

橙黄色的霞光正穿过白龙河岸老宅屋檐与错落有致的垂柳，打在平静的秋水上，如气韵之飞流，委婉而灵动。老街上人影稀稀松松，煤炉升起的白烟弥漫在石板路上，巷弄口淡淡的桂香在空气中散溢。

清芳对那次见面讳莫如深，半月后，她娘才从雅盈那知晓此事。清芳已编不出理由搪塞雅盈了，支支吾吾着道出了晚归缘由，雅盈笑着说我和孙楚扬一个班的,他学习成绩可不怎么样,就是混个高中毕业文凭,都高三了还一天到晚泡在篮球场上。高二时他曾和隔壁一个舞跳得很好的女生走得很近,他玩心很重,你可别被他带偏了。清芳心里咯噔了下,说我们就只见过一面,也没多聊什么的。

粉宝在蚕房孵化室里,用鹅毛轻轻拨弄着幼蚕,对站立一旁的清芳说,怪不得你回家越来越晚,放学后怎么好和男生约会,让熟人瞧见多不好。你晓得他家里的情况吗?听雅盈说他学习上可不怎么上心,没几个月就要毕业了,还在攻野心。

清芳支吾着说也只和他见过一面,他是南蔡村人,他爸在供销社上班,他妈也是农民。

粉宝放下鹅毛,将切碎的桑叶撒在幼蚕上,继续说女儿呀,我和你爸供你们两个读书不容易,队里好些女孩子初中毕业都直接进厂了,你高中三年读下来总归要读出个名堂,别因早恋耽误了读书。

清芳紧咬住了嘴唇,眼泪扑簌簌地滑出了眼眶,继而说,妈,我晓得了,你放心吧,我不会再和他见面了。

接下去几天,放学时,清芳仍和雅盈结伴,准时回家。期中考试后,雅盈住了校,集中精力复习,迎接来年夏天的高考。

震涛那时在常宁中学读初一,对校门口北边那幢米黄色的高中实验楼充满好奇,从实验楼走出来的女生们大多身材修长,打扮入时,去操场做广播操的路上,或去食堂打饭时,走路都不徐不疾、娉娉婷婷的,轻盈得像舞蹈演员在走台步。夏天时,实验楼里的女生争奇斗艳地穿上粉粉绿绿的裙子,像一朵朵盛开的牡丹、芍药,竞相开放在校园里,时而又将头发烫成很流行的波浪,走路越发顾盼生姿了。那边的男生们则更胆大、奔放,荷尔蒙爆棚的年纪,凸着喉结,时常扯开喉咙,在楼道里大声咆哮着时下流行的歌曲:"我是一匹来自北方的狼,走在无垠的旷野中,凄厉的北风吹过,漫漫的黄沙掠过……"

有一天放学,震涛出完黑板报,天已擦黑,在回家的路上,隐约瞧见前方有一男一女并排骑车,驶近才知是清芳,她正和边上的青年有说有笑的,他叫了声姐。

清芳猛然一惊,回头瞧见是震涛,脸唰地红了,刹住了车。那个身穿海魂衫的男青年朝震涛瞧了瞧,对清芳说是你弟吧?

清芳羞涩地轻轻点了点头。

楚扬也不好意思了,顷刻又恢复原样,朝震涛微微一笑,然后和清芳轻声说他先走了,脚一蹬,朝前方驶去。震涛看清他脚上穿着双雪白的回力鞋,他的身影矫健而有力,很快消失在浓重的暮色里。

震涛问清芳,他就是那个写情书的男生?

清芳嗯了一声,接着说回去别告诉爸妈。

震涛看她局促不安,笑着说,放心吧姐,我会守口如瓶的。

往后,震涛没有再在半路上碰到过楚扬,只是在去学校食堂的路上,时常看到他和同学有说有笑地耍闹着,还在篮球场上挥汗如雨,奋力争抢篮板。楚扬有时看到震涛时,脸上也没啥异样神情,兴许他压根就没记住震涛。

有一次,清芳搁在书桌上的书包里,滑落出几张试卷,试卷角上有几个猩红的数字,59、63、43、51,边上还打着几个硕大的问号。

震涛扯出试卷,上面打叉的多,打钩的少,书包底层还压着一叠试卷,卷上分数75、81、83、79。

清芳每晚作业都做到很晚,时常哈欠连天,伸下腰又继续写。震涛问,姐,高中课程是不是很难? 看你做得那么辛苦,数学题好久都没解出来。

清芳说高中比初中难多了,英语、语文还能蒙几下,但数学、物理、化学真是一头雾水,高一都这么难,高二、高三更难想象了。

清芳的床边新贴了一张簇新的电影海报,是《大红灯笼高高挂》,上年学校包场看过。海报上饰演颂莲的青年演员巩俐端坐于床榻,身穿红红绿绿的斜襟丝绸花袄,挽着发髻,双手娴雅地叠放胸前,静默地凝视前方,眼神深邃、迷离,身后昏暗光影里挂满一排红彤彤的大红灯笼。

震涛惊奇地问清芳哪儿弄来的电影海报? 清芳掩嘴轻声说是他想办法

弄来的。说完她浅笑着,露出两个浅浅的小酒窝,震涛看了看她,又看了看海报上的颂莲,发觉两人竟有点相似。

你也发觉姐长得有点像巩俐? 清芳扑哧一笑。震涛说是啊,去年看电影时,我没发觉,但现在瞅着好相像,那脸庞、鼻子、小酒窝,还有似笑非笑的神采。

清芳压低声音说,他也说我长得很像巩俐,当初在学校里无意撞见我时,他就立马联想到了《大红灯笼高高挂》里那个四太太颂莲,虽然气质有殊,但模样很相近,于是他开始关注我,还特意去录像室看了好几遍电影,从颂莲的正面、侧面、背面、谈吐、坐姿、步态,与我比较,他这个想法秘而不宣,直至有一天,下定决心给我写信。

我姐也快成大明星喽,震涛这时嚷嚷开了。

清芳捂紧他的嘴说别瞎嚷嚷,让爸妈听到又要责怪了,世上人千千万,长得相像也很正常,我只是凑巧和巩俐有点相似罢了。

巩俐——巩俐——

实验楼里,好多男生在楼道里看到清芳时这样叫唤她,清芳羞涩地低头跑过,男生们叫得更起劲了,楼道里喧嚷成一片,好多人驻足盯住清芳看,她惊吓得不敢出教室,伏在课桌上,难堪极了。

她质问楚扬,是不是想看我出洋相,每个人都像看小丑似的打量我,让我难堪,真想找个地缝钻进去躲着。

楚扬看清芳一脸委屈,连忙宽慰着,说我有一次和同桌聊起看过的电影,聊着聊着就聊到了《大红灯笼高高挂》,提到了巩俐,而后就……其实被叫成巩俐有啥不好,说明你长得秀气、端庄。巩俐现在可是国内炙手可热的大明星,别的女生想像她也不成呢。

深秋悄无声息地过去了,当第一场大雪覆盖校园时,上学期很快步入尾声。

震涛很少再听到清芳和他的事,她的书包越来越重,作业也越做越多,很晚很晚了,平房西间的灯仍亮着。半夜粉宝起身,发觉女儿趴在书桌上睡过去了,才催促她上床睡觉。

春暖花开。下学期开始了,教学楼拉出了两条红底白字横幅,一条是"离中考剩下160天",另一条是"离高考剩下180天",然后每天横幅上的数字变换着,学校里的气氛陡然变得严肃又凝重。

这个时候震涛发觉高中部那幢实验楼安静了不少,少了上学期的喧嚣与躁动。整个校园也静谧得像条缓缓流淌的河。

一个春光明媚的下午,震涛上体育课时,看见高三几个班在行政楼前拍毕业照,老师们照例坐在最前一排,女生第二排,男生后面两排。

震涛看见了孙楚扬,他站在第三排最左边,梳着中分头,小麦色的脸,戴着黑框眼镜,嘴唇边蓄着短须。

晚上,震涛和清芳说今天我看到孙楚扬了,他们正在拍毕业照。清芳说是啊,没几个月就要毕业了,以后你也会在那儿拍毕业照。

他会考上大学,去外地上学吗?震涛追问道。

清芳说我也这样问过楚扬,他说像他那点烂成绩,能撑到高中毕业已谢天谢地,要不是遇见我,早辍学了。父母已给他买了蓝色户口,他不会离开常宁镇的。

什么是蓝色户口?一直听大人说蓝色户口很吃香,争抢着买。为什么不叫红色户口呢?震涛疑惑不解。

清芳说乡下人买了蓝色户口,就能摇身一变成城里人,但这种户口不是一般人家能买得起的。他哥跟了他爸迁上了户口,他爸一碗水端平,又花钱给小儿子买了蓝色户口,以后每月都有粮票,毕业后还能在公家单位上班。

他家有钱真好。震涛说,蓝色户口,我们家啥时也能买回来一个呢?就不用再做农民,年年干双抢重活了。

清芳说,好了,小弟别说这个了,让爸妈听到,会怪怨的。说完,她眼神里浮起一层淡淡的忧伤。

一天清早,粉宝在镇上菜场边,碰到清芳的班主任杜老师,他正在买菜。

粉宝见机称了几斤苹果塞给他,忙打探起清芳的学习。

杜老师说高中有别于初中,课程多又难,男生在智力、体力上较女生有优势,学习相对要轻松些,清芳初中基础不扎实,高中学起来就很吃力,越往后越吃力,像她这样的女生在班里很普遍。

那她三年后能毕业吗? 能拿到高中文凭吗?

杜老师说毕业是不成问题的,只是开学至今,班里已经有好几个女生辍学了,高二课程更难,辍学的人会更多,能熬过高三上学期,就能挺过去。作为老师,对辍学的学生既气愤也无奈,她们心思老早不在课堂上,跑到校外去了,对其他同学也造成一定影响,动摇他人的意志,易使之生起厌学情绪。

我不想读书了,太吃力了,清芳有一晚对爸妈说,我也想好好听课,但课堂上总是听得一头雾水,考试老是考不及格,感觉没信心,撑不下去了。我不是读书的料,还是省下学费给弟吧。我进厂挣钱去,把家里的楼房先造了。

你不会后悔吗? 难得过问子女学习的萧建根对女儿说,辍学可是大事,一旦离开学校,以后嫌干活累,想再回学校就难了。

粉宝也说你不用担心家里,楼房没造不要紧,现在高中文凭比初中文凭吃香,容易找到好工作,进了厂,也挑得到好工种。

清芳说我撑不足三年的,宁可进厂干活,也不想再进教室,受那份罪。我自己做的决定,以后再苦再累,也不会抱怨的。

清芳把自己的想法告诉了楚扬。楚扬说你父母的顾虑也是对的,你别学班里其他女生,动不动就辍学,也别担心将来没法毕业,一个班里,其实极少数人在认真读书,其他的都是混个文凭。是不是我影响了你学习?

清芳说与你无关,我初中毕业后原本就不想上高中,我爸以前腰受过重伤,干不了重活,家里条件很艰苦,我想早点挣钱,撑起家。后来是雅盈说服了我,让我眼光放长远一点,只有取得一个好学历,以后才有个好前程。她比我吃得起苦,是能考上大学走出农村的。

楚扬看清芳一脸忧伤,开起了玩笑,说我高中还没毕业,倒是你想先毕业,步入社会了,你打算去镇上哪个厂上班? 要不要我帮你打听下? 我姨父是镇供销社主任,不晓得供销社下面的门店招不招人。

清芳说你的好意我心领了,我听说只有城镇户口的才能进供销社上班,我是进不去的。窑厂、水泥厂的重活干不了,只能进服装厂、缫丝厂了。

黄昏,清芳将书包里的书全倒在了西房的地上,挑出几本抒平。她坐在一堆乱纸里,突然黯然神伤起来,眼泪瞬间蓄满了眼眶,对震涛说几本辅导书给你留着,以后你用得着,其他都当废纸卖了吧。

粉宝走入西房,看见女儿坐在一堆书本上,没有开灯,说你铁了心想上班,妈也劝不了你了。今晚曼娟从县城回来,你去找她聊聊,看县城有啥好工作。

清芳披了件衣服,出了门。她沿着机耕路,去了浜南岸陈曼娟家。她正在吃晚饭。

曼娟说,清芳,多月不见,你瘦了好多,读高中很辛苦吧?

清芳笑着说,还是你潇洒啊,在县城快三年了,快成城里人了。

曼娟说,我是脑子笨,考不上高中。不像你和雅盈,是读书的料。我有什么办法,手也笨拙,吃不了苦,只有嘴皮子利索点,只能站着吆喝吆喝卖点服装了。

清芳说,你表姐服装店生意很好吧? 不瞒你说,我高中不想读了,也想挣钱了,就是不晓得去做点啥,纠结着。

曼娟说,小商品市场几百个摊位,有的店主挣大钱,有的店主只能喝西北风,要看各自的经营头脑。我表姐在市场里做了好些年了,根基已深,赚的钱自然多了。要不,你也去市场干,好些店铺招人的。我让我表姐帮你张罗张罗。

清芳说,我不像你能说会道,我见生人就紧张,吆喝不来的,还是老老实实进厂上班好。

谋　生

　　清芳权衡再三,去了镇上的缫丝厂,她听说缫丝厂站得多,而服装厂成天到晚要坐着。几年前溜冰时,震涛快要摔倒了,拉扯了她一把,她重重摔倒在地,摔坏了腰,久坐不得,还有她从小就看娘养蚕,一直很好奇那些比发丝还细、在暗夜里都晶莹透亮的莹润丝线究竟如何从蚕茧上一根根被抽离出来的。

　　那天清早,清芳与震涛又结伴出了门,在镇上富兴路十字路口,清芳说她要往南了,常宁缫丝厂在广福桥南桥堍。

　　粉宝拎着满满一篮土鸡蛋,往浜南岸冯福观家走去,他媳妇翠娥也在缫丝厂上班,在缫丝厂干了二十几年,粉宝想让清芳跟她学手艺。

　　清芳被安排在剥茧车间,她站在剥茧机前,将茧子外面的一层茧衣剥去。外层茧衣纤维细而脆弱,丝缕杂乱无章,不能用于缫丝,剥去茧衣后茧子才拿去锅炉房煮。

　　缫丝厂有一套完整的生产线,混茧、剥茧、选茧、煮茧、缫丝、复摇、整理、检验,一个成熟的缫丝挡车工,都要经历这一套完整生产线的历练。

　　车间阴暗、潮湿。清芳闻着生产车间弥漫着的蚕茧腐臭味直反胃,在剥茧机前没站多久,就跑进女厕所干呕着。一个中年女工说吐吧,吐吧,吐出来就好了,我当年也是把黄疸水都吐出来了,几天吃不下饭,看着蚕茧就反胃,半月后就慢慢习惯了,你要常想蚕茧是锅里的红烧肉,气味是肉香,就好受多了。

清芳扑哧一笑，想自己也不能太娇贵了，是来挣钱的，车间哪能像教室里那么干净、整洁呢。

清芳很快知道工资待遇是和工种挂钩的，相对而言，煮茧和缫丝车间工资高，但工作强度大，工作环境也艰苦。比方煮茧车间，常年气温高，大冬天里，其他车间女工还穿着厚实的衣服，煮茧车间女工都热得换上薄衫，她们站在蒸气弥漫、热浪逼人的车间里，将蚕茧泡在热水里，干茧茧层上的茧丝之间胶着力较大，缫丝时丝条的抽取速度较快，张力较大，极易断丝。清芳终于明白，只有通过煮茧，才能适当地膨润和溶解丝胶，增强茧丝的强力，保证茧丝能连续不断地离解。

一天的劳作结束了，清芳灰头土脸的，像换了个人，衣服上汗迹斑斑，弥漫着汗臭和茧蛹杂糅的气味。她在厂里简单洗了下，换了身衣服，出了厂门。

孙楚扬为参加县里运动会，抓紧训练掷标枪，连着几天，清芳没遇见他了。她在富兴路十字路口，停了下来，而后往西骑去。

她在路上漫不经心地骑着，这条路她太熟悉了，去镇上读书四年，每天往返在这条路上，以前身处学校，没什么感觉，现在突然离开了学校，两只脚踏上了社会，感觉那段单纯又美好的岁月已渐渐远去了。她对未来生活茫无头绪，孙楚扬的陪伴，某种程度上让她减轻了不少焦灼和不安。

正这么想着，她猛然瞧见了街边的供销社日用百货商店，她透过橱窗，看见身着灰蓝工作服的冯群英正拿着抹布，擦拭柜台。她停妥自行车，跨入了商店。

冯群英只顾着擦拭柜台，没注意清芳迈入了商店。直到清芳扑哧一笑，她才转过身来，瞅见了清芳，笑着说，丫头，是你呀，你啥时候进来的？

清芳说，群英姐，我刚进来的，看你忙活着，我就没喊你了。

群英放下抹布说，你瞧，都到打烊点了，打扫好卫生，就下班了。你要买啥？姐帮你拿。

清芳说，雪花膏快抹完了，你给我拿瓶雅霜吧，还有牙膏啥的，那个中华牌的。

群英说，听我翠娥嫂子说，你进她们的缫丝厂了，干了几天，感觉怎么样？

清芳说，我现在剥茧车间，从基础做起。车间里气味太难闻了，老有股腐烂气息，我真佩服你翠娥嫂子，在丝厂里坚持这么多年，现在是质检员了。

群英说，我堂嫂是厉害，学什么都很上心，做啥事都很细心、耐心。我常称呼她为三心嫂子。

清芳说，你也和你嫂子一样啊，能进供销社，在百货商店上班，工作轻松又干净，好让人羡慕。

群英说，有什么好，我们这种活又没有技术含量，没啥意思的。还是你好，趁年轻，多学点技术，以后到哪都可以干。等会儿，你留下来吃晚饭吧，我让世杰去买几个菜，等会一起吃。

清芳连忙说，姐，我还要去书摊上借几本书，饭就不吃了。说完，她起身欲走。

群英立马把她按回凳子，说你就好好坐着，还早着呢，吃完饭，也不耽误借书的，跟我还瞎客气什么。说完，她起身，跨出了商店，去了斜对面的风华照相馆，很快又回来了。

清芳笑着说，姐，你在百货商店上班，你男朋友开照相馆，你们隔着路对开着，真像夫妻一条街呐。

清芳很快见到了群英的那个男友，他戴着眼镜，瘦高白净，梳着中分头，斯斯文文的样子。她心想，群英好有福气，男朋友开照相馆，是个技术活，挣钱多又稳定。

吃完晚饭，她起身时，群英突然从包里拿出一块女式手表，戴在了清芳的手腕上，说，你上班了，该有块手表了，方便上下班看时间的。

清芳看了看手表，是梅花牌的，连忙支吾着说，姐，太贵重了，我不能要。我才上班，还没挣钱，等过了这个月，发了工资，再寻思着买块手表的。

群英说，这块表，姐送你的，一直想晚上去你家给你，祝贺你踏上社会，从此自食其力。

几天后，清芳下班时，车驶过广福桥，她看见孙楚扬站在北桥堍等她，那天他穿着海魂衫、浅色裤子,依然精神得很。

一周工作下来怎么样? 还吃得消丝厂的古怪气味吗? 勤劳优秀的缫丝女工。楚扬倚靠在自行车的车把上,对清芳呵呵笑着。

你在笑话我吗? 清芳故作愠怒,说不理你了。

楚扬说,好了,别生气了,跟你开玩笑的,缫丝厂里女工多,活不重,但都是细活,缫丝更费眼力,不过你心灵手巧,以后肯定会干出色的,到年底拿个先进工作者啥的。

清芳听他这么一说,笑逐颜开了。

她已不再是学生了,不再像几个月前,需要谨小慎微,怕上街碰到熟人。她将自行车寄放在街边修理铺,坐在楚扬的自行车后座上,往白龙桥河南岸电影院驶去。

电影院海报栏里张贴着成龙、张曼玉主演的《双龙会》。

是香港电影哎。清芳惊喜。

楚扬说香港电影比国产电影看得过瘾多了,成龙的武打动作干脆利落,难度又高,很像功夫巨星李小龙,他的电影我全看过,今天你就陪我看喽,改天我陪你看言情片作为补偿好了,呵呵。

清芳假装生气,说你好坏,骗我过来,看的是动作片,打打杀杀,好暴力、血腥啊。其实她心里明白,自己其实并不讨厌看那种动作片的。

看电影还早,他们在街边的馄饨摊点了两碗馄饨,还照例在老街上走了走。

你打算毕业后做什么呢? 清芳站在夕阳映照下的白龙桥上,这样问楚扬,看你整天无忧无虑、游手好闲的,你爸妈平日里肯定不怎么管你。都快高考了,别人都在紧张复习迎考,你还那么空闲,有时间训练,执意参加全县运动会。

楚扬长望了一眼白龙河,挽起袖子,从地上捡起一块石头,掷了出去,石头轻点水面,轻盈跳跃着,点了十几下,跳到了河对岸,被火红色晚霞洇染得五光十色的河面,瞬间模糊了起来,像裂成了块块碎锦,斑驳成一片。

好球——楚扬喝着彩。他转身对清芳说,我才不想继续读书,我和书本有仇,结了八辈子的深仇。我爸已经托人帮我在镇上找活了,我有蓝色户口,应该能进国营、集体单位吧,像粮站、茧站、化肥站、供销社、书店、药店。我吃不了苦,只要日晒不着雨淋不到,就行。

那也挺好,比进厂强。清芳羡慕地盯着楚扬,你手握城镇户口,已强过很多人了。

楚扬毕业前夕,清芳已拿到好几个月工资,可以自豪地请楚扬看电影、吃馄饨了。

她拿到第一个月工资,回到家时,感觉自己瞬间高大了,头都要顶到房梁了,一脸的神采飞扬。粉宝一数,有七十八元,脸上堆满了笑,额角的皱纹都集聚到了一块儿。

粉宝说女儿,钱你自己存着,该花的要花,别太省,去买几身新衣服、新鞋子,收拾得齐齐整整的,别让厂里的女工们笑话。

清芳还是将大部分钱交给了粉宝,自己留出几张。

弟,这是给你的零花钱,清芳将十元钱塞给了震涛,说你早上走得急,常顾不上吃早饭,就去镇上买肉包子吃,在学校里渴,就去小卖部买冰镇汽水、冰棒。想上新华书店买学习资料,姐再给你。

周末放一天假,清芳和震涛说,缫丝厂有几个女工邀我进县城玩,听说那儿有瑞平商厦、小商品市场、宜园、锦绣乐园,我长这么大,还从未进过县城,弟,你跟姐一块去吧。

他们坐上了前往县城的公交车,进了县城,望着安平桥边一排高耸的大楼,感觉到了大城市似的,街上车水马龙,行人穿得都很光鲜、时髦,不像乡下人穿得土里土气的。

清芳怕迷路,紧攥着震涛,步步紧跟那几个女工,一起去了锦和西路的小商品市场。女工们钻入女装店,就出不来了,试了一件又一件,又鼓动清芳试穿,清芳发觉裙子不是颜色太花哨了,就是肉露太多了。

女工们揶揄她,说清芳,你身上这件裙子,连同家里的,老早该扔了,人长得再漂亮,也是要靠衣服衬托的,俗话说得好,人靠衣装,佛靠金装嘛。

清芳最后在曼娟表姐的服装店里挑了件包住全身只露出小腿的淡绿色长裙,还买了一件的确良碎花衬衫、两条长裤。

两手拎了满满当当好几袋,清芳心里也填得满满当当的,兴奋得高昂起了头,感觉路上的行人都在盯着她看。

她们沿着锦和东路,又去了瑞平商厦。五层的瑞平商厦位于车水马龙的县城中心。在二层的鞋帽区,清芳看中了一双回力鞋,说弟试试。震涛兴奋异常,心心念念好久的回力鞋,终于能穿在脚上了。

你看你姐对你多好,挣的第一个月的工资就给你买鞋了。一个年长的女工说,你将来挣钱了,也要记得给你姐买新衣服噢。

震涛羞怯着,没吭声。出瑞平商厦时,脚上已换上了雪白的回力鞋,穿上期盼了很久的球鞋,他感觉脚下生风,步子迈得格外轻快,像哪吒踩上了风火轮。

吃罢午饭,女工们逛了半天,身疲力竭,想找个地方休息休息。河北岸就是锦绣乐园和宜园,震涛读小学时,曾去过锦绣乐园,玩过滑梯,在一个有金鱼造型的喷泉水池边驻足很久。

她们几个进了宜园,园内古木参天,藤蔓缠绕,长廊幽静,庭院深深,簇簇丛丛的芭蕉绿了湖边水榭的窗纱,浓荫里响起了稠密的蝉声。那曲水廊桥、假山石径正怀抱着一汪明晃晃的小湖,湖边绿槐高柳,那些高高低低、错落有致、名目繁多的绿树将园内掩映得绿意盎然,仿佛城内所有的树都聚拢到这里了。一行人刚才还被骄阳炙烤得直冒汗,来到绿荫下顿觉凉风习习。

震涛惊呆了,他从没见过这般精致、漂亮的园林,想不到县城里居然藏有这么秀丽的花园,乡下那些小伙伴定然没来过,估计也从未知晓。

突然起风了,手臂凉冰冰的,头顶绿荫里滴下水滴,噢,下阵雨了,游人纷纷躲到湖边凉亭里,隐隐有雷鸣声传来,湖面上细雨蒙蒙,淅淅沥沥如针线,落在荷叶上,荡起碎碎的清脆。

震涛脱下了回力鞋,怕被雨淋湿了,重新套上风凉鞋,跑入雨中,仰面朝天,让轻细的雨丝落在脸上,微微觉着痒,更觉欢喜,脚踩进水里,凉凉的,仿佛一脚又踩回了夏天。伸手驱赶湖边荷叶上停着的蜻蜓,那精灵正在饮荷叶上凝结的水珠。

清芳在不远处凉亭里,隔着细雨,凝望着震涛,微微浅笑着,仿佛在回味着他俩童年时雨中嬉戏追逐的情景。

急雨初歇,园内更清爽了,一口气爬上假山顶,更觉惠风和畅,清芳不住地在身后叫震涛留心脚下的窄小石径。

湖畔水榭边,换上了淡绿色新长裙的她,倚靠在苔藓覆盖的藤萝上,浅浅地笑着,拍了照,还坐在石桥上,让震涛站在她身后,又拍了张照。留下了地址,宜园照相馆几天后就会寄来照片。

回来的路上,清芳坐在车里,突然闷声不响,微闭着眼,一脸的倦怠。听着那些游兴未减的女工在车厢里仍叽叽喳喳高声阔论,震涛有些纳闷,上车前清芳还笑逐颜开着。

从木家桥下车后,暮霭沉沉,俩人沿河边蚕桑地里的泥路走回家,桑地里仍热气逼人。清芳走在前面,仍默不作声着。逛了一天,震涛饥渴难耐,很是疲乏,也噤声不语着。

清芳突然说,小弟,以后在外人面前,不要太拘谨,别人和你说话,别一声不吭,不敢瞧人家,像没见过世面似的,会让人瞧不起的。

是那几个多嘴的女工在笑话我吗?震涛有点恼怒,姐,我让你丢脸了,是不是?我就是这样,不想在外人面前多说话,何况那几个女工,叽叽喳喳的,讨厌得很。外人一挤兑,你就不舒服了。那我以后不随你出来玩了。

清芳站定在泥路中央,袋子从手心里滑落,眼泪涌出了眼眶,紧接着说是姐太小心眼。我不该太敏感,见外人挤眉弄眼地嬉笑,就浑身不自在。弟,你别往心里去。

震涛这时心想,怎么能怨姐呢?事实上女人扎堆的地方,他向来拘谨。前两年,清芳还在上初中时,他读小学,她时常邀好些女同学来家里玩,她们蜂拥着前脚刚迈入家门,他就从后门快步跑出,躲入隔壁伙伴家里,听着那些女生在房间里聒噪,说笑声一浪一浪传过来。

好久,清芳站在屋檐下,朝他喊回家吃饭了。他躲不过,只得红着脸回家,闷声坐在厨房的八仙桌旁吃饭,那几个女生从房里齐刷刷探出头来瞧他,突然哄堂大笑起来,止也止不住,那放浪形骸的笑声能掀翻房顶。他头压得更低了。

往后,清芳没再让那些女同学往家里来。

清芳比震涛大两岁,在震涛看来,姐姐在许多方面似乎显得比自己成熟好多。姐姐长得眉清目秀,皮肤白皙,眸子又大又亮,忽闪忽闪,人见人爱,两条粗黑的大辫子油亮油亮的,颀长苗条的身段比自己高出好多。

震涛没有哥哥,这是他从小就感觉最遗憾的一件事了。有时候他缠着他娘问,为什么不给我生一个哥哥呢?他娘拍了拍他的头说,你不是有一个姐姐吗?为什么要哥哥呢?震涛说,有了哥哥就没人敢欺负我呀。

震涛这样说,自有他的道理,他读小学时,有哥哥的同学总在学校里耀武扬威,一副不可一世的样子。他都尽可能躲着他们。平时父母都要下地干活,父亲还要做裁缝出门工,上学、放学或者下地割猪草时,震涛都是由姐姐带着,震涛跟着姐姐总觉得有些别扭。姐姐和队里的一些发小出去打猪草时,震涛也跟着,后来就感觉越来越别扭了。发小们说清芳,出来打猪草,为什么还跟着个小尾巴。后来,清芳顾及震涛,就没和发小们一起出去了,只和震涛两个人出去打猪草。

上学时,震涛也发现,其他男同学都是一群人结伴而行,只有他,跟在姐姐后头屁颠屁颠的,男孩子从他边上跑过时,会回过头来朝他们看一眼,然后冲震涛挤挤眼,一脸的坏笑。震涛很清楚他们是在对他表示轻蔑,这让他羞得满脸通红。

后来,震涛上学、放学就坚决不跟着姐姐了,有时候,难免会遭受比他年长的男生们的欺凌。上学路上,邻村野蛮的男孩子拦在路中央,不让他经过,他只得绕远了路,憋着一口气跑去学校,放学前,心里就开始惴惴不安起来。放学时间到了,他出门了,越靠近那个村子,心里就越堵得慌,手心里冒出了汗。他回头时，猛然瞧见姐姐远远地跟在他身后，原来姐姐还是不放心他，在身后保护着他，他看见姐姐的手里攥着一块泥块，以防不测。

震涛很长时间里，很羡慕楝树湾里那些有哥哥的小伙伴，特别是和他年龄相仿的陈玉娟，她就有一个身强力壮的哥哥陈雪军，在学校里，数他力气最大，比他年龄大的男生都没敢招惹他。兴义小学开运动会时，拿奖最多的也是他，他简直成了学校里的体育明星。陈玉娟在操场上大喊大叫着，为她哥哥呐喊助威，逢人便骄傲地说，那是我哥哥。这时候，震涛瞅着心里很不是滋味，又是羡慕又是妒忌，那要是自己哥哥该有多好。陈玉娟性格极其活泼，体育成绩也像她哥一样好，震涛心想，她大概也是受哥哥影响吧，在她的整个年少时期，一直有哥哥的保护，从未受欺负，她自然成长得阳光、开朗了。

很多年以后，震涛和清芳说起小时候老是受欺负的事，清芳说乡下男孩子就是顽劣，父母又不怎么管束。她上学、放学时，也没少受过男生们欺负，从兴义小学毕业，要转去偏远的长水中学读初中时，她心里也怵得慌，那边的男孩子更野蛮霸道，时常欺负她，起难听的绰号，把她的自行车气门芯拔掉好多次。她放学时，发现自行车轮胎瘪了，没办法，只得推着自行车，走一个多小时的路赶回家，回到家时，天已经黑了。课间，男生趁她不注意，往她书包里塞泥块，使尽了各种各样的恶作剧，一年时间里，她苦不堪言，惶恐异常，极不情愿去上学，也根本没有心思把书读进去。长水中学的同学大多成绩不好，进校本来就是混日子，成绩好的早考入镇上的中学了。她硬要父母托关系把她转到镇上的中学读书，否则她坚决不肯再去长水中学了。

新学期时，她如愿转到常宁中学，重读初一，才结束那场一年多的梦魇。

那时，震涛心想，姐姐在那些日子里该有多无助，要是上头也有个大哥，就不会有这么多磨难了。

发　小

清芳穿上淡绿色的新裙,出现在楚扬面前时,他两眼都看直了,说你穿上新衣裳,更好看了,清纯脱俗,端庄雅致,把实验楼那帮搔首弄姿的女生全比下去了。

那和巩俐比呢?那个鼎鼎大名的女明星。清芳侧着脸,笑嘻嘻地问着,不住地抖动着纤细的睫毛。

你比她年轻,比她更清纯。楚扬认真地说,说得郑重其事,你笑起来比她更甜,更耐看。

清芳听得内心像闯进了无数的小鹿,鲜活乱跳,又满足又欢喜,仿佛捡了个大元宝似的。

黄昏,清芳正吃着晚饭,队里的火荣叔过来串门。他是兴义村村支书,他对清芳说,村里的小学缺个教二年级、三年级的语文代课老师,之前的语文老师调走了,这个学期一直让教四年级的陈关良老师兼带着,陈老师年底也要退休了,你有初中文凭,要不明天去村小学,上堂课试试?行的话就留下,不行也没啥。

清芳说,火荣叔,我前鼻音、后鼻音都搞不清,我去任语文老师,不是出洋相嘛!再说我刚在镇上丝厂上班没几月,辞职不干,不妥当的。

萧火荣说,你初中毕业,教低年段的语文,那是绰绰有余。你想你读小学时,从一年级教到五年级的那些个老师,也是半路出家的。我看你行,你也不用急着回绝,明天去学校上节课试试看。我是念在咱都是栋树湾人,想把这个机会留给咱萧家人。

粉宝说,清芳,听火荣叔的没错,你明天就去试试看,待会儿上翠娥家,让她替你请个假。虽说是代课老师,代着代着,往后说不定能转正呢,一转正就是城镇户口了。

萧火荣说,是啊,还是粉宝嫂子眼光看得长远,现在老师这么紧缺,只要教下去,保不准哪年就能转正成公办教师了,待遇只会越来越好。

清芳心想,若将来真有机会转成公办教师,有了城镇户口,岂不是和楚扬一样了。自己一直感觉配不上人家,要是成了公办教师,那和他往后的事不就顺理成章了。

第二天,清芳走进了曾经读了五年小学的兴义小学,陈关良也曾教过她两年语文,和她说,等会儿就上《小虫和大船》这篇课文,这是我准备的教案,你先看一下,找找感觉。

清芳对这篇课文记忆犹新,当初她上三年级时,对此文最后一句"小小的蛀虫竟毁了一艘大船"记忆特别深。

清芳摊开了教案,字迹整齐划一,主要内容、中心思想、生字、词语、造句罗列清晰,她内心渐渐有了方向。

陈老师又根据教案简单复述了下,然后说清芳,你大胆地走入教室好了,你就当坐在下面的学生,全都是当年的自己。

清芳长吁口气,走入了教室。这间朝南的教室,自己也曾经待过两年,一间教室里坐了三十二名学生,教室后面坐着三位本学校的老师,还有镇小学来的老师,一起来旁听她的教学。

清芳暗暗地给自己打气,朝学生们扫视一遍,默想着陈老师叮嘱她的话。陈老师此刻就坐在下面,朝她微微笑了笑,仿佛在为她打气。

这时班长喊起立,全班学生齐刷刷站了起来。

她清了清嗓子,说同学们好。

学生们齐声喊着萧老师好。

清芳说同学们请坐下。

她摊开了教案,拿起一支粉笔,在黑板上写下了"小虫和大船"。

她说,同学们,今天我们上《小虫和大船》这篇课文,大家把课本翻到第59页,跟我一起有感情地朗读下这篇课文。

朗读完,清芳提问,造船的人发现木板上有个虫蛀的小孔,心里是怎样想的?造船人坚持了哪种想法?那种想法对吗?为什么?

学生们争先恐后地举起了手,有的回答得不对,有的回答得浅了些,没回答到要点。清芳朝学生们微微笑着,又点了班长郭亮回答,他一番准确的回答,让她啧啧称赞。这时她看见坐在最后一排的几位老师,也会心地笑着。清芳感觉自己的紧张已经不知不觉溜走了。

她继续提问,这则寓言讲了一个什么道理?这篇短文还使你想到现实生活中的哪些事?请同学们简要写下来。

不知不觉间,下课铃声响了,清芳放下了粉笔,对学生们意犹未尽地说,同学们再见。班长喊起立,全班学生齐声说老师再见。

清芳回到办公室时,听课的老师啧啧称赞,说萧老师课上得好,看不出是第一次上课,果然是陈老师教出来的好学生。

陈关良说,清芳,这下你放心了吧,我看得出学生们喜欢听你上课,你上第一节课也丝毫不怯场,和老师这个岗位有缘。等牛校长几天后开会回来,我和他汇报一下,你就正式过来上课了。

清芳满心喜悦着,下午去丝厂后,和翠娥嫂子说了去兴义小学代课的事。翠娥说做代课老师是好事呀,我一向敬仰教书育人的老师,肚子里墨水少才深知知识的重要,你从兴义小学毕业出来,回去任教,那是最好不过了。

清芳说,现在还不一定能去那任教,等牛校长回来同意后,我才正式向厂长辞职,嫂子你先替我保密。

翠娥说,好的,我看这事板上钉钉的了。你往后好好教,我相信不出几年,你肯定能转正,成为我们棟树湾第二名人民教师。

两天后,粉宝上火荣家打探牛校长开会回来了没,清芳任代课老师的事如何了。萧火荣说，嫂子，你放心吧，这代课老师肯定是清芳的了，听小学里的老师说，清芳那节课上得特别好，娴熟、张弛度不逊于正式老师，全班学生都热切盼望着清芳尽早回去，继续教他们语文。

粉宝开心满怀，说那也是火荣你从中帮的忙呀。要不是你给我们透露消息，我们还不晓得招代课老师的事。

清芳也满心期盼着结果，在车间里一直想着那天上课的事，那一双双天真无邪的眼睛，盯着她看时，眼神里全是信赖与依恋。她感觉浑身潜藏已久的自信全被激发出来了，她从来没有想过有一天能当老师，幸运就这么奇迹般地降临了。

她下班后，特意绕远了路，赶往兴义小学，已放学了，她站在紧锁的校门外，从门缝间往内探望，望着操场边两棵粗壮的泡桐树，心想着牛校长也该回来了吧。

她好几次想把这个消息告诉孙楚扬，但话到嘴边又咽了下去，想想还是等收到确切通知，再告诉他不迟。

已经过了一个星期了，仍旧没有收到通知。黄昏时，她回家路过浜边时，看见母亲站在浜边，朝浜南岸扯开喉咙大骂着，陈长荣你真是丧尽天良，代课老师明明是我家清芳的，偏偏让你家曼娟夺了去。你们还有脸吗？什么好事，都明抢了去。大伙都快来瞧瞧，好不要脸的一家人呐。

几个婶嫂也围在一边，听粉宝怒骂着，这时萧火荣的老婆莲红走了过来，对粉宝说，嫂子，别骂了，别骂了，难听。反正是个代课老师，临时聘任的，说不干就不让干了，又不是公办正式老师，往后还是有机会的。

清芳这时汗毛直竖，全身像是被浇了冰水一样，在晚风里瑟缩了起来，她没想到期盼了几天，盼来了这样一个消息，明明是自己去小学上了课，怎么最后是让发小陈曼娟抢了去了。

粉宝说，我能不气吗？火荣明明是先和清芳说的，她还去上了课，评价那么好，怎么半路杀出个陈曼娟，明抢了去。

莲红强拉着粉宝，离开了浜边。清芳满脸泪痕地回了家。

火荣在家吃着饭。粉宝说，火荣，你说，这到底是怎么回事？我们满心以为清芳去任代课老师了，怎么让陈曼娟顶替了上去？

火荣说，我之前不是让你别声张吗？怎么这事让长荣家晓得了，他听说村里缺个代课老师，就眼红不已，立马让曼娟从县城回来，也去村小学报了名，上了堂课。牛启生校长开会回来，就批准她任代课老师了，我是一点也不晓得。陈关良和我说，曼娟上的课，明显不如你家清芳，都讲不到要点上，学生们也听得一头雾水。他一向是看好清芳的。要么就是陈长荣背后走了关系，牛启生是他大连襟的妹夫，肯定是靠了这层关系，牛校长才同意曼娟去的。

粉宝仍愤愤不平着，说他们一家也太不要脸了，一个生产队里的人，一点脸面都不顾了，也不分个先来后到，啥好事都要抢了去。

火荣说，嫂子，你也别气，回去也劝劝清芳，往后要是再有代课老师的名额，我肯定让清芳去，她书教得好，将来必定是做老师的。

粉宝回到家，对清芳说，你瞧瞧，还是从小一道长大的要好姐妹呢，平时好得能穿一条裤子，关键时刻就露出原形了，什么脸面都不顾了。

清芳说，妈，曼娟从小就争强好胜，处处要占上头。那就让她去任这个代课老师吧，我也想通了，可能命中注定当不了老师的。

粉宝说，火荣说了，下次再有机会，还是帮我们盯着的，你往后离那个陈曼娟远点，他们一家人心术不正，都不是省油的灯。

楚扬见清芳闷闷不乐，几番催问，才得知了缘由，说你那个发小事情做得真是不地道，难怪你妈这么生气，明明是该轮到你，却从中拦截，抢了去，唉，这就是人性，见利忘义，姐妹之情薄如蝉翼。不过呢，代课老师也没啥稀奇的，现在转正哪像你火荣叔说得那么容易，好些个村小代课老师，干了一辈子，临退休仍盼不到转正，没有退休金可领。我看陈曼娟那心浮气躁、不安分的个性，代课老师肯定做不长。

清芳知道楚扬在竭力宽慰自己，但她仍为做不了代课老师耿耿于怀，原本一心想着将来若能转正，便能拥有城镇户口，那和楚扬之间的距离拉近不少,哪知希望一下子破灭了。

孙楚扬在结束了四月的毕业会考后,没有再继续学习以迎接两个月后的高考,而是彻底离开了学校,在录像室、台球馆消磨了两个月后,初秋时进了镇上的常宁药店上班。

萧雅盈夜以继日地复习迎考,她半月回一次家,几个玻璃瓶里盛满咸菜,带回学校里倒上菜油蒸,就着饭吃。大姐雅兰将几十个鸡蛋装了一竹篮,说带回学校吃,下月就要高考了,要补充好营养。

雅盈说,爸还没消息吗? 怎么出门半年了,仍不见他回来。

雅兰说,你就别管他了,他输光了钱,走投无路了,自然会回来的。

雅盈说,姐夫也不争气,明明不是做生意的料,偏偏听信了别人,一道倒卖钢材,这下好了,吃了五年官司,现在才刚刚过了一年。姐,你一定要想开些。妈身体不好,还要你照顾,农活来不及做,就让二姐、三姐回来帮忙做做,你别一个人硬扛着。

雅兰说,你就别提雅春了,去县城好几年,都二十八了,也不好好相一门亲,不晓得成天在城里干什么。

雅盈说,三姐是不是和那个姓董的又在一起了? 听说他做服装批发生意的,很有钱,五十好几了,已经有孙子了。

雅兰说,去年我和雅云就去阻止过。雅春要是再和那个姓董的厮混下去,我就打断她的腿。

雅盈说,姐,你有空,进县城再去瞧瞧,和雅春好好说,劝她回家,好好相一门亲,早些嫁人。

雅兰说,赶明儿,我和雅云进城,一起去看看。

进入六月下旬,出了梅,久雨初晴,天一下子灼热了起来。

雅兰和雅云进城后,才得知雅春躲着不回家,是因为已经怀有身孕,雅兰见到她时,她已经怀孕四月余了。

雅兰对她破口大骂道,你还要不要脸? 你居然瞒着家里人,和董大兴又胡搞到一起,还想为他生孩子。你有没有脑子? 晓不晓得他五十好几了,和爸年纪都差不多?

雅春躺在出租房的席梦思上,说我为他生孩子怎么了? 他有钱,我就敢为他生。他答应我,生下儿子,就和他的糟糠之妻离婚,娶我。B超做出来,我肚里怀的是儿子。

雅兰气急败坏地说,雅云你瞧瞧,你这个妹子说得脸不红心不跳,我看是着了魔道了。她不害臊,我还害臊得慌。赶紧上医院,把肚里的野种打掉,尽快跟我回乡下去。

雅云说,雅春,听大姐的吧,爸音信杳无,妈又体弱多病,姐夫又坐了牢,家里里里外外都是大姐一个人撑着,我又出了嫁,你不能再在这个节骨眼上生事了。

雅春说,我打死也不回乡下去,那个家我一天都待不了。那还像个家吗? 我再也不想过那种苦日子,我雅春生来就是要享福的命,董大兴虽然年纪大点,但他舍得给我花钱,你看我穿金戴银的,哪样不是他给买的。他还带我到上海、南京、广州游玩,我跟着他,吃香的喝辣的,有什么不好。家里的老底都被老头子这些年折腾得一干二净,还外欠着一大笔债,我看这个家算是支离破碎了,我得给自己奔个好前程。

雅兰正想发怒继续破口大骂,这时门外传来一阵刹车声,停了辆轿车,董大兴走了进来,他中等身材,瘦削脸,颧骨内凹,额上镌刻着皱纹,两鬓夹杂着银丝,头发上抹了发膏,梳得锃亮,滴溜溜的眼珠里射出阴鸷的光芒。他上身穿金利来短袖衫,打着蓝底斜纹领带,手指上套着方形金戒指,指尖微微的黑,好像是被烟熏的。嘴里叼着烟,看见了雅兰、雅云,笑着说,是大姐、二姐来了,雅春也真是,不早和我说一声,天这么热,怎么干站着,都到吃饭的点了,一起去瑞平宾馆吃中饭吧,我在那长年留了包厢的。

雅兰坐在椅子上,斜睨了眼董大兴,说,我和雅云,今天特意为雅春的事来的,我们都不晓得她竟怀孕四个月了,你说这事怎么办?

董大兴直着腰说,大姐,我董大兴做事,向来不喜欢遮遮掩掩,雅春既然愿意跟了我,我也绝不会亏待她。今天正赶上你们过来,我就交个实底,雅春她生下儿子，我就去离婚，娶了雅春，我那个不成器的儿子，将来一个子儿也不留给他。

董大兴一番话，实实地让雅兰嘴边的话，咽了回去。事到如今，她不晓得再说什么了。

雅云说，好了，好了，既然妹夫你打了包票，我们也不多说什么了。我和雅兰先回去了。三妹你自个儿注意身体，过些日子，我们再过来看你。

雅盈从雅兰嘴里得知三姐怀孕的事，也着实震惊，她思来想去，觉得还是多舛的家境让雅春心灰意冷，一步步将她推入董大兴的怀里。

她说，大姐，你也别为三姐的事伤心了，她原本二十四岁那年就要嫁人的，愣是让爸把她的陪嫁全输光了，她在未过门的婆家丢了脸面，一气之下，才进了县城，不再回来，她是伤透了心，才破罐子破摔，跟了董大兴，赌一把，甘愿给他做小，为他生孩子。

雅兰说，爸是不争气，败光了家底，还浪荡在外头，不肯回头。我是担心雅春迟早会为今天的莽撞后悔，那个董大兴我怎么看都不是个善茬，雅春被他玩得五迷三道，上了套了。她未婚生子，如果将来董大兴反悔，不和她结婚，这孩子一辈子都是私生子，抬不起头来做人，雅春到时后悔都来不及了。

雅盈说，她不撞南墙不回头，我们又有什么法子呢？总不能拿麻绳把她绑回来，即使把她人绑回来了，能绑得住她的心吗？我们也只能任由她去了。

雅盈吃完晚饭，就收拾好东西，返回了学校。她一路纠结着，凄惶不堪，四个姐妹中，她和雅春最交心，一张床上姐妹俩睡了十几年。雅春十六岁进了县城绢纺厂上班，拿到工资，就给幺妹买回来城里才有的精美零食，还买衣袜、裤鞋。她经常告诫雅盈要好好读书，争口气，替自己完成大学梦，学费三姐帮你积攒着，将来走出栋树湾去，奔个好前程。雅盈那时正读着小学，就牢牢记住了三姐的话，铆足了劲，志存高远。哪知，读五年级那一年，父亲跟着贩煤船出去后，在船上染上了赌瘾，没带回钱，反而折腾起了家底。他进县城绢纺厂，堵在厂门口，向雅春要钱，雅春被逼无奈，换了厂，没多久，又被父亲找着了。她接连换了好几个厂，躲避父亲。有一年，父亲撬开了她出租房的门锁,将她压在床底下的存折偷了去,将钱全取了出来,然后又失踪了。存折上的那些钱,是雅春辛苦存下来的,一半给自己添置嫁妆,一半给雅盈上大学用。她痛不欲生,恨透了父亲,也恨透了这个家,从此就开始破罐子破摔了。她是被家人伤透了心,才几年躲在城里,没再回棟树湾,极力抗拒着来自家人的喧嚣。她和董大兴走到一起,其实也是在拿自己的青春、自己的命,和家人作对,她是在反抗父亲,她在气家人,其实也是在气她自己。

雅盈走入校门时,惶惑不已的心才渐渐安顿下来。

清芳渐渐淡忘了代课老师的事,缫丝厂好些女工得知她和楚扬在谈恋爱,托她找楚扬买便宜点的东北参。

常宁老镇古老又安谧,一条九丈宽的白龙河绕镇而过,往东南汇入白山河。

有一晚,两人在镇上的录像厅看完电影出来,已是深夜,突然下起了夜雨,两人没有雨伞,站在录像厅外门口廊檐下躲雨。

楚扬脱下外套,披在清芳肩上,然后搂着她的肩膀,清芳感觉一股暖流瞬间涌遍了全身。

昏暗的灯光下,两人静静地望着雨幕,听着沙沙的雨声,仿佛周遭都模糊成一片了,世界狭小得只剩下两人。

楚扬转过身,双手搭在清芳的肩上,微微低下头,嘴唇慢慢向清芳薄润的红唇凑近,清芳紧张得闭上了双眼,只感觉心快要跳出来了,她下意识地往后退,但后背就是墙壁了,她退无可退。这时她感觉到胸脯像是被山峦压了过来似的,越来越急迫,被挤压得越来越紧,一股男性浓厚的荷尔蒙气息,向她脸上喷涌了过来,她的嘴唇被堵住了,是楚扬滚烫的嘴唇贴在了自己的嘴唇上,贴得越来越紧,严丝合缝。她下意识地紧紧抓着楚扬的手臂,他双手拦腰紧紧攥住了她,像是要把她拉进自己的生命里似的。她感觉自己像要飞起来了,飞在了云端,双脚踩在了绵软的白云上,耳边就是那呼呼的风声。

她神智渐渐恍惚了起来,腿也像要软化了似的,有些招架不住了,好在楚扬紧紧地贴住了她。他的嘴唇太厚实了,胡子拉碴,也太扎人,舌头不断撩拨着她紧闭的牙门,她一恍惚,他舌头就立马抓住机会,伸了进来,用舌尖在她的舌头上细细撩拨着,她感觉自己快要眩晕过去了。

楚扬吻了下她发烫的脸庞,在她耳边轻声说,浪漫吗?

清芳轻轻嗯了一声,继而说你好坏,你不怕被人瞧见?

楚扬说,和女朋友亲吻,被人瞧见又有什么打紧。你不知道你羞答答的模样有多秀美,用再美好的词来形容都感觉拙劣,我搜肠刮肚也只想到眉黛春山,秋水剪瞳。

半月后,雅云喝农药的事,将雅盈高考志在必得的心,击得七零八落。雅兰原本想瞒着雅盈,不让她知晓此事,但雅云在县人民医院抢救室灌肠抢救,听医生说性命危在旦夕,随时会死亡。她思来想去,还是拨通了常宁中学教务室电话,通知雅盈去县人民医院一趟,她怕雅云万一撒手而去,雅盈见不了最后一面,会痛不欲生。

雅云的丈夫彭浩军跪在抢救室外头,不停地拿双手捶击着自己的头,连哭带嚎着我该死,我该死。

雅兰满脸泪痕地斥骂他,为啥雅云好端端的,会突然服了农药,走绝路?

彭浩军号哭着说大姐,是我该死,我不该怒骂雅云,怨她把家里的钱贴往了娘家,帮爸还债,还贴给雅春。

雅兰说,雅云在毛纺厂上班的工资,不是全都交给你了吗?她啥时候往娘家贴过钱,还贴钱给雅春?雅春虽然怀了孕,但有董大兴护着。

彭浩军说,我也是气昏了头,前晚发觉衣橱里压在衣服底下的那个钱包里,明明有一千元钱,怎么突然不见了,原本想去窑厂装回两船红砖。我便质问雅云,她说没瞧见一千元钱,我就骂她肯定是拿钱偷偷贴往娘家了。

雅兰说,雅云心气高,你这样无缘由地怀疑她,骂她,她原本为雅春的事,心里就很不好受了,被你这么一骂,她怎能缓过气来?

彭浩军说,我肠子都悔青了,只要雅云能抢救过来,别说一千元钱,即使一万元、五万元，我都不怪她了。她要有个不测，这个家算是完了。

雅盈由班主任陪同，惴惴不安地坐上公交车，赶到了县人民医院，她看见家人守在抢救室外头，瞬间腿都瘫软了。

雅兰看见雅盈，刚干的眼眶里又涌出了泪水，说，雅盈，你放宽心，你二姐肯定会没事的，她进去三小时了，很快就会出来了。

雅盈对着抢救室嘶喊着，二姐，你一定要挺过来啊，你一定要好好的，你万一有个三长两短，我们这一家子真的要完了。哲翰还在家里等你回去呢，他要是没有了妈妈，可怎么办呀？二姐你听到了吗？

这时抢救室门打开了，医生先出来，紧接着护士将躺在病床上的雅云推了出来。雅云正输着液，瘦脸蜡黄，像蒙了层透明的黄纸，双眼紧闭。

医生对雅兰说，幸好病人第一时间被送过来，抢救及时，农药没有被胃肠过多吸收，通过几轮灌肠，毒物已经被排出了，她明天就能苏醒过来了。醒过来后，你们家人好好和她沟通沟通，宽解她的心，重新拾起对生活的希望，不能再走绝路了。

雅兰哭呛着说，谢谢你医生，谢谢你们把二妹救回来。

夜晚，雅兰劝雅盈回学校去，医院里有她守着，明天雅兰苏醒过来，会立即打电话告诉她的，下周就要高考了，不能为雅云的事分了心，影响了高考。班主任也劝雅盈回去。雅盈说二姐还没苏醒过来，我不能离开，今年若是考不上，明年还可以考，但二姐只有一个。

她卧在二姐的病床边，眼睛浮肿着，哀凄地抚摸着二姐蜡黄如纸的瘦脸，感觉一家人像陷入了一片沼泽之中，凄风苦雨中，走不出命运的泥泞与坎坷。

迷迷糊糊间，她睡了过去，她实在是太累了，整整一年高负荷的复习迎考，已近掏空她全部的精力，只留下了为数不多的精力，为下周的高考做最后的冲刺，没想到，临近终点，会被二姐的事掏尽了最后的力气。她实在没有力量再撑下去了，睡梦里，她发现自己渐渐陷入了一片沙丘之中，越陷越深，家人远远地站在沙丘四周，他们的手臂越来越远，没有谁的手臂能够得到她，将她拉出沙丘。

次日,雅云渐渐苏醒,雅兰和雅盈破涕而笑,分别握着雅云的双手。雅兰说,二妹,你怎么那么傻呢?怎么狠得下心抛下哲翰,抛下我们姐妹三人,你要是有个三长两短,你让我这个做大姐的,怎么撑得下去?

雅云虚弱地说,大姐,让你们操心了,我也是一时气不过,平白无故被浩军冤枉,也感觉娘家人不争气,被外人数落,感觉脸上无光,没勇气再活下去了。她侧脸又对雅盈说,四妹,二姐糊涂,这个节骨眼上,你马上要高考了,还让你抛下学业,过来守着我,耽误了复习,你不能为二姐的事分心了,赶快回学校复习去。

雅盈说,二姐,你这是为娘家人受的委屈。我守着你,心里才好受些。我肯定会好好高考的。你要好好养病,把身子调理好,等我的好消息。

雅云说,我晓得。我四妹从小学习优秀,一定会考上大学的。

高考前一天,雅云出了院。雅盈进了考场,她攒足了劲,凝神聚力,面对这一场决定自己前途与命运的考试。她强忍着疲惫,历经一场场考试,到最后一场考试前夜,竟然发起了低烧,咳嗽不止。班主任拿来了药片,让她服下,药性起效后,她昏昏欲睡。次日走入考场时,头脑仍昏昏沉沉的,考试结束铃声响起,她如释重负,走出考场时,腿脚一软,瘫倒在了地上,昏了过去。

点滴输了进去后,她才苏醒过来,医生说是用脑过度,又加上身体亏虚,才造成晕厥。班主任流泪了,说她太不容易了,太不容易了。

雅盈回到家,身体一直病恹恹着,清芳前来看她,说雅盈姐,高考结束了,你放下心好了,就等成绩揭晓吧,你肯定会考上的。

雅盈说,我晓得这次肯定考砸了,最后一场英语考试像在梦游一样,脑子里一直嗡嗡叫着,像是几千只蚊子在叫唤,听力考试时,广播里的声音隔得很远,像是隔着一条河似的,怎么听也听不真切。

二十多天焦灼等待后,高考成绩揭晓,雅盈不得不面对落榜的现实,高考总成绩比平时摸底考试少了七十多分。她哭成了泪人,怨自己不争气,考得这么不堪。

雅兰劝她说,四妹,今年没考上,明年再考,姐相信你总会考上的,姐砸锅卖铁,也要供你高复,考上大学。

雅云说,四妹,是二姐做的糊涂事,让你分了心,否则你一定会考上。我们姐妹一条心,二姐也豁出命,供你上大学。我和你姐夫也没事了,那一千元钱是被贼大白天撬了门锁,偷去了的,落网后才交代出来,你姐夫说了,这一千元钱,失而复得,留给你明年上大学用。

雅盈流着泪说,我听你们的,肯定会振作起来的,下月就去高复。

八月底,暑气稍歇,清芳送雅盈上了车,去省城高复。

她对楚扬说,雅盈真不容易,我也真佩服她这股不服输的精气神,从哪儿跌倒,就从哪儿站起来。

楚扬说,你也很优秀啊,在缫丝厂才干半年,就进缫丝车间了。

清芳说,一半是翠娥嫂子的推荐,一半也是自己琢磨,我总不能一直在煮茧车间干。

楚扬说,你也不要太拼了,周末休息时,咱俩出去好好游玩如何?

清芳说,你要带我去哪儿玩?

楚扬说,周日早上,五点,我开嘉陵来接你,到时你就知道了。

清芳说,这么早? 你快说,到底去哪儿呢?

楚扬说,我们去爬风陵湖边的苍耳山。

周日还未到,清芳心里已经开始盘算着,如何向父母编个理由,周日好一大清早出门。

周六下班时,楚扬和清芳说,我已经借好嘉陵了,明早五点,我在你们家屋后的机耕路上等你。

清芳回到家,憋了好久,才和母亲说,明早和几个工友说好一起坐轮船去省城游玩。她将闹钟拨到了凌晨四点半,好晚才睡了过去。

一大清早,闹钟还未响,她就醒过来了。她打开北窗,往机耕路上一望,黑魆魆的,楚扬还没来,她莞尔一笑,才四点,他怎么会来呢? 她起身,轻手慢脚地走到灶边,漱洗了下,将昨晚的冷饭热了下,随便吃了点,便出了门。

她走至机耕路上时,楚扬已经将嘉陵停在那了,他坐在嘉陵上,吸着烟,看见清芳走了过来,将烟蒂扔了,把摩托车开了过来。

他将一个头盔递给了清芳,说头盔戴上,夜风凉。

清芳戴上了头盔,坐在了后座上,双手抓着楚扬的衣服。

一路上,她听见风声从耳边划过,寥廓的夜幕上缀着星星点点的亮光,一轮上弦月斜挂夜空,洒下的皎皎清辉,给村庄、田野蒙上了一层影影绰绰的光晕。从远处村庄里响起的犬吠声,在静谧的清晨听来很近,她不知不觉,紧紧抱住了楚扬的腰。

嘉陵在空旷的石子路上,向南疾驰着,大约行进二十分钟后,天色微微亮了起来。她望见前方空旷的田野里,渐渐现出黢黑的起伏的山丘,像是成群结队的野兽在山岗上奔驰。楚扬大声说风陵湖到了,你抱紧我,我们上山坡了。

嘉陵在连绵起伏的山道上驰行着,清凉的山风从耳边紧擦而过,发出急促的飒飒声。清芳望见路边一片片平缓的茶园,被奶白色的晨雾笼罩着,天色太暗,光影迷离。很快,嘉陵驰行到山道的高处后,开始下坡,几分钟后,清芳听见了波涛声,风陵湖就在眼前,夜色太重,什么也看不清,楚扬将嘉陵在湖边的山脚下停了下来。清芳下了车,感觉双腿都快要麻了。

楚扬说,坐累了吧?稍做歇息,我们要去爬山,赶在天亮前,爬到苍耳山最高处云隐顶,今天有日月共升,一年只有一次。

清芳说,原来你是带我看日月共升,我以前只是听过,从没有见过。

楚扬说,等会山道崎岖,我带着电筒,你跟在我身后。我会拉着你的手的。

两人走上了山道,这条苍耳山北麓的山道,清芳曾经走过,现在天色太暗,山道隐遁了起来,只有靠电筒才能将它从山体上分辨出来。

楚扬紧紧拉着清芳的手,借着电筒,沿着曲折的山径爬去。清芳只听见两人粗重的喘息声,回荡在山道上,山上仍是一片漆黑,只有淡淡的晨光倾泻在山林上,空气清冽,弥漫着松香的气息。晨风从山林里呼啸而过,发出沙沙声。清芳这时听见旁边草丛里响起窸窸窣窣的声音,她说,快听,那是什么?

楚扬将电筒照了过去,这时草丛里窜出一个活物,呼地不见了,楚扬说是一只黄鼠狼,被我们惊吓到了。

继续往山上攀爬,楚扬说,前几日我特意爬过这条山道,花了半小时,现在天黑,我们得花四十来分钟,才能爬到山顶。

清芳不晓得哪里来的力气,感觉双脚没那么吃重了,也许是神圣的日月共升在召唤着自己,赶快爬到山顶,和心爱的人依偎在山巅,共睹日月一起从云海里升起来,这该是多么浪漫的事。

这时山道两边的松树上响起了鸟叫声,起初是一两声,紧接着,鸟叫声越来越紧,附近山头的鸟也叫了起来,喧嚷成一片。楚扬说,分得清是什么鸟在叫吗?有黄鹂,有杜鹃,还有麻雀、斑鸠、喜鹊、乌鸦、布谷鸟……

清芳笑着说,你那么厉害,听叫声,就能分辨得出是什么鸟了?

楚扬说,我不仅能区分,还能学鸟叫呢,我给你学布谷鸟的叫声,咕咕咕咕——咕咕咕咕——

清芳被他逗笑了,说你也学得太简单了,我听来你是在叫"姑姑——姑姑——"。

楚扬说,是呀,我在叫你姑姑呢,杨过就叫小龙女姑姑,你就是小龙女,我就是杨过。我们就是神雕侠侣组合,一起赶往断肠崖,赴浪漫奇幻之约。想当年郭襄在风陵渡口初遇杨过,一见他,却误了终身。好巧这儿的湖就叫风陵湖,不晓得何时,何人在此遇见了谁,会不会也误了一生。

清芳说,你不仅喜欢看武侠小说,看来还研究得挺深呐。我才不想当小龙女呢,那么老,比杨过大了好几岁。你也不许是杨过,他的右臂活生生被郭芙砍掉了。

楚扬说,你不想做小龙女,是舍不得我没有右臂是吗?我也是打个比方,杨过在断肠崖边等了小龙女十六年,小龙女在绝情谷底也痴守了十六年,这份痴情真是感天动地,也是小说里最动情的章节了。

这时前方山头闪现出一片开阔的光亮,楚扬惊呼着快看,前方就是云隐顶了，说话间，就到了。

清芳这时才明白楚扬东拉西扯的一番，是想分散她的注意力，让自己循着他的思路想，便忘了越发吃重的脚步。

两人爬上了山顶，四周一片辽阔，清芳抬头望了望夜空，深邃、旷远，夜空里，日月星辰，即将交汇在一起。

两人走在平坦的山道上，很快赶到了云隐顶，那边居然会集了不少的人，也在等候着日月共升。

这时清芳看见一轮弯月正好挂在风陵湖的湖面上空，在湖面上留下了一片斑驳的碎影。

楚扬说还早着，再过半小时，红日才升起，月亮沉下去，红日、月亮重叠会合在一体，又并行上升。我们去边上的凉亭歇息下。

清芳坐到了凉亭里，楚扬从口袋里拿出巧克力，递给清芳说补充下体力，清芳莞尔一笑，接过了巧克力，打开后放进嘴里，一丝甜美、芬芳滑入了口腔，像丝绸一样滑爽。

她紧紧挽着楚扬的胳膊，心里像被融化了似的，一路登山的疲惫渐渐消失了。

这时有箫声从山顶远处响了起来，有人站在云隐顶的山石上，吹起了箫。那深沉、幽婉的箫声，像水一样，流泻开来，粘住了松枝，附在了山石上，连林间的鸟雀也听入了神，瞬间停止了啼鸣。清芳也听得入了神，靠在了楚扬的肩头，闻着他衣衫上的气息，闭上了眼睛。楚扬抚摸着清芳的长发，与她紧紧贴靠在一起，感受着彼此的温度。

箫声隐去，山顶那边喧哗了起来，有人在喊太阳升起来了。清芳睁开眼，眼前渐渐现出了一片光亮。楚扬起身，拉着她的手，步行至山顶。

一轮红日，渐渐从辽阔的风陵湖的尽头现了出来，仿佛有一双手托着红日在升，升一下，停一下，而后继续升起，这时夜幕下的月亮渐渐下沉了，仿佛在向那红日靠去，也仿佛是借助一双手似的，将月亮往红日那边拨去。太阳像小伙子追赶着心爱的姑娘一样，紧随不舍地向月亮追去。

红日渐渐鲜亮了起来,慢慢脱离湖面,升了起来,月亮更加坚决地往红日下沉而去,红日的光亮越来越夺目,仿佛要将月亮的光亮吞没,月亮也不管不顾地,慢慢走入了红日的光亮里,渐渐重叠到了一起,会合成一体。突然,月亮和红日开始并行上升,仿佛是被一股神奇的力量托举着,一起飞升,像凤凰的双翼一样。

清芳看得惊愕住了,楚扬忙不迭地用手指着远方,说要是有照相机多好,真该把这神奇的一幕拍下来。这时日月重叠处明显有一条阴影,太阳的一圈显现出瑰丽的血牙红,倏忽间,又变成了青蓝色光环,清芳看得惊呼了起来,楚扬也放声呐喊着。

清芳这时看见山坡上缠绕在黄山栾、枫香树、银杏、栗树上的白雾在晨风中摇荡,像天女们在舒展着宽广的水袖。那些繁密的叶片被初升的霞光渲染出彩釉般的光泽,完整而辽阔的晨曲大幕随之缓缓拉开。山坡远一些呈梯田状的墨绿色的茶园,阡陌纵横,似分行的长短诗句,又似千叠翡翠、一带琼瑶,真乃绿色幻境。

这时山顶喧嚷成一片,楚扬紧紧拥抱着清芳,清芳也紧紧贴住了他,她看见边上一对对情侣,此刻也深情地相拥在一起。当她再向东方望去时,月亮已经渐渐消失了,空旷的天际,只剩下太阳,又开始了新的一天。

别　离

几天后,楚扬对清芳说,我父母想见你,周末你随我回家。

清芳说,不太好吧? 我才上班没多久,生来胆小,看见你爸妈,会紧张得说不出话,出洋相的。

那你躲在我身后好了,我爸妈就是乡下很普通的人,和你爸妈一样,不用害怕的。楚扬笑着说。

清芳特意去发廊,剪短了头发,烫成了波浪卷,将淡绿色的裙子熨烫了儿番,挂在衣橱里,等着哪天楚扬来接她。她心里既紧张又期待,被温馨包裹得紧紧的。

天气越来越凉,街上行人纷纷收起了裙子、汗衫,换上了秋衣。清芳的淡绿色裙子自盛夏挂入衣柜后,中秋都过半月了,都没有再取出来过。她内心的喜悦像漏了气的皮球一样,渐渐萎蔫了下去。楚扬在桥墩等她越来越少,好几次说药店要盘货,很忙,需要加夜班。见面时,他言语里也失去了往日的热情,自然也没有再提起带清芳回家的事。清芳内心平添了隐忧,却又不知哪里出了问题,又该如何向他问起。

翠娥看她一脸的落寞,说和楚扬闹意见了? 清芳说没有,他很忙,好几天都在加夜班。

是吗? 翠娥说,昨晚我经过电影院时,看到他和一个姑娘站在电影海报前,有说有笑的。光线昏暗,起初我以为那姑娘是你。

清芳怔住了,浑身战栗了起来。她预感的事还是应验了。

她下了班,去了常宁药店,将楚扬叫了出来,真见到他时,却失了底气,准备好的诘问又说不出了,脸因窘迫而微微发热。

楚扬先说话了,说你也瞧见了,药店大堂里堆满了新到的中药材,我进药店不久,每天捧着《本草纲目》《神农本草经》,熟悉几百种常用的中药名,还要和药材实物对照辨识,辨别每种药材的药性、气味,性命攸关,马虎不得,熟悉了药材,才能分门别类,好盘货。

你昨晚也在加夜班吗?那怎么有时间去电影院了?清芳不知哪来的勇气,脱口而出,盯着楚扬,看他脸上起的细微变化。

你在跟踪我?楚扬反问。

我没有那么无聊,不做亏心事,不怕打大雷。清芳怔怔地看了他一眼,骑上车远去。

楚扬望着清芳远去的背影,想喊,却噎住了。

几天后,黄昏,楚扬候在广福桥北桥堍,等清芳下班过来。清芳下了桥,看见楚扬候在那,她立马刹住车,上了桥,折小路,绕了过去。第二天,第三天,仍是如此。清芳心里很憋屈,她不想见他,心里容不得他搭理别的姑娘,哪怕仅仅是看一场电影。第四天,清芳推着车,上了桥,没看见楚扬,她怏怏地,心里很失落。突然,有一个人影从桥边冲了出来,拦在她面前。她定睛一看,是数日未见的楚扬,身上套了件药店的工作服,胸前印有"常宁药店"四字。两人木然站立在桥堍,半晌没有出声。许久,楚扬打破了静默,说我爸妈一直反对咱俩交往,之前,我说他们想见你,也是谎说的,我以为他们见到你,就一定会喜欢上你的,可是他们一直在反对。

清芳沉默不语着,最后发觉不能再沉默下去了,说那你该老早告诉我的,我不怪你,也不会怪你父母,你不该一直瞒着我。

楚扬说我一直想说,但话到嘴边,又咽回去了,我不想让你伤心,但我又说服不了我爸妈,他们不介意你没读完高中,但听说你是乡下户口,就不乐意了,当年给我买了蓝色户口,就是希望我将来能娶个城镇户口的女孩。

你别说了——。清芳开始哭泣着,眼泪簌簌而落。

楚扬呆立一旁,又陷入了沉默。清芳突然止住了抽泣,擦了擦眼眶,扶好车把,脚一蹬,往桥下驶去,没有再回头。楚扬默默地站立在原地,长望着清芳瘦削的身影,被路灯拉得很长,慢慢消融在夜色里。

清芳一路哭,一路骑着,回想起那一幕幕曾经依偎在一起说着蜜语甜言的画面,更加绞肠锉心。站在家门前,她终于止住了啜泣,擦净了眼泪。她没有吃晚饭,掩好房门,静静地坐在窗前,盯着衣橱里那件淡绿色的连衣裙,黯然神伤,猛然瞅见墙上海报里的颂莲,嘴角藏着三分讥笑七分薄凉,眼神里蓄满嘲弄,立马感觉一股羞辱涌上心头。她起身,伸手扯下海报,嵌在海报后面的几封情书掉落在地,她眼泪又夺眶而出,滴落在信纸上,点点斑斑,瞬而奋力把它撕成两半,又揉成一团,连同海报塞进了灶肚里,焚成了灰烬。

那个给她写"杨柳岸晓风残月"的男生还是在深秋来临前,和她告别了。那段懵懵懂懂的初恋正如自己担忧的那样,匆匆结束了,她早有预感,两人鸿沟太宽,走不长,只是没想到分手会来得这么快。与其说两人绊倒在一纸蓝色户口上,不如说两人情缘太浅,太薄了。

清芳再去镇上上班,感觉索然无味,好像老镇和她失了某种关联,目之所及,镇上的一切都缺乏人情味,令她心生厌倦,很想逃离这一切。但还能去哪呢?她站在广福桥上,望着桥下的淙淙流水,这样问自己。唉,哪儿也不能去,哪儿也去不了,还好,小小的老镇,他在镇西,缫丝厂在镇东,面是不会碰到的。厂里女工再要托清芳去药店买进价人参、阿胶时,她急忙说我和他分手了,已没有任何关系,我已帮不了你们什么忙。那些女工渐渐对清芳失去了往日的殷勤,从家里带好吃的菜时,也不再分给她吃。清芳端着铝饭盒,躲她们远远的,自顾自吃。她想,靠占便宜换来的尊重,总是不可靠的。

过年前,雅盈从省城高复回来时,才得知雅春生了,生了个儿子。之前,雅兰对雅云说,让雅春去待产好了,既然她铁了心跟着董大兴,不顾一家人脸面,不听我劝,我不会再进城,多瞧她一眼的。

雅春分娩前夕,雅云瞒着雅兰,独自一人进城,陪雅春坐上董大兴的汽车,去邻县医院待产,服侍了她好几天。她对彭浩军说,虽然雅春这事做得不光彩,但她终归是我的三妹,雅兰伤透了心,不管她了,我再不去服侍她,会寒了她的心的。

雅春产后,董大兴对雅云说,二姐,劳烦你照料雅春了,保姆我雇好了,房子在这边也租好了,就让娘俩好好待在这儿,等雅春身体养好了,再回瑞平。

雅云对雅春说,三妹,保姆来了,我该回去了,家里实在脱不开身,过几天,我再过来。大姐还在气头上,她知道你生了后,气自然也会慢慢消了的,下次我和她一起来看你。

雅春说,我不怪大姐,我生孩子期间,有你陪着,心里已经好受多了。现在有保姆照料着,你放心回去吧。

雅兰得知了雅春生了儿子,说,她果然有本事,真给董大兴生了儿子,也遂了他愿了。他要是有良心,就该兑现承诺,给雅春母子俩一个交代。

雅云说,我想董大兴上回既然那么说,总不会骗了三妹吧。

雅盈问雅云,三姐难道要一直在邻县躲藏下去吗?过年都要在那边过?

雅云说,我前些日子去看她时,她说董大兴没有接她回瑞平的想法,他看母子俩也不频,隔十多天去一次,过一夜又离开了。雅春现在心思全扑在孩子身上,她想着董大兴顾念儿子的份上,也会给她娘俩一个交代的。

除夕夜,雅盈和大姐雅兰、母亲、侄女草草用了年夜饭,父亲已经离开家一年了,依然杳无音讯,她望着夜空绚丽的烟花,心想,此时此刻,爸究竟在哪里,别人家的父亲顶起了一家的梁柱,为什么自己的父亲,一点也扶不起,好好的一家子整日鸡犬不宁着。

大年初三,雅兰最终说服了自己,和雅盈、雅云一起坐上了公交车,在县城公交车站转了车,去了邻县看望雅春。

雅春眼圈红肿着,看到大姐、二姐、小妹出现在家门前,她哭呛了起来,孩子也哭闹不休。

雅兰说,保姆呢?怎么只有你们娘俩?那个董大兴怎么没来照顾你?

雅春说,保姆大年夜就回去了。董大兴说好除夕夜过来陪我和宝宝,到现在都没人影。我刚才打去电话怒骂他，叫他滚过来，他说那边脱不开身，老母亲在做八十大寿，上海、北京、广州的至亲都赶回来了，他脱不开身。

雅盈说，三姐，你这下看明白了，你在他眼里，算什么分量，即使你有了孩子，名不顺言不正，他一句脱不开身，就从大年夜到年初三，把你们娘俩愣是搁在这个举目无亲的地界了。

雅云说，快收拾收拾，跟我们回家去。这个地方怎么好再待下去？我们要是不来，你出什么事，也不晓得。

雅兰破口大骂道，这个董大兴就是狼心狗肺，他现在逍遥快活，哪还顾得上你们娘俩。

雅春说，我哪儿也不去，他要是不顾我们娘俩，不和他发妻离婚，和我结婚，让宝宝一辈子抬不起头做人，我就死给他看。

雅盈说，三姐，你为这个糟老头子，赌上自己性命，值得吗？我看他就是骗你生下这个儿子，才谎说和他发妻离婚，眼下你生了，生米煮成了熟饭，你能奈他如何？

雅春愤愤地说，他休想把我甩了。他只想要儿子，不管我死活，门都没有。

雅盈留下来照顾雅春，雅兰和雅云帮忙收拾一下就回去了。

夜晚，董大兴醉醺醺地敲开了家门。雅春对他破口大骂，说四天了，你还晓得滚回来，你董大兴的心是被狗吃了，还是被狼啃了？要不是我娘家人过来瞧我，我们娘俩早饿死在这里了。

董大兴嬉皮笑脸着，看见雅盈，说小妹也在呵，转而对雅春说，我这不就回来了吗？老娘大寿刚结束，送走了亲戚，我就立马赶回来了。我那几个亲戚很有来头，我怠慢不得，老婆你消消气，看我给你带什么了。

他说完，拉开皮包，掏出一块祖母绿，给了雅春。

他说这是我广州的大舅爷回来，给老母亲做寿的贺礼，我去机场接他时，他在车里给了我两块，原本一块是让我给将来的儿媳妇的，我就偷偷藏起来，拿过来借花献佛了。

雅春摸了下祖母绿,和缓了口气,说我图过你董大兴的东西吗?我是图你的心,你的真心,你的心要是被豺狼吃了、啃了,我们娘俩就没活路了。

董大兴说,你放心吧,我没日没夜地打拼家业,不就是为了你们娘俩将来过好些嘛。

雅春提着嗓门说,你打算什么时候跟你那个黄脸婆离婚?

董大兴说,我答应和你结婚,总不会食言的,我在你大姐、二姐面前打过包票的。我董大兴向来说话算话,我难道忍心让咱浩浩将来被人指指点点,骂作私生子吗?只是离婚这事急不得。我和她已经分居两年了,将来要是诉讼时,证明夫妻感情早已破裂,法院也能判定离婚的。我不急于和她离婚,是想多占些主动,将来分割夫妻财产时,不至于落下风。

几天后,保姆回来了,雅盈才回了瑞平。

她回家和雅兰说了董大兴答应离婚的事。雅兰说,不管离不离婚,董大兴是造孽,雅春也在造孽,她这是在做小三,在拆散别人的家庭,毁了别人的婚姻。董大兴心怀不轨,雅春也是心术不正,但孩子既然生下来了,终究是无辜的,往后,不要让孩子跟着受罪就好。

几个月后,董大兴的发妻郑容秀瞧出端倪,顺藤摸瓜得知他在邻县包养了女人,还生了孩子,便纠集娘家几个弟兄,开着几辆车,冲到了邻县,将出租房里的东西砸了个稀巴烂,容秀甩了雅春好几个耳光,扯着她的头发将她往墙上乱撞。

容秀怒气冲冲地说,你这个不要脸的婊子货,敢跟我男人生孩子,你休想要你的儿子。她拨通了董大兴的电话,恶声恶气地说你的私生子在我手里。

董大兴灰头土脸地开车赶了过来,站在容秀弟兄几个面前,双腿都在打战,弟兄几个抢起拳,朝他头上砸了过去,董大兴很快佝偻着腰,跌倒在地。

郑容秀说,你在外头包养这个婊子货,给你生了儿子,你不就是想等时机成熟,和我离婚吗?好,我成全你,我这就回去上法院告你重婚罪,判你坐牢。我还要让你净身出户,这就是你董大兴背叛我的报应。

董大兴想说什么,却什么也说不出来,胸口剧痛,不住地咳嗽着。郑容秀从保姆怀里一把抢过孩子,扬长而去。

雅春披头散发着,追了出来,嘴唇铁青着,号哭道,我的儿子,你们为什么抢了我的儿子?浩浩,我的儿子啊。董大兴你死了呀?快把我的儿子抢回来。

雅兰得知雅春昏厥过去,是三天以后的事,董大兴突然上门来,向雅兰告知雅春住院了。他形神俱疲,眼圈发黑,胡子拉碴,像只落败的斗鸡,全然没有了以前的咄咄气势。雅兰和雅云心急火燎地赶到县人民医院,雅春仍昏迷不醒着。雅兰斥责董大兴,你快把浩浩抱回来,雅春才能从昏迷中醒过来。如果没有了浩浩,就等于要了她的命。

董大兴说,那只母老虎现在正在气头上,等她气缓下来,我再想办法把浩浩抱回来。

郑容秀和董大兴摊牌,说我原本想去法院告你,让你坐牢去。但儿子、女儿往后还要做人,扛不起这等家丑,我不能不顾及这些。你想和我离婚,和那个婊子在一起,我可以成全你,但你休想拿走一个子儿。

董大兴赔笑道,我哪想过和你离婚,是她主动勾引了我,把我灌醉了,才稀里糊涂地做了错事。我也不晓得她怀了身孕,竟然拿孩子威逼我。你想我已经有儿子、女儿了,儿女双全,我还要她生儿子干什么?

郑容秀怒目圆睁道,你休想糊弄我,你早瞧我年老色衰了,想换个年轻貌美的。你董大兴狼心狗肺,一肚子坏水,我还不清楚?那婊子看上你的钱,愿意给你生孩子,我倒要看看,你净身出户了,往后她还愿不愿意继续跟着你喝西北风去。

董大兴说,我晓得你也不想把事情闹大,孩子既然生下来了,终归是无辜的,你把孩子给我,我交给雅春。她和我说了,只要这个孩子,其他她再也不图什么了。往后我和她一刀两断,断得干干净净的,和你花烛夫妻做到底。

郑容秀斜睨了他一眼,说她真的这样想?那你给我立下字据,按手印,再被我发现你和她藕断丝连,外头包养她,我便豁出去,上法院去告你,让你身败名裂,人财两空。

董大兴抱着襁褓中的婴儿,急匆匆赶去了医院。雅兰将孩子放在雅春的枕边,流着泪说,三妹,你快醒醒,浩浩回来了,你快睁眼瞧瞧孩子哪。

婴儿这时发出啼哭声,哭得很急,很响。雅春紧闭的双眼慢慢裂开了缝,眼泪滑出了眼眶,她嗫嚅着哭开了,哭喊着浩浩——浩浩,我的宝贝儿子,紧紧将褓襁拥在怀里。

董大兴这时怔怔地站在病房里,一副如释重负的样子。雅春看见了他,愤懑异常,怒呵道,你给我滚,快滚,我再也不想见到你,滚得远远的。说完,她将枕头奋力掷了出去。

雅兰对董大兴说,你快走吧,别让雅春再受什么刺激了。

雅春出院后,雅兰原本想将她们母子俩接回棟树湾照顾,但又担心乡下人言可畏,她犹豫不决。雅春这时说还是回之前的出租房吧,我太累了,哪儿也不想去。

雅云留下照顾雅春,将一千元钱塞给雅春,说三妹,这钱我原本是留给雅盈上大学用的,她今年没考上,先给你救急用。

雅春推托着不要,说二姐,我的事让你和大姐操碎心了,还要让你照料我,我无论如何也不能收你钱的。

雅云说,董大兴花言巧语,诓骗了你,眼下被他老婆按住了七寸,已经动弹不得,你不用再指望他来体恤你们什么了,孩子要吃奶,你也要补充营养,这点钱还是能救一会儿急的。咱俩是一个爹娘生的,我这个做二姐的不帮你,还有谁帮你一把?

雅春抱紧浩浩,便哭开了。

雅兰也隔三岔五进县城探望雅春,杀了母鸡,炖汤给雅春补充营养,拿来鸡蛋,蒸酒酿蛋给她吃。雅春脸色渐渐红润了起来。

雅兰说,雅春,往后你有什么打算?你带着浩浩,这日子过得着实艰难的。

雅春说,我自己造的孽,这苦只能自己往肚里咽,我之前就该听你的,现在想回头都难了。只是浩浩不能跟着受这份苦,我现在最担心的是,没法给浩浩上户口,将来上幼儿园、读小学都成问题。

雅兰说，这我也考虑过，现在浩浩还小，离上幼儿园还早。你识错了人，走错了路，往后路还长，终归还是要嫁人的。

雅春说，我现在名声这样了，哪个男人还肯要我？

过了立夏，天越来越灼热，清芳发觉双手瘙痒难耐，长久地泡在烧茧的热水里，双手因浮肿而发白，手表都戴不上去了。手心、手背上一直在脱皮，老皮脱了，结上了新皮，原先好了的皮肤又开始裂开了，渗出了血水，手指关节处、手臂上还长出一粒粒红点，她去了常宁医院就诊，医生说你这个是皮肤病，是染上了真菌，缫丝厂里很普遍的职业病，抹点药膏会减轻一点，但治不了根，往后双手少泡在有细菌的热水里，否则治不好的。

清芳一筹莫展，她端详着其他女工的手，多年下来，哪像是女人的手，都布满了灰黑色的瘢痕，又老又皱，有的肿胀得像猪蹄髈似的。

她有些惧怕了，心想自己还未嫁人呢，脸庞秀丽端庄，但手伸出去，哪个男人受得了，不被吓跑才怪呢。

她尝试着戴上橡皮手套，但感觉不现实，戴上了手套，双手木讷得没有感觉，根本无法将细密的丝线连接起来，双手只得又泡在了蚕茧浮沉、细菌滋生的热水里。

妈，我这双手再下去恐怕是要废了，不想再在缫丝厂做下去了。清芳在日光灯下，将血迹斑斑的双手举过头顶，给粉宝看。

粉宝抚摸着清芳的手，发觉比她搬砖干苦力的手还粗糙，说缫丝厂就是这样，其实女儿哪，现在干哪一行不都是一样，你以为做缝纫工不苦吗？成天到晚地坐着，好多女工都腰椎间盘突出和骨质增生，睡觉躺都躺不下，翻身也不行。

妈，你说的我也明白，那我再做段时间吧，现在不干了，翠娥嫂子那边也不好交代，等干足两年再说。

听女工们说，常宁药店进了一批中草药膏，抹起来很灵验，清芳拿来一试，果然有用，之前她已换了好几种药膏，都不管用，半夜睡梦中还在揉搓双手。

女工们说镇上的电影院在放《唐伯虎点秋香》，周星驰演唐伯虎，巩俐演秋香，很搞笑，看过的人都说好看，强拉着清芳一起去看。

清芳推托说有些累，想回家休息了。她其实是不想触及伤疤。

几天后，她下班时，临时改变了主意，还是决定去河南岸的电影院看看，她想瞅一下海报。她确定出发之前，还戴好了口罩。

要看电影吗？晚上最后一场了，还有几张电影票，电影明天就下线了，给你打个对折吧，姑娘，不错的位置，十四排的。戴着老花眼镜的电影售票员对站在海报前张望的清芳说。

清芳迟疑了一下，说好——好吧，我买一张。

黑漆漆的电影院里，坐满了观众，从头至尾，观众被夸张搞笑的剧情，逗得前仰后合，可清芳怎么也笑不出来。

她心想，今晚，楚扬会不会也坐在电影院的某个角落呢？身边坐着他新交的女友。他要是也坐在电影院里，看到巩俐，还会想起自己吗？

电影终于结束了，灯还未亮起，她急忙起身离开，走出电影院的台阶时，她冷不防地听见一个熟悉的声音从身后传来，转身看是楚扬，他手正搭在一个长发女孩的肩上，有说有笑地从场内出来。

清芳急忙转过身，掩面逃离。

电影院的偶遇给清芳心中又投下了一颗深水炸弹，她原本以为自己已经放下他了，和他的那一页翻过去了。没想时隔多月，心里还是隐隐作痛，她于是自责自己突然去电影院看电影是个愚蠢的决定。

午休时，女工们经常聚在一起七嘴八舌，说长道短，那些上年岁的常将乡下听来的偷情秘事，添油加醋地说，还说得脸不红心不跳，而年轻女工脸皮薄，不参与其中，只是远远地听着。

清芳靠在椅子上打着盹，依稀听见"楚扬"两个字，她猛然惊醒，睁开眼，细看是一个刚来不久的女工正在和几个女友大声聊天。她说楚扬和她是一个生产队的，叫她堂嫂，她常托楚扬买阿胶补血，他找的女友是大云镇供销社的会计,和他爸一个单位的。

清芳心想他果然找了一个和他般配的女友,一个有城镇户口的女子,不是一条道上的,终归是走不到一块儿的。

清芳下班时,骑车经过广福桥下的富兴路十字路口时,碰到陈曼娟正从路口西侧骑车过来,清芳停住了,曼娟也看到了她,大声叫嚷着,清芳,你下班了?

清芳朝她笑了笑,说是啊,曼娟姐,你这是?

曼娟说,我刚从照相馆出来,喏,就是群英男朋友开的那爿风华照相馆。上月,我组织学生,捡拾废品卖钱,给兴义村敬老院孤寡老人送红糖、毛巾等慰问品。我便叫群英男朋友帮我们拍照。你看,拍得多好。

说完,曼娟将放在自行车兜里一纸袋的彩色照片递给清芳看。

清芳看到照片里,戴着红领巾的学生们用洗净的罐头瓶盛满红糖,送给白发苍苍的老人,老人们笑开了花。她认出来了,就是之前上了一节语文课的那个班级。拍集体合照时,老人们坐在最前面一排,学生们站在后排,笑得阳光灿烂,曼娟站在一边,也盈盈浅笑着。

清芳说,曼娟姐,你真有心,想出这样有意义的事情。

曼娟笑着说,寓教于乐,是牛校长的话启发了我,他说小学五年,很多年后,学生们可能读了什么书,获了什么奖,都渐渐忘记了,但参加过什么有意义的活动,仍记忆犹新。我便想着搞一次变废为宝送温暖的活动。

清芳说,是的,学生们有你这样的好老师,真是他们的福气。你真是适合当老师的。

说完,她继续看照片,最后几张是曼娟的单人照,她穿一身淡紫色的毛线衣,站在油菜地里,笑靥如花,或依偎在桃树边,微微笑着,顾盼生辉,像花一样灿烂。

曼娟说,群英她男友真会拍照,他说我体形好,就让我做模特,拍几张照,贴在照相馆橱窗上,招揽顾客。他说周六去风陵湖采风,邀我一起去。到时清芳你也一起去吧,让他也给你免费拍几张。

清芳说,我不上照啊,去年去了县城宜园游玩,拍了几张照,都不太上照。

曼娟说,那是照相师水平有问题,要是让世杰哥给你拍,肯定把你拍得比我还美,他镜头运用特别娴熟,也别树一帜,对光影的捕捉特别到位。

清芳说,那到时看吧,要是休息,我便随你们一同去。

几天后,清芳早忘却了去风陵湖,她压根也不想随他们同往。

陈曼娟那天精心打扮了一番,扎了条马尾辫,箍着湖蓝色的丝帕,粉白的脸上涂了浅桃色的腮红,两条描得细长的眉毛,像春天刚长出来的嫩柳尖儿,抹了胭脂的红唇像团燃烧的炽热火焰,出门前戴了副咖啡色墨镜,套了件浅蓝色的无袖短裙,去百货商店坐了会,让冯群英也一同去风陵湖游玩。冯群英说店里活忙,脱不开身,还是你和世杰一同去吧。

高世杰开着嘉陵,带上陈曼娟,往风陵湖驶去。

初夏的风陵湖,风景怡人,山道上有浓郁的花香漫溢,天空湛蓝如洗,视野所及,无不安静、透亮、流光溢彩。水清岸绿,湖面开阔,波平如镜的湖面上,倒映着一丛丛烟青色的远山,微风拂过,湖面上泛起粼粼波光,像细碎的金子倾泻在湖面上。湖边湿地里,栖息着白鹭、翘鼻麻鸭、鹭鸶等水鸟。

陈曼娟戴着遮阳帽,坐在湖上的水榭边,紧挨着一丛碧翠荷叶,明晃晃的湖光在她裸露着的双臂、长腿上跳跃着,细滑的皮肤被映衬得更白皙了,像淙淙溪流在奶白色的水雾里静静流淌。高世杰举起照相机,半蹲着,斜躺着,趴卧着,频频找准不同的角度和光影,把她拍下来。她看水上群鸟翩跹,看湖面涟漪荡漾,再抬头,望一眼天空,低头,天光云影既落在湖水里,也映在世杰的镜头中。

高世杰看得口干舌燥,下意识地吞咽了几下口水,喉结剧烈抖动着,连连惊呼着实在太美了,曼娟,你晓得吗?你今天这一身造型和风陵湖的夏日湖色太相衬了,简直是浑然天成。

陈曼娟惊喜着,说真的吗?出门前,我还犹豫不决呢,不晓得穿哪件裙子好。姐夫,快让我瞧瞧,你拍照技术实在是太妙了。

高世杰让曼娟坐在游船上,半侧着身,手支在船舷上,逆着光,湖风吹来,撩起了她的长发，高世杰饱吸了口气，像是想把那发丝间散发的香气全吸入体内。他似闻到了茉莉花的沁人幽香，他快要陶醉了，凝神站在船头，迅急按下了快门，脚步不稳，一个趔趄，险些掉入湖里，引得曼娟咯咯笑出声来。高世杰憋红了脸，兴奋地说曼娟，我把今天拍的照片全贴在照相馆的橱窗上，不晓得会招来镇上多少姑娘的眼红。往后照相馆的生意，不要太好了。

曼娟满足不已，雀跃着说，姐夫把我夸成了花，我真是开心死了。我倒担心群英姐会吃醋，你把我拍得这么美，她身材也很好哩，你给她也多拍一些。

高世杰说，我试过了，以前也让她站在白龙河边，对着夕阳，背后有芦苇相衬，拍出来后，美是很美，但效果上总感觉缺少点什么，现在才明白，群英没有你身上那股出挑的气质，你身材匀称，举止脱俗，我找你算是找对了。

曼娟羞红了脸，说姐夫你不要再夸我了，否则我见到群英姐，像做了贼似的，畏手畏脚起来。

高世杰哈哈大笑着，说想不到你胆子这么小。你放心好了，你群英姐在我面前，还一直夸你呢，比我夸得还厉害，她一直怂恿我找你做模特，她好脱身。待会儿，我们再上那个勿望岛上取几张景。

萧建根在服装厂搬运一堆布料时，用力不慎，牵动了腰上的老伤，疼得直不起腰，躺在家养伤。清芳拿出了自己两年存下来的全部积蓄，对父亲说，爸，你腰不好，以后要多注意了，搬运重物的活千万不能再干了。现在我挣钱了，这两年下来也积攒了些钱，把咱家的楼房造一下吧。以前你和妈说，为了供我和弟读书，楼房迟些造，现在左邻右舍都盖起楼房了，又气派又敞亮，二楼睡觉，干净又清爽，底楼堆稻谷、农具，很是令人羡慕。缺的部分，向亲戚借一借，往后再慢慢还。

粉宝说，清芳，你当初辍学，就是为了减轻家里的负担，怎么好再让你出钱造楼房呢？

清芳说，我是长女，也是家里一分子，挣钱，出把力是应该的，我还小，钱以后再挣就是了。

清芳在缫丝厂也快满两年了，上年底还评上了厂里的先进工作者，奖到了一个搪瓷杯。可她一直想离开缫丝厂。天气炎热，手上、胳膊、后背上的痒疾越发厉害，给她造成了很大的困扰。

粉宝说，那你进镇上的服装厂吧，你爸也正巧进了那厂子里，现在裁缝出门工活越来越难接了，以后让你爸带带你。

清芳不为所动，她有自己的想法。

楝树湾里的陈玉娟初中毕业了，炎热夏季里，她爸陈耀昌四处给她找工作。

有一天晚上，清芳下班在家，她过来了，说她爸托曾一起干木工活的工友找到了县城钢厂的工作，她想邀清芳一块儿去。

清芳说，钢厂是干重体力活的吧，那么重的钢材，女孩子家怎么搬得动？

玉娟说，钢厂有很多工种，工人有男有女，总归有适合女孩子的工作吧。

清芳心想也有道理，她早想离开常宁镇，去县城工作也是个很不错的选择，但那儿人生地不熟，也没有其他厂可挑选了。

周末放假时，她和玉娟结伴坐公交车，去了县城，从县汽车站下车，四处打听，才找着了锦屏路上的恒力钢厂。

清芳看到钢厂有男工也有女工，都穿着统一的蓝色工作服，戴着工作帽，飘浮着浓稠柴油味的车间里排满了型号不同的车床，男工们站在机器轰鸣的车床前，将一捆捆的钢材送入机器，经过钢轧，从另一头输送出来。

车间主任说不用担心，重活有男工干，也有不少轻便一点的活，适合女工做。

清芳离开缫丝厂的消息，在厂里引起不小的震动，有的说她还是闻不惯缫丝厂里终年弥漫的蚕茧腐烂气息，还有手上永远治不好的真菌顽疾，也有知道底细的说她不过是想离那个常宁药店远一点罢了，说她还是忘不了孙楚扬对她的伤害。

第二章

进　城

　　炎热的盛夏下午,三点多时,陈玉娟骑着车来等清芳了,为了来回方便,两人还是决定骑车去县城,结伴也不寂寞。

　　两人骑了两个多小时的路才进了城,一路骑得热汗淋漓,沿着锦屏西路继续往东骑时,突然看见一座黑瓦黄墙的寺院,匾额上写着慧源禅寺,清芳对着寺院门口朝着马路袒胸露肚端坐着的弥勒佛像,双掌合一,默念起什么。

　　这时她听见头顶传来丁零当啷的声音,四处张望,只望见一片蓊郁的银杏树,继续往前走时,才望见寺北院空地上挺立着一座高大雄伟的木塔,那声音就是从挂在八面檐角的塔铃上发出来的。她仰望了好久,阳光将木塔抱进了一片炫目的光晕里,将她的眼睛灼得生疼,她猛擦了几下眼睛,才感觉好受些。这时她发觉那风中塔铃声像一双温暖的手,轻轻安抚着她压抑许久的心,仿佛全身也被抱进了那片安谧祥和的光晕里,被细细地抚摸着。

　　她猛然回想起六岁时,那个遥远的夏天,自己哭闹着,不肯去村里上幼儿园暑托班,班里好几个男孩子老是恶作剧,扯自己的辫子,欺负她。她感觉好无助,好委屈,只是哭。放学时,又被那几个顽劣的男孩子挡在半路上,不让她走。她胆战心惊着,结伴的几个女孩子跑得快,只剩下她站在路上一个劲地哭。回到家,告诉爸妈,他们也没当一回事。她感觉更无助了。父亲瞧她执意不肯去上学,恼怒着一把抓起她,扔进了家门前的河浜里,她在离河埠头不远的浅水里,奋力扑腾,不住地上下沉浮,水花四溅,尖锐的呛着水的哭声飘满河面。她在水里扑腾了好久,眼见着精疲力竭要沉下去了,父亲才将她提上了岸。从此以后,她内心更加胆怯、畏惧了,哪怕听到尖锐的响声,都要吓出一身冷汗,严重时会发烧。她很长时间里不敢独自靠近河流,端着脸盆往河埠头上洗衣时,总显得犹豫不前。当她将头浸在洗脸架上的脸盆里洗濯时,耳朵里不慎灌入水发出的嗡嗡水声,让她猛然惊悸,那种嗡嗡水声,很容易让她联想到幼年时,在河水里奋力沉浮的极度无助感。

她站在玉轩桥上,闭眼想了好久,直至冷汗涔涔。睁眼时,又听见了那清脆的塔铃声。她想把那木塔望得更真切一些,深深地印刻在心里。丁零当啷,丁零当啷,好像一只宽厚温润的大手,轻轻地按在她的肩上。

清芳换上工作服,戴上工作帽,将辫子全塞入帽内。她要做的工作是两手套上橡胶手套,拎着柴油桶,用抹布去擦从车床上轧下来的沾有油污的钢管。

厂房内光线阴暗,空气里飘浮着浑浊的油污味,车工们身上的工作服都沾满了油污渍。清芳闻着那刺鼻的柴油味,差点作呕,一天干下来,感觉鼻子里也沾满了柴油,无论如何冲洗,全身也全是柴油味。

玉娟活泼好动,入了城,见啥都感觉新奇,下班后,就拉着清芳要上街游玩,她说长这么大,还从未进过县城,得好好玩一玩,县城里马路真多,商店也多,可好玩了。

清芳说,外面人生地疏,还是不要贸然出去,等和其他女工熟识了,让她们带着出去逛逛。我得替你爸妈负责,他们要我管好你。

玉娟说,我进县城工作,就是不想让我爸妈管束我,我哥也是,他早和几个小弟兄,到外省闯荡,做起小生意了。

清芳说,你哥这么胆大,还做起生意了?咱楝树湾里好像还没有出过生意人,你哥可真有能耐。

玉娟笑呵呵地说,清芳姐,那你将来做我的嫂子吧,反正楝树湾里好多人老早在说你和我哥青梅竹马,很登对的。

清芳用手轻打在坐于上铺的玉娟的腿上,说越说越离谱了,你哥那么有本事,哪会瞧得上我哩。

玉娟继续说，我们两家在棟树湾里还是老亲戚呢，我哥到现在还没谈过恋爱，两家亲上加亲岂不更好，反正我瞅着你们很合适的。

雪军——

清芳心里咯噔一下，脑海中瞬间浮现出了他的健壮身影。

她和雪军是同年出生的，雪军比她大几个月，两人从幼儿园到小学，都是同校同班。清芳初中留了一级，她读高一时，雪军读高二。

两家在棟树湾的确是老亲，水稻田也总挨在一块。清芳读小学时，在自家的田里弯腰插秧时，雪军在自家的另一爿田里插秧。

附近田里的社民于是开起了玩笑，说雪军到丈人家田里，帮清芳种种半爿田。雪军自顾自种田，充耳不闻，而清芳脸绯红着，侧脸偷瞄着腰阔腿粗的雪军。

她幼小的心里，开始跑进雪军的身影。队里的婶嫂闲来无事，常拿两人开玩笑，说多般配的一对啊，往后要吃他俩的喜糖了，每每听到这话时，清芳就背起草篓，愠怒着脸疾步走过，她想这些婶嫂好讨厌，老是拿这事来羞臊她。而雪军听到时，也只当没听到，脸上没啥表情。

她和雪军虽然在一个班里，但平时没任何言语交流，当棟树湾里的人拿两人说笑时，清芳更是连看他也不敢看了。

雪军放学后，经常拿着黄鳝笼，去田埂、河边装置，捉黄鳝，还拿着捕鱼网，撒网捕鱼，但凡壮汉干的力气活，他样样干得利落，抓的鱼、黄鳝也多，比棟树湾里的叔伯们还厉害，清芳便料定他是很有本事的人。

她心里也暗暗对他心生好感，一种很朦胧很美好的感觉，这种感觉十多年以前就种下了，是一种淡淡的又秘而不宣的情愫，即使和发小群英、雅盈、曼娟、锦凤、霞芬都没透露过半点心声。

在和玉娟一起工作的日子里，清芳对玉娟照顾得很细心，有累活脏活她都忙好了自个的，不停歇地去帮玉娟，食堂有啥好吃的菜，她也宁可省下自己一口，夹给玉娟吃，她就像一个未过门的嫂子一样，贴心护着小姑子的周全。

两人独处时，玉娟也不客气地唤起清芳嫂子来，清芳照例是一番嗔怒，故作生气不理睬她。

事实上，雪军对震涛也有恩。震涛读初一时，某天中午，被高年级的几个男生叫出去，在学校后公厕边，他们扯着震涛的衣服，抡起拳头要揍他，因他无意间说了某个男生的坏话，得罪了这些人。眼看震涛就要被他们揍了，路过的学生没一个施以援手，他焦灼着，盼望有老师经过，能解救他。这时雪军正巧从厕所出来，看见震涛被一帮高年级的男生按在树上，说你们想干什么？那帮人看见雪军五大三粗的，便松开了震涛。

震涛是我弟，你们想找他麻烦，就是找我的麻烦，我绝不饶过你们，记住我名字，陈——雪——军，高一(3)班的。雪军说得掷地有声，像夏日午后沉闷天空里响起的滚滚惊雷。

那些人认得雪军，皮肤酱色，一身腱子肉，是中学出了名的运动健将，自觉惹不起，便悻悻地离开了，此后也没再找震涛麻烦。

清芳得知后，着急不已，说幸好雪军经过，他可真是个好人呐，别看他平时闷声不响的，关键时敢挺身而出。此后，她对陈雪军更加敬佩、爱慕了。

恒力钢厂好些工人来自县城周边城乡接合部的步亭村、城西村、城南村、乌夜村、铁匠村，好多人家里土地被征用后，成了城镇土地工，被县城集体企业招入做工，满退休年龄后还可领退休金。

一个月下来，好多年轻的男工和清芳熟悉了，在多男少女的钢厂里，长相姣好的年轻女孩总是鹤立鸡群，容易引起男工们的注意。年轻女工上班时穿着统一的蓝色工作服，身上、脸上难免沾了油污，等下了班，经过洗濯后，换上款式各异的连衣裙、超短裙、露背裙，变得楚楚动人，仿佛一阵急雨后从荷塘淤泥里纷纷苏醒过来的袅娜婷婷的荷花。有的黑色腰带配银灰色裙，有的白色腰带配浅紫色连衣裙。有个年轻女工特别会打扮，涂着艳丽的唇膏，纤纤指甲上也涂着玫瑰色的指甲油，每天裙子都变着花样，没看见有重样的，今天裙子是闪亮的，明天就变成了斜肩的，后天是花卉以及荷叶边的，那软软垂下的荷叶边把她娇小的身材衬托得风姿绰约，平添了一分温柔与妩媚。清芳心里纳闷她的手怎么那么好看呢？柔软无骨的样子，随便垂手一放，都那么有风情，她再看自己那双粗糙沾着油污的手，纳闷那女工的手怎么就那么细嫩呢。

不久后，她得知那女工在钢厂行政楼，坐办公室的，负责统计报表、做做账。清芳心想，那该是多么清闲的工作，不用闻车间呛人油腻的烟尘，也不用听那耳膜都要震碎的机器轰鸣声，每天坐在办公室里，养养花，看看报，填填表格，是多么让人艳羡的工作。她心想那女子要么学历高，要么是城镇户口，或者在厂里有靠山。

清芳每天处在那一片争奇斗艳的花圃中，感觉自己就是一只不谙世事的丑小鸭，原以为自己在缫丝厂穿得已经不错了，但在钢厂女工之间一比就露了馅。隔壁宿舍的赵美蝶说，女人长得再漂亮，还不是要靠衣服衬托的，你脸盆子长得这么标致、端庄，穿得这么素朴，真是亏待了爹妈生的这副好坯子。

清芳说，美蝶姐，我不会打扮啊，我们乡下的女孩，穿得都很保守，我穿得还算可以的，哪像城里的女孩，穿得这么大胆、暴露，胸脯前开得这么低，后背还都露出来了，那样我不敢穿，穿回去也会被指指点点的。

赵美蝶哑然失笑，说你思想也过于保守了，现在都九十年代了，谁还管那一套陈腐思想。既然来到了县城里，就要见见世面，活出一副城里人的做派，让乡下那帮人瞧瞧，否则白来城里走一遭。我也是从乡下来的，就是你们常宁镇隔壁织田乡的，刚来时，我也很拘谨，也不会收拾自己，但看着看着就学会了，涂睫毛，描唇线，抹护肤品，和一日三餐一样不可少。女人若真心想要改变自己，那是一朝就能学会。咱们厂男多女少，你瞧那帮骚男人一天到晚像一只只逐食的绿头苍蝇似的，一闲下来，就饥渴地围绕着好些女工献殷勤，好像家里没吃饱似的。男人都是吃着碗里瞧着锅里的，家花哪比得了野花香。那几个仗着自己是车间主任、记工员啥的，胆子就更大了，时不时地往女工们身上挤凑，摸一把她们的细腰、胸脯、臀部，揩一把油，就像捞到了宝似的。

清芳心想钢厂是集体企业，原以为作风很正，想不到这么乱，真是闻所未闻。她说我可不想像她们那样，穿得那么招摇，宁可让男工们不注意到自己。

你这样想可不对，一天还可以，长年累月下去，待在厂子里多么无趣，会被闷死的。你应该还没处对象吧？城里挑选的余地大，厂里那么多男青年，还不是让你随便挑？美蝶喋喋不休地说着。

清芳看见玉娟拎了一件无袖连衣裙回来，穿上站在镜子前左顾右看的。清芳说你这么快就买好裙子了？裙子那么短，膝盖都没盖住。

玉娟在镜子前顾盼神飞着，说姐，你说好看吗？是美蝶姐帮我挑的，下午我跟她们几个去了锦和西路的小商品市场，她们几个都相中了这款淡紫色裙子，胸前还有几缕流苏，我们几个都试了，她们身材臃肿，都穿不进，只有我穿进去了，美蝶姐帮我垫了钱，二十元，贵是贵了点，但我太喜欢了，等第一个月工资发下来，我就还给她。

你呀你，那么贵还舍得买，工资还没发，就先购置起行头来了。清芳朝她头上轻点了下，从床上枕头底下掏出一个小包，拿出两张十元纸币，说去还给美蝶吧，我们刚进城，别让她们看咱俩的笑话。

一个月后，清芳拿到了第一个月工资，三十五元，比缫丝厂工资少了一半，她有种强烈的失落感，玉娟才二十元，一件连衣裙就抵了一个月工资，她出勤比自己少，一会儿不是胳膊疼、腰疼，就是来例假了。清芳心想玉娟总归比自己小三岁，她家境好，她爸做建筑包工头，长年手下跟着不少的徒弟。

紧接着，清芳注意到文凭在厂里大行其道，那些有高中文凭的，男的当上了工会主席、车间主任、车间组长啥的，女的则任会计、出纳、工会、妇委会、统计员之职，活轻松，工资又拿得高，而初中、小学文凭的，都是干厂里又脏又重的苦活，工资又拿不高。美蝶说像我们这种集体企业，嘴上说是多劳多得、计件制，实际上水浑得很，还不是厂长、副厂长几个人说了算，他们把叔伯舅侄、七大姑八大姨招入厂里，这些人仗着有靠山，背景硬，干得少，吃得多，占尽了公家便宜。而像我们这种没啥靠山的，就只能忍气吞声靠自个儿了，我也不想在这个厂子里做长久，等嫁了人，就不想再做了，很没意思的。

清芳有一次在厂门口，看到美蝶坐上了一个男人的嘉陵摩托车，那种摩托在城里很风靡，在乡下很少见到，油门一拉，白雾一喷，快速出去了。她断定那是美蝶的男友。

玉娟下班后，待在女生宿舍的时间越来越少，时常和那些女工出去，很晚才回来。有一回她还跟着美蝶去了城南的男友家。

她回来时，和清芳喋喋不休着，说美蝶的未婚夫家楼房好宽敞，装潢好阔气，就在城南汽车站边，房前有个庭院，院子里种有桂树、柿树，还有一棵很粗壮的香樟树，花坛里是月季花、海棠花、三角梅，墙角边有个水池，中间有座假山，长着一棵罗汉松，水里养着各种颜色的金鱼。她未婚夫在邮政所工作，送邮件的，公公退休了，婆婆还在厂里。她嫁得可真好。

这时一个女工过来串门，听玉娟说起美蝶，撇着嘴说，别看赵美蝶显摆，你们进来得晚，不晓得她的底细。她来厂里有六年了，为了嫁进城里，做城里人，可是使出了浑身解数。几年前，勾搭了厂里包装车间的李主任，那是个有妇之夫，女儿都上中学了，两人常在深夜摸进仓库里偷情，有一回动静太大，不知怎的，竟被看大门的王老头发觉了，以为仓库里老鼠在打架。后来风言风语传到了李主任老婆那儿，那婆娘可不是善茬，风风火火地冲到厂子里，找赵美蝶玩命，在车间里一把抓住赵美蝶的头发，大声嚷嚷着老少爷们，快过来瞧瞧这狐狸精身上到底长着什么稀罕宝贝，居然把我男人勾引上了。说完，开始在美蝶身上撕扯起来，让她在厂子里出尽了丑，那婆娘最后被李主任拦腰搂着，费了好大力气才扛回了家。厂里好些男人看见了赵美蝶粉红色的胸罩被扯落在地，她那条水绿色内裤也被撕裂开了。说完，那女工哈哈大笑起来，嘴里喷出了浓重的蒜臭味。

清芳听得心怦怦乱跳，仿佛那一幕就发生在眼前。她浑身战栗着，鸡皮疙瘩都上来了，心想赵美蝶竟然是这样的人，在厂里出了丑，居然还有脸待得下去。

还有呢，那女工继续说，赵美蝶的丑闻败露后，不知怎的，她乡下男友也听说了，很快也冲到厂里，逼她做个交代。赵美蝶也是个狠角色，好像她没理亏,她男友理亏似的,反而理直气壮地怒骂开了,老娘满大街随便找一个,也比你这个乡下没出息的怂货强百倍,给老娘滚。她男友气红了脸,拿出随身带的刀子要捅了她,幸亏被及时赶来的保安制止了。她男友粗红着脖子,说分手,我不要你这种不知羞耻的女人,把彩礼退回来,和你一刀两断。赵美蝶捋下手上的金戒指、耳朵上的耳环、脖颈上的项链,还从床底下掏出一叠纸币,扔在她男友面前,说全还给你,好了,你我两清了,你现在可以滚了吧,滚回你的土包子乡下去,全给我滚蛋。

玉娟好奇地问,红梅姐,你咋这么清楚美蝶姐的事?

查红梅吃吃地笑出了声,说我和她一个女工宿舍住了六年,你说我怎不清楚她的事,我知道的还多着呢。

清芳感觉查红梅言语中似乎多了一层女人间的争风吃醋,添油加醋也是有的,但赵美蝶似乎也太跋扈了吧。她还未出嫁,名声就这么难听,要是搁在乡下,那是要被戳脊梁骨的。

那后来呢?美蝶姐怎么就和她那个送信件的邮递员好上了?玉娟好奇地追问着。

呵,经这一闹,赵美蝶名声算是不好了,厂里哪个男人还敢凑近她。几个月后,看大门的王老头,瞧自家那个外甥,也就是那个邮递员,快三十了,还没有处对象,就张罗着和赵美蝶牵线,两人在门卫室就见了面,也对,浪女配混混,天作之合。查红梅继续说。

那也不错,美蝶姐总归是找了个吃公家饭的,而且是县城居民户口,以后就是城里人了。玉娟说。

查红梅说,好什么呀,那个邮递员上过山,公家饭吃了七年多,才刚放出来,手臂上、背上刺满了文身,是城东出了名的二溜子。

啥是上山?啥是吃公家饭?玉娟又好奇地追问道。

清芳连忙扯玉娟的衣袖,示意她别追问个不休。

上山就是吃官司,吃公家饭就是坐牢呗。查红梅咯咯笑着。又说她男友出狱后,噢,当时还不是她男友,那男的老爸,怕儿子再重蹈覆辙,自己去单位提前办了退休,好说歹说,赔尽了人情,才让儿子顶替他,进了邮政所,当起了邮递员。换以前,赵美蝶心高气傲,这样的货色哪看得上,但出了丑后,自降身价,想着好歹男方家是城里人,便想嫁了。她当初进城务工,就是一门心思想做城里人,最后连这样的混混也敢嫁,也算是饥不择食了。

清芳回头对玉娟说,你还是少跟厂里的女工们出去乱逛,尤其要离赵美蝶远一点,别再去她婆家了,离查红梅也远一点,她信口开河,不晓得哪句是真,哪句是假。你爸妈把你托付给了我,我要对你负责。

玉娟说,晓得了嫂子,我自有分寸,会离美蝶姐远远的。

几个月后,赵美蝶穿着粉粉绿绿的丝绸旗袍,带着她的那个邮递员新郎,故作忸怩地进厂来分发喜糖了,全厂上下几百人,人人都有份。她对女工们说,我嫁了人,宋训就不让我继续干了,安心在家给他们宋家续香火。

女工们盯着她微微鼓起的肚子,说这么快就怀上了?

赵美蝶咯咯地笑出了声,说这不就有了吗?原本婚礼再延一下,到腊月里再摆喜酒,但延不了了,生就生吧,反正咱们做女人的,迟早不就那么一回事。

厂子里白天机器轰鸣,工人们低头劳作,一派忙碌生产的景象,一到下班,就是另外一副样子。厂里有报刊阅览室、乒乓球活动室,工会那幢红色房子的三楼还有一个舞池,不过很少有工人过去,一般只有行政楼里的人才可进去跳舞,还作接待来宾用。

清芳闲来无事时,常去报刊阅览室,看看有没有新到的小说,她和其他女工一样,新近迷上了岑凯伦、梁凤仪、席绢的港台言情小说。几个男工瞧见清芳坐在角落里,相互挤了下眉眼,一起凑到她身边说,清芳,看书多无趣啊,偶尔看看就行了,经常看,眼睛会看坏的。县城里好玩的地方多了去了,老看书多闷呀,和我们一道去城东冷亭桥边的凤舞九天舞厅跳迪斯科如何?

清芳拒绝了他们的邀约,说她不会跳舞,也不爱嘈杂,还是想看看书,清清静静也挺好的。男工们说你那么喜欢看言情小说,去录像室看言情电影也好啊,张曼玉的,林青霞的,钟楚红的,不要太好看。

玉娟这时也进了阅览室,拦在清芳的前头,拉下了脸说你们别想约我嫂子,小心我哥来揍你们,我嫂子才不想和你们这帮臭男人出去呢。

你这小丫头的嘴这么欠。清芳要是你未过门的嫂子,那叫你哥过来啊,让大伙儿瞧瞧,让清芳坐上你哥的摩托车,一起上舞厅跳迪斯科去。男工们开始起哄。

我哥在外省忙着做生意挣大钱,可比你们有出息了,才不会像你们这么有空,游手好闲的,净整出些幺蛾子。说完,玉娟将他们一把推了出去。

清芳看着泼辣的玉娟,既感到欣慰,又觉得过火,她居然和外人说自己是她嫂子,这玩笑可是开大了,要是传到雪军的耳朵里,让她如何是好。

很快,半年时间过去了。玉娟因耐不住钢厂里的乏味和劳苦,没干满三个月,就离开了钢厂。

有一天,门卫王老头到车间里,叫住了清芳,说门卫室有个姑娘找你,你去瞧一瞧吧。清芳心想城里没有她认识的人,难道是玉娟回来了?可又细想不会是她,她想进来就直接进来好了,还用得着待在门卫室。

她摘下工作帽和沾满油污的袖套、橡胶手套,走至厂门口,看见是穿着薄衫的雅盈,斜背着布包,撑着黑绸布伞站在淅沥秋雨里,左右张望着。

清芳欣喜着说,是雅盈姐呀,你怎么来了?说完,她疾步上去,一把抱住了雅盈。

雅盈说我听你妈说你在锦屏路上的恒力钢厂上班,我就一路寻过来,看你来了。

你不是在省城高复吗?怎么放假了?清芳问道。

雅盈说,我早从省城回来了,现在在县教育局边新办的高复班学习,今年高考仍没考上,省城那边学费又太贵,县城正好开了高复班,所以就过来了。我想再试最后一年,要是再考不上,就和你做伴,进厂上班,挣钱养活自己。

正好赶上了食堂开中饭,清芳拉着雅盈,进了食堂,要了茭白炒肉丝、大排肉、红烧狮子头、青椒炒香干等几个菜。清芳说,雅盈姐,你多吃点,高复肯定很苦,你决心真大,都坚持三年了。话说回来,文凭在县城里还真是很重要的,像我们厂里,高中文凭的工作省力,工资又拿得高。

你后悔吗? 高一时辍学。我明白这事和孙楚扬有关系,我老早劝你,他是靠不住的。雅盈边吃边说。

雅盈姐,不瞒你说,我回想这三年,感觉辗转了两个厂,也没挣着多少钱,要是当初咬咬牙,也挺过去了,早拿到了高中文凭,有时候想想还是有点后悔。我回想和他的交往,也感觉糊里糊涂的,当时就感觉厌学心很重,听课就像梦游似的,头昏脑涨。心里时常很空虚、很焦躁,楚扬出现了,他风趣、幽默,正好陪我解解闷,心里不再空落落了。清芳说。

雅盈说,我前几天回乡下,碰到曼娟,她在村小代课老师做得不错,听说之前你先去村里小学报的名,原本这代课老师是你的,被她明抢了去。

清芳说,当时火荣叔和我说了后,我去村小上了一节课,起初很紧张,但一节课上下来,我还真喜欢上了那群学生,有一刹那,我感觉自己就是老师了。后来阴差阳错,让曼娟去当了代课老师。

雅盈说,唉,当初要是你去做代课老师,就不会像现在这样,在厂里干体力活了,曼娟从小就是这争强好胜、处处挤占别人的个性,你往后也不能什么都谦让,该争的还是要争。马善被人骑,人善被人欺,到哪都一样。

清芳说,是这个理。

雅盈继续说,往后你有什么打算? 仍想在这个厂里做下去吗? 我看你脸色不太好,蜡黄蜡黄的,肯定干得很辛苦,一个人在这儿,没人照顾,可怎么行?

清芳说,出来就不想这么快回去了,家里楼房还未造,还等着我挣钱拿回去呢。我不想再待在常宁镇上了,感觉镇上太沉闷、压抑了。我好久没见着你雅春姐了,她现在还好吧?

雅盈说,一个女人,带着个私生子,你想日子会好过到哪? 我三姐算是被董大兴那个浑蛋骗惨了,到最后把自己一生的幸福都赔进去了。我对她真是哀其不幸,怒其不争。说来说去,这都是我爸造的孽,把好好一个家搅得支离破碎,他把家底折腾光了,还到处借债,长年在外东躲西藏,将来有一天死在外头,我都不会掉一滴眼泪的。

清芳说,你家这样,你还铁了心继续高考,更加不容易了。

雅盈说,我若不考上,我想得到今后摆在我面前的路会怎么样,我只有出去,往后才有活路。我不像雅春,一心想着依附男人,自己没本事,想指望男人都是指望不上的。清芳,你记住我的话,女人都得自个儿成全自个儿,只有把自己身价抬高了,以后才有资格挑选别人。

清芳说,你说得对,女人只有自个儿成全自个儿,我记下了。

背　叛

陈曼娟任代课老师的兴义小学，新中国成立前是一座尼姑庵，香火旺盛，"文革"时，破四旧，被红卫兵放了一把火烧光了，只剩下几堵残墙。后来依着石墙，在原址造起了四合院式的兴义小学，原矗立在秋雨庵里的两棵粗壮的泡桐树，继续屹立在校门口两边，几百年过去了，泡桐树仍葳蕤葱茏，暮春时，泡桐树开满浅紫色的喇叭花，一夜风雨过后，清早，校门口的泥地上堆满了一指厚的喇叭花，像极了绚丽的锦缎。盛夏时，泡桐下浓荫密匝，清凉舒爽，学生们躲在树荫里跳牛皮筋，打玻璃弹珠。秋天时，泡桐树叶斑驳成金黄色，秋风起，树叶飒飒作响，像是过去秋雨庵里的尼姑们做早课时念诵经文。

兴义小学南面是村部杂货店，是镇里供销社在村一级的延伸店。北面是一幢两层楼房，底楼是村部办公地，二楼是村办服装厂。陈曼娟站在教室北窗边，看见卡车开了进去，工人们从车上搬下一捆捆的棉絮和尼龙面料。厂里要赶在冬季来临前，缝制一批滑雪衫。

她在黑板上匆匆写了几行生词，让学生们抄写。随后从口袋里掏出一张纸，放在讲台上，对折了下，又对折了下，折叠成了豆腐块形状，豆腐块里面是她写的句子，外面是白纸。

她走到正在写字的马晓冬课桌边，轻声对他说，晓冬，帮老师把这个交给你干爹。她朝北窗外服装厂努了努嘴。

马晓冬立即放下铅笔，接过陈曼娟手里的信，握在手心里，出了教室。他一路小跑着出了校门，然后往北拐，一溜烟似的跑进了学校后面的服装厂。

陈曼娟倚靠在教室北窗口,手按在胸口,盯着晓冬一口气跑上了二楼,她微微
浅笑着。

在二楼裁剪车间,晓冬将豆腐块交给了他干爹颜雪良,轻声说干爹,这是
陈老师让我交给你的。

颜雪良放下剪刀,将豆腐块揣进了口袋里,四下瞅了瞅,说好,晓冬,你回
去吧。

傍晚放学了,陈曼娟仍坐在办公室里,批阅作业,这时服装厂的打铃声从
窗外传进来,工人下班了。

陈曼娟放下钢笔,站了起来,拎起手提包,出了办公室。这时夜色笼起,
空荡的校园,黑漆漆的,静谧异常。

她走出校门时,颜雪良开着嘉陵,从厂里拐出来了。他看见陈曼娟,笑着
说我没想到今天是你生日,礼物都没给你买,你说我带你上哪儿玩去?

陈曼娟笑着说,我可不要你什么礼物,以往我也从不过生日的。我以为
你今晚会加班,我想自个回家了,你有空,就陪我出去兜一下风。

颜雪良说那我们去镇上,找家小饭馆,炒几个菜吃吃,给你庆祝生日。吃
完,我们再去打台球,或者看电影。

陈曼娟坐上了车。夜风已凉,还夹着冰冷的雨丝。她前胸紧贴在颜雪良
宽厚的后背上,仍瑟瑟发抖着。到了镇上,颜雪良和陈曼娟进了老街一爿小
饭店,点了油爆河虾、红烧排骨、韭芽炒肉皮、香干肉丝,还开了瓶黄酒。

颜雪良给陈曼娟的杯子里倒上黄酒。她说我不会喝酒,喝点汽水好了。

颜雪良说,今天是你生日,喝酒能助兴,还能暖暖身子。

陈曼娟说,我是喝不惯黄酒的味道,有点呛喉。

颜雪良说,你黄酒喝得少,喝久了,就感觉醇厚、绵长,比汽水带劲多了。

说完,他拿起酒杯,敞开喉咙,半杯黄酒入肚。他说,你瞧,这样喝黄酒,
才够劲。

陈曼娟便拿起酒杯,抿了口黄酒,许是喝得慢了点,呛住了喉,咳嗽着,酒
从嘴里喷了出来。

颜雪良笑着说真笨,快吃点菜,压压喉。

喝完了酒,吃完了菜,陈曼娟感觉浑身燥热,腿也酥绵绵的。颜雪良带她去了河南岸电影院底楼大堂的台球室。

大堂里灯火通明,人声喧杂,烟雾缭绕,围满了打台球的年轻人,陈曼娟捂住鼻子,说烟味太呛喉了,算了,还是不要打了。颜雪良说那我们去干啥?镇上不比县城,没啥可玩的,要不去录像室看几场电影吧。

陈曼娟说那也好。

两人去了老街上一爿录像室,门口广告牌上用粉笔写着《纵横四海》《霸王别姬》《整蛊专家》《倩女幽魂》《千人斩》。

老板说都是最新的香港电影,周润发、巩俐、张国荣、王祖贤、周星驰演的,看过的都说精彩。

两人挑角落里坐了下来,电影已经开场,滚动播放着,想看几场就几场。

此刻正在放映《倩女幽魂》,一身白裙长练的小倩长发飘飘,在黑魆魆的古墓里飞着,荒烟蔓草间现出几个骷髅,还有几个僵尸脸的女鬼从坟冢里缓缓升起。白烟笼起,夜雨滂沱,黑漆漆的兰若寺前,急着赶路的一介书生宁采臣,跨入阴森森的破寺里避雨,阴郁诡谲的背景音乐响起,画面更显得骇人恐怖。

陈曼娟抓着颜雪良的胳膊,说太惊悚了,夜晚看这样的鬼片,真是受不了。

颜雪良轻声说,鬼片就是这样,这部还算好,林正英的僵尸片才更骇人哩。

接下来放《整蛊专家》时,画面轻快好多,陈曼娟看得花枝乱颤,倒在了颜雪良怀里咯咯笑着。

电影散场了,两人出了录像室,夜风吹来,陈曼娟连打了几个寒战,颜雪良说里面暖和,外面还真冷,再过半月,要入冬了,眼下厂里正在赶制一批女式滑雪衫,我给你带一件御寒,你想要什么颜色?

陈曼娟说,有什么颜色可以挑选呢?

颜雪良说,浅紫、粉红、嫩黄、湖蓝色的都有。

陈曼娟说,那就湖蓝色吧,穿到学校里,还是素净一点好。

夜已深,颜雪良开着嘉陵,往兴义村方向驶去,在兴义小学门口停了下来。陈曼娟说,你怎么开村里来了,不把我送回家里去?

颜雪良嬉笑着,不语,沉默了下说,去学校里坐坐吧。

陈曼娟说,学校里黑灯瞎火的,有啥好坐的。我想起刚看的鬼片,瞅啥都觉着像鬼魅。

颜雪良笑着说,学校内真有尼姑们的鬼魂,怨你们霸占了她们的尼姑庵,香火断了,又无处可栖身。

陈曼娟捉住他胳膊,惊悸异常,没好气地说你要吓死我呀,我已经很胆战心惊了,你还要说得这么恐怖。今晚我还怎么睡觉?往后哪还敢在里面教书?

说完,她拖着颜雪良,要上摩托车离去。

颜雪良抱紧她说,傻瓜,你怎么那么不经吓?我这是要练练你的胆,还是人民教师呢,也信什么妖魔鬼怪。这会儿我腿有点酸,还是进去歇一会儿吧。

陈曼娟摸出钥匙,打开了校门,吱呀一声,推门而入。校园内黑咕隆咚,一片冥寂。这会儿风歇了,雨也停了,下弦月从厚厚的云层里探出了头。整个校园像沉睡了过去,留下校门口两棵粗壮的泡桐树守夜站岗。那些落尽枯叶的树冠、枝丫被月光投射在泥场上,纵横交错着,像现了形的魑魅张牙舞爪着,一丛丛校舍在月色掩映下,也显露出了黑魃魃的轮廓,显得异常诡秘。陈曼娟猛然又想起了秋雨庵,那些错杂的前尘旧事,让她猛然又打起了寒战。

她说,雪良,我瘆得慌,咱们还是走吧。

颜雪良掐住了她的胳膊,指了指校舍中间的休息室,说去那歇歇好了,有我在,你怕啥。

陈曼娟轻轻推开了虚掩的休息室的门,正想拉灯绳,颜雪良按住了她的手,嘘的一声,曼娟便晓得他的用意了。

颜雪良点亮了打火机,小房间里浮现出了一张简易床,颜雪良说房间里霉味好重,好久没住人了吧。曼娟轻声说,上年那个外地来的女老师回去了,之前她一直住在学校里,之后房间一直没人住,也就没人进来清扫了。

颜雪良在床上轻掸了几下,拉着陈曼娟的手,急切地坐了下来,紧紧抱住曼娟,将脸贴在曼娟脸上摩挲着,细嗅着,饱吸几口,紧接着将她缓缓放倒在了床上。

曼娟呼吸急促起来,眼眸紧闭,身子缓缓起伏着,感觉房内的空气变得温润起来。这时她感觉雪良鼻腔里呼出的黄酒热气喷在她脸上,他带着浓郁烟草味的嘴唇贴住了她的细唇,急促地狂吻着,舌头伸了进来,在她口腔里翻搅着。她被撩拨得酥软无力,全身骨头快要散架了。他的手这时伸入她衣服里,慢慢往上游移,像一条小蛇在肌肤上游走着,慢慢地,轻轻地,力道恰到好处。曼娟像吹了凉风似的,颤抖了几下,身子下意识地向上拱着,娇嗔了起来,发出含糊的轻吟。

那只手继续揉捏着,力道越来越重,曼娟感觉胸脯上发胀,像一团放了发酵粉的面团在慢慢膨胀,又难受又美妙。他的嘴唇继续在她的耳垂、眼眸、鼻子、脖颈上磨蹭着,曼娟被他上下其手挑逗着,更加毫无招架之力了。

这时,他另一只手用力解开了她裤子上的皮带,用脚将裤子往下蹭,曼娟急了,用手紧紧护着裤子,不让他蹭下去,但雪良把她娇小的身躯压得实实的,她毫无反抗之力。

曼娟被他撩逗得难耐无比,感觉有一道亮光钻入了她心里,她追寻着这道亮光,往上飞升,越飞越高,碰了下云朵,又急转而下,像是飞入了一条幽深的山谷里,挂在崖壁上的银亮色的瀑布飞流而下,水雾氤氲,山谷间奇花异草遍野,实在是一处从未涉足过的秘境。

突然,一阵钻心般的刺痛像电击般让她全身战栗起来,像刀具在切割身体,她感觉全身的骨头都快要被敲碎了,指甲深深嵌入他的胳膊里,慢慢地,痛感渐渐消退,被一股奇异的幻觉替代。她感觉自己仿佛又从山谷里腾空而起,继续追寻着那道奇幻的亮光越飞越高,越飞越快,越飞越急,飞到了云巅之上。

陈曼娟喜欢以豆腐块的简便方式,给颜雪良传话,有时细致地折叠成千纸鹤。她对马晓冬格外偏爱,帮他削铅笔,给他全新的练习本。马晓冬学习成绩优秀,升入三年级后,陈曼娟就让他当了班长。她批阅期中试卷时,边上围着几个学生,马晓冬看见试卷上,他将"巨浪"的"巨",写成了"E",他以为陈老师肯定会打叉,得不了一百分。但陈老师在"E"的横笔画上用红笔重新写了下,写成了"巨",居然没有批错。马晓冬心里格外温暖,陈老师真是很偏爱自己。

晚上,陈曼娟的母亲翠枝对她说,你也老大不小了,和颜雪良三天两头偷偷摸摸地见,算怎么回事?他是义丰村颜家湾人,他未婚妻也是颜家湾人。我听说他们定亲酒都摆好了,他要入赘到女方家。你现在成天和他胡搞在一起,可怎么得了。

陈曼娟说,雪良他人风趣,又挺能干,兴义服装厂厂长是他姑父,大力培养他,将来还想让他接班当厂长呢。我和他在一起,感觉很开心。我也晓得他有女朋友了,但他还没有领证结婚,我和他交往有什么关系,他总归还有重新选择的权利。

翠枝说,那他既然想和你交往,干吗要偷偷摸摸地背着人。我是怕你吃亏,他是脚踏两只船,吃着碗里看着锅里。他若要你,就应该尽早和女友断了,光明正大地和你交往。这样你们在一起才名正言顺,否则要是被女方家捉着了,你一个姑娘家会被戳脊梁骨,坏了名声的。

陈曼娟不耐烦地说,妈你想多了,现在都九十年代了,都讲个你情我愿,自由恋爱。前年雅盈三姐为县城那个有家室的老男人生了个私生子,才丢人现眼,雪良还未结婚,我和他交往有什么关系。他和我也说过了,他本就不乐意当上门女婿,会尽早和女友断了,把我们的关系公开的。

翠枝说,你现在在小学里当的是代课老师,为了将来有一天转正,要谨小慎微着,不能再像以前,由着自己性子处事,这几年表现好一点,嘴巴甜一点,我们再求牛校长去上头说说好话,没出几年就会转正了。

陈曼娟不胜其烦地说,好了,我晓得了,我心里有数的。

过了年,又开学了,陈曼娟对颜雪良说,你什么时候带我去你家?我们交往都快满两年了。

颜雪良说,再过些时日吧,等我和她断了关系,你再上我家,比较妥当。

有一天,陈曼娟又写了信,折叠成纸鹤状,趁课间,让马晓冬交给颜雪良。马晓冬上了二楼裁剪间,没找着颜雪良,又上车间,仍没发现,他看见了队里的海法公公,将纸鹤信交给了他,说看见了我干爹,交给他。

两天后,陈曼娟从颜雪良那得知,他未婚妻赵秋芳家人冲到他家,和他大闹一场,骂他狼心狗肺,背着秋芳,和别的女人勾搭在一起,让他将女方之前摆定亲酒花的钱、拿的礼金全赔付出来,然后一刀两断。

颜雪良身心俱疲地说着,脸上布满一道道新鲜血痕,是被他女友抓破的,扯掉了好几片肉。他继续说,原本和你暗中交往的事,秋芳是不晓得的,但你写给我的那封信,晓冬没看到我,让海法叔转交给我,他竟然将信看了,去交给了秋芳,才惹出了这祸端。

陈曼娟说,我也大意了,没事先告诫晓冬不要将信交于别人。事已至此,也无可挽回了。

颜雪良说,我和秋芳肯定走不下去了,她要来算账,就算账好了。我一个大男人,又没什么。

接下去一段时间,陈曼娟感觉学校的老师看她的目光发生了变化,以前是柔和的平视,现在是上下打量,她感觉浑身不自在。她明白老师们心里想着什么,私下里又议论她什么,自己又不是破坏人家家庭的第三者,颜雪良既然还没有结婚,他就有重新选择终身伴侣的权利。

但事情败露后,颜雪良似乎刻意在回避自己,她放学后故意留下等他,但他像人间蒸发了似的,没了人影。她问了栋树湾里一个在服装厂上班的女工,女工说,颜雪良不做裁剪了,早出去跑供销了,三天两头跑在外县。

陈曼娟料定他故意在躲着自己,经秋芳这一闹,他感觉脸面无存,不好在厂里待着,干脆跑了。

一个多月后,她终于逮着了颜雪良,质问他为什么躲着自己。

颜雪良说,出了这样的事,我被姑父狠狠臭骂了一顿,栽培我的想法也打消了。我沮丧得很,没心情见你,我们的事还是缓缓,等事情平息了,人们淡忘了,我们再继续交往。

陈曼娟说,我都不怕别人怎么看我,你怕什么?现在你和秋芳分手了,你还顾虑什么?难不准,你又找着新欢了,想把我甩了?

颜雪良说,我是那样的人吗?男人总应该以事业为重,我想好好干,做出些成绩,挽回姑父对我的印象。我最近活比较多,交往的事还是再缓缓吧。

陈曼娟郁郁不快,感觉颜雪良说得也在理,也不好再挑什么刺了,但平日里少了他无事献殷勤,在学校里索然无味,难耐得很,上课也总漫不经心的。

有一次,队里的女工突然对她说,颜雪良又有相好了,县城里的,还拍了照,厂里好些女工都看见过。

陈曼娟握紧拳头在桌上重击了下,咬牙切齿地说,我早料到他又有新欢了,否则不会这样百般找借口,推三阻四地避而不见,我陈曼娟容貌出众,能歌善舞,又不是没男人追,这个臭瘪三,花心佬,算哪根葱?

陈曼娟渐渐对村小寡淡的生活心生厌倦,她在县城小商品市场干过两年,喜欢城里光怪陆离、喧嚣纷繁的生活。而自从离开县城,来村小上班后,自己像被关进了尼姑庵似的,青灯苦佛,寂寥异常。

有一天,她鼓起勇气,对他爸陈长荣说,我不想待在村小了,我还是回县城上班吧。按照我的个性,这活干不长的。

陈长荣火冒三丈,说你在小商品市场不务正业,能有啥前途?早和你说过了,上头有关系,在村小老老实实代课几年,转成公办教师,端的是铁饭碗,有啥不好?

陈曼娟说,一天到晚铁饭碗,铁饭碗,我看这铁饭碗,也顶多饿不死人,能挣多少钱?

她妈翠枝这时说,女孩子家,要挣什么大钱,你往后是要嫁人的,挣大钱的事还是由男人去做好了。等转了正,就有了城镇户口,到时候城里小伙还不是随便你挑?

陈曼娟说,转正我都不稀罕,我还稀罕什么城镇户口。

陈曼娟感觉身边没有一个可商量之人,孤立又无助。夜深了,她倚靠在床上合不上眼,索性拉开了床边书桌的抽屉,掏出了一叠彩照。这些是两年前,高世杰带她去风陵湖、苍耳山拍的。她看着照片里的自己明媚动人,脸才泛起了笑意,内心才感觉到一丝的满足与快意。她感觉自己活了二十一年,最美的年华都定格在这些照片里了,只有高世杰才能捕捉到她的美,发觉她的神韵,她一直记得高世杰拿她和冯群英比较时说的话,当他说自己比冯群英更有气质和风韵时,她心里美滋滋的,竟然有一丝得意。有时她也很羡慕冯群英,那些羡慕渐渐变成了妒忌,妒忌慢慢在心底膨胀,让她感觉到很可怕,但她又按捺不住,任那些情绪炽烈地翻卷着。论长相,她哪点输于冯群英,就因为比她小两岁,让她得以和高世杰成了初中同班同学,才让他俩顺理成章地处成了对象。高世杰给她拍照时,帮她抬起胳膊,摆好姿势,有时搂着她的细腰,让她轻轻倚靠在柳树上。当他温热的手接触到她的肌肤时,她能感觉到他的手像被电击一样,迅急缩了回去。其实她没有躲闪,反倒高世杰这时涨红了脸,像做了亏心事似的,让她感觉又好笑,又好气。她知道自己只能把他当作姐夫,和他保持分寸。但每次见到他时,内心那份渴望与不甘折磨得她脸红心跳,使她不敢再面对他的目光。她于是躲避着他,当高世杰再约她出去采风拍照时,她推托有事没有应允,慢慢地,高世杰也没有再约她了。而这时她内心又很怅然失落,被思念折磨得燥热难受。幸好来村小后,结识了颜雪良,和他靠近,也是排遣内心的思念,淡忘那个人。但和雪良交往过程中,她也没有放下过对那个人的思念,甚至那个冬夜在村小小屋子里发生的事,她一度恍惚着把雪良当成了他,才忘情地配合。事后,她又羞又愧,感觉做了对不起冯群英的事。

几日后黄昏,冯群英突然上门来,说曼娟,听你妈说,你想辞了代课老师,回县城小商品市场？你妈让我来劝劝你，我商店里活忙，月底急着盘货赶工，所以耽搁了。

陈曼娟说，不瞒姐，我是想离开村小，在那我快要熬成尼姑了，闷得很，平日里在学校不能装扮，穿着要求朴素，我那些花花绿绿的时髦衣服只能躺衣橱里睡大觉，唇膏、眉笔、粉饼也只得趴抽屉里，太窝心了，活着还有什么劲。

冯群英笑着说，除了穿着打扮受约束，我实在想不通，一天到晚和小孩子待在一起，又唱又跳的，怎么会闷呢？

陈曼娟说，我喜欢往外面闯，很想出去见见世面。年初，邓小平同志在深圳视察时说，"不坚持社会主义，不改革开放，不发展经济，不改善人民生活，只能是死路一条"。他还说全国人民都要发财。这是中央传递出的新信号，大力搞活市场经济，经商挣大钱的好时机已到来。我盘算好了，想回县城继续帮表姐开服装店，等手头积攒些钱，自己另起炉灶，开爿服装店，我想凭我的本事，以后服装店肯定越做越大，能挣到大钱。

冯群英说，我们几个发小中，数你心气最高，也最有生意头脑。小地方困不住你，有自己的主见，是好事，姐支持你。

陈曼娟说，谢谢姐，有你的支持，我心里笃定多了。

海　岛

有一天,清芳收到了一封信,是之前初中时的一个女同学写给她的,叫清芳回来时,上她家去一趟。

清芳发觉初中毕业后,和好些要好的女同学都失去了联系,而住常宁镇西的古春琴,和她是最交心的。春琴家是镇上人,清芳一直认为和一个住在镇上的同学走得近,关系亲密,很有面子,以前读初中时频频去她家玩,还带去家里的蔬菜、瓜果。

周末,清芳回乡下时,先去了常宁镇上。

古春琴说,我卫校毕业后,在镇上的卫生院做护士。我好久不见你了,很想你,我以为你仍在缫丝厂。给你写去的信,退了回来,从其他同学那儿打听,才知你进了县城恒力钢厂。

清芳说,不好意思,春琴,我去了县城,没事先告诉你。你真厉害,做了护士,我们那拨女同学中,数你最厉害。不像我,没出息得很,在厂里当工人。

古春琴说,你以为做护士不辛苦?晚上要值夜班,碰到哭闹不止的孩童,针都扎不好,以前读书时,还经常在自己胳膊上练习扎针,你瞧我手臂上满是针眼的。

清芳仔细瞧了春琴两只手臂,说还真是呢,你不怕疼吗?还真扎得下去。

春琴说,不扎自己身上,还能扎谁身上。不拿自己练习,永远学不会扎针,也毕不了业。下下周,你有没有空,陪我去趟东海涠岩岛好吗?

清芳迟疑了下,说你去东海涠岩岛做什么?那么远的。

古春琴抿嘴一笑说,我未婚夫是海军,在东海涧岩岛上服役,他两年没回来探亲了,我想去看看他,我一个人去有些寂寞,你有空么,陪我一起去。

清芳细想着两人以前那么要好,近两年才交往少了。如果拒绝她,定会伤了和气,以后会更加生疏。初中毕业后还保持联络的就只有她一个女同学了,便说瑞平去东海涧岩岛是够远的,要先坐车,还要坐海轮,你一个人去怎么行,到时我陪你走一趟吧。

一星期后,清芳向厂里请了三天假,和古春琴坐上了去东海涧岩岛的汽车,半天时间,汽车才到了摆渡门,又上了往涧岩岛的渡轮。

清芳坐了一路车,原本头昏脑涨,晕得厉害,直反胃。上渡轮后,撑不住了,眼冒金星,伏在渡轮护栏上呕吐起来,吐了一番后,才觉好受些,慢慢缓过气来。春琴过意不去,不住地给她拍打后背,说晓得你晕车这么厉害,受那么多罪,就不让你陪我来了。

清芳喘着细气说,坐车时还好一点,闭上眼睛能熬。但上渡轮后,闻到柴油味,又闻到海风腥气,就撑不住了,胃里吐空就好受多了。

古春琴说,你往海面上远望,吹吹海风,闻惯了,也就好了。

清芳看着碧波浩渺的海面,成群结队的海鸥嬉逐着浪花,卷起的海浪不住地拍打着渡轮,击起碎玉般的细沫。海风咸咸的,煦暖的春日阳光照在身上,一切都是那么辽阔,她顿觉神清气爽起来。

空蒙海面上渐渐现出一丛黛青色的岛屿,像贴在水面上似的。春琴惊呼着快看,东海涧岩岛到了。

下午两点多时,渡轮终于靠岸了,古春琴挽着清芳的胳膊踏上了甲板,上了岸。两脚踩在石地上,清芳那头重脚轻的飘忽感才慢慢消失。这时一个着藏青色海军服、肤色黝黑的男青年朝她俩走来,笑着露出一口洁白的牙齿。春琴说,明诚,这是清芳,我初中时最要好的同学,我让她陪我过来的,一路舟车劳顿,吃了不少苦头。

赵明诚朝清芳点了点头,说我第一次上岛时,正巧碰上台风天,大浪翻腾,渡轮剧烈颠簸,我晕船也特别严重,好几天吃不下饭,过几天才缓过劲来,而其他新兵却没事,教导员说我平衡能力比较差,特意让我做静力锻炼、健身球锻炼和慢运动,增强平衡能力,现在我摇着小渔船在海浪里捕鱼,都如履平地了。

在部队食堂,清芳闻着菜油味就反胃,一个炒菜也没碰,就着咸萝卜干,勉强扒了几口饭,赵明诚带两人去招待所休息,他看见清芳吃得很少,去小卖部买了几包饼干、话梅塞给春琴,说清芳等会要是饿了,先垫垫饥,晚上再吃顿好的。

傍晚时,清芳睡醒了,春琴说,你感觉好些了吗? 还难受不?

清芳说,睡了一下午,好多了,也有胃口了。

春琴说,那晚上你多吃点,涠岩岛上有不少海鲜,很美味哩。平日里咱们很少吃到的。

清芳说,你真有福气。你未婚夫好细心,人又很随和。

春琴笑着说,他以前可不是这样,粗枝大叶的。当兵入伍后,被慢慢改造成这样的。看来你也喜欢军人,要不趁这次上岛,给你好好物色一个?

清芳羞红了脸,说怎么说到我头上来了。好像这次来,不是我陪你来探亲,倒像你带我来相亲。部队海军个个是天之骄子,哪会瞧得上我这样的乡下土妞。

春琴说,什么乡下土妞? 部队里大多数士兵也都是农民出身。你别说,部队可真是改造人、锻炼人的大熔炉,军人的思想境界一般都很开阔,择偶观念非同一般,只要互相看上眼,其他都不重要。你比我漂亮,肯定很快引人注目的。

赵明诚在部队食堂,炒了一桌菜,拉上了战友一起陪着。

他对春琴和清芳说,这是钱大俊,和我是兰浦镇一个村的,我俩同一年上岛当的兵。他身体素质比我强,各项训练拔得头筹。文采还特别好,在部队编的《东海文艺》刊物担任编辑呢。

留着平头的钱大俊对春琴说,明诚这是在明褒暗损我,他上月刚刚拿了连队抢滩登陆第一名,受到部队嘉奖。你们这次来,是特意为他送上的慰问奖。他听说你要来，老早就盼上了，天天往码头上跑，用望远镜瞭望，你瞧，他脖子已伸得老长老长了。你再不来，他脖子都快要伸断了。

春琴笑着说，你是在拿他逗趣，他哪会想我，我给他写信，一个月都收不到他的回信。

赵明诚说，部队里时常要开展军事训练，一天下来，累得腰酸背疼，就忘了回信了。要不是现在正赶上空档期，你们也上不了海岛。

钱大俊说，这倒是实话，我探亲假原本三个月前就批下来了，碰到部队集训，愣是走不了。我都两年没回家了。

吃完晚饭，赵明诚说涠岩岛上的落日晚霞很梦幻，我们沿海边一起走走吧。

钱大俊说，你还是多陪陪春琴，难得相聚，我们就不当你们的电灯泡了。

春琴笑了笑。

赵明诚对钱大俊说，那清芳交给你照顾了，你带她四处走走，熟悉熟悉岛上生活，看看涠岩岛的景色。

钱大俊和清芳沿着海边漫步，不远处，有几艘灰黑色的渔船在靠岸，皮肤黝黑的渔民将一筐筐海鲜搬下渔船，湿漉漉的渔网撒在海滩上，浓重的腥味夹杂在海风里，吹拂了过来。他对清芳说，你是第一次上海岛吧？

清芳说是的，我还从来没坐过海船，在海上待这么久。想不到涠岩岛这么大，若不是靠近海滩，还以为是在陆地上。

钱大俊说，这个岛沿海滩走一圈，也得半天辰光。岛上常住人口三千多人，大多是从事捕鱼作业的渔民。三十几年前驻扎了海军部队。我们涠岩岛上最好看的就是早上的日出，比陆地上的人提早十几分钟看到日出。一轮鲜亮的红日从东海深处缓缓升起，没有任何障碍物，云层也少有遮挡，那喷薄而出的像鸡蛋黄的霞光将海面炫染得精美绝伦，颜色变幻莫测，刚刚还是鸡蛋黄，一下子幻化成玫瑰色，紧接着又成了靛蓝色、橘黄色，倏忽间，又成了黄铜色。落日晚霞又是另一番景象。现在快日落了，你瞧，湿润的海滩上一片金黄色，被晚霞涂抹得亮闪闪的，潮汐卷着洁白的浪花，不停地拍打沙滩，海鸥在霞光里欢快地鸣叫着,声音传得很远,人置身其间,也变成了晚霞中的一景。

清芳心想,钱大俊真是有文采,出口成章,像在吟诵一篇美文似的。随他走上了细软的沙滩,钱大俊脱下了鞋子,让清芳也脱下,两人在潮汐里走着,清芳感觉脚底被凉丝丝的潮汐舔得酥软无比,晚霞将两人的身影拉得很长,投影在沙滩上,像紧紧地依偎在一起。钱大俊边走边捡起贝壳递给清芳,很快,两人手里都拿满了。他风趣地说,今天的贝壳真是多,颜色好丰富,估计是海龙王知道岛上来了贵客,专门献宝来了。今晚的晚霞也特别壮丽。

清芳被他的话逗乐了,说你和海龙王认识呀,你在岛上待了好几年,和他快成亲戚了。

钱大俊笑着说,我们经常出海训练,有时会碰到暴风骤雨,海面上掀起狂涛巨浪,我就晓得海龙王他老人家肯定心情不好,不晓得谁得罪了他,雷霆震怒着;哪天碰到风和日丽,海面平静时,我晓得他老人家那天心情肯定很好。

清芳被他的话逗得笑弯了腰,直接蹲了下去。

钱大俊说,明早我来接你,一起去看海上日出,比晚霞还要壮丽。

清芳这时突然联想到曾经和楚扬一起去苍耳山看日月共升的事,感觉那瑰丽壮观的一幕仿佛就在眼前。她心想山上观日出和海岛上观日出,总归是不一样吧。

第二天凌晨,天未亮,她随钱大俊去了海边,闭眼倾听海浪拍打着礁石的声音,还有海鸥悠远的鸣叫声,抬头望了望夜空,夜幕里繁星满天,斜月低垂。她心想,涧岩岛上真好啊,前天还置身在钢厂轰鸣机器声里,今早就出现在这片静谧的沙滩上,身边还有个刚认识的小伙子陪伴着,世事真是奇妙。她轻声说,你知道我想起什么了吗?

钱大俊说,是什么呢? 你是想唱歌,还是想吟诗?

清芳说,我想起了《外婆的澎湖湾》这首歌,晚风轻拂澎湖湾,白浪逐沙滩,没有椰林缀斜阳,只是一片海蓝蓝……这首歌听了无数遍,以前一直幻想着歌里的意境,晚风,沙滩,斜阳,现在想来,那风景不就是眼前的景致吗?

钱大俊轻声唱了起来,清芳也唱了起来。

三天很快过去了,临别前夜,钱大俊对清芳说,你把地址给我,我给你写信。清芳不假思索地写了地址,给了他,钱大俊也写下了地址,交给了她。

一路上,古春琴对清芳说,不虚此行吧,三天下来,看得出,钱大俊对你很上心,你俩很投缘。他人很好的,爽朗又幽默。我老早就说你会受人瞩目的,我第一次当红娘,这红线牵得真不错。

清芳笑了笑,说你别拿我打趣了。你和未婚夫只顾着秀恩爱,拉出钱大俊来应付我,哪像你说的上心、投缘啥的。

春琴说,我都瞧出来了,你还傻傻地看不出来?当局者迷,旁观者清,他殷勤地陪你逛遍了整个海岛,不是看日出、捡贝壳,就是赏晚霞的,明诚对我可没有这么花心思过。钱大俊既然有你的地址,他也知道了你的心意,会很快给你写信的。

一星期后,清芳果然收到了钱大俊写来的信,信封上盖着部队独有的三角印章。清芳细闻了信笺,有海岛上的气息。钱大俊信上说再过半年,就要过年了,他索性过年回来探亲。

清芳也很快回了信,心里美滋滋的。

两人书信往来着,情愫渐渐升温。清芳的心时刻飞往那片神秘、幽绝的海岛,在那驻扎了。她时常一个人来到县城东的海边,那片沙滩上少有贝壳。她将之前带回的贝壳依次放在沙滩上,任潮汐包紧它们,在水里沉浮着。她幻想着自己置身在几百公里外的涧岩岛上,和他并肩依偎在一起。海鸥从远处飞来,在她头顶盘旋着,仿佛刚从涧岩岛那边飞回来,给她带来了钱大俊的问候。

几个月后,钱大俊在回信中说,他现在是志愿兵,很想一直留在部队里,将来结婚以后,家属过来随军。

清芳心想,之前听春琴说赵明诚将来会转业到地方,钱大俊怎么想一直在涧岩岛上待下去呢。

她给春琴打去电话,春琴说明诚的父亲是兰浦镇上仪表厂厂长,一直想着让儿子转业,培养他。之前让他入伍参军,也是想磨砺磨砺他,将来好接他父亲的班,我也不想随军。钱大俊想留在部队里,将来若能升为高级士官,待遇也是很好的。你如果想和他处下去,你要考虑清楚,将来结婚后很可能要去随军的。

清芳心想考虑这种事还很遥远,起码是好几年以后的事,两人在涠岩岛初遇后,半年里都还没再见过,钱大俊也没表露过什么,突然说这些,不晓得是考验还是试探。还是交往些时日再说吧。

钢厂里的男工们渐渐知道清芳还没有男友,她进进出出常一个人,从没看见哪个男青年和她处在一起。

有一青年男工万振刚开始向清芳献殷勤,频频帮清芳拿抹布擦钢管上的油污。清芳一年做下来,因常年接触柴油,手上老伤疤又皲裂开了,处处裂开了鲜红的口子,裂缝处又嵌入了黑色的油污,无论怎么用肥皂搓洗,也难以洗净,冬天时,西北风一吹,刀削似的生疼。她感觉这双手真是逃不脱受罪,之前离开缫丝厂,以为逃脱了对手的伤害,哪知现在更甚了。

清芳看万振刚不像厂里其他油里油气的男工,平时话不多,干活又很细致,有几次几个男工凑近清芳说些插科带诨的话时,振刚抡起拳头,二话不说轰跑了他们。清芳看他个不高,也瘦削,比她小一岁,但还能镇得住那帮男工。

有了振刚的呵护,那些男工渐渐不来骚扰清芳了。清芳仿佛受了庇护,在厂里也不再胆战心惊。

下班后,天还早,振刚约她出厂走走,她思索了下,同意了。

他们沿着海涛东路往东走,一直走到了海塘边。清芳站在海堤上,右侧是踞立在海边的沧浪阁,日夜陪伴着浪涛不息的海湾,左侧是一望无际的大海,她望着澄净的蓝天,波涛汹涌的海面,感觉心境宽广好多,那海面上展翅飞翔的海鸥,嬉逐着洁白的浪花,把她的思绪带得很远,她又立刻想到了涠岩岛,钱大俊已好久没来信了,他莫非又赶上了部队集训?

那海风咸咸的,湿湿的,突然一阵大浪卷起,拍打在礁石上,击起碎玉般的浪花,清芳没留神,被浪花湿了衣裙,她笑了,露出洁白的牙齿,振刚也跟着笑了,说你笑起来真好看。

清芳说你笑什么呢?海风太大,她没听真切。

振刚大声说没说什么,心想太可惜了,都怪风太大,把话吹回来了,她没听真切。

他俩一前一后,沿着海堤往南走,下了堤,沿着锦屏东路,继续往西走,一路走到了宜园外,清芳说前几年,还和震涛进过宜园呢,拍了两张照片,还想着啥时再和弟进去逛逛。

振刚说这么晚,宜园也早关门了,改天周末,我带你进去游玩。园内树木葱茏,亭台楼阁,你随便站在哪个角度拍照,都美得很。

他俩继续往西走,走着走着,就走到玉轩桥上了,慧源寺已经关门,在浓重夜色下,寺院显得神秘、悠远。

振刚说每年除夕,县城周边的香客都涌入寺里,争着烧头香,我也年年跟着几个小兄弟,进去烧香,然后就去冷亭桥的凤舞九天舞厅,跳迪斯科狂欢,守岁跨年,有时是上保龄球馆。午夜过后,钻入街边的录像室,看个通宵,看着看着,就倒头睡着了,直至天亮才回家,继续睡,睡到下午才醒来,吃年酒去。

清芳说你们城里人可真会玩,乡下哪有舞厅,更甭提保龄球馆了。怪不得乡下的人都想往城里钻,城里啥都好,东西又多,但凡想得到的,都能买得到,但就是贵,用的、吃的都贵,一个月就挣那么几个钱,不卡紧点,没出半月就花光了。

这时丁零当啷的声音从寺院深处传来,仿佛是从深邃幽谷里响起的。清芳屏息聆听,说振刚,快听,瀛海塔的塔铃声。

振刚说早听工友说起你经常过来听塔铃声,有那么好听吗?我可觉得没啥特别的,单调又乏味,像满大街自行车的按铃声一样。

清芳心想和他说也没用,并不是谁都和她一样,听得懂那时近时远的塔铃声的。

有一回，吃中饭的点，振刚在食堂里没见着清芳，他端了两份盒饭，走进车间，见她坐在一堆柴油桶前，手拿着抹布，黯然神伤着。

振刚焦灼地问道，你这是怎么了？

清芳说，到饭点，又运来一批钢管，油污沾得特别重，说下午赶着出货，我只能加班干了。

振刚说，快吃饭，我帮你干。我早就说了，这哪是女人干的活，你还是换个工种吧，去车间轧那种小钢管，多劳多得。你别嫌那轧钢声音吵，都是全自动的，不用亲手搬动，只要看好车床就行了，你刚来不久，我去找车间主任说说去，他和我是铁匠村一个生产队里的。

清芳说，能行吗？我听说换工种不太容易的。

振刚说，包在我身上，车间主任是我二叔。

清芳对他一脸的感激，不知说什么才好，心里涌过一阵暖流，远在异乡，人地两生，难得有人这样热心地照拂她。

几天后，清芳不声不响地被换到了轧钢车间里，她负责看管那种轧小型钢管的车床，料没有时，电钮一按，钢管被送上输送带，自动依次输进车床里。

没过几天，那个矮胖的车间主任带着一个中年妇女走入车间里，在清芳身后不远处端详着。清芳盯着车床，没留意，直至身边另一个女工过来扯了一下她的衣袖，清芳才抬起头来，那女工指引着她，朝那中年妇女的方向看。

清芳不认识那中年妇女，感觉有些蹊跷，这时振刚走进了工厂，凑在那妇女耳边说了些什么，三人便离开了。

清芳问振刚，下午进车间的那人是谁啊？怎么和万主任站在一起。

振刚支吾着不说，突然摸起头来，咧开嘴傻笑着，神情有些拘谨。

你肯定有什么瞒着我。清芳说，你比我小一岁，我可把你当弟一样看待，你要和我说实话啊。

振刚说，我——我不瞒你，她是我妈，今天来城里买化肥、棉花种子，顺便进厂里来看看我。

来看你？那怎么不去大轧钢车间，跑到小轧钢车间？由万主任带着的，还会跑错车间？清芳追问道。

振刚便不好意思起来，不再说了。

清芳突然意识到了什么，脸霎时红了，说以后去食堂吃饭，你不用替我打饭了，我自己会排队盛的，你也不要从家里给我带菜来，免得外人说闲话。

振刚急了，口气急促着说外人能说什么闲话？我不就是帮你打打饭而已嘛。你真生气了？我妈也没有恶意，我也没有和她提起过你，怎么就进你车间，瞧你来了。噢，我知道了，肯定是二叔说的，我找他帮你调换了工作岗位，他肯定和我妈说什么了。

清芳说你帮我调换工作的事，我会好好感谢万主任的，你和你妈好好解释一下，我一直把你当弟看的，免得让她误会。

你就只是把我当弟看吗？难道我不可以追求你吗？振刚急了，连忙追问着，我只是比你小一岁，难道小一岁都不行吗？

清芳说和年龄无关，我刚进厂不久，只会擦钢管上的油污，还没学到技术活，钱也挣得不多，我不想这么早谈恋爱。

周末，清芳急不可耐地骑车往家里赶，将困扰了多天的心事，和母亲交了实底。

粉宝说女儿，你一个人在县城工作，我和你爸看也看不到，问也问不到，牵肠挂肚得要死。难得有个小伙子这样关心你，看你干得辛苦，还帮你调换岗位，他有这份细心和贴心，已经着实不容易了。

妈，万振刚人是不错，可是——可是——。清芳欲言又止。

粉宝说，你还忘不了那个药店的？听翠娥说他几个月前定好亲了，年底就要结婚了，你念念不忘，又是何苦呢？

清芳说，我心里早把他抹得一干二净了。万振刚人是不错，朴实厚道，对我也很细心。可是，我不能答应和他交往。

这又是为什么呀？粉宝说，你是不是有什么事瞒着我？你倒是说呀。

清芳把几个月前和古春琴上涧岩岛,认识了钱大俊,和他书信来往的事说了下。

粉宝说,你和钱大俊那个小伙子交往得如何了?都书信往来半年了,你心里总归有数的。

清芳说,下月元旦,他就要回来探亲了,到时他自然会和我表露的。你说我现在和他交往着,我怎么好再和万振刚交往呢?

粉宝说,妈也难替你做决定。我也没见过钱大俊那个小伙子,不晓得人品怎么样。将来你要是随军,妈也不拦你。俗话说,人往高处走,水往低处流,你将来要是嫁给军人,成了随军家属,总归比嫁给万振刚要强。

万振刚仍继续帮清芳打饭,还从家里带来了鸡肉,给她吃,比以往更加贴心了。

清芳过意不去,发觉不能再这样隐瞒下去了,她对万振刚说,我已经有男友了,他在涧岩岛上海军部队服役,下月过年就回来探亲了。你人这么好,肯定会找到比我更适合你的女孩子的。

万振刚听她说已有男友,愕然了,惊得半天说不出话来。他心灰意冷着,没过几天,就不来上班了。听工友说,他上房顶整理被夏季台风掀翻的瓦片时,不慎滑落,幸好掉在了软泥里,只是摔断了几根肋骨,正住在人民医院住院部五楼骨伤病房。

好多工友都结伴去看望他,清芳为这事犹豫不决着。查红梅说你和我们一起去看振刚吧,他之前经常帮你打饭,你应该去探望一下的。他也蛮可怜的,老爸死得早,下面有一弟一妹,一家的重担全压在他身上,他十四岁就进钢厂上班,家里楼房都是靠他才造起来的,他要是摔出个三长两短,这一家老老少少的就垮了。

清芳听得不寒而栗,觉得更非去不可了。

清芳随女工们进了五楼病房,女工们围在振刚病床前,嘘寒问暖着。她看到振刚仰躺在病床上,鼻青脸肿的,手臂上缠着很厚的绷带,几日不见,居然变成这副模样了,着实惹人心疼。

这时不明底细的工友们将清芳从她们身后推到振刚床前,说清芳也特意过来看你了,喏,这是她特意给你买的补品,还买了鸽子,让厂门口的小饭店炖好了,喝鸽子汤对接骨好。

振刚强仰起脸,看见了床侧的清芳,朝她挤出了笑,又挣扎着想坐起身,使力说谢谢大伙,厂里那么忙,还赶来看我。

这时,振刚的妈正拎着热水瓶打水回来,打量了下围在床边的一群女工,瞅见清芳时,脸一下子阴沉了下来,立即走上前去,也不顾旁人在场,朝清芳厉声怒喝道谁让你进来的? 还不快滚出去,要不是你和刚子说了几句寒心话,他怎会像丢了魂似的? 别说叫他上房顶盖瓦片,就是爬几层楼高的井字架都没事,这次摔下来,全是你害的。要是落下什么后遗症,我绝不放过你。

清芳怔住了,病房里所有人都目瞪口呆。

妈,你说什么呢? 清芳她是好心好意和大伙来看我的,我自己不小心才摔成这样,怎怪罪于她? 振刚欠起身,喝住了他妈。

你还想着护她? 你待她那么好,给她打饭,带菜,托万庆全换工种,可她怎么对你? 她只是在利用你。他妈又气不过,继续说。

你就别再说了,再胡说,我宁可去摔死。振刚屏足了气,吃力地大声咆哮着,又因用力过度,引起胸肋疼痛,剧烈咳嗽着,脸涨得黑紫。

女工们看情形不对,急忙拽着吓得瑟瑟发抖的清芳,离开了病房。

病房风波很快在厂里传开,清芳不用抬头也能听到身边工友们的交头接耳,投来的冷冷的目光像刀一样,在她身上一刀刀地宰割。

她感觉身边人都把她看成了利用他人达到目的,然后一踹了之的心机女,内心升起从未有过的孤立无助,像身处杳无人烟的荒岛一样,任她如何呐喊,都无济于事。黑夜里,她窒息得难以入睡,盯着黑漆漆的蚊帐,感觉自己又像漂浮在无边无际的海面上,无人向她施以援手。

她心力交瘁,病倒了,卧在宿舍里,咳嗽不止,发起了高烧。厂部妇女主任王芳带着女工来探望她,说可怜的清芳,发这么高的烧,竟然没人知晓,也不去厂部医疗室瞧一瞧,这样下去烧坏了脑子,可怎么行。说完,妇女主任背起孱弱的清芳,往厂部医疗室赶去。

厂部医生给清芳简单检查一番说,厂里的医疗条件简陋,小萧发烧又这么严重,肺部有湿啰音,恐怕感染了炎症,还是去人民医院治治吧。

清芳高烧不退,住进了呼吸科病房,挂起了点滴。妇女主任安排女工轮番照料她。

清芳因身心俱疲,引起免疫力下降,造成病毒性感冒,引发肺炎。输液两天两夜后,高烧慢慢退到了38度,她从昏迷中醒来,看趴在床沿上打瞌睡的女工,满是愧疚。

她对前来看她的妇女主任说,王主任,辛苦你了,我尽给你添乱,临近年底,厂子里又那么忙,让你们腾出人手来照顾我,真是过意不去,麻烦你打电话到我们兴义村里,叫村支书火荣叔通知我妈过来照顾我。

得知女儿病倒的消息,粉宝立马风急火燎地进城来了。

她心疼地抚摸着女儿瘦削的脸,一星期不见,瘦了一圈。她说,怎么上周还好端端的,现在变成这样子了,一个感冒,怎么就引发肺炎了?

清芳说,妈,我没事,厂里最近活多,忙着出货,我又没休息好,所以就感冒了,挂了几天盐水,炎症消下去了,已无大碍了。

你是不是拒绝了振刚那小伙子,他对你做了什么,你才愁坏的? 粉宝说。

清芳虚弱地说,妈,你别提他了,我和他压根就没有什么,他能把我怎么样。

这时她心想几百公里外涧岩岛上的钱大俊,要是得知她病得这么严重,会不会心急如焚地提前赶回来看她?

清芳不知万振刚正站在病房外,隔着玻璃,偷偷往病房内张望。之前他听前来探望的工友说清芳病倒了,还很严重,住在三楼呼吸科病区,便想过来探望,他在病房外过道里踱来踱去,最终还是没勇气推开病房的门。

几日后,清芳感觉舒爽好多,体温渐渐恢复了正常,咳嗽也没了。她在住院部下面的花坛里踱步,蜡梅花正开得茂盛,一簇簇,一片片,绯红的,月牙白的,嫩黄的,煞是养眼。

又过了几天,清芳出院了,厂里准她回乡下休养半个月,妇女主任说不用急着回厂上班,把身体先养养好,你的活有人先顶着。

粉宝和清芳回乡下前,去厂里取东西,说看你们的厂子真是大,那个妇女主任倒是个热心人,对你挺照顾,不过我还是不放心再把你一个人留在城里,这次回乡下,就不要再回来了。

清芳在乡下休息了半个月,身体恢复得差不多,就回县城上班了。

她已一个多月没收到钱大俊的回信了,迟疑了几下,摊开信纸,给他写去信。半个月又很快过去了,钱大俊回了封简短的信,信中说这段时间部队有紧急情况,元旦回乡探亲还不一定。

古春琴进县城来,参加卫生系统业务培训,晚上来钢厂看望清芳。

她问清芳和钱大俊交往得怎样了,我这个红娘该了解些吧?

清芳说,最近几月只收到钱大俊两封信,交流得很寡淡。

古春琴说,上月底明诚回来探亲了,住了一个星期。他说临近年底部队很清闲,军训很少。

清芳说,那钱大俊来信说,这段时间一直很忙,原本月底要回来过元旦,现在又存未知数。

古春琴说,这就奇怪了,明诚探亲回来,刚回去,钱大俊就紧接着回来探亲了,他怎么没和你说?按照探亲假一星期来推算,他这个时候,也回涧岩岛了。

清芳愣住了,冷冷地说,我算是看明白了,我想往后也没必要再给他去信了。

夜晚,清芳来到护城河边,将钱大俊写来的信和枯叶混合在一起,全烧了。她一个人坐了好久,河面上吹来的寒风把她的长发吹乱了,她也没觉察。身在浓重惆怅之中的她,蜷缩着,胳膊紧紧抱住双腿,仿佛想要缩进一个硬壳里去。

相　亲

清芳搬了凳子,坐在乡下庭院井边的樱桃树下。楼房已在上年建好,午后冬日阳光暖暖地照在身上,鸡鸭在水泥场上啄着秕谷,家里的老黄猫卧在她脚边,不住地磨蹭着。

黄昏时,队里的九香婶过来串门,和粉宝在楼下灶壁间,说了好一会儿话。

清芳卧在二楼西间的床上看着小说,好晚了,粉宝才上楼来。

妈,你和九香婶说啥呢?聊那么久。清芳对进来帮忙整理床铺的母亲说。

九香来给你说媒来着,你晓得她提了谁?是雪军,咱棟树湾里陈耀昌的儿子。

啥?雪军?清芳心里咯噔一下,从床上坐了起来。

是啊,是雪军,九香说,她瞅着你和他很般配的,想先听听咱这边的意思,都是一个生产队的,知根知底的,就不用多打听什么了。女儿,你觉得这事如何?你和澗岩岛上那个当兵的断了,也该好好考虑下终身大事了。

妈,你说一个棟树湾里的好吗?太近了吧,以后生了孩子,来外婆家没走几步就到了,逢年过节都不像走亲戚的,好没意思的。

女儿,这倒不要紧,你瞧霞芬的妈和爸不也是一个生产队里的。

妈,这么说,你和爸都乐意了?清芳问道。

女儿,我看雪军人是挺好的,从小看着他长大,憨厚实诚,又勤劳能干,现在外头和一帮小兄弟做钢材小生意,听说干得还不错,挣来钱,给他妈买了不少金银首饰。茶花穿金戴玉,整天笑得合不拢嘴的,常在队里一群婶嫂面前晃悠。只是——

粉宝缓了口气,眉宇瞬间萦绕了愁雾,继续说,咱家和他家结下的梁子太深。

清芳晓得那事。二十几年前,"文革"期间,一上山下乡的年轻女知青来楝树湾插队,她叫白雪梅,长得清秀、端庄,而且会唱昆曲。每天清早,雪梅都要到河边,对着幽静的河面,甩着轻盈的水袖,翘着秀逸的兰花指,咿咿呀呀地将《牡丹亭》唱上几段。

原来姹紫嫣红开遍,似这般都付与断井颓垣。良辰美景奈何天,赏心乐事谁家院! 朝飞暮卷,云霞翠轩;雨丝风片,烟波画船。锦屏人忒看的这韶光贱。

雪梅清丽、婉转的唱腔,在清晨的河面上,被清风吹得细细曳漾开了。生产队里的小伙子都喜欢雪梅,出工时,争着帮她干重活。萧建根对雪梅最上心,拿家里为数不多的鸡蛋给她补充营养,让母亲教她纳鞋底,织毛线衫。但雪梅心里只装得下腰阔腿壮的陈耀昌。当时,陈耀昌任楝树湾生产队长,在队里很有威信,又有文化,晓得雪梅离开县城里的父母,只身一人下放到农村,深夜常常愁苦着,便叫队里几个姑娘夜里陪她唠嗑。

萧建根几次看到两人提着煤油灯,走在夜深人静的机耕路上,说着悄悄话,他心郁不快。建根有一次向雪梅表白,说陈耀昌的祖父在新中国成立前是地主,生产队大半的田产以前都是他家的。他成分不好,你和他处对象,没有好结果的,会连累你将来返城。而我家祖上三代都是贫下中农,我根正苗红,你作为知青,理应接受贫下中农再教育,多接近贫下中农才是。

雪梅对萧建根说,你的好意我领了,我不管陈耀昌的出身,冲他带着楝树湾老老小小,没日没夜地苦干,想着多挣工分,提高谷物收成,年底多分红,我就认准了他是个好人。

萧建根吃了闭门羹,感觉无法挽回雪梅的心,便狠下心,偷偷向上头举报了她在楝树湾里唱昆曲,还教唆其他女孩子一起唱昆曲,动摇了社民们的出工干劲。他还揭发了陈耀昌是地主出身,是隐藏极深的十恶不赦的"地富反坏右"。上面将白雪梅的行为定性为"大兴封建残余,挑衅'破四旧'运动,毒害贫下中农"。她连夜被捆绑走了,此后再也没回来过。陈耀昌也被绑走,去乡里游街批斗,被整得很苦。

清芳小时候就听母亲说起过这事,刚听到她又提起梁子,她胸口突然坠着什么重物似的,憋得慌,气急起来,开始咳嗽着,想说什么,话到嘴边,又憋了回去。

大半月了,怎么肺炎还没好啊?还在咳嗽。粉宝不说了,拍打着清芳的后背。

清芳陷入了迷惘之中,内心翻江倒海着。

几天后的一个晌午,她坐在楼下廊檐春凳上,眺望屋东一片油菜地。种下去大半月的油菜苗,起初因缺失水分,无精打采地萎蔫着,这回精神抖擞着全仰起了头,叶片上泛着娇嫩的绿。墙角背阴处,夜里下的浓霜还依稀可见。这时从屋东机耕路上走来一对男女,笑声隔着菜地,隐隐传来。清芳细看下是陈雪军,身侧是一个穿着橘黄色衣裳、踩着高跟鞋的年轻女孩,两人说说笑笑着,聊得很欢。

粉宝在灶壁间也听到了笑声,从东窗向外张望了下,对清芳大声说那是雪军新交的女朋友,油车镇人,听雪军的妈说,女的家里开螺丝厂,雪军常从女方家里进货,销往外省,一来二去两人就对上眼了。

清芳心里立马揪紧,像坠上了重物,慢慢往下沉。她被一阵忧伤席卷着,羡慕起那个挽着雪军胳膊,依偎在他肩上的女孩。

萧震涛忙于繁重的高二学习,早晨天蒙蒙亮就上学去了,傍晚回到家时,天已黑透,简单吃好晚饭,就上楼,钻进房间做作业了,没关注到那时落寞又无助的姐姐。

有一回，吃晚饭时，他一改常态，咧着嘴，不时地笑出了声。快吃完饭时，他兴奋地对清芳说，茉莉正和北街新华书店那个卖地球仪的瘦高个谈恋爱。

清芳听了这话，一下子呛住了，饭粒卡在喉咙里，剧烈地咳嗽着，喝下了汤，才止住。

你这浑小子，不好好吃饭，瞎叨叨什么，你姐肺炎刚好，我见她咳嗽就神经紧张。粉宝嗔怪着。

弟，哪个茉莉？是大姨家的吗？你快说，她怎么就和新华书店的瘦高个好上了？清芳放下碗筷，连连追问着。

是啊，姐，还有哪个茉莉，是薛茉莉。震涛说。

茉莉她初中才毕业，不是在服装厂上班吗？才十八岁，怎么就开始谈恋爱了？还有，新华书店哪个瘦高个？他姓什么？清芳一脸的惊愕。

我怎么晓得他姓什么，那个新华书店你以前也经常去的，喏，就那个戴着眼镜，头发卷卷的，腿有点瘸的瘦高个。你难道忘了？

那个瘸腿的瘦高个，好像二十六七岁了吧，我读初一时，去新华书店买文具，他就在那上班了。

震涛放下碗筷，说姐，我好几次在街上，看见茉莉和他拉着手走在一起，才知晓的。茉莉现在不在服装厂上班了，在中学对面的常宁小学文印室上班，是那个瘦高个帮她张罗，找的好工作，他爸是那个小学的教导主任。

唉，我这个小表妹，古灵精怪的，打小就不安分，姨妈、姨父也真是，不出手管管。清芳气急败坏着，气咻咻地说，我明天上小学走一趟，好好找她谈一谈。

第二天下午，薛茉莉在文印室见到了好久未见的表姐清芳。她摘下手套和袖套，拉来了椅子，垫了张白纸，让清芳坐，然后说姐，你怎么知道我在这儿？噢，你是听震涛说的吧。我听他说你最近身体不好，住院好几天，一直想进城去看你，可学校里正赶着期末考试，需要文印的资料太多，老抽不开身，所以耽搁了。

清芳紧盯着她，坐下，一脸正色地说，你的事，姨父、姨妈知晓吗？

薛茉莉说啥事了，姐？思忖了一下，又说噢，是我离开服装厂，来文印室上班吗？他们早晓得了。服装厂上班太苦，一天到晚坐着，腰酸背痛，我吃不了那个苦，那里女人又多，一天到晚叽叽喳喳的，烦得很，还是文印室好，活不多，清静，自在，想看小说就看小说，想听歌便听歌，想织毛衣就织毛衣。

不是这个事，清芳立即制止，说是你和那个卖地球仪的瘦高个的事，你怎么和他处到一块儿了？按理说他和你不可能有什么交集，你俩怎么就搭上了？

茉莉咯咯咯地笑出了声，说姐，你就为这事，才无事不登三宝殿？

清芳说，我的小表妹，这难道还不算是个事吗？

茉莉说，好，好，好，算是个事，你说得没错，我和他是在交往，你也别叫他什么瘦高个，他有名有姓，姓崔名岚峰。你晓得我打小就喜欢看小说，镇北那条老街上几爿书摊的言情小说都被我看遍了，有一个书摊是崔岚峰家开的，他妈在那照看。她说我既然喜欢看小说，就和她儿子说，喜欢看什么书，就去省城进什么书。我便去新华书店，和崔岚峰说。后来，他不但免费借书给我看，还常带我去看电影。一来二去，就慢慢好上了。确立关系后，他帮我在小学里找了文印室工作，我更有时间看小说了。

清芳说，可你才十八岁啊，我看你是言情小说看多了，看昏了头，把自己想成了女主人公，净想风花雪月的浪漫事。他可比你大好几岁，还瘸着腿，你怎么就不介意他年龄大？腿上有残疾？清芳近乎苦笑着。

我的好表姐，你前两年读高一时，不也偷偷谈恋爱来着，那时你十八岁都不到，我还顶佩服你哩。再说大几岁有什么关系，我就喜欢成熟一点的男人，说起他跛脚，其实就稍微有点，不仔细看，还是看不出来的。那是"文革"时，他父母被批斗，他为了保护他妈，被造反派打折腿的。他博学、沉稳，也喜欢看书，我爸妈也不反对我们交往，他在新华书店上班，城镇户口，端的是铁饭碗，家庭条件也优渥，镇上有一幢独栋的楼房，家里就他一个独生子，有什么不好。

清芳说我的事能和你的比吗？你是和他都住一块儿了。你就图他的城镇户口,图他的铁饭碗,旱涝保收? 清芳声音抬得很高,过路的人都停住了脚步,往文印室这边张望。清芳压低了声音,继续说,你还那么小,就不相信自己以后会碰上个年龄般配一点,条件也好的? 你干吗那么急呢?

好表姐,你小声点,怕别人听不到似的。茉莉咯咯笑着,说表姐,你的思想也太保守了,谈恋爱这种事,只有撞到没有盼到,你怎么不说我命中注定就该遇见岚峰,该嫁给他呢? 既然撞见了,就紧紧抓住,过了这个村可就没那个店了。像我这样长相一般且是农村户口的乡下女孩,能嫁到镇上,已经很不容易了。我可不想再嫁乡下人,继续过那种面朝黄土背朝天的生活。好了,说说你吧,你怎么样? 在县城有没有谈恋爱? 要是没有,可要抓紧了。我奉劝你一句,女孩子过了二十四,可就不吃香了,你眼光得看准点,逮着那些个铁饭碗的,再不济就是城镇土地工啥的,准没错。

又是城镇户口,从表妹嘴里说出来的这四个字,让清芳不寒而栗,感觉有一张密不透风的大网黑压压地向她罩过来,将她困在网中央,越收越紧,动弹不得。她心想是自己太幼稚了呢,还是这个社会太现实了,连小小的表妹都比她看得透彻,一针见血。那么小,就想这么长远的事,一个城镇户口,就让那么多像她这样的女孩为之疯狂,不惜一切往上拱,得之狂喜不已。难道是自己错了吗? 自己那还未怒放就凋零的初恋,也是被一个城镇户口搅得支离破碎。还有钱大俊,他留在部队里,莫不是也想找个有城镇户口的,便渐渐和自己断了联系。再说钢厂里那些个女孩,那个赵美蝶,不也是为嫁个城镇户口的,不顾乡下的未婚夫,死皮赖脸地待在城里,招蜂引蝶,恨不得全身抹上蜜,吸引住城里所有男人的目光。

她苦闷于表妹小小年纪,怎么就这样豁得出去,感觉自己越来越颓丧,已没有底气再劝说茉莉什么了。她像一只斗败的公鸡似的,兴冲冲地跨入校园,又垂头丧气地跨出校门。

清芳返回县城前,答应粉宝,去相一门亲。

对方是邻村新垾庄家浜的,比她大两岁,九香曾跟着他做油漆工的父亲干过活,打打砂皮纸,搅拌油漆桶。九香说,海岳他人本分,又肯干,他初中毕业就跟着他爸学刷油漆,现在父子俩常年在外接活,生意很不错,在新埭村也算是有钱人家了。

黄昏,九香领着一个面相憨憨的年轻人迈进了家门,震涛正要回房间里温习功课。小时候,他也见过生产队里男女相亲之事,觉得既新奇又好玩,像过家家似的,没想到自己的亲姐也要相亲了。他很好奇,躲在楼梯门后边,往底楼正间偷瞄着。

那小伙侧着身,看不真切。九香帮忙圆话,说海岳,你常和你爸进县城刷油漆装修来着,以后有空就去清芳上班的钢厂看看她,方便得很。

震涛看见父亲坐在八仙桌边,不停地吸着烟,粉宝站在边上,白炽灯下,她脸上浮着一丝浅浅的笑意。

震涛推开了楼梯门,假装去灶壁间倒碗水喝,从灶壁间回来时,特意端详了那个叫庄海岳的小伙子,人长得粗粗壮壮的,留着板刷头,脸很糙黑,长满青春痘,寡言少语,浅浅地赔着笑,问一句答一句。

好一会,震涛听到楼下一阵杂沓声,九香和那小伙走了,他一溜烟地跑下楼问清芳,姐,相中了吗? 觉得他咋样?

你也瞧见了,你和姐说说,你觉得他咋样? 清芳问他。

我怎么知道,又不是我相亲。面相粗看,好像挺憨的,脸晒得那么黑,一看就是个田里干活的,二十几岁还在长青春痘,也不怎么吭声。震涛说道。

是啊,是乡下很常见的那种人。工作倒还可以,油漆工,好歹是个技术活,就是感觉木讷了点。清芳说。

什么木讷? 粉宝送他们回来了,说人家头一次来咱家,也没相过其他亲,拘谨是难免的,听九香说上他家去提亲的人,把门槛都要踩断了,我看这门亲事蛮不错的。

万振刚在家休养了两个月,微瘸着腿,又来上班了。厂里照顾他,让他在包装车间帮忙看管成品,发发货,记记账,和清芳在食堂碰面时,有稍许的尴尬。

振刚沉默了下,说那天病房发生的事,真是对不住,我妈是急脾气,不该那样说你,你别往心里去。谢谢你那天过来探望我。

清芳说过去的就让它过去吧,万幸你没啥事,以后凡事小心一点,你妈也不容易,拉扯着你们兄妹三人,我是不会怪罪她的。

下班后,清芳空闲下来,感觉莫名的孤寂,之前万振刚的嘘寒问暖,填补了她空落落的心。

她猛然想到了陈曼娟,她回小商品市场好些日子了,也该去看看她了,都是栋树湾人,且是发小,说话不用拐弯抹角,往后好歹有个可以说话的人。

她换了身衣服,骑着自行车,穿过曲尺路、友谊路、酱园弄、杨家弄,驶入锦和西路,来到了小商品市场。

她走入服装店时,陈曼娟正将一件件衣裳,拿衣竿往墙上挂。看见清芳走了进来,她忙招呼清芳坐。

清芳看墙上挂的大多是大红大绿的丝绸嫁衣,说曼娟姐,怎么服装店里的风格变了?

陈曼娟说,清芳,你有没有感觉,现在新人结婚时,结婚礼服开始讲究起来了,城里已经开始兴起,农村也会跟上风。婚礼那天,新郎官换西服、中式礼服两三身行头,新娘子换的则更多,面料、款式上挑选余地很大,像这款是上褂下裙的龙凤裙褂,以红色打底,配以金银线刺绣,工艺很讲究,图案有龙有凤,根据金银线密度的不同有褂皇、褂后、大五福、中五福、小五福之分。龙凤褂的金银线刺绣十分珍贵,具有很大的收藏和传承价值。有实力的家庭,才会挑这款。这款是秀禾服,你看上衣袖口比较宽大,下搭马面裙,也就是偏松散的裙摆,便于行走。秀禾服的图案纹样多种多样,牡丹、梅花、蝴蝶、凤纹、喜鹊都有,色彩缤纷绚丽,虽然没有那款龙凤褂华丽,但很能透出咱们中国女性的温婉贤惠。有的新娘喜欢穿中式旗袍,我们也有很多款式。当然新娘结婚那天,出门、敬茶环节也有选择穿出门纱的,那种婚纱一般去拍婚纱照的店里租用。我表姐瞅准这刚刚冒出来的新商机,便夜以继日开发了几十款新娘嫁衣,刺绣风格也不一样,她现在苏州专门学习苏绣刺绣工艺和服装设计,打算以后自己抓设计,批量生产。

清芳说,你表姐真有魄力。你跟着她干,肯定会学到不少。

陈曼娟说,那是的,等她学成了,她会回来教我。昨天接到了好几个订单,今天又接到了几个,生意很不错的。清芳,我发觉现在真是赶上了创业的好时代,商机都在县城里,开阔眼界,拓宽视野,只能来县城,待在乡下哪还有什么出路?群英姐男朋友在常宁镇上开的照相馆,早落伍了,在镇上能有什么前途,迟早要被淘汰的。

清芳说,曼娟姐,话不能这样说,都按照你这么想,人都往县城挤,那镇上岂不是快要没人了。说完,她咯咯笑出声来。

陈曼娟朱唇轻咬了下涂着亮红丹蔻的指甲,咬下了点指甲碎片,噗的一声,吐了出去,说人往高处走,水往低处流,清芳你要相信这个理,世上人千千万,总有人不甘心老待在低处,总想着往上爬,我陈曼娟就是不甘平凡的人。我将来肯定要混出点名堂来的。

有一天,隔壁厂房质检车间的检验员黄鑫生跑过来找她,说清芳,你还认识我吗?我是黄大哥,十多年未见,我们一个厂里处了这么久,居然都没互认出来。

清芳丈二和尚摸不着头脑,说你——你是黄大哥?我怎么不认识。

我是常宁镇黄家堰的,我爸叫黄炳坤,俗名黄阿毛,我奶奶是从你们生产队嫁过来的,和你爷爷是堂兄妹。黄鑫生说。

噢,我记起来了,我读小学时,有一回还跟随爸妈到你家吃上梁酒呢,小时候也常跟着奶奶去黄家堰走亲戚。清芳说。

是啊,要不是前几天你妈在常宁镇上碰到我妈,说起你在钢厂上班,我也不晓得啥时才能认出你。十多年不见,我都认不出你了。鑫生说。

黄大哥,你怎么也在这个厂里?你哪一年进来的?清芳问道。

鑫生说,我十年前当兵退伍后,人武部就安排我到这个集体企业上班,一干就是十年。我现在户口也在县城里,在汽车站南边的村子里,做了上门女婿。我老婆是土地工,家里地被征迁后,被招入汽车站当售票员。

清芳说,我之前以为在厂里举目无亲,孤单得很,想不到还有个亲戚。

鑫生说,我听说了你之前的事,你不用怕,往后有我在,你在厂子里不会再受气了。

清芳开心地笑了。

下班后,鑫生殷勤地带着清芳,去了城南的家。清芳感觉第一次去,空手有点欠礼数,特意称了几斤苹果,还给鑫生的女儿买了双鞋子。

鑫生的老婆琼花很客气地招待了清芳,烧了满满一桌饭菜,鑫生的父母也过来了,两家人聚在一起,陪清芳吃了一顿丰盛可口的饭菜,让清芳在县城收获了两年来难得的温暖。

饭毕,琼花拉着清芳的手说,妹子,往后要多来啊,别和嫂子客气,你在县城又没啥亲戚,这儿就是你的家。嫂子是直爽人,说话不喜欢拐弯抹角,不得当的地方,你别见怪。

清芳放下茶杯说不会的,我以后会常来的。

琼花说这就对了,听鑫生说你之前在厂里受了不少气,城里有些人就是这样,仗着自己有靠山,还是城镇户口,就喜欢欺软怕硬,搬弄是非,专拣软柿子捏,你越是软弱,别人就欺负得越甚。以后你就胆大点,不用怕他们,你哥好歹是质检组长,有他在,你腰板挺直点。你有对象了没?要不嫂子帮你张罗张罗,物色几个,你长相齐整,城里小伙子随便你挑。咱们汽车站有不少的小伙子,土地工也有几个,以前是农村户口,现在摇身一变,都变成城镇户口了。

清芳羞涩地说,前几日在乡下相了一个,是做油漆的,人也瞧着本分,还没开始相处,还不晓得合不合适。

琼花说,嫂子也不是说城里的一定比乡下的好,都是吃五谷杂粮,靠双手挣钱,只是说来说去,无非就是一个户口,有了城镇户口,每月就能领粮票,在城里买房、就业、读书、看病,都比农村户口省钱、省力,老了还有退休金可拿,所以才吃香。你看乡下人,年年伺候土地,种完早稻种晚稻,种完晚稻种油菜、播麦,年年要上交口粮,还要养猪、养羊,养好几季蚕,太辛苦,劳苦得背都弯了，没个尽头。凡事都讲究个眼光与机缘，像你鑫生哥，就看得长远，当初我们结婚时，他不嫌我是农村户口，他是城镇户口肯入赘过来。结了婚，我家征迁了，我也摇身一变成城镇居民了，他看准了我们城南这么好的地块迟早是要被征迁的，现在那建了瑞平中学。我的工作也从棉纺厂换到了汽车站，当了售票员。这都是赶上县城扩张的好时候。

黄鑫生处处对清芳很照顾，他是质检车间组长，工友们知道清芳是他的亲戚，也不敢随便为难、揶揄清芳了。清芳感觉自己在厂里找到了依靠，精气神也足了。她有空就去鑫生家，帮忙给鑫生读二年级的女儿补习功课。

过完年，有一回，清芳吃罢晚饭，正洗刷饭盒，萧雅盈背上扛着被褥，左手拎着面盆，右手拎着书包，进厂来和她辞别。

清芳看她穿着单薄的秋衣，站在早春的寒风里瑟瑟发抖，说雅盈姐，你这是怎么了，要回家吗？高复结束了吗？

雅盈沮丧着脸，说我是来和你告别的，我没钱继续高复了，学校已经催了好几次了，我交不足学费，就只好不读了，回家自己复习去。

清芳说，离高考还有好几个月呐，你自己复习行吗？你之前好好的，怎么就交不起学费了？

雅盈说，我爸在外头游荡了两年，回来了，那些讨债的像鬼魂一样，又上门来催债，说再要不到钱，就剁我爸的手指，挑断他的脚筋。我大姐、二姐只好筹措点钱，给了他们。原本我高复的钱，都是二姐资助我的。现在，我指望不上了。说完，雅盈轻声抽泣了起来。

清芳轻拍着她的背，说家家有本难念的经，你也别太伤心。我这儿有点钱，你拿去应应急吧，把学费交了，剩下的当生活开销。

雅盈推托着不要，说清芳，我不是来向你借钱的，你挣钱也不容易，你家里楼房刚造好，还欠着债。

清芳说钱你收下吧，钱可以慢慢挣，但错过了学习，就来不及了，我现在已经很后悔了，我不想你将来也和我一样后悔，我相信你今年定会考上大学的。

清芳把借钱给雅盈的事,和粉宝说了下。

粉宝说,你和她自小一起长大,有交情,借就借了吧。她家也真是祸不单行,前晚,深更半夜,她家的窗户玻璃又被人砸了,咣啷几声,把我从睡梦里惊醒。她妈素芹身子原本就不好,还整天坐在屋东的机耕路上号哭。雅兰她男人也不争气,仍关在笕司农场,可怜雅兰从啤酒厂下班后,还要下地干农活,那五亩多地愣是靠她一个人起早贪黑干完的。

清芳说,雅春现在怎么样了,上次碰到雅盈,我也不好意思问她,怕再惹她伤心。

粉宝说,年前,经人说媒,雅春嫁给了大云镇上一个修理电器的残疾人。那男人比雅春大十岁,下半身残疾,走不了路,挣钱倒是好手,在镇上买了房子。雅春带着儿子,投奔他,往后也算有靠了。

海岳知道清芳周末回来了,天黑透时,开了辆嘉陵摩托车进门来。粉宝说,海岳,你还没吃饭吧?我们也还没吃,我再去炒几个菜,等震涛回来,咱们一块儿吃。

海岳笑了笑,去河边洗了下满手沾着的油漆污渍。他看清芳在拿稻板铲收水泥场上晾晒着的稻谷,很是吃力,连忙走过去,接过稻板帮忙铲谷,然后两人一起用薄膜将稻谷盖住。

吃罢了饭,海岳随清芳上了楼,在西间她的睡房里,两人轻声说着话。震涛放下手里的笔,俯在门上细听,听了好久,也没听到什么,好像庄海岳在说,改天把你的房间墙壁刷成米黄色,房顶刷湖蓝色,地上是绛紫色。粉宝正好上楼来,朝震涛翻了个白眼,努了努嘴,示意他回房间去。

次日是星期天,一大清早,震涛睡梦里听见摩托车突突突的响声,起床往楼下一望,是庄海岳来了。他纳闷着,庄海岳昨天刚来过,怎么又上门来了,来得还这么早,扰得他睡不成懒觉。

清芳快步下了楼,不久后,她坐上庄海岳的摩托车,出去了。

震涛急问母亲,姐跟他去哪了?

粉宝剥着毛豆,慢悠悠地说,海岳今天休息,带你姐去风陵湖游玩,那儿云岫谷的晚柑橘熟了。你别老上心你姐的事,好好把心思用在学习上,还有,你最近还在交那几个笔友吗?什么上海、吴江、苏州、常熟的,就只会整些没用的。你别瞒着我和你爸,我会找你的班主任问的,你姐当初在学校谈恋爱,荒废了学业,你可给我长长记性,要是考不上大学,也像你姐一样,进厂当工人。

震涛说,早跟你说过了,到高二开学时,笔友全断了,我敢不断吗?你们老早在班主任那盘问这个盘问那个,我见你们烦,真烦。

你别蒙骗你妈了,我虽不识字,但晓得你仍和笔友来往,茉莉早告诉过我了,你换了名字,让他们把信寄往她那。她说你在偷偷谈恋爱,你要是再这样浑下去,我不让你姐再给你钱,看你哪还有钱寄信。粉宝愠怒道。

什么谈恋爱,你别听茉莉瞎讲,她自己在谈恋爱,看到男女笔友正常书信来往,都觉得是谈恋爱。震涛极力辩解道,交笔友,在学校里很普遍,不信,你拿这个去问班主任,她一把年纪,老态龙钟的,管得过来吗?我只和一个上海浦东新区的笔友交流学习,庄文静也在读高二,学习成绩可比我好多了,我向她探讨学习经验,开阔一下自己的视野,有什么不好,她还常鼓励我好好改进复习方法,把成绩提高一点,怎么就对学习有影响了?

你不用嘴上硬,关键看你的成绩,你期末考试不进年级前十,我就烧了你的信,让茉莉不再给你带信。你看看雅盈,都高复三年了,你也想头年考不上,等着去高复?粉宝说道。

好了,我晓得了。震涛嘭地关上了房门,坐在书桌前,发起了愣,从抽屉里拿出厚厚一叠书信,抽出一封信,盖有部队专用的三角形邮戳章,军营里该是怎样的呢?那个叫靳伟东的笔友也是十八岁,山东日照人,两年前初中毕业,就参军入了伍,在舟山普陀芦花服兵役。要是自己也去当兵,该有多好,每天能听见嘹亮的军号声,那神气笔挺的军服,穿在身上,英姿飒爽的,神气得很,还有那摆放得整齐划一的茶杯,叠得像豆腐块似的被褥,看着就精神。

事实上,高三新学期一开始,震涛和靳伟东书信就断了。当时靳伟东在信里表现得很惆怅,很羡慕震涛还能上高中,他不向往军营,而是向往大学,希望震涛将来能考上大学,帮他圆大学梦。他家里有一个大哥,有一回说家里碰到什么窘事,说得很惆怅,又不便明说。最后一封信上,他说他要退伍回老家日照了,如果有缘,也许十年、二十年后两人还能再联系上。他还顺带着书信夹了一张纸条,上面写着"海内存知己",下句"天涯若比邻"没有写,他希望震涛能补上。

很多年以后,震涛仍时常会想起高中阶段交往的那些笔友,感觉那是一生里最难忘、最宝贵的时光,那些纯洁的情谊,一直温暖着青春期的他。那些与笔友相伴的单纯又美好的岁月,一直回荡在那个青春洋溢的九十年代。

一九九四年的夏天,雅盈早震涛一年,考上了苏州大学,她报的是服装设计专业。她的励志故事,很长时间在楝树湾里作为父母说教子女的模板进行流传。

雅盈对前来为她送行的清芳说,清芳,你借我的钱,我只能去大学勤工俭学,挣钱还你了。你的情谊我永远不忘。若不是你,我也坚持不到现在。

半个月后,在饭桌上,清芳对父母说海岳不想跟着他爸干了,他想去常宁镇最大的摩托车修理铺——广鑫车行,跟着朱跃金师傅学修摩托车。

萧建根放下酒盏说他怎么不和这边打声招呼,就想去学修车了?跟着他爸做油漆工不是挺好的吗?活多,挣钱稳定。

粉宝说这事儿我晓得是为什么,听九香说,她近些日子也跟着海岳他爸的油漆施工队去城里搞装修,他爸是包工头,海岳活干得不赖,就是时常和他爸想不到一块,他爸想少刮一层泥子粉,海岳就不依,说这样不地道,说着说着,就吵了起来。

那究竟是谁有理呢?建根问道。

他爸这碗油漆饭都端了四十几年了,还会有错?东家也看他口碑不错,经验老到,才将油漆活包给他做,可海岳这孩子,有时就是一根筋,硬是要和他掰扯这个理,有时搞得他爸下不了台,又不能依了他。九香说了,现在的泥子粉比以前的质量好得多了,少刮一层也不碍事的。粉宝说道。

震涛放学时，骑车经过广福桥北堍的广鑫车行时，时常停下来，想瞧瞧海岳在车行学得怎样。他怕海岳瞧见他，故意离车行数米开外，仔细搜寻着几个蹲在摩托车旁忙着修车的年轻人，等他们起身时，发现没一个是海岳。震涛正要离开时，看见海岳拿着扳手从里间出来，身上的工作服沾满了油污，脚上的球鞋也黑污污的，分不清颜色。

海岳，到这边来。震涛听见车行老板朱跃金在叫他。海岳快步跑了过去，他师傅说这辆摩托的离合器出现故障，你按照我昨天教的，拆下来看看，修不好，就换上新配件。

海岳支起摩托车起车支架，拿起扳手，开始拆卸离合器。震涛看他才学了一个月不到，师傅已经放手让他修起离合器这个关键部位了，料定他学到门道了。

海岳和清芳说，我从小就喜欢琢磨电路，修修收音机、电风扇啥的，对电路图比较熟悉，其他和我一道学修车的学徒还没摸到门道时，我经朱师傅一点拨，就对摩托车上的线路结构一清二楚了，学起技术来省力好多。摩托车修理最难的是发动机装配，都说师傅教徒弟会留一手，师傅将来要是不肯教我，我就偷偷地看着学。

清芳心想，别看海岳言语不多，但脑子也挺活络的，他不喜欢与人打交道，从小在家里待得住，琢磨一个电筒就好半天，可以不吃饭，不喝水，也不和同伴玩耍。说起电气仪表、前减振器、后减振器、变速器、传动轴、传动链条等摩托车部件来头头是道。只要肯钻研，没有什么技术学不到家的。

海岳对清芳说，要不你去考摩托车驾驶证吧，现在女孩子考这个的很多，县城里也有地方学，你学成了，我给你买辆踏板摩托车，就不用每周骑这么远的自行车了。

清芳说我厂里那么忙，哪有时间出去学车？再说我一周就来回骑两趟，不想去考驾照。

腊月里，一天黄昏，天黑得早，刮起冷峭的寒风，刺骨得冻手。海岳从镇上回家,半道上,下起了雨夹雪,路上很湿滑,回到家时,变成了纯雪,房前屋后柴垛、檐瓦上很快白茫茫一片了。按往常,周五这个时候清芳已经从县城骑车回家了,海岳心想,天气这么坏,清芳如果想回来,也不会骑车,应该改坐公交车,从县城至常宁镇的公交车,正巧路过新埭村口。

天已经黑透,海岳在家左等右等,清芳还是没有回来。莫非她没从县城出发?海岳这时心想,要是家里也装部电话,就可以打电话问问清芳了。

他坐立不安着,索性开了摩托车,去村口等。最后一班从县城开来的公交车冒着风雪开过来了,在村口没有停顿,直接往常宁镇方向开去了。雪越下越大,海岳的心里忐忑不安着,这条路是去县城的唯一通道,清芳若是回家来,肯定会就近来婆家转一下,然后再回自个家的。

庄海岳在风雪里冻得瑟瑟发抖,手脚发麻,大片大片的雪飘落下来,刚抖落积在身上的雪,顷刻间全身又被雪覆盖了。眼看着路上行人越来越少,他油门一拧,朝北开去了,他心想与其在村口等,还不如朝县城方向开过去,兴许在半道上就能碰见清芳了。

车灯光线昏暗,风雪又大,他朝北开,又顾不上戴头盔,风雪朝他脸上噼里啪啦袭过来,拍打在他脸上生疼,双眼混入雪水,睁也睁不开。他将眼睛强睁着,眼瞳上撞入雪片,也觉察不到疼痛了,他尽量将车开得慢一点,怕清芳从身边骑车经过,错过了。

他在风雪中艰难行进着,也不知驶了多久,突然他听见风雪中有人隐隐在叫唤海岳——海岳。

海岳心里咯噔一下,一下子从迷糊中缓过神来,急忙刹住了车,摩托车在雪水中划行了几米,停了下来。他停住车,往身后路边细瞧,借着昏暗的车灯,猛然看见一个熟悉的人影,正推着车站在路边风雪里。

清芳,是你吗?海岳朝那人影大声呐喊。

是我,海岳。清芳立在风雪中,吃力回应道。

海岳急忙停妥车,快步跑过去,看见清芳穿着雨衣,双手握着自行车,瑟瑟颤抖着,浑身都堆满了雪。

你怎么了？是不是自行车坏了？海岳俯在清芳耳边，大声问道。

是啊，过织田镇时，自行车链条断了，我又弄不来，一路也没有车行，只好推着车走。风雪太大，十几里路愣是走了两个多小时。清芳疲惫地说着。

这样可不是办法，前面一百米处就是双儿桥，那儿有爿茶店，把自行车停在茶店门口，明早我再过来取车，你坐我摩托车，回家去，这样下去，夜越来越深，气温越来越低，人都快要冻僵了。

海岳从摩托车后备箱拿出扳手，蹲下身子，几下就把链条修好了。他推着自行车停妥后，又折返回来，带上清芳，开着摩托车，朝常宁镇方向驶去。

海岳说你钻进我的雨衣里，抱紧我，否则风雪太大，会被刮翻的。

清芳紧贴在他后背，双手紧紧抱住他的腰，感觉身子不那么冷了。她迷迷糊糊的，极力强撑着，不睡过去，心想全身也只有心这一处是暖的了。

你别在后座上睡着啊，还有几分钟就到家了，饭菜我已经做好，到家好好洗个热水澡，把全身泡暖和了，然后吃好饭，好好睡一觉。海岳不住地和清芳说话，怕她迷糊着睡去，被风雪卷下摩托车。

清芳强撑着意识，不让自己迷糊过去，心想看不出海岳心还挺细，要不是他赶过来，自己不知道今晚半道上怎么对付过去，恐怕叫天天不应，叫地地不灵了。

终于到家了，两人已冻得双脚发麻，腰都直不起来。海岳对清芳说，快上楼，太阳能的水热着，我给你浴缸里放满水，你好好泡一泡，暖暖全身，再把头发吹干，先上床歇息下，缓过神来再吃晚饭。我一会把饭菜热一下，端上来，然后再给你煮点姜汤祛祛寒气。

海岳的贴心、细心让清芳感动得滑落了眼泪，她望着简陋的二层楼房，心想这就是自己往后的家了，海岳应该是个可以托付终身的人，虽然不像群英的老公那样有本事，让她穿金戴银、吃喝不愁，但她有了依靠，知足了。

很多年后，当清芳回忆和庄海岳多年相处的种种时，风雪夜归人一直是绕不过的情景，那是他们相处半年内发生的事，那么真切动人，又那么稀松平常，没有"杨柳岸晓风残月"的浪漫，更没有同吃一碗馄饨、同看一场午夜电影的唯美。生活原本就很现实,应该就是普普通通、平平淡淡的,不是柴米油盐,就是烟酒酱醋,浪漫都被写进琼瑶、岑凯伦的小说里,骗骗少女多情的眼泪罢了。

海岳学满了一年半,就决定离开广鑫车行,自己开修车铺,他说做学徒工,师傅管饭,发很少的生活费,好多学徒工都走了,他算干得长的。

他的修车铺就开在连接常宁、织田两个镇的常织公路上,十几个平方,门面朝西,屋子是老早就造好的,造在白家的桑园地上。修车铺离最近的省道有八里路,省道上集装箱货车昼夜川流不息,与常织公路交会处开了不少的修理铺,有专修货车的,也有修理摩托车、自行车的。他让清芳给车铺起了个好听的名字——顺风车行,朗朗上口又寓意好。

开张那天,清芳笑逐颜开的,隔壁杂货店的人说,快瞧,那就是海岳未过门的媳妇,水灵灵的,长得多好看。也有的艳羡地说,还未过门,就做上老板娘了。

海岳为开这个车铺,投进去自己全部积蓄,清芳说你钱要是不够,我给你点。

海岳笑着说,你还未过门,我怎么好要你的钱,你攒点,帮家里还债吧。要不咱俩明天就去登记结婚吧,你管收钱,我管干活,我做你的长工。你就不用再去县城上班,那么辛苦了。

清芳撇着嘴说,瞧把你美的,我还没想好嫁你呢。

海岳傻呵呵地笑着,剥轮胎更麻利了。

一个月过去了,清芳有次从县城骑车回来,发觉海岳不在车铺,她喊了几声,他才从隔壁茶店里出来,说刚去看别人打扑克了,一时半会没什么生意,要是有人要修车,会过来叫他的。

清芳说,车行生意平日里是不是很空闲?

海岳说,前面省道边近些日子又开了两家车行,连同之前的,有五家了。这儿公路小,进出的车不多,前年我想学修车时,省道边还没这么多车行,没想一下子冒出这么多。我看这修摩托利润薄,换修集装箱货车轮胎利润倒挺好,换一个货车轮胎,能抵修一天摩托车轮胎的利润。

清芳说,那我支持你,多种经营也挺好。

海岳说,换修大货车轮胎,又要添置不少设备,而且还很贵,像气泵,最少要购置14个高压的,还有风炮、重力锤、千斤顶、扒胎机,要扒那种大车的真空胎,设备缺一不可。现在钱还没有挣到,没本钱再去添置了。说完,海岳长叹一声,坐在车行门口的破沙发椅上,双手一搭,枕在后脑勺,两只脚搁在前面的骨牌凳上,望着面前的公路发起了愣。

清芳拉过一只矮脚凳,也坐在边上,对着公路上来来去去的车辆,也陷入了沉寂。

许久,她说我瞅着这条公路,半小时过去了,一辆货车也没经过,要是添置了新设备,生意又不好,可咋办?

海岳说,那些跑长途的货车司机头脑精得很,他们瞅准了哪儿换修轮胎便宜,就上哪儿,我如果出的价钱比省道边便宜,生意自然会慢慢引过来。

我早就说过,修摩托哪有做油漆工挣钱快又稳当。现在公路边开了那么多家大大小小的修车铺,货车、汽车、摩托车生意抢着做,又互相压价,他的车行生意怎会好?怎么竞争得过别人?萧建根边喝酒边对清芳说。

你少说几句,清芳心里已经很难受了,你看她近些日子正为这事愁着,瘦了不少。粉宝边吃菜边说。

他车行生意不好,不能怪他,又不是他修车手艺不精。广鑫车行的朱跃金师傅还常夸海岳是他所有学徒中最用心的,学得也是最精的。清芳极力为海岳辩解着。朱师傅的修车铺生意也不好了,才开始卖起踏板车、摩托车来,搞多种经营。

修车手艺好,又有什么用?他能有朱跃金那样精明吗?他这是在转行,什么挣钱快就做什么生意,他摩托车、踏板车的挡泥板上都印着车行电话,等于车子卖出去,都在给他打卖车广告。修车的、买车的,都往他店里赶,整个常宁镇的生意,都快要被他垄断了。他的车行还是县城光明驾校考驾照报名点,生意是越做越红火。建根抿了口酒,继续说,海岳要是学到他师傅十分之一的精明，脑瓜就会开窍了。

海岳他现在想修货车轮胎，也是找出路。现在也没有退路了，车行既然开了，总得开下去，只是又得花大价钱添购新设备吧，我看省道边十字路口那个补货车轮胎的，工具都很大、很全，比修摩托车的多得多。粉宝说。

是啊，妈，他就是为这个发愁，车行还没挣到钱，每月还要付水电费，幸好房子是自己造的。清芳说。

我也是看不懂，他家那两个老的怎么这样看得过去？儿子开修车行，他们一个子儿也没拿出来。现在他要添置新家当，两老难道还不想出手帮帮？他们又不是没钱，楼房都盖起十来年了。建根说道。

他不想要爸妈的钱，他当初离开他爸，自己开店，就是想要经济独立，干出点名堂让他爸瞧瞧。清芳又说。

什么经济独立？婚还没有结，难道想分家了不成？粉宝听着不妙，插话道，真是一头犟驴，我瞅着他们家的楼房造好了十来年，也陈旧了，楼板都是多孔预制板的，现在楼房都开始现浇了。听说乡下地基卡得越来越紧，再不造，原地基上就不能新造了，海岳难道以后想靠自己盖新房？你逮个机会，提醒提醒他。

清芳在车间里经常很忙碌，她现在活干得越来越得心应手，工资也比进厂时加了不少。

海岳在车行里装了部电话，之前没有和清芳商量。他说你一周难得回来一趟，我想和你说个话都不方便，闷得很。安个电话机就方便多了，你要是有啥事要和你爸妈说，我也好传个话。

上午，清芳在车间正忙着，门卫老王跑过来说，清芳，你的电话。

清芳和身边工友交代一下，小跑至门卫室，拿起电话说，海岳，你有啥事？是不是我家里——？

海岳在电话里吃吃地笑出了声，说没事我就不能和你打电话了？我想听听你的声音。

清芳气喘吁吁着,说我车间正忙活着,车床要看牢,不能跑开太久,你没啥事,我就挂电话了。

海岳说好,听到你的声音就好,你回去吧。

下午,老王又气吁吁地小跑进车间来,说清芳,快去,你男友又打电话来了。

清芳看着老王一把年纪,跑得气都喘不过来,不好意思起来,说老伯,让你受累了。

她心想,海岳莫非又有什么事?她又小跑至门卫室,抓起电话,说海岳,又咋的了?

海岳说,后天你就回来了,你想吃啥菜?我去买,给你好好补补。

清芳又好气又好笑,说你店里又走不开,回来时我路过菜场,顺便买点就是了。老王年纪大了,老是跑车间叫我不好。上班时间,我经常跑出车间,让车间主任看见了会扣工资的。下班后,我会给你打电话的。

海岳说,是我考虑不周,要不我给你配个BP机吧,好用得很,我有啥事,就call你,你看到了,方便时,就出来回个电话,也不用麻烦人家来叫你。

清芳说,别乱花钱了,你装电话机就花了好几千,往后你还要购置修车新设备,这钱还得存着点。

海岳还是给清芳买了个BP机,是摩托罗拉的。清芳在厂里看到过,BP机在县城里很风靡,厂里大多数工友腰间都别着,食堂吃饭时,BP机滴滴的声音此起彼伏,像夏夜里瓜蔓间、草丛里长一声短一声鸣叫着的蛐蛐声。

有一回,清芳中途内急,上厕所时,感觉腰间震动着,一阵阵地发麻,她一看BP机,上面有十几条信息,全是海岳发来的,车间太吵,她愣是没注意到。

她顾不上上厕所,小跑至门卫室,抓起电话,拨了过去,但没有人接,又拨了电话,仍是没人接。她站立了几分钟,又拨过去,电话通了,对方没有出声。

清芳焦灼地说,海岳你怎么不说话?为什么我打了几个电话,你都不接?

没——什——么。

清芳听到了从电话那头传来了三个字,声音拉得很长,又很冷漠。

你这是怎么了,是不是身体不舒服?清芳感觉异样,连忙问。

我能有什么事?!海岳不冷不热地说着,说完,他挂断了电话。

清芳丈二和尚摸不着头脑,心想莫非自己没有及时回复他电话,惹他不开心了,又细想他性子也太急了,早和他说了,上班时间不要call她,下了班,她自会给他打电话的。

下班后,她摘下袖套、手套,顾不上梳洗,赶忙去门卫室,给海岳打去电话,但他不接。

两天了,清芳BP机没有收到信息。除了海岳,没有人知道她的BP机号,工友们要她的号,她也没给。海岳早已经告诫了,这个BP机,只有他能Call她。清芳心想,她和工友们走得也不近,他们也不需要Call她的。

下了班,黄鑫生换掉工作服,从男工宿舍出来,看见清芳也从女工宿舍出来,手里拿着铝饭盒,去食堂打饭。鑫生说,清芳,跟哥回家吃饭吧,我岳父下午钓了只野生甲鱼,足足有两斤重,炖了一锅汤,给你也补补。

清芳心事重重地说,黄大哥,我不去了,我答应芙蓉,等会儿吃好晚饭,陪她上街买衣服。她撒了个谎,事实上,芙蓉是明晚约的她。

那好吧,你自个儿多注意身体。鑫生说,你把BP机号告诉我吧,我回家给你嫂子,她晚上准备了啥菜,我叫她提前通知你,你下班就过来吃。

清芳迟疑了一下,望着鑫生真切的眼神,便怔怔地报出了几个数字:1983026459。

说完,她心里就发起悔来,又转念一想,往后少去鑫生家,少打扰他们,他们也就不会call她了吧。

又到周末。连日来,清芳心事重重,睡眠不好,工作又忙,有点疲乏,想着不回乡下了。她拨通电话,想和海岳说一声,叫他通知自己家里人。

海岳这回接起了电话,淡淡地说是厂里忙,忙得要加班,还是你不想回来?清芳听得出他还在为前两天的事置着气。

没——没——有加班,我有点累,所以想不回去了,想多休息会。清芳吞吞吐吐地说着。

那我开车来接你。海岳连忙说。

那么远,你开车来,不好吧?清芳说。

有啥不好,你都能骑车骑两个多小时,我油门一拉,半小时就到了。海岳回道。

还是不要来了。清芳极力阻止着。

你是不是不想让我进你厂子里,怕你的工友瞧见我?海岳抬高了音量。

哪有?清芳几乎沁出了泪影,说海岳,我们不要再吵了,我知道你还在为前两天我没及时回你电话,生我的气,可是车间里机器声太大了,BP机声音根本听不见,开震动也觉察不到,再说车间主任经常下车间来察看工作纪律,现在企业转了制,不像以前好蒙混了。

我没有生你的气,我只是关心你,你既然不想我过去,那要么你坐公交车回来吧,我去做你喜欢吃的菜,好好给你滋补下身子。海岳说完,挂断了电话。

清芳发觉身子飘忽得不像自己似的,双腿像陷入一团沙丘里,慢慢地下沉,想挣扎,又疲软无力。她坐在凳上,闭上了眼睛,好久才睁开眼,细想了下,还是赶最后一班车,回去吧。

清芳坐在颠簸的公交车上,昏昏沉沉地睡着了,不知睡了多久,被一阵急刹惊醒了。她往窗外一望,织田到了,再行驶一会,就该到新埭了。

车里只剩她一人,她心里纠结起来,不知道待会儿见了海岳,该说点什么。正思忖着,公交车在顺风车行前停下了。

她看见海岳正站在车行门口,见公交车停妥,立即迎上前来。

小两口真恩爱,清芳听见司机对她说,你男友过来接你了。

车门打开了,海岳迎上来,微笑着接过清芳手里的包。清芳看到他脸上的笑意,刚刚紧绷着的神经,慢慢松懈了下来。

陈曼娟有天在街上闲逛时,看见街边新开了家婚纱影楼,米黄色的外墙,罗马柱,装饰很欧化。她好奇心泛起,走入店,才看见两年多未见的高世杰。

曼娟惊喜着说,姐夫,前些日子,有人来小商品市场分发了广告纸,锦屏路上新开了家世纪之恋婚纱影楼,我没想到老板是你,早知道是你,我老早过来瞧一瞧了。

高世杰笑着说,我这庙小,哪请得动你这尊菩萨。

曼娟说,你挑锦屏路这黄金地段,人流量大,两层临街门面,眼光独到,租金也不菲吧?

高世杰说,我看了好多地方,选来选去,还是挑中这处门面。没办法啊,舍得一身剐,敢把皇帝拉下马呀。乡下照相馆生意不温不火,新人进来要拍婚纱照,但没有设备、技术,只能眼睁睁让生意溜走。优胜劣汰,不转型就没有出路,市场经济就是这样残酷。我专门从上海高价聘请台湾来的摄影师,还聘请了造型师、化妆师,加上其他员工,每月工资要开出去好几万哩。

曼娟说,是这个理,之前,我瞅着县城里一夜之间开出好几家婚纱影楼,生意都好得不得了,姐夫怎么能在常宁镇上按兵不动呢? 我看你这婚纱影楼最上档次,布局也好,以后生意保准好。群英姐过来帮你吧?

高世杰说,她一直反对我来县城开婚纱影楼,她希望我留在镇上,安安稳稳过小日子。可我高世杰是有想法的人,决定了的事情,不会缩手缩脚。群英越是阻止我,我越想干出点名堂让她瞧瞧,婚纱影楼走上正轨后,再说动她过来不迟。我这店新开张,往后得靠你帮忙照应着点,你来县城早,比我熟络。

曼娟说,我叫你姐夫,我哪能不向着自家人呢? 我表姐的服装店,也卖新娘嫁衣的,来的新人不少,你给我些宣传资料,我回头帮你好好推销推销。

高世杰大笑着说,那再好不过了。

陈曼娟卖力帮高世杰的婚纱影楼介绍生意,开张头一个月,高世杰接下了几十个单子,每天忙得不可开交,在县城里像投下了深水炸弹般,产生了轰动效应,把城里其他几家婚纱影楼挤兑下去了。几个月后,花旗婚纱影楼联系上高世杰的台湾摄影师尼克,花重金挖他过去。高世杰识破后,深感生意场上刀光剑影,也没有其他办法,只得再提高薪金,才挽留住尼克。

每每夜深后,高世杰才得以歇息。这天,他驱车来到了小商品市场,找陈曼娟闲聊。

高世杰说,曼娟,陪我上酒吧喝杯酒吧。一天到晚忙得像个鬼,忘记该松弛松弛神经了。都说县城是花天酒地的地方,可我门都没摸进去过。

曼娟咯咯笑出了声,说姐夫,你是为生意太好而叫愁,其他婚纱影楼老板是为生意清淡叫苦连天。

高世杰说,你别瞅店里现在生意好,但婚纱摄影这行业更新换代太快,如果跟不上脚步,不未雨绸缪,求变求新,没出半年,其他新店再开出来,我这店也照样门可罗雀,如果一直求新求变,投入的成本也很大,那是个无底洞。

曼娟说,是这个理。

两人沿着护城河边的老城墙,缓步走着,到了老城门,边上就是蓝山酒吧。服务生端上来两杯白兰地。

高世杰和曼娟碰了杯,小饮后,说曼娟,婚纱影楼能在县城立足,从几家老婚纱影楼中杀出一条血路,在头一个月打响招牌,多亏你从中帮忙哩。说完,他从包里掏出一个信封,递给曼娟,说这是你应得的。

曼娟将信封推了回去,说姐夫,你这就见外了,你之前还说咱们是自家人,你这样岂不是把我当外人了?

高世杰说,曼娟,我生意好,赚了钱,怎么能忘了妹子你呢?这点辛苦费还是要给的,往后还要仰仗你多帮忙哩。

曼娟拉下了脸,说按你这么说,那之前你给我拍了那么多照片,把我这一生最美好最靓丽的时刻都拍下来了,我得付你多少薪水?

高世杰摆摆手,说怎么能这样说呢?那时你也是帮我忙,给我当免费模特哩。

曼娟说,可我不是这样想哩,我陈曼娟何德何能,让你这样优秀的照相师为我服务哩,不顾寒暑给我拍那么多照片,你还差点失足掉入风陵湖里,湿了身。说完,她捂嘴大笑起来。

高世杰这时红了脸,说不要提那丑事哩。你口才了得,在小商品市场里是数一数二的,我说不过你,但辛苦费还是要给的,这也是你群英姐特意嘱咐我的。

曼娟这时拿起信封,从里面抽出了两张百元钞,在世杰面前扬了扬,笑而不语。

高世杰说,好——好——好,来,继续喝酒。

酒吧内这时响起音乐,是《选择》的曲声。

高世杰说,曼娟,一起唱个歌吧,我唱林子祥的,你唱叶倩文的。

曼娟欣然应允。

高世杰右手持麦克风,左手插在西装裤袋里,潇洒地站在电视荧幕前,优雅地唱出第一句。

曼娟喝了一杯白兰地,有点微醺,眼神也迷离了,醉意阑珊了起来,她柔柔地看着高世杰,他是那么俊朗、洒脱。轮到曼娟接唱时,世杰深情款款地拉起了她的手,紧紧握着,对唱着。

(男)风起的日子笑看落花

(女)雪舞的时节举杯向月

(男)这样的心情

(女)这样的路

(合)我们一起走过

(女)希望你能爱我到地老到天荒

(男)希望你能陪我到海角到天涯

……

两人配合得默契、自然,引得酒吧里掌声不断。

有一天晚上,清芳吃过晚饭,躺在床上浅睡了一下,便走出宿舍,想去阅览室看书,散散心,这时眼睛突然被人蒙住了,继而听见几声吃吃的笑声。

她急忙抓开蒙住她眼睛的双手,转脸一看,是半年未见的陈玉娟。上次她和海岳去风陵湖游玩时,顺便去看望了下在湖边清扬楼度假酒店上班的玉娟,她那天描着细细长长的眉线,脸抹得比雪团瓜还要白,嘴唇也涂得鲜红,像一团熊熊燃烧的炽热火焰,一身修身工作服,将娇小的身材包得紧紧的,上衣露出后背,前胸开得很低,下身是超短裙。清芳当时看得面红耳赤起来,生怕身边的海岳嘀咕自己怎么认识在酒店工作的人。

出酒店时,清芳就后悔了,连忙和海岳解释,玉娟和自己都是楝树湾的,她之前也在恒力钢厂上班,没干几月就辞职不干了。

鬼丫头,吓我一跳,今儿个什么风把你吹来了,来了也不早通知我一声。清芳嗔怪道。

嫂子,噢,怪我,说顺嘴了。玉娟说,我的清芳姐,我下午刚到县城瑞平宾馆,参加酒店管理培训,抽空就过来看你了,连着培训五天。

你现在是越来越有出息了。清芳笑着说,这次酒店培训什么呢?

酒店管理,学问多着呢。有前厅客房服务与管理,餐饮服务与管理,菜点与酒水,酒店英语,酒店心理学……玉娟说得滔滔不绝。

好了,好了,你说这么多,我一个也听不懂,什么心理学什么客房来着。我也从来没有住过酒店。她紧拉着玉娟的手说。

姐,你下次来风陵湖,就来找我,我让你美美睡上一晚,我用美式英语来迎候你,Welcome to our hotel. What can I do for you?让你享受超规格的礼仪服务。

清芳引玉娟去宿舍坐坐,顺便去厂里的小卖部买了两瓶冰镇汽水。

玉娟说,姐,我还有事,得先走了,我反正在县城还要待五天,抽空我再过来看你。我哥和我嫂晚上七点在瑞平商厦门前等我,要带我一起去看新房。

怎么,你哥在县城里买新房了?清芳诧异着。

还没有下单,他俩前几天在城北看中了一个新开的楼盘,叫中央公园啥的,一百二十个平方,九百元每平方,让我也去瞧瞧,合适就付全款了。玉娟不疾不徐地说着,一脸的得意。

啊,那么大的房子,十几万哪?要这么多钱,还是全款付的。你哥可真有钱,我听小队里的人说你哥生意做得很不错,才两年,居然就在县城里买起房子了。清芳激动地说着,声音有些抖颤。

也不全是我哥出的钱,我嫂子那边掏了大头,她家螺丝厂开了好几年了,是油车镇上开得最早的,原本我哥岳父想出全款,在城里买套房,作为嫁妆,但我哥不想全让岳父家付,就自己也掏一点。玉娟漫不经心地说着。

转眼,萧震涛高二下学期接近尾声了,繁重的学习,压得他喘不过气来,看好多男生住起了校,他思忖着这样有利于集中精力,便也住校了。

震涛好久没碰到清芳了。她从县城回来,就常去新埭男友家过夜,回自己家越来越少,有时回来了,也是拿几件衣服就走。

震涛抽空给清芳写了封信,清芳在回信中夹了一张新近拍的照片,还有几十元钱。照片中,她穿着菊黄色的开领毛线衫,笑盈盈地倚在厂门前,地上是一堆新鲜的爆竹碎屑。那是开年第一天,厂里放的开工爆竹,祈愿新的一年生意兴隆。

萧建根不在镇上的服装厂干了,他瞅着乡下小服装厂,如雨后春笋,一下子冒了出来,私人小老板置一间厂房,买了几十台缝纫机、拷边机,招了些从四川、云南、贵州、安徽来的外来民工,就开张了。他们喜欢招外地人,外地人工资要得比本地缝纫工低,又吃得起苦,肯加班,跑得出量,能出利润。但私人老板自己不懂布料裁剪,建根是几十年的老裁缝,接下了这活,开着摩托车,忙完了这家,又赶忙去了下一家,只是腰上老伤劳累了经常犯,令他叫苦不迭。

有一天,震涛回到家,闻到一股好闻的蛋香,从底楼灶壁间里飘出来,他凑过去细闻,看见粉宝正在灶边炖酒糟蛋,墙角堆着一堆新鲜的蛋壳。

他扔下书包,跑进去,掀开锅盖,凑近贪婪地闻着,那碗蛋上沾着一粒粒核桃仁、桂圆肉。

这碗不是给你吃的,粉宝连忙阻止,锅里煮着老母鸡,你自己去盛一碗鸡汤喝吧。

震涛掀开了灶上的锅盖,那让人垂涎三尺的鸡肉香,像一缕缕的丝线,往他鼻孔里钻,往锅里细看,黄澄澄的鸡肉已酥烂,汤汁浓稠得发亮,一层浮起的油花上,漂浮着几粒红褐色的枣子。

粉宝用抹布裹住了酒糟蛋,上了楼。

震涛放下碗,朝粉宝嚷嚷着我姐怎么了?为什么她要吃酒糟蛋?她又病了?

你瞎问什么?喝好汤后,拿只鸡腿,赶紧回房看书去。粉宝说道。

他上了楼,抹着嘴上的油腻,凑近西房,清芳正从床上慢慢支起身,用枕头垫在后背上,软软地靠在床上,继而接过碗,用汤勺舀起蛋汁,小口小口地喝着。

粉宝说,蛋也吃一点。

震涛看清芳脸色苍白,没有一丝血色,推开房门,急步跨了进去,说姐,你生病了?

小弟,你回来了。清芳放下碗,说你住校,咱俩好久没碰面了。你快坐下,咱俩好好唠唠。姐不碍事,灶上锅里的鸡肉,妈炖了半天,很酥烂,你多吃点,滋补下身子。

粉宝说,你姐有我照料着,不用担心,你回房看书去吧。

震涛惴惴不安地回了房,心想姐莫非又得了病毒性肺炎?可也不咳嗽呀。

傍晚,庄海岳开着嘉陵摩托来了,进了二楼西房,陪着清芳。

震涛又踮起脚尖,屏住呼吸,走了过去,想要一探究竟。

我叫你戴,叫你戴,你偏偏不听。是清芳在说话,她吃力地喘了几口气,咳嗽了几声,继续说我吃苦,受罪,疼得半死,这下你满意了?

海岳侧身坐在床沿上,抓着清芳的手,赔着笑脸,没有说话。

有一天,清芳在车间里,腰间的BP机震动了,她一看,是海岳发来的。她立即脱下纱手套,走向门卫室。

清芳啊,是你吗?清芳在电话里听到了母亲粉宝的声音。

妈,是我,你怎么在海岳店里?清芳惊喜着。

是啊,我给你说个事,雪军他出事了,正在县人民医院抢救,咱楝树湾里,每家都出人去看了，我和你爸走不开，你下班后替我们去看看，送个人情。

啊？清芳脑子嗡地一下，像无数只苍蝇聚拢在她头上嗡嗡地飞。

他好端端地怎么就出事了？清芳焦灼地问道，还在抢救哪？

是啊，具体不太清楚，他家里现在没人，都在医院里。

清芳顾不上脱下工作服，和车间主任交代几句，连忙从车棚取出自行车，朝城西的人民医院急驶而去。

她握住车把的双手因紧张而抖颤，胸口隐隐作痛。骑着骑着，眼泪滑出了眼眶，被风带跑了。

人民医院坐落在县城西洋水河边，淡蓝色的工字形建筑，被一大片绿树环绕着。

清芳停妥了车，心急火燎地跑向底楼的抢救室，抢救室外站着一群人，都是满面愁容，有几人在哭号。她一个也不认识。

这时一个护士推着挂盐水瓶的杆子过来，清芳急步上去，声音抖颤地问里面是雪军吗？陈——雪——军。

护士迅速翻了下挂在杆子上的簿子，又问了下护士台的护士，说病人陈雪军转住院部了。

他还在抢救室吗？在住院部几楼？清芳追着问。

五楼。护士说完，进了输液室。

清芳来到住院部底楼大厅，电梯间前聚满了人，她往边上瞅了瞅，跑上了楼梯。

她憋着一口气，跑上了五楼，心跳得厉害，像跳到喉咙口了，双腿直发软，过了片刻才直起腰来。

她东张西望一番，东侧是神经内科，西侧是骨伤科，她走向西侧，经过一条冗长的过道，看见了"抢救室"三个红字，亮着红灯，铁门紧闭着。抢救室外围满了人。

她看见玉娟在抢救室门外，蜷缩着蹲在墙角，像一只折了翼的小鸟。

她妈茶花坐在长条椅上，仰面，闭着眼睛，灰黑色的脸上布满了一道道泪痕,眼圈浮肿得像两个水泡,看得出一直在哭。

她爸坐在一边,垂着头,双手支撑在腿上,双脚在不停打战。

玉娟本家叔伯几个也在,此外,还有几个不认识的人。这时一个黄色卷发,打扮入时,略显憔悴的年轻女子,搀扶着一位老太太走了过来。

雪军呀——雪军,我的好孙女婿怎么样了?那老太太颤颤悠悠地叫嚷着。

众人眼光齐刷刷投向了她俩,茶花睁开了眼,站了起来,陈耀昌也起身,迎了上去。

茶花又掉起了眼泪,哭诉道亲家奶奶,你怎么来了?雪军他还在抢救。

老太太说,怎么都过了两天两夜了,还在抢救哪?说完,她被搀扶着坐在长条椅上。

清芳向玉娟走过去,双手抚在她肩上,感觉到玉娟还在瑟瑟发抖。

玉娟抬起头,因受惊吓而苍白的脸,瘦削了好多,几绺头发被汗濡湿了,紧粘在额角。

姐。玉娟看见清芳,立即啼哭了起来,眼皮也浮肿得像个核桃。

清芳不知道如何安慰才好,她望着紧闭着的抢救室铁门,又望了望玉娟满面愁容、哭哭啼啼的家人,心想自己什么也做不了。

我孙女婿不会有事的,他肯定会苏醒过来,我说亲家公、亲家母,你们听我的,我老婆子吃斋念佛了几十年,和观音菩萨通好话了,菩萨她神通广大,一定会保佑我孙女婿尽快醒过来,你们把心放宽些。那老太太又大声说道。

清芳陪在抢救室外,从别人三言两语中,才得知了雪军出事的大概。

前天晚上,几个小弟兄请雪军和他女友王淑慧在小饭馆吃饭,庆祝他俩拿到新房。他们一桌十几号人,喝得很凶,喝完了白酒,喝红酒,喝完红酒,喝黄酒,最后喝到十点半饭馆打烊,才醉醺醺地离开。雪军不尽兴,提议去锦屏东路上新开的梦迪酒吧继续喝黑啤。

在酒吧内,几人黑啤正喝得酣畅,旁边酒桌上一男的瞧见了王淑慧,跌跌撞撞地走了过来,强搂住她,要和她喝交杯酒。淑慧一把推开了他,那男的又强搂了过来,强吻了她。淑慧用力推开了他。

雪军这时从厕所回来,看见那男的吻了淑慧,一把拉住了那男的,往他胸口捶了两拳,怒骂道,崽子,喝了点酒,就忘了自己是人了,露出了畜生本性?

那男的也一把扯住雪军衣领,含混着说,你小子哪钻出来的? 淑慧她——她是我施——施建锋的女人,我吻我女人,关——关你屁事?

淑慧这时推开了那男的,大声说施建锋,你嘴巴放尊重点,我和你早已经断了,再也没有一丁点关系了。

施建锋指着自己的心脏说,淑——淑慧你——你说得轻巧,断了? 三——三年的感情说断就断吗? 我这地方还隐隐作——作痛啊。

淑慧说,我已经给过你好多次机会了,你自己不珍惜,怪不得我,我们缘分已尽。

施建锋说,你不就是嫌我吊——吊儿郎当,不去挣钱嘛,我老——老子有的是钱,他——他的钱就是我的钱,你要——要啥,我就给你买啥,买钻石、翡翠、项链、手表、汽车、房——房子都没问题。

这时陈雪军一把揪住施建锋,将他按在墙上,大骂道你浑蛋。说着便朝他脑门上捺了下去。

施建锋一个趔趄,栽了下去。他的几个弟兄见势,便拿起酒瓶,赶了过来,朝陈雪军头部疯狂砸了下来,两边人顷刻间厮打在一起,昏暗的酒吧内,哭声、喊声、骂声交织在一起,乱作一团。

直到保安冲了进来,才将局势控制住,这时淑慧大哭着喊道,雪军,你怎么了? 雪军——

陈雪军一脸血肉模糊,躺倒在地。他在骚乱中,被轮番狠砸下来的酒瓶砸昏了过去。

清芳第二天起了个大早,站在慧源寺外。山门开了,她第一个走入,跪在释迦牟尼佛像前,虔诚祷告。她双掌合一,说佛祖,你一定要保佑雪军早点醒过来啊。

她绕着幽静的慧源寺走了一圈,一个个菩萨虔诚拜过去,没落下一个。

又望见寺北临河矗立的瀛海塔,她第一次看清了那斑驳陆离的八面塔身上布满一个个佛龛,佛龛里皆跏趺坐着佛像,细唇微闭,慈眉善目,神态安详,慈悲地俯视着八方芸芸众生。

大雄宝殿内僧侣的唱吟声隐隐传来,像潮汐般越来越近,越来越清晰,清芳头顶上又紧接着响起一片清脆的丁零当啷声,她仰望着那一只只精巧的古铜色塔铃,仿佛周身被一片奇异的亮光裹了进去,有一股神奇的力量将她往上托举着,渐渐轻盈了起来,她又双掌合十,说菩萨啊,你们可要好好庇佑雪军快快苏醒,他那么好的一个人,可要健健康康地活着啊。

十几天里,清芳一有空就去人民医院探望,雪军已经转入重症监护室,戴着氧气罩,浑身插满了管子。她担心玉娟支撑不住,身体垮掉。好在,她身边常有淑慧陪着。姑嫂两人紧紧相依。

主治医生说病人脑部受损严重,手术中,受损的脑组织已被取出,你们家属要做好思想准备,病人即使醒来,脑子也恢复不到之前的状态了,有可能变成植物人,也有可能智力仅恢复到三岁的状态。

茶花瘫软在地上,蒙脸又大声号哭起来。

雪军的岳父从上海瑞金医院请来最好的脑外科专家替雪军诊治,也是相同的结论,一切就寄希望于出现奇迹了。

又过了十几天,玉娟给清芳打来电话,惊喜地说,她哥眼睛能睁开一条缝了,几天后,眼睛能全睁开了。

雪军终于恢复了意识,这真是个好消息。

雪军摘下了呼吸机,能自主呼吸了,玉娟给他喂流汁食物,他也能张开嘴,慢慢地吞咽一点。玉娟伸出手指,放在他眼前,让他跟着手指的方向,移动眼睛,训练视觉神经。玉娟还俯在她哥耳边,跟他说话,说两人小时候的趣事,说着,说着,她笑出了泪花。

雪军的眼神木讷,深藏着一片死寂般的空洞,他还能想起什么吗?还能认出眼前的家人吗?

在医院住了三个月后,雪军出院了。医生说看情形,病人恢复得不错,能坐起喝粥了,但开口说话、拿东西还得慢慢来,回去还得靠你们家人,按照医生教的康复要领一步步做,多掐掐他脖颈、手臂、双腿上的穴位,刺激他的神经,防止他肌肉萎缩,有助于他慢慢站立。

玉娟向酒店请了长假,在家好照料她哥,每天给他擦脸洗脚,掐他穴位,按摩他全身,还推着三轮车,带他去田野边看看,呼吸下新鲜空气,试图勾起点曾经的记忆。

雪军睁着茫然的眼睛,仿佛从未在楝树湾里生活过似的,对湾里的一切都感到陌生。玉娟指着前方的沟渠、田野说,哥,你还记得吗?以前你一放学,就拿着黄鳝笼,去田沟里布置。那爿田就是咱家的,小时候,我田插得慢,常被妈骂,你田插得快,插完了,就在半道上帮我,好让我赶紧把田插完,上田埂歇息。

玉娟将三轮车往东推到锦丰桥边,指了指桥南边的一堆碎石桥墩说,哥,你还记得吗?小时候,那座河面上的木桥破破烂烂的,桥面上到处是碗口大的窟窿,下雨天,木桥上很滑,下雪时,桥上更滑了,稍有不慎,就会滑入河里。我不敢过桥,你常把我背过桥去村里上学,放学时,也是你背着我过桥回家,我有你这个哥可真好呐,从小到大,从没受过气。你把抓到的黄鳝,卖了钱,给我买零食吃。班里的男生知道我有这么强壮的哥,从来没人敢欺负我。我真的好幸福,比队里的发小们都幸福。你做生意挣了钱,就给我买风衣、羊绒衫、皮裙,但凡县城里时髦什么,就满足我什么。你总是让我少干活,由哥宠着就好。哥,我还那么小,还没有找男朋友,你可要好好恢复过来,帮我把把关啊。

雪军先前剃光的头上,又长出了新发,头上那一块长长的灰褐色伤疤,像一条条歪歪斜斜的蜈蚣匍匐着,看起来分外骇人。

他能自己站起来,自己洗脸、穿衣已是一年之后的事。那时候他女友王淑慧感觉无望,来得越来越少了,来了雪军也认不出她,看见她时,只是木愣愣地盯着。

淑慧半年多没上门了。玉娟愤懑不平着,对队里前来探望的婶嫂说都怪那个王淑慧,要不是为了她,我哥也不会在酒吧里,和那个胡搅蛮缠的混混打架,也不至于被酒瓶砸成重伤,她以为出点医药费就行了,从来不照顾我哥,都是我这个妹子在贴身照顾。她半年没过来看望我哥了,真是寒了我们的心。我哥要是察觉,不晓得多难过。

但队里的婶嫂背后却说,女方家也算仁至义尽了,花了上百万元的钱,才让雪军恢复到现在这个程度,命总算是保住了,他现在呆呆傻傻的,智力不及三岁孩童,也难怪女方疏远了,不可能守着他,赔尽自己的终生幸福。

茶花常坐在小队河浜边哭泣,之前常戴的金银首饰、玉镯收了起来。她边哭边说,我好命苦啊,好好的一个家就这么毁了,我儿那么能干,会挣钱,能说会道,在县城里都买了房,又有孝心,现在成了这副样子,你叫我以后还有什么指望,如何活下去啊。

队里的婶嫂起初也陪着抹一把眼泪,后来听多了,也就慢慢习惯了。

陈曼娟有次从城里回来,翠枝对她说,你男朋友打算挑到什么时候?清芳已经有对象了。群英明年也要结婚了,你可别挑花了眼。姑娘家过了二十五,就不好找了。

曼娟说,我的事不用你们操心,我找男友可不想草草了事,我不想在乡下挑,得在县城里慢慢挑选。现在姻缘还未到,要是到了,明天就给你领回来瞧瞧。

翠枝说,楝树湾几个姑娘当中,数你心气最高,看你到时从城里给我带回个什么样的女婿。

曼娟笑呵呵地说,妈,我以后给你找的,肯定是个金龟婿。即使不是当官的,也起码是个大老板。

翠枝说,有这种好事,我只有在梦里做做好哩,醒来笑一笑罢了。

曼娟说,你女儿就这么不堪吗? 一定栖不上高枝? 喊——

曼娟有一次和高世杰在酒吧里说,我表姐叫我去苏州学习苏绣工艺。她说与其她回来教我,不如我自己过去学习,服装店她另外招了人。她在隔壁县市又开了三家嫁衣分店。

高世杰说,你表姐头脑灵活,是踏准市场经济节奏、走在前头的弄潮儿,你跟着她,肯定会学到不少真本领。

曼娟这时忧伤了起来,说我这一去要半年多,姐夫你婚纱影楼刚走上正轨,我一去就帮不了你什么忙了。

高世杰说,你趁年轻多学点,总归是好事。有这么好的机会,我不能耽误你哩。你也已经帮了我不少忙了,你又不肯拿店里提成,我怎么过意得去?

曼娟说,姐夫,你也不用过意不去。我现在帮了你点小忙,往后我要是开店,自己创业,碰到资金周转困难时,还要姐夫你帮忙哩。到时可不许开溜噢。

高世杰说,怎么会呢? 曼娟你眼光放得这么长远,真乃女中豪杰,我到时肯定倾囊相助。你什么时候走? 我好好为你摆一桌,饯行。

曼娟说,既然姐夫你一点也不想挽留我,那我只好走了,一个星期之后吧。

高世杰说,走这么急呀,那我真是罪该万死,把这么好的财神菩萨给放跑了。

次日,两人共进晚餐后,又走入了夜色下的蓝山酒吧,浅吟低唱中,不知不觉喝了一杯又一杯的白兰地。

高世杰不知什么时候,手里多了一对翡翠耳坠,对曼娟说,我给你戴上吧,这是姐夫一点点心意,知道你要走了,去老凤祥买得急,也不晓得合不合你意。

这次曼娟没有推辞,她眼睛里闪烁着晶莹的亮光,惊喜地说,姐夫,你这是——这是,这怎么好意思,让你破费了。

高世杰说,什么也不用说了,我帮你戴上吧。

曼娟低垂下粉颈,让世杰帮忙戴上。高世杰小心翼翼地将耳坠穿过耳洞。玉娟内心像被电熨斗熨烫过一样,温润着,胸口渐渐灼热起来,脸颊也绯红了。

曼娟说,姐夫,你有心了,我现在这样子是不是很美?

高世杰说,你简直美翻了,比婚纱影楼里来过的上百个新娘都要美,以前我就对你的美赞不绝口,美得脱俗,美得无与伦比。

曼娟被他说得腿都酥软了,说姐夫太会说了,群英姐要是晓得姐夫这么油腔滑调,该有多担心噢。

高世杰说,这你群英姐可对我放心哩,我是君子动口不动心,心里只有你群英姐一个人,我要是不练就一张如簧巧舌,哪能在县城立足呢?

曼娟这时幽幽地说,是啊,姐夫心里应该只装着群英姐一个人。

高世杰大声地说,曼娟你说什么,我听不清。

曼娟说,你听不清才好哩。我是跟自己说的。

夜深了,两人醉意阑珊地走出了酒吧,高世杰开车带上了她。汽车行驶在空无一人的海边大道上,而后拐入了碧翠湾小区。

曼娟醉眼迷离地说,姐夫,你这是带我去哪? 我哪住这么高档的小区,我住昭君弄。

高世杰说,你几天后就要走了,回来时正好过年,喝我和群英的结婚喜酒了。这是我半年前买的婚房,已经装修好了,带你进去看看。

曼娟说,那是一定要去参观一下你俩的爱巢的。

高世杰跟跄地扶着脚步不稳的曼娟,打开了家门,走入了新居。曼娟看着装饰豪华又温馨的新居,满眼的羡慕,酒也醒了不少。高世杰按亮了所有的灯,房间里亮堂了起来,那些璀璨的灯火,将屋内陈设裹上了温馨的色调。

曼娟说群英姐真是有福呐,结了婚,她就要住到县城里了吧。

高世杰说,是啊,结了婚,我就让她从供销社辞职,安心帮我打理婚纱影楼,城里有了房,她不同意也不行了。

曼娟走入卧室,她摸了摸床上铺展开的绵软的粉红色羽绒被,看到床上方挂着一张婚纱照,金黄色相框中冯群英盈盈浅笑着,甜甜地依偎在高世杰怀里,着一身唐装的高世杰英姿勃发、俊朗帅气。高世杰这时靠到了床边,俯身在曼娟红润的脸上轻吻了下,曼娟抚着脸,对高世杰说,姐夫,你——

高世杰这时按灭了床边的灯,抱紧了曼娟,强吻了下去。曼娟作势猛推开他,说姐夫你不要这样,群英姐站在床上面,盯着我看哩,我不能对不起她。

高世杰急促地说,我顾不上了,曼娟,我想你,想死了。说完,他又吻了下去。

曼娟挣扎着,含混着说,姐夫,不——不要这样。她声音越来越微弱,最后只剩下喘息声,房间里只回荡着两个人灼热的喘息声。

有一回,清芳坐在车行里,帮海岳剥轮胎,这时她腰间的BP机响了,海岳也听到了,说谁给你发的信息?

清芳瞄了一眼BP机的显示,说是城里一个远房亲戚,黄家堰的琼花嫂子。她不敢提黄鑫生的名字,怕惹海岳多想。

我怎么从没听你提起过县城里还有什么亲戚?海岳说道,要不,你去回个电话吧。

清芳拗不过他,又心想琼花嫂子莫非有什么事要找她。

她拨通了电话,电话里传来了男人的声音。

清芳啊,明天下午早点回来,来我家吃晚饭,你嫂子过生日。

海岳也听到了,说你不是说琼花嫂子吗?那刚才的男人是谁?

是黄大哥,琼花的丈夫。清芳回道。

黄大哥,你叫得好亲昵,鬼才晓得这是不是你们的接头暗号,你在城里我反正看不见,天晓得你和他干什么去了。

你别血口喷人。清芳愤怒地扔掉了扳手,你不信,明晚你和我去县城,上他家瞧瞧,是你胡说八道,还是我心虚理亏。

我去他家算什么事?城里人家的屋子,是我这样干粗活的乡下人踏得进去的吗?海岳继续说道。

既然你这样想,我也无话可说,你也不止一次这样怀疑,那样怀疑了,好像我在城里真的不三不四,做了见不得人的事似的,明天我就去辞了城里的工作,省得到时百嘴莫辩,洗也洗不清。

清芳搁下话,就出了门,公交车正好驶来,她不假思索地上了车,回了城。

第 三 章

縫纫女工

定亲

妥协

患难

缝纫女工

粉宝知道清芳辞退了县城里钢厂的工作,是一周以后的事。她对女儿说,这么快就把工作辞了,也不事先和家里人商量一下,往后还去哪找工作?三年里,换了两个厂,你这样下去哪攒得住钱,往后怎么添置嫁妆?

清芳淡淡地说,去服装厂吧,我早想好了,要想多挣钱,只能进服装厂,霞芬、锦凤初中毕业就去了服装厂,一直到现在都没换过厂。

你的腰椎吃得消吗?长年累月地坐着,一天工作时间那么久,还时常加班,你受得了?粉宝继续说。

吃得消要吃,吃不消也得吃。我不能再这样下去了,得多攒点钱了,家里造房借的钱要尽快还清,震涛马上要上大学,还得要花不少钱。我还得攒钱给自己置办嫁妆。清芳说。

粉宝说,你瞒不过妈的眼睛,海岳肯定又惹你不开心了,你和他三天两头闹不愉快,都快处两年了,他究竟是怎样一个脾气,你自己得掂量清楚。

清芳说,他就是这样,心眼是不坏的,就是爱耍小性子,刚还翻着脸,说着难听话,一会儿又笑嘻嘻的,尽给我赔不是。我也见怪不怪了。

粉宝说,你晓不晓得他爸妈是什么想法?他们那栋楼房八几年造的,已经很陈旧,在他们庄家浜算是最旧的了,他们也该想起来造一造了。你今后嫁过去,外人看起来也光彩一些。

清芳说,我也想跟你和爸说这个事,上次他妈和我说,他爸和海岳商量,让他拿出点钱来,两老也拿出钱来,把楼房拆了重造,给我们将来结婚用,但海岳冷冷地和他爸说,自己没钱,开车行投进去不少钱,也一直没赚到什么钱,既然要造就让他爸拿钱造。他爸碰了一鼻子灰,说儿子的话让他很寒心,连个商量的口气也没有。

粉宝说,你在海岳家里,从来没有听他喊过爸妈,说话都是硬来硬去的,他和春法、来珍的关系看来不太和睦。按道理,现在乡下造房,子女还未结婚时,都是父母挑大头,帮忙造的,子女挣钱了么,就往家里帮衬一把。海岳他爸也不是不知道他新开了车行,投进去不少钱,生意又一直不温不火的。他爸干油漆这么些年,早攒了不少钱,造楼房阔绰有余的。

你懂什么。建根说,春法是想试探海岳的态度。只要海岳服服软,说几句好话,春法还舍不得拿出钱来造房?哪个父母挣钱不是为了儿女的?他掏钱也想掏得心里舒坦些,让小辈们晓得父母攒钱不易,懂吗?

我也不晓得怎么办,他和爸妈关系太僵了,我横在中间,两边都不好劝。清芳说道。

清芳,你也别掺和进去,你们结婚前,他们总归是要把新房造起来的,他爸是场面上的人,总归是要面子的。建根说。

清芳去队里萧锦凤家,她在常宁镇上的春风服装公司上班,初中毕业四年了,一直在那做,现在是公司熟练工。她今晚不加夜班,这个点回家了。

清芳听锦凤说一个月工资有一千多,她惊愕地说,这么多啊,我在县城每月干得那么苦,工资才五百多点。

锦凤说,我这工资都是加班加出来的,一个星期有三天是加班的,不加班晚上五点半下班,加班的话就要到九点半,每天七点上班,你算算一天要做多长时间。

清芳细想了一下,说那你身子骨还吃得消?

锦凤说,服装厂都是差不多的,像我既没文凭,又没啥能力的,就只能干这个了。你在县城不是干得挺好的吗?城市里高楼大厦,霓虹闪烁,光鲜亮丽的,你和曼娟姐一样,见了不少世面,我和霞芬还挺羡慕你们的。不像我们成天到晚关在服装厂,外面发生什么新鲜事都不知道。

清芳说,见啥世面呐,我在钢厂里,也很少去外面的,不瞒你说,我把城里的工作辞了,想来想去,还是收收心,回到咱们镇上,找个服装厂做做算了,女孩子家总归还是离家近点妥当。我就是怕我自己手笨,服装基础一点也没有,学不会。

锦凤说,这个你不用担心,厂里那些从四川、云南、贵州招来的外地民工,她们一个字也不认识,起初连缝纫机都没见过,也都慢慢被师傅教会了,就连那些男人,现在做起缝纫来也熟门熟路。

清芳说,经你这么一说,我放宽心了,以后要是和你分一个组,你带带我。

第二天,清芳跟随锦凤,去了常宁镇上最大的春风服装公司。她看到三层厂房里,每一层都是一千多个平方的大生产车间,车间里摆满了一排排的电动缝纫机,车工们坐在缝纫机前,头也不抬地劳碌着,双手把持着布匹,随着机针的走向而做调整。车间里,缝纫机哒哒哒声响成了一片。

她心想,几百米外就是那个缫丝厂,她三年里,辗转了两个厂,一心想着逃离常宁镇,没想到在外面溜达了一圈,又回到了这里,还不如当初不离开缫丝厂,也攒足不少钱了。

每个大车间,车工们被分成几十个组,每个组六个人,由组长安排产量,再分发给组员,组员多劳多得。组里产量高,组长拿额外提成也多,故那些操作熟练的女工,格外受组长器重,而刚进厂,一点服装基础也没有的女工,都不受待见。

副经理姚志龙对清芳说,你从最基层的做起吧,去裁剪车间铺料。

清芳走入裁剪车间,一堆堆崭新的羽绒服面料堆得满满当当的,工人们正推着车将蓬松柔软的腈纶棉拉进裁剪车间。

四个戴着口罩的中年女工合力抬起一卷面料,放在大裁剪台上,从裁剪台这一头滚到了另一头,然后站在四个角上,拉扯着,抹平整,用钉子卡住。紧接着,又滚了层布,钉住,连续铺了十几层。

一会儿裁剪师傅用画粉在布匹上娴熟地画起来,画痕很匀很细,像画家拿画笔在纸上作画。不一会儿,其他几个工人推出裁剪机,沿着画粉线,切割了起来。切好的布，又由女工们标上号，贴上"门襟""袋盖""里袋""串口""领咀""袖窿"等标记，拿到生产车间。

面料裁剪完后，清芳被叫去铺腈纶棉，蓬松又柔软，很快，裁剪车间飘满了棉絮，沾在了工人的身上、头发上，清芳不住地打喷嚏，口罩捂得不严实，鼻孔里钻进去棉絮丝，痒痒的。

女工说，怎么想到服装厂上班了？什么活也没有服装厂的活苦。我之前就是在车间里做熟练工，干了十几年，腰椎间盘突出越来越严重，晚上睡也睡不好，医生说压迫这么严重，再这样没日没夜地坐下去，以后要瘫痪的，让我在硬板床上躺半年休养。我哪能躺得住，家里处处要用钱，焦心死了，背上贴着膏药，又过来了，换到了裁剪车间，干些轻便的活。

这时另一个女工插话说，玉兰姐说得对，我也是身体吃不消，一直耳鸣，脑袋瓜里成天嗡嗡直响，像只马达在轰鸣。厂里照顾我，让我在裁剪车间做，工资虽然拿得低点，但我也知足了。她继续说，你刚进服装厂不晓得，好些年轻女工长年累月坐在缝纫机前，都累出妇女病了，经期不准，有的连孩子都怀不上的。

玉兰说，陈香，你也不要吓这个妹子，每人体质不一样，否则服装厂都要关光了。我还是那句话，自个的身体自个清楚，要是吃不消，就别进服装厂，反正到哪都能有碗饭吃。妹子，你说是不是？

清芳说，是啊，玉兰婶。

她一天铺料下来，手臂酸痛，腰椎摔坏处也胀胀酸酸的。她心想，自己也太娇贵了，还没坐在车间缝纫机前，就成这样了，往后那还了得。

锦凤来找清芳，说一天干下来，觉得咋样？还吃得消吧？

清芳说裁剪车间也真是细致活，我没想到一件衣服拆开来，有那么多部件，那些专用名词听都没听过。

建根这时从猪棚喂好猪出来，说你以为我做裁剪师傅那么轻松？画错一匹布要赔钱的，一定得细致再细致，容不得马虎，在裁剪间铺布和熨烫工一样,都是后道工,工资比车工少。你还年轻,要学技术,还得下车间,我改天找那个姚志龙说一下,让你去车间上缝纫机,磨炼一下。

爸,你认识咱们公司的姚经理?清芳惊喜地说。

那可不是,你们公司的经理、副经理、车间主任以前和我都在同一个服装厂干过。那时服装厂还是镇里唯一的镇办企业,他们那时还是二十出头的小伙子,管我叫萧师傅的。后来老厂转制,成了现在的服装公司,主抓内销市场,开拓外贸渠道,几年经营下来,已上规模了,全公司两千多员工,在其他地方还开了分厂。你爸没文化,没这个魄力,否则也趁这股市场经济大潮,早开服装厂,赚大发了。

清芳和父亲一起进了服装公司,来到姚志龙的办公室。姚志龙见到萧建根,又是倒茶,又是敬烟,说萧师傅,早晓得清芳是你女儿,我哪能让她去裁剪车间,她的工种包在我身上,我让她去三楼,分到马志英的组里,她人好,技术扎实,以前也和咱们同一个厂里的,说起你她肯定认识,清芳跟着她,保准学得快。

萧建根将一把陈旧的裁缝剪刀交给了清芳,说你别瞧这把剪刀有点旧,可是跟了我三十几年,好使唤,不磕手,以后给你用吧。

马志英以前也跟萧建根学过手艺,她对清芳很待见,将垫在自己椅子上的竹垫给了她,说妹子,椅子坐久了,会捂出疹子来,你用竹垫,就好多了。

清芳看小组里几个女工年纪不大,缝制起衣服来,却都非常熟练,干脆利落,手中的布匹像被施了魔力一样,任人摆布,她们的手指抵在机针边,随着布匹,一点点移动,游刃有余。清芳看着心里犯怵,嘀咕着手指离机针那么近,速度那么快,不会被机针扎到吗?

马志英说,你不用羡慕她们,刚来时,也什么都不会的,不出仨月,保准你和她们一样熟练。

清芳看到相邻几个组里,都有一两个新来的学徒工,由组长带着,有个组长正大声斥责着一个外地女工,惹得那年轻女工满脸通红,看年纪,像十四五岁。

清芳心想自己真是幸运,马组长比她可和善多了。

马组长这时拿一卷白胶布过来,缠在了清芳左手大拇指和食指上,笑眯眯地说你缠上这个,以后就晓得了。

清芳朝两边看了下,每个女工左手指也缠着白胶布。

萧建根做了几十年裁缝,家里就有两台缝纫机,一台是脚踏的,一台是电动的,清芳从来没有坐上去试过,这回她发觉眼前的电动缝纫机就像是父母房间的,那么亲切,她望着搁在右手边的剪刀,心里瞬间踏实了好多。

马志英拿着一块布,让清芳在缝纫机前练手感,沿着机针线,在布上缝出一条条缝制线,要求直挺,线之间间隔匀称。

清芳小心翼翼地将右脚搭在电动踏板上,只是轻轻一搭,手里的布匹就随着机针迅速出去了。马志英说你脚还是踩得用力了,你现在还生疏,脚感差,要轻一点,以前是脚踩缝纫机,踩重一点,也没事,现在是电动的,一定要踩轻点,否则布区控制不住,缝制出来的线会扭扭斜斜。

清芳胆战心惊,心想电动缝纫机像是骑在身下的马一样,不受自己驯服。她因紧张而憋红了脸,深呼吸了几下,调匀了呼吸,接着右脚又轻轻搭在了电动踏板上,左手食指和拇指按住了布匹的一侧,右手食指也按住另一侧,随着哒哒哒的电动声音,一条白色的缝制线出现在了布匹上,越来越长。

学了两个多月后,清芳已经对电动缝纫机驾轻就熟了,即使踏板踩得再重,她也控制得住。有一次,她的手指被机针扎了一下,感到钻心的疼痛,白胶布里渗出鲜血,她疼得沁出了汗,眼泪都挤出来了。

马志英抓着清芳的手,剥去了被血濡湿的白胶布,用药水消了消毒,说幸好扎得不深,手指被机针扎到是常有的事,你不用害怕,整个服装厂,没有一个操作工没被机针扎到过手,就像学游泳的,没有一个没呛到过水,我手指还被机针扎穿过,指甲都发黑了。你现在知道我为什么在你手指上缠上白胶布吧,缠上它,机针万一扎到,也扎不深。

清芳吃一堑长一智,缝制时,更专心了。

定 亲

有一天,清芳在车间里,突然感觉一阵眩晕,闻到机油味直反胃,立马捂住嘴,跑去卫生间,刚踏入,就对着水槽狂吐了起来。

马志英瞧着不对劲,跟了过去,看她脸色发白,说你去镇上的医院看一看吧,你肯定是不适应服装厂的快节奏,累出病来了。

清芳挂了内科,医生开了化验单,验了血。

化验单出来后,内科医生说把你转到妇科看看吧。

清芳纳闷着,妇科医生瞧了瞧化验单,问清芳例假有多久没来了。清芳仔细思忖了下,说自己也稀里糊涂的,没记清楚,记得最近的一次是上上个月。

妇科医生说,这就对了,你是怀上了。

什么?清芳听着从凳子上弹了起来,说,医生,不会弄错吧?我怎么又有了呢?

妇科医生说,你要是不相信,可以去县城的医院瞧瞧,再去检查一下,我们这儿检查设备少,那儿的设备更齐全,你可以去做下B超仔细查一下。

清芳无比沮丧,握着检验单,浑浑噩噩的,不知道怎么走出医院的。刺眼的阳光照得她晕头转向,她没走几步,瘫软下来,坐在大理石台阶上,愁眉苦脸着。

她心想,莫不是那一次,他强拗着不肯,说他心中有数,肯定不要紧的,她拗不过他,只得顺从了他。

她眼泪涌了出来,在石阶上抱住膝盖抽泣着,感觉自己是那么的卑微,卑微得像被整个世界遗弃了似的。她哭着回到了家,粉宝起初以为她在厂里受委屈了,像初到钢厂一样,遭受了排挤。当从清芳嘴里说出又有了三个字时,粉宝也怔住了,继而破口骂起清芳来,说你死了啊,榆木疙瘩呀,我从村里计生办拿回那么多东西给你,为什么不用?这下好了,又有了,把那个小赤佬给我叫来,我要好好骂骂他,看他如何收拾这个烂摊子。

清芳抽噎着,说妈,你就别说了,我心里已经够苦的了,比黄连还要苦。

建根和粉宝连夜去了海岳家,很快,海岳一家人就赶过来了。一跨进门,清芳就听到来珍喋喋不休地怒骂起自己的儿子,说那么不小心,又弄出了事,让好媳妇又要遭罪了。

萧建根坐在长条凳上,没有吭声,只是吸着烟。

粉宝说,亲家公,亲家母,把你们叫来,是想问这事怎么办。清芳都流了一次了,要是再流一次,伤了身体,以后结了婚,想再怀孕,可就受影响了。

来珍停止了斥骂,看了看庄春法,说我也不懂,老头子,你说呀,这事咋办?

庄春法说,虽然两个孩子还没定亲,但我们早把清芳当成儿媳妇了,我看要么两个孩子早点把结婚证去领了,等天一凉,就把喜酒办了。

清芳回了房,粉宝追上楼,问清芳的意思,清芳思忖了一下说,我才二十一岁,结婚能成吗?早了点吧。

粉宝说,二十一岁,小是小了点,但和过去的人比,那也不小了,你妈我就是二十岁结的婚,二十一岁生的你。

清芳说,你们那会儿是七十年代,现在可是九十年代了。

粉宝说,你是不是不乐意现在嫁过去?虽说你现在又怀上了,但这结婚毕竟是大事,还得细细考虑的。

清芳忧伤地说,还考虑什么呢?我现在都成这样了,不抓紧嫁给他,难道等肚子一天天大起来?结婚就结婚吧。

几天后,由九香陪同,庄海岳来接清芳一起去常宁镇政府的婚姻登记处办理登记手续。工作人员拿起清芳和海岳的身份证,细算了一下后,对海岳和清芳说国家有结婚法定年龄,《婚姻法》上都写明的,你俩怎么都不知道?跑这儿来登记了。唉,现在的年轻人。

媒人九香也看了两张身份证,纳闷着说,同志,有啥不对吗?海岳今年23岁,清芳21岁,都二十出头了,咋就办不了登记呢?

工作人员指了指墙上张贴的《婚姻法》,说看清楚了,那儿都一款一款写明的。

清芳这时看到墙上《婚姻法》上写着,男方满22周岁,女方满20周岁,才符合婚姻登记法定年龄。她掐指算了一下,自己再过8个月,才满20周岁。

清芳拉扯了九香的衣角,说婶,咋办呢?我再过8个月,才满20周岁,海岳他上月刚满22周岁的。

九香这时凑近工作人员,谦恭地说,同志,你通融通融,帮个忙,我这侄女不是怀上了吗?要是这登记办不下来,她这肚子一天天大起来可咋办?在村坊里不好看。她离20周岁就只差8个月,你就行行好,帮帮这对小年轻。

清芳这时脸红到耳根,燥热得慌,紧贴在海岳身后,真想找个地缝钻进去。

工作人员这时站起来,对九香说,胡闹,我说你这位女同志,法律意识真是淡薄,你以为国家法律是为你一个人制定的吗?想怎么改就怎么改,要是人人都这样,那还要国家法律做什么?《婚姻法》就是起到制约作用的。别说8个月,差一天都不行。现在的年轻人,思想这么开放,还没婚姻登记,就搞大了肚子。出了事就急了,简直是胡闹。

三人吃了闭门羹,耷拉着脸走出了镇政府大院。

清芳陷入了极度的不安与惶恐中,回到家,她立马扑到了粉宝的怀里,哭泣。

粉宝对站立在一旁的海岳,气不打一处来,她也顾不得脸面了,气咻咻地盯着海岳,斥责话到嘴边,又说不下去了。她真是气糊涂了。

晚上,海岳父母又上门来,拿了一篮鸡蛋和几只母鸡,还有几盒阿胶,说,这是给清芳滋补身体的,这婚姻登记一时半会办不下来,我们也愁死了,都是海岳的错,事到如今,一家人不说两家话,亲家你们有啥想法说出来,我们都依你们。

粉宝说,这结婚证没8个月办不下来,清芳的肚子可等不了,等足8个月,这孩子就得生下来了。你让她还未过门,就生了孩子,算什么个事?四邻八乡都没见过这样的事,我和他爸可丢不起这个脸。还是像上次那样,尽早上手术台,把人流给做了。

清芳想到自己上次躺在手术台上,虽上了麻药,但还是真切地感受到那冰冷的手术刀伸入自己的身体,那种恐惧与绝望,想反抗,又无法反抗。麻药过后,那撕心裂肺的疼痛,又把她折磨得痛不欲生,像从死亡线上走了一遭。她想到时隔大半年,又要上那张手术台,直冒冷汗,浑身剧烈抽搐着。她狠狠掐了一把坐在床侧的海岳,愤懑地说,我这回要死在手术台上了,你这下开心了,我死了,你回头再去祸害其他的女人去。

清芳没有死,但感觉自己还是像从鬼门关走了一遭,半条命都丢在手术台上了。

有一天晚上,下着细雨,海岳父母冒雨赶来了,一同来的还有媒人九香。

来珍进了西房,安慰了清芳几句,回头笑逐颜开地对粉宝说,亲家母,我和海岳他爸商量好了,等清芳身子恢复后,把两个孩子的定亲酒给摆了。等年底两个孩子领了证,明年开春挑个好日子,再把结婚酒摆了。

清芳父母面面相觑,对来珍的提议颇感意外,细想下又觉得合情合理,他们那边连日来,似乎憋着一口气,极力想弥补些什么。

九香也接上了话茬,笑呵呵地说两方亲家,按照乡下人的说法,这摆了定亲酒,就像登了记一样,女方就是男方家的人了,我这媒人做得更安定了,明年就等着吃十八只蹄髈了。

摆定亲酒那天,男方托九香带来一笔彩礼,还给清芳打了一对金耳环,一条金项链。粉宝说女儿,你现在大半只脚踏入庄家门槛了,往后都戴上吧。

　　清芳时常看到玉娟搀扶着她哥雪军，慢悠悠地走在楝树湾的机耕路上，只要天气好，玉娟就陪他哥走好长一段路。雪军走路仍跌跌撞撞，步履不稳。玉娟这大半年，人瘦了一圈，曾经天真烂漫的她，经历一场重大家庭变故，一下子成熟了好多。

　　雪军坐在沟渠边，手里认真地把玩着一朵马兰头花，抬头呆呆地望着远方。清芳心想，他会想起什么吗？他深爱着的那个女友已杳无影踪，他会察觉到吗？心里会不会痛？

　　清芳走了过去，坐在玉娟边，说妹，苦了你了，这大半年来，都是你在服侍你哥，你是他亲妹妹，他总归认出你了吧？

　　玉娟替她哥拉扯好被风撩起的衣角，说姐，我哥大脑损伤严重，以前的记忆全抹空了，早认不出家里人了。不过，我已经很满足了，好歹他能醒过来，还能睁眼看看这个家，扶着也能走路，饿了还能发出含糊的讨要声，这已经是奇迹了。他受损的大脑，影响了四肢协调，现在又有了癫痫病，走路极易摔跤，跌倒又易引起抽搐、休克，危及生命，所以我是半步不离身。我相信我哥会慢慢好起来的，能恢复到自己吃饭、穿衣，又能开口说话的程度。这是我们一家唯一的念想。只是我爸妈一直很难过，哥出事后衰老了好多，特别是我爸，又酗酒了，喊也喊不住，我妈也总在深更半夜里啼哭。

　　清芳紧紧攥着玉娟的胳膊，也抹起了泪，说事已至此，只能想开一点了。紧接着从裤袋里掏出一卷钱，塞到玉娟的手里，说给你哥买点营养品吃吃。

　　玉娟连忙推搡着，急切地说，姐，这不行，我怎么好接你的钱。

　　清芳说，妹子，你就收下吧，我就一点点心意。你现在没工作，断了收入来源，你哥还要吃药、补充营养的，不断地支出钱去。

　　玉娟说，我虽然没回酒店上班，但每月还是能拿到一点基本工资。集体单位就这点好。

　　清芳将钱紧紧塞入玉娟的手里，又在她手背上握了握，看了看边上对着田野发愣着的雪军，突然想到了什么，说你哥那个女友，还有她的家人，最近来过吗？

玉娟这时垂下了头,心头涌上了哀伤,继而抬起头说,这也是压在我们一家人心头的另一块重石,经过了这事,我才知道什么叫世态炎凉、人心险恶。出事不久,她们一家的态度就慢慢改变了,我哥和她之前买的房子,女方老早换了钥匙,连我哥出的那份钱也不给我们,我们也没精力再上门去讨要了。唉,每每想起这个,就揪心,等过些日子哥恢复得好些,我带他去上海做康复治疗,事到如今我也只能想开些了,走一步算一步。玉娟平静地说着。

清芳点了点头。

有一回,建根说他去大云一个服装厂裁剪,路过海岳的车行时,铁门敞开着,空无一人,前来修摩托车的人在门口等了一会儿,没瞧见他,推着车走了。他从大云回来时,车行里仍没个人影。

他朝边上的茶店走去,隔着窗户,看见海岳卷着袖子,坐在烟雾缭绕里,和几个老头在打麻将,兴致高昂地喊着胡啦、碰啦。

萧建根怒不可遏,血压节节往上蹿,恨不得冲进去斥骂一番,但很快又平息了下来。他立即转身,离开了。

粉宝说,他哪是在开店?上门来的生意也不要做了,我看是被他父母惯坏了,不在他肩膀上压压担子,他不晓得挣钱养家的苦,还要继续浑下去。

建根说,庄春法也是,手里又不缺钱,老早应该把老房子拆了,盖起毛坯,房子装修的钱,就让海岳出,给他肩膀上施加点压力,他才能想到去赚钱。

粉宝说,我们又不好提出让庄春法盖新房,要不让九香拐个弯去说说,他们家房子都十几年了,逢下雨天,房内漏水严重,摆满了脸盆接水,也该拆了重造了。这两年要是结婚,就该在新房里结。

九香很快去了趟新埭,向庄春法透露了那层意思。几天后,庄春法腾出了门前的场地,从青塍窑厂装来十几车红砖。他说听到消息,建筑材料要涨价了,趁还未涨起来,先囤着点,新房迟早要造的。

清芳下班后,在省道十字路口,犹豫了几下,没有右转弯,径直往北,去了新埭的顺风车行。

你还来做什么?坐在门口正往摩托车轮胎上涂胶水的海岳,看到许久未来的清芳,冷冷地说。

清芳也不搭理他,俯身捡拾散落一地的扳手,然后骑车往东面几百米处的庄家浜驶去,她胸前自行车篮里装满了蔬菜、鱼肉。

来珍正在水泥场上,码齐散开的红砖,看见清芳走进了院门,欣喜地说,清芳,你来了,今晚不加夜班啊?那我去烧菜,做饭。

两人在灶间择起了芹菜,来珍轻声对清芳说,前天晚上吃饭时,海岳和他爸又为造房批地基证的事吵了起来,他爸一怒之下,摔了一只碗。

又是为什么呢?清芳听着,心里咯噔了一下,急忙问。

来珍说,要去批地基证了,海岳想造三层楼房,他爸想造两层,海岳就不肯,说队里好多人家都造三层了,房子贵在打地基上,扎钢筋,浇混凝土大板,往上再加一层花不了多少钱。他爸就气愤地对海岳说你钱没挣着,口气倒挺大,造三层,算算得花多少钱?你成天到晚窝在茶店里打麻将,不好好守着店,生意都跑光了,哪来的钱造房?海岳就跟他爸说车行生意好得很,我哪没有好好守着店了?我现在是没挣多少钱,那也是开业没多久。倒是你们没钱吗?庄家浜里的人都说你们有钱,楼房十几年前就造好了,还长年在外做油漆包工头,怎么会没钱?他爸就一怒之下摔了碗。

那地基证批下来了吗?清芳问。

还没呢,父子俩僵着,谁也不肯去镇上国土所办。来珍说,清芳,你劝劝海岳。

清芳原本吃过晚饭,就要回去了,但看海岳和他爸仍拉长着脸,互不搭理,家里气氛很冷,便决定留下来。她进二楼东房,对正拿着电视遥控器频频换台的海岳说,你妈和我说了,要么先造两层吧,家里就几口人,也不需要那么多房间的,打扫卫生都麻烦。等以后有了钱,再往上加一层好了。

海岳放下遥控器,气呼呼地说现在住的是两层楼房,以后仍是两层楼房,那还拆了重造干什么?你和我不一条心,胳膊肘往他们那儿拐,那你和他们去过日子好了。

什么你的、我的、他们的?咱们难道不是一家人吗?清芳气急着,声音都发颤了,停顿了下,和缓了口气,继续说他们总归是你爸妈,我既不往他们那边拐,也不往你这边靠,家里的事,好好商量。

海岳说,我就这个脾气,不用你来教训我。

清芳一时气急,愤愤地说你也太蛮不讲理了。停缓了下,继续说你妈说得对,你就是不求上进,我看是自甘堕落。我们还是分手了吧。我不想天天为你受气、难过。

海岳说,你终于说出实话了,怪不得你不常来了,我上门去,也不让我过夜,原来你早想和我分手。快说,你看上谁了?是不是你们楝树湾里那个陈雪军?他现在正缺人照顾呢。

你——真是不可理喻。清芳摔门,掩面下了楼,从车库推出自行车,出了大门。

隔壁房间的来珍听到吵闹声,追了下去,对清芳的背影高声嚷嚷着,都深更半夜了,媳妇你不过夜,回去干吗?清芳头也不回地驶入一片黑暗中。

来珍朝楼上喊,海岳你给我滚下来,还不快点把清芳追回来,黑咕隆咚的,下着雨,黑灯瞎火的,她半道上出啥事可怎么得了。

清芳在夜雨中,横冲直撞,骑行了好久,海岳始终没有开摩托车追上来。

几天后的上午,清芳正上着班,保安过来说,厂门口有人找你。清芳心想会是谁呢?她走至大门口,看见是庄海岳。他戴着头盔,坐在嘉陵摩托上,看见清芳走过来,他立即下了摩托,笑呵呵的。清芳纳闷,他这又是玩哪一出?

海岳打开摩托车后备箱,取出了一个红本本,递给了清芳。清芳一看,上面写着"城乡宅基地使用证",打开一看,第一页写着户主庄春法,使用证有效期五年,批准之日起生效,逾期作废;第二页是建房图纸,建房面积,层数写着三层。

清芳说你爸肯依你了,造三层?

海岳说我几个舅舅出的面,劝和了我爸。他们也说还是造三层好,乡下人杂七杂八的东西多,以后底楼堆谷物,放农具,二楼老人住,三楼么小夫妻住,以后生两个孩子啥的,房间一下子全满了。他开了窍,就应允了。

清芳笑着说,我看以后有啥事,还得多请你几个舅舅出马,两边都不偏袒,帮你们爷俩居中调停。

清芳现在缝纫机操作已很熟练了,离开了马志英的组,和锦凤在一个组。锦凤有次神秘地和她说,晚上下班后,要去相亲。

清芳笑着说,男方是哪个村的? 谁做的媒?

锦凤说,他是县城周边泾渭村的,和我二姑一个生产队,我二姑做的媒人。

清芳笑着说,姑姑给侄女做媒,那是大象走路稳当当。你放宽了心,大胆去相亲好了,人肯定长得不赖。他是做啥的,你姑姑说了吗?

锦凤说,是开货车跑长途运输的。

第二天上班路上,清芳急迫地问锦凤,昨晚相得如何? 中意不?

锦凤抿着嘴笑了,说那人留着平头,脸糙黑,眼睛小。话很多,像个话痨,屁股一沾凳,就说东扯西的,好像啥都懂似的。

清芳乐呵着说,他开货车走南闯北的,见的世面多,才这么健谈,能说会道、性格开朗的人,好相处,总比闷葫芦强。

几天后,清芳见到锦凤的男友郭伟国,他将货车停在屋后省道边,从清芳家门口走过,穿着浅蓝色短袖衫,打着黄底斜纹领带,头发抹着发膏,油光锃亮的,一看就精明、干练。清芳心想,锦凤找对人了。

几天后,清芳在车间里,看到几米远处,萧霞芬的座位一直空着。她比清芳小三岁,也是栋树湾的,比锦凤晚一年进的服装公司。

吃中饭时,锦凤说我也不晓得那丫头干啥去了,都三天没来上班了。不知道是不是身体不适,晚上我上她家瞧瞧去。

下了班,清芳和锦凤结伴上了霞芬家,她人不在,碰到了她妈,杏花婶说霞芬去镇上三友纸箱厂上班了,她大姨在那做厂长,原本她在镇砖瓦厂当副厂长,组织上安排她去接手那个快要倒闭的乡镇企业。全厂几百号工人,一下子失了业,不太好安置。

几天后,萧霞芬上服装公司办理辞职手续,结清了剩下几个月的工资。清芳看到她进车间取回自己的物品,迎了上去,说霞芬,听你妈说,你在纸箱厂上班了,你在那做什么活?

霞芬莞尔一笑,说我大姨叫我坐办公室,做做账务。她已给我在县城职校报了名,我后天就去学习会计操作实务。

清芳回头和锦凤说,霞芬真是命好啊,不用做缝纫车工了,跟着她大姨,工作轻松不说,工资也拿得高,以后会越来越有出息。

锦凤笑着说,我们两家,翻个底朝天,都找不出这样的亲戚。等霞芬干出名堂了,我们也巴结巴结她去,给我们在纸箱厂也安排个轻松活。

清芳所在的组里,全是缝纫技术过硬的熟练工,组长袁雪芬能力出众,把组里的生产质量和数量抓得紧紧的,连续好几年在整个车间保持效益第一,所以好多女工都想到她组里来,多劳多得,拿高工资。

清芳是资历最浅的,为了不拖整个组的后腿,她也咬紧牙关抓进度,别人吃好中饭,趴在缝纫机上打盹,或聚在一起闲聊时,她就立即坐下干起了活。

这时组里一个刚来不久的叫孙秀琴的女工正坐在凳上看小说《窗外》,突然对清芳说,我瞅着你好眼熟,你也是常宁中学毕业的吧?

清芳头也不抬地说,是啊,我九〇年那儿初中毕的业。你呢?

她说,我是九一年初中毕业。你这一说,我就想起来了,你叫萧清芳,外号小巩俐对吧?你还在那读过高中。

清芳诧异着,立即抬起了头,关掉了缝纫机电动开关,说你怎么都知道——什么小巩俐,你别瞎说。

孙秀琴说,你当初和我堂哥谈恋爱的事,我都门儿清。孙楚扬是我大伯家的儿子,他家就在我家上面。我比他小五岁,我上初一时,大云离常宁远,时常坐他的自行车上学。初二时,他就不肯让我坐他车了。我后来知道他那会儿和你正在谈恋爱。我好几次放学,偷偷跟踪你们,看你们在河北岸那条老街上散步,还一起吃馄饨、看电影来着。有一回,我敲他竹杠,要他给我零花钱，否则就把他偷偷谈恋爱的事告诉我大伯、大妈。说完，孙秀琴咯咯咯地笑出了声。

她意犹未尽着，继续说，记得有一次，他托我弄一张电影海报，叫什么《大红灯笼高高挂》，巩俐演的电影，他知道我小舅在县城光华电影院当放映员，回报是他给我买一个月的口香糖、泡泡糖。

清芳经她一说，记忆的闸门慢慢打开，几年前的事，像洪水一样涌了出来，在脑海中慢慢浮现，楚扬那模糊的身影仿佛越来越清晰。

孙秀琴说，你们分手的事我也清楚，那是我大妈从中作梗。她极力反对我堂哥找一个农村户口的，那会儿，我大伯供销社里刚进一个姑娘，是大云镇上的，父母都是小学老师。大妈看着中意得很。

清芳又按下了电动开关，边做边说，他结婚了吧？日子肯定过得和和美美的。

孙秀琴说，楚扬都结婚三年了，他老婆一直怀不上孩子，夫妻两人经常跑上海、北京看中医、西医，看电视上北京有家治不孕不育的医院很灵，又一起赶去，但半年多了，花了十几万块钱，配了不少药，两人同治，愣是没效果。我大妈是急性子，看着生产队里比堂哥迟结婚的都抱上了娃，她就越瞅儿媳越来气，老拉着个脸，婆媳关系变得很紧张，我哥夹在中间很为难，两边都说不得，就时常找一帮小兄弟在镇上小饭馆喝闷酒。

有一天傍晚下班，清芳骑着自行车，往新埭方向赶，下午下过一场雨夹雪，路上湿滑，气温下降得快，地上结了薄冰，车轮碾过，咔嚓咔嚓响。她上长风大桥时，从桥上突然冲下来一辆小货车，由于下坡路面更湿滑，小货车下坡速度极快，紧擦着清芳身边驶了过去。清芳吓得半死，手一惊脱把，连车带人扑了出去，摔倒在了路边。

她胳膊、腿上钻心地疼，想站也站不起来，斜卧在冰水里，又痛又冷，叫苦不迭。

天越来越黑，下起了雪粒子，越来越稠密，噼噼啪啪地砸在脸上，钻心地疼。她强撑着身子，想站起来，但刚起身，脚使不上力，又瘫倒在地，更加生疼了。

过了一会儿，一辆摩托车从南边开过来，车灯越来越亮，经过她身边时，速度慢了下来，在她前方几米处，停了下来。

那人停妥了摩托车，走了过来，摘下头盔，说你怎么了？摔得严重吗？

清芳抬起头，朝那个人张望，雪光飞舞中，借着车灯，看到一张似熟非熟的脸。

那人也看清了清芳，说清芳，是你呀，怎么摔倒在半道上了？

清芳终于看清这个人居然是数年未见的孙楚扬。

孙楚扬慢慢将她搀扶起来，用摩托车上的毛巾擦净她身上的雪水，说我刚下班回家，你摔得这么重，一时半会也走不了，自行车两个车毂都摔扁了。我载你一程，送你回家吧。

清芳想推托，但话到嘴边，却哑住了。

她颤颤悠悠地被楚扬扶上了后座，侧坐着，紧抓住他的衣襟，像许多年前一样。她说你过了桥，在前面新埭村公交站点停一下吧。

到了村口，清芳下了摩托车，楚扬从后备箱取出红花油、伤筋膏，说我后备箱恰巧有伤药，你等会儿抹抹，消消肿，回家用冰块敷，明天如果仍不适，上医院拍个片瞧瞧，有没有伤着骨骼，以后雨雪天骑车当心点。

清芳咬着牙，目送着楚扬远去的身影，那后车灯越来越暗，越来越模糊，消失在一片雨雾中。她的思绪被他带远了，眼眶不知不觉迷蒙了。

车行里还亮着灯，清芳踮着脚尖，一瘸一拐地走近了车行，从窗户里射出昏黄的灯光，她看清自己滑雪衫、裤子上蹭破了洞，身侧沾满了湿淋淋的泥浆。

她在门外的骨牌凳上刚坐下，海岳从小屋内走了出来。

他瞟了一眼清芳，说他刚送你回来的？

清芳惊愕了下，你说谁？谁送我回来？

海岳说，我全看见了，我在长风大桥上看得一清二楚，那个药店的对你可真是百般体贴，挽着你的胳膊，上了他的车，你还紧搂着他的腰，真是好亲昵，像极了一对情侣。

你胡说八道什么。清芳说，我在半路上摔倒，他正巧经过，下来看才知道是我，见我走不动路，才顺便捎我到这里。

天晓得这是不是你俩排练好的。哪会那么巧，你摔倒在半路，他恰好路过，看见你。我看你们是旧情复燃，老早偷偷摸摸好上了，反正都在一个镇上，你来我往，方便得很。你们当年在校早恋那点事，传得开开的，全校谁不知道。

清芳忍着撕心裂肺的痛，说我一身伤痛，没力气和你争吵。你爱咋想就咋想吧，我没做亏心事，就不怕你乱泼脏水。

清芳事后才得知，海岳看她下班该到店里了，却仍没过来，想起了几年前那个下雪天，便开车出去瞧瞧，开到长风大桥时，看到了有人搀扶起摔倒在地的清芳，又将她扶上了摩托车，她一只手紧抓着对方衣襟，紧紧依偎在他身上。他醋意大发，在桥上看得咬牙切齿，立马掉转车头返回。他回到车行，站在窗前，往外看楚扬将清芳扶下了车，一番细语关心后离开。海岳和孙楚扬初中同一届，认得他。海岳没考上高中，楚扬和清芳在校谈恋爱的事，他后来听妹妹慕云说起过。

清芳后来不止一次看见海岳在偷偷翻看她的包，还在半道上跟踪她。她心想，海岳的思维越来越偏激，疑心病越来越重了。她和锦凤吐苦水时，锦凤说姐夫可能从来没进过厂，一个人开着店，独进独出，太孤僻了，他应该进厂，合群些，每天和工友处在一起，嘻嘻哈哈的，啥事都没有了。否则他成天到晚一个人，无事瞎琢磨，疑心只会越来越重。

清芳心想，锦凤说的也不无道理，海岳管不住手，经常泡在茶店里，跟一帮老年人打麻将，进厂就没那么自由了，但他还能干什么呢？常宁镇上像缫丝厂、服装厂、针织厂，招女工的地方肯定不适合他，饲料厂、水泥厂、砖瓦厂活太重，他又吃不了那个苦，想来想去，她想到了霞芬她大姨的三友纸箱厂。

她想周全了，才和海岳说常宁镇南的三友纸箱厂还在招工，厂长是我们队里霞芬的大姨。她上任不到两个月，就接到了不少的大订单，纸箱厂每天加班加点,赶着出货,我们公司有好几个员工辞职,到那上班了,据说工资比服装厂拿得多,活也轻松。

海岳说,你是想让我去那上班?

清芳说,你自己也看到了,车行开了一年了,老不温不火,我看得出你也为生意不好焦虑。进厂上班,可就没心事了,生意好差和你没关系,还管中晚两顿饭,钱又能攒得住。

海岳拿扳手扣墙上生了锈的铁钉,思忖了一下说,纸箱厂工资真有那么高吗?我进去能做什么?我没操作过生产机器。还有,我不想一个人去,如果要去,咱俩一起去,同进同出。

清芳细想着他还是离不了自己,可是自己进服装公司才半年不到,刚刚上手就要辞职,于心不忍,但又想自己不去纸箱厂,海岳也肯定不愿去,那他永远改变不了那习气,想想还是让他上班,多赚钱要紧。

几天后,清芳下班后,去了霞芬家,向她仔细了解纸箱厂的工种、待遇,工作时长,有无休息日。

霞芬说,清芳姐,纸箱厂一个月有两天休息,工作是三班倒,机器开了,不能停转。眼看就要到年底了,你这个时候辞职不合适,一来服装公司年底活忙,你不做,一时半会找不着人顶上,他们不会放你走的,二来年底一个月,工资发的最高,还有全勤奖、考核奖,现在辞职,这些都要打很大折扣,很不划算。你要是真想过来,我帮你留出两个名额,等过了年后,你再去办辞职手续,到纸箱厂上班。

清芳细想也有道理,便索性等过了年关再说。

她为了解除海岳的顾虑,还特意和他去了纸箱厂实地察看,看车间的设备全都是新的,泛着油亮的光泽。粘箱机、印刷机、覆膜机、横切机、送纸机都是全自动的,整齐划一。海岳说,那就过了年过来做吧。

妥 协

陈曼娟在苏州学刺绣，没待足三个月，就着急赶回来了。

她惴惴不安着，突然袭来的反酸、呕吐、疲乏，让她形神俱疲，联想到月事一个多月未来了，猛然想起了临走前的那个深夜，在那张崭新的婚床上发生的事，让她毛骨悚然。她凄惶不安着，几次想拨通高世杰的手机，但又放弃了，孤身一人坐在黑夜里黯然神伤，一坐就是整晚。她去寒山寺祈福，希望只是水土不服。刚刚放下的心，转念又更加焦虑了。她感觉身处异乡，越发孤立无援，越来越明显的妊娠反应，让她无法安心继续学习，才狠下心，回瑞平再说。

离开瑞平县城时还是夏末，回来时已是晚秋，大街小巷堆满了黄色枫叶，随风纷舞了起来。从汽车站下来时，天已黑透，曼娟裹紧衣服，走在夜深人静的街上，感觉茫然无绪，像头顶飘落的枫叶一样，没有了方向。

次日一早，她捂紧了口罩，去医院做了检查，确定已经怀孕，她为那晚发生的事懊悔不迭，不晓得该不该和高世杰说，即使告诉他，又能有什么结果，他是快要和群英姐结婚的人。但是不和他说，又能和谁去说？这事万万不能和乡下的父母说的，万一传到群英耳朵里，不晓得会引起怎样的轩然大波。

几日后，她躺在昭君弄的出租房里，愁眉不展着，拉开窗前书桌抽屉，看到了那副翡翠耳坠，猛然铁下心，给高世杰拨去了电话，约了下午在蓝山酒吧见面。

高世杰急匆匆地赶了过来，还特意包了一束精美大花束，有红玫瑰、马蹄莲、百合花、满天星、非洲菊、桔梗花。他看见了曼娟,一脸灿烂地将花束递了过去,说你什么时候回来的?也不提早跟我说一声,我好开车去苏州接你。

曼娟迟滞了下,才从靠窗的椅子上起身,接过花,压低声音,幽怨着说,姐夫,我有了。

她声音很轻,轻得像蚊鸣似的,但还是让高世杰吓了一跳,从椅子上弹了起来。他额头瞬间沁满了汗,好一会儿,才颤颤巍巍地凑近说,真的?就那一晚,有了?

他朝周围飞快地扫了几眼,往窗外细望了一下,铅灰色的云层里,漏下一点点素淡的阳光,几只灰鹭从窗前的垂柳上飞起,往护城河对岸飞去。

曼娟说,是的,姐夫,我去医院看过了,确切无疑。说完,她从拎包里拿出化验单,递给了高世杰。

姐夫,你说怎么办?我快要愁死了,毫无头绪,才找你商量。曼娟左手撑着下颌,用乞求的眼神盯着高世杰,仿佛在等他宣判似的,好帮她做个决断,结束这多日来的惶恐与不安。

高世杰这时声音抖颤,略带沙哑地说,都是我不好,那晚醉了,醉得一塌糊涂,鬼使神差地带你去看新房,后来干出啥事都不晓得,天亮醒来,一直懊悔不已。我对不住你。

曼娟握着高世杰汗涔涔的手,轻声说,姐夫,我不怪你,真的。我是心甘情愿的,当初你帮我拍照那会儿,我心里就有你了。去风陵湖那会儿,我多想是你的女朋友,和你泛舟湖上,说不出的浪漫快活,那是多么美好的一天,至今都让我无限怀念。但你有群英姐,我只能远离你,把你放在心底,偷偷想念,我不想也不敢破坏你和群英姐的感情。我得知怀孕后,想狠下心再回苏州,把人流做了,但孩子毕竟是你的骨肉,我还是和你说一声后,再做决定。

高世杰拿起曼娟的双手,握紧了说,曼娟,我何德何能,让你这样对我。你让我说什么好呢?我对你有愧——我补偿你吧。

曼娟幽幽地说,姐夫,你不用说补偿。我不需要补偿,你也不用多说什么了。我们之间就到此为止吧,再往下多走一步,都是雷区,会玉石俱焚,不可收拾。我自己的身体，我自己会处理的。

说完，曼娟从椅子上起身，兀自走出了蓝山酒吧。她沿着夜幕下空无一人的护城河，边走边哭，河面上被西北风掠起的湿寒，紧紧缠缚着她。她感觉自己是那么悲壮，又那么卑微。

次日一大早，曼娟踏着积雪，悄无声息地离开了瑞平县城，返回了苏州。后半夜起，一场大雪随着南下的寒潮突然而至，给古老的瑞平城裹上了一层洁净的素白，仿佛把一切秘密精巧地掩藏住了。

高世杰赶到昭君弄她的出租房时，看到门虚掩着，门槛上堆落着雪。他轻轻一推，走了进去，以为曼娟仍在，但屋内的寒意猛地向他袭来，感觉比屋外还冷峭几分，他打了几个颤，这时瞧见床前书桌上搁着一个信封，掏出来细看是一副翡翠耳坠。高世杰拿起耳坠，手在发抖，心在绞痛，眼泪涌出了眼眶，滴溅在了耳坠上。他一拳砸在了自己脑门上，血猛地从后脑勺上往上涌，脑子里嗡嗡直响，眼前越来越黑。

过年了，曼娟推托苏州有事，没有回瑞平县城，不能和家人一起吃年夜饭了。她做了人流后，人虚弱得很，她想一个人留在异乡静静地疗情伤。

开年后，清芳还是不顾家人反对，离开了服装公司，和海岳去了镇南的纸箱厂。

朱敏姗给清芳、海岳安排在噪声小点的生产车间里，海岳去了印刷车间，清芳去了切纸车间。

纸箱厂有一条完整的自动生产流水线，从厂外运进纸到纸箱出仓，都是一环套着一环。这条流水线是朱敏姗接手纸箱厂后，去广东考察，引进过来的，她当时向政府表态，既然让我接管，我就要淘汰落后产能，把质量和效益抓上去，保证三年内扭亏为盈，清理旧账，将老厂职工的陈欠工资发清，提高工人的福利待遇。

她精挑细选了一批业务员，先理清老厂的旧账，该付的付，该讨的讨，然后将业务员分散到全国各地，采购原材料和拓展销售渠道。

厂里的职工都对新上任的老板刮目相看,说这个朱厂长做事雷厉风行,心思又缜密,比男人还厉害三分。

霞芬从县城学了会计业务后,也开始上手了,她跟着老厂的崔会计,核算每一笔进账和出账。

清芳看到她一改从前的装束,染了发,涂了指甲,初春还有几分寒意,就穿上了淡紫色的贝贝裙,雪白色的丝袜挓过膝盖,脚上穿着高跟鞋,有时是白色的,有时是橘黄色的。

霞芬经常出差,一会儿去了北京,一会儿去了海南,时常拍回来好多照片,背景不是长城、天安门,就是椰林、天涯海角的。

清芳心想,霞芬有了靠山,是越来越有出息了,早看不出当年缝纫女工的样子了,她是麻雀飞上枝头变凤凰,比正读大学的雅盈分毫不差。

雅盈过完年,留在瑞平县城实习,听说清芳早离开了县城,先去了服装厂,干了半年,又去了纸箱厂,说你心思也太活络了,一年不到,换了两个厂,等我毕了业,把你再揪回服装厂,我设计时装,你来做,我们组成黄金搭档。

清芳没有和雅盈说,去纸箱厂是为了庄海岳,只是说在服装厂整日坐着,腰椎吃不消。她还是想在外人面前,极力维护海岳的脸面。

清芳说你在大学里过得还好吧?读得辛不辛苦?

雅盈说,大学里可比高中时轻松多了,班级不固定,走读的。轮到上哪节课时,就提前去阶梯教室里占座位。我空闲时,去校外餐馆刷盘子,赚点钱贴补开销。还给一个住拙政园边的初中生补英语。

清芳说,听说苏州城里很好玩,你没出去走走看?

雅盈说,大学前几个月,在苏州城里逛了个遍,虎丘、寒山寺、山塘街呀,拙政园、网师园呀。苏州园林很多,还有留园、耦园、狮子林、退思园,打工后,我就没来得及再去看。苏州美食也不少,像松鹤楼的松鼠鳜鱼,得月楼的西施玩月,陆稿荐的秘制酱鸭,口味偏甜。女孩子都爱吃。苏州的昆曲低回婉转,悦耳动听,和我们这边的越剧不太一样。水磨调,软糯糯的,缠绵委婉,柔曼悠远。《牡丹亭》里《游园惊梦》一折,我听得都会哼上几段。你有空时,就来苏州,我带你好好吃喝玩乐去。

清芳笑着说,听说大学里谈恋爱很普遍,你长这么漂亮,肯定有不少男生追求你吧?

雅盈说,我反正高复了三年,年龄也不小了,进了大学,谈恋爱,我也不抗拒。邻县有个男生比我高一届,他是学建筑室内设计的,常帮我在图书馆占座位,还送我食堂菜票。

清芳说,那真的不错,在大学里,有个人这么关心你、照顾你,你家人也放心了。

雅盈说,我在苏州,暂时把家里那些糟心事放下了。他时常骑着自行车,载上我在苏州的大街小巷游玩。我真是爱极了苏州,那么古老又精致的一座千年老城。苏州,也叫姑苏,姑苏城外寒山寺,夜半钟声到客船。你想千年前的唐朝诗人张继,也拜倒在了苏州的魅力之下,才吟得出《枫桥夜泊》这样的好诗来。他时常带我去山塘街吃美食,一起坐在灯船画舫里,听着欸乃摇橹声,品着姑苏船菜,真是大学四年最难忘的时刻了。入夜的山塘,华灯初上,小楼雕窗,流光溢彩,岸上又传来美妙的昆曲声,真是令人如痴如醉的古城夜晚。

清芳听得意醉神迷,仿佛自己也一脚踏入了从未去过的苏州。两人聊着聊着就聊起了群英。雅盈说,三八妇女节那天,群英姐要出嫁了,她叫我们几个好姐妹给她当伴娘,我恰好在县城实习,到时也送送她。曼娟也从苏州回来了,这丫头在苏州学刺绣,待了半年多也不来大学找我。

清芳说,是啊,她现在野心可大着哩,取得了真经,想自己开店哩,像她表姐那样。

晚上,群英回来,和雅盈说,好歹你回乡下来了,明天你、清芳、曼娟三人,一起去我县城的新家吃个晚饭,就当认认门。

雅盈笑着爽快应允了。

曼娟在电话里,和群英推托起苏绣工坊刚开张,手头活很多,千头万绪的,都要厘清,实在脱不开身,新房还是不去了,下次登门再参观爱巢。

群英嗔怪着你现在是陈老板了,瞧不起你姐了,姐也请不动你大驾了。

曼娟连忙说,没——没有。真的是活忙。

群英说,你别推三阻四了,明晚雅盈、清芳也过来,你这个伴娘如果不过来,不合格啊。

曼娟这时不好再推辞了。

她这几个月里,极力躲避着高世杰,有时他猛然跑进自己的思绪时,像一朝被蛇咬似的,警觉地排斥着,但他闯入梦里时,一点办法都没有了。她也晓得有群英在,她是永远躲不开他的,只好躲一天是一天,时间久了,让自己忙碌起来,就会慢慢忘却吧。

那晚,她跟随着冯群英,和几个最要好的发小一起迈入了碧翠湾小区。踏入新居后,萧雅盈和萧清芳都不约而同地瞪大了眼睛,对屋内温馨、考究的装饰惊叹不已。而陈曼娟也只得装作第一次光临,啧啧称赞着。冯群英说都是高世杰自己设计,请人装修的。陈曼娟小心谨慎地跟随她们迈入一个个房间,当她看见东房内那张铺着粉红色羽绒被的大床,还有床上的婚纱照时,她呼吸突然急促了起来,手抓住门框,双脚像钉在门口似的,再也迈不进去了。

她眩晕着,险些摔倒,急忙屏住呼吸,凝了凝神,怕被她们瞧出了异样。

群英这时看见曼娟手抓着门框,呼吸急促,走过去抓住她的胳膊说,曼娟你怎么了? 脸色这么难看,刚才还好好的。

雅盈说,莫不是房间里还有点油漆味,让曼娟闻着不舒服了,她打小就有鼻炎。

清芳连忙打开窗,说,让新鲜空气飘进来,换换气,就好受些了。

曼娟内心无比感谢雅盈和清芳,让她的窘相很好地掩藏过去。

高世杰在小区对面餐馆订了一桌菜。

曼娟又惴惴不安了起来,生怕高世杰过来时,她浑身又不自在,要被几个眼尖的发小瞧出端倪来了。

好在,快吃完饭时,高世杰才兴冲冲赶来,说婚纱影楼里活太忙,一直脱不开身。

雅盈说,姐夫你是农村包围城市,讲策略又讲计谋,群英姐帮你,更是如虎添翼,以后这夫妻店生意只会更加好,等我毕业后就来投靠你们。

高世杰说,雅盈,你说笑了,你是高才生,我们那小庙怎容得下你,我们往后还要仰仗你多出谋划策哩。曼娟她那——

群英说,世杰,你说啥呢?欲言又止的。

高世杰说,我是说曼娟不是新开了苏绣工坊嘛,她搞的新娘嫁衣,正需要雅盈这样的高才生,去帮忙设计。

他说完,眼睛朝曼娟那瞟了几眼,又触电似的缩了回来。

曼娟这时听高世杰突然提到自己,心猛地咯噔了一下,说我早和雅盈说起过了,以后少不了麻烦她。

雅盈说,我在大学里只学点粗浅理论罢了,不像你们个个都是实干家,我以后也是给大老板们打工的命。还是曼娟厉害哩,学了半年,苏绣工坊都开起来了,将苏绣精髓带了回来,自己当起了老板,将新娘嫁衣的品格提升了不少档次。

曼娟连忙说,苏绣博大精深,哪是我学半年能学会的,我还是从苏州请了几个刺绣艺人过来,帮忙把关的。

陈曼娟自始至终也没有往高世杰那边多瞟。

群英说,反正你们个个都厉害,要么去了苏州,要么待过县城,只有我这个土帽儿一直待在乡下,窝都不挪一步,最后一个进县城,像刘姥姥进了大观园似的。

说完,雅盈和清芳大笑开了,曼娟也附和着笑了。

半个月后,群英原本心心念念盼着的大喜日子,却被一场突然而至的灾祸搅得支离破碎。

那晚,高世杰见到曼娟后,强行压抑了几个月的思念又死灰复燃了,他以为已经渐渐淡忘了曼娟,满带着对她的羞愧与自责,知难而退。他很明白只有把她彻底地忘掉,才是对她最好的补偿,他不该再闯入她的世界里,否则只会让她更难堪,更凄苦。

但自从那晚看到她后,她姣好的身影,一夜夜地闯入他的梦境里。白天,当他看见那些身材曼妙,上了妆后风姿绰约的新娘穿上婚纱时,他好几次以为她们就是曼娟,那种想法像蛇一样,一直盘踞在他心底,时不时地啄着他的心,扰得他寝食难安。

有一晚,他又酗酒了,群英以为他是生意场上应酬。很晚了,他回来,躺在客厅沙发上睡过去了。群英起床给他脱鞋,盖被子。

这时高世杰睡梦中,突然抓住她的手,开始梦呓了起来。

群英拿起毛巾,用温水给他擦了擦脸,又拿起水杯,说世杰,喝点水,醒醒酒。

高世杰这时含混不清地说,不要离开我,曼——曼娟,不——不要离开我,好吗?

群英听到曼娟两个字,虽然含混不清,但是那么刺耳,她还是听进去了。她像触了电般,迅疾甩开了他的手,她简直无法相信,从他的梦话里,听到曼娟这两个字。

这时高世杰浑然不觉,继续梦呓着,我想你想得好苦,好苦,知道吗?曼——曼娟。

群英气得浑身发抖,手中的水杯这时啪的一声,失手掉落了下来,碎了一地。高世杰被这响声惊着了,立即从梦呓里惊醒了过来。

他看到站立一旁瑟瑟发抖的群英,又看了看自己,含混着说,群英,我又喝醉了,把你吵醒了。

群英怒不可遏,一言不发。高世杰摇摇晃晃地站起来,拉住了她的胳膊,她挣脱了,将他伸来的手狠狠地打了回去。

高世杰说,你这是怎么了?我生意场上要应酬,今晚和婚庆公司几个老总一起吃饭,想开拓点业务,所以多喝了几杯,离开了紫云饭店,又去了蓝山酒吧。

群英这时怒视着他,说真是酒后吐真言呐,幸亏你多喝了几杯,否则我怎么会看穿你人面兽心,内心竟然这么肮脏,揣有这么不可告人的勾当。

高世杰说,群英,今天你是怎么了? 我哪有什么见不得人的勾当!

群英怒斥道,你简直就是衣冠禽兽,我真该把你刚才的梦话全录下来。

高世杰隐隐觉察到什么,说群英,瞧你说的,我的心里只有你,我们都快要结婚了。我刚才说梦话了? 即使说了,也是胡话。他声音开始抖颤。

群英说,说出来,真是脏了我的嘴,你自己想去吧。

说完,群英走入了睡房,嘭的一声,关上了门,反锁了起来。

高世杰这时猛然想起了曼娟,日有所思,夜有所梦,他明白这个道理,他细细回想刚才的梦境,曼娟的身影影影绰绰的,仿佛刚刚离去。他紧抓着她的手,央求她别离开,但曼娟还是泪痕满脸,头也不回地走远了,消失在一片白茫茫的雪雾里。他朝头上猛击几下,发胀的头脑才清醒好多。

他坐在客厅里,吸了一夜的烟,烟蒂掉满了一地。而房内的群英也在床上坐了一夜,她这时才猛然想起几日前,曼娟站在房门口时突然眩晕,止步不入的情景,这断然不是巧合了。她细想曼娟如果不是来过这儿,进过这东房,怎么有这样强烈的反应? 她这时泪水涟涟,感觉这床上还依稀残存着两人抱成一团的温存气味,她触电似的立马跳了起来,感觉这屋子像个牢笼似的,把她紧紧捆缚了起来,捆得越来越紧。她快窒息了,仰起脖子,看见墙上的婚纱照,感觉相框中那个盈盈浅笑的女人好陌生,像是在嘲笑自己,被蒙在鼓里还浑然不觉。她发了疯似的跳上了床,将婚纱照扯了下来,砸在了地上,奋力撕扯着,很快扯成了碎片。她又拿起剪刀,往粉红色羽绒被上乱戳,很快里面的鸭绒全钻了出来,纷纷扬扬的,飘满了整个房间。她不解恨,又拉开衣柜,将床单、枕套、床套全拉了出来,疯了似的乱剪了起来,直至身疲力竭,耗尽了最后一点体力,才瘫软在床脚边。

天亮之前,她打开房门,瞧也没瞧卧在沙发上睡过去的高世杰一眼,就出了门。

她沿着人迹罕至的海塘,泪痕满脸地走了二十多里路,才回到楝树湾。

一路上,她感觉不到黑夜的恐惧,只有木然地前行。到家前,天已大亮,她擦干泪痕,静默地走入了自己的房间。

她妈金囡正在灶壁间淘米做早饭,看见群英悄无声息地像幽灵一样走进来,吓了一跳,急忙问群英怎么了,这么早回来? 是世杰送你回来的吗?

群英坐在床沿,闷声不吭,眼神里一片空洞。

金囡说,到底出什么事了? 看你进来就拉长着脸,感觉不对劲,世杰欺负你了? 还是婚纱影楼出啥事了?

群英这时黯然地说,妈,这婚结不成了。

金囡吓得退后两步,说你说什么胡话? 再过十天你就要出嫁了,这婚怎么结不成了? 难道世杰不要你了? 他变心了? 有别的女人了?

这时她爸冯福贵也走了进来。

金囡像来了救兵似的,着急说,老头子,你快问群英呀,急死我了,到底出什么幺蛾子了,从县城回来,就说婚结不成了。

没等冯福贵发话,群英继续说,高世杰心里装着其他女人,他昨晚喝醉酒,说梦话时一直喊着别的女人。你说这样的人,我怎么能——怎么能再嫁给他?

金囡说,你听他喊谁了? 我要撕了那女人的嘴。哪个骚狐狸精敢勾搭我的女婿。

冯福贵说,我看是混账女婿先勾搭上那女的也说不定。

金囡这时长叹一口气说,女儿,你现在和他领了结婚证,又怀有身孕,等于已是他高家的人了,就只差摆结婚酒走走形式了。这时候要是不结婚了,这婚事可怎么收场,让十里八乡的人到时看咱们的笑话?

群英说,他梦话里要是喊着我不认识的女人的名字,我心里还过得去一点,但他居然喊着陈曼娟,我简直要气爆了。

金囡说,什么? 高世杰心里居然装着陈曼娟? 哪个陈曼娟? 是陈长荣家的曼娟吗? 他俩怎么好到了一起?

群英说,之前我还感谢陈曼娟一直帮高世杰介绍生意,他俩这半年里来往得太密切了，不晓得什么时候搅和到了一起。

金囡咬牙切齿地喊着这个陈曼娟，当真是只狐狸精呀，几年前在村小，就勾搭别人家的未婚夫，硬生生拆散了人家，现在念头竟然打到咱女儿头上来了，看我不撕烂她的嘴，我这就上她家骂去。

群英连忙拉住金囡的手，哀怨地说妈，你不能去，我没有捉奸在床，仅凭高世杰几句梦话，是不能吃定她勾三搭四的，若现在骂上门去，她们一家人一定会倒打一耙的。

冯福贵长叹一口气说，群英说得对，这事现在不能声张，传扬出去，陈长荣一家只会赖账，我们只会丢脸。我们只有找那个混账女婿摊牌，看看他怎么说。如果结婚，得有个说法；如果不结婚，也得讨要个说法。

结婚的日子迫在眉睫，冯福贵夫妻俩和高世杰父母坐到了一起。

高世杰的妈来娣说，这个混账东西，待在城里没几天，就开始学坏了。老头子，快把他叫回来，好好把他痛打一顿。这事全是咱世杰的错，我们也不会让好儿媳受半点委屈，眼下媳妇已怀有身孕了，往后我们为她做主，不会让她受任何委屈。

高全法说那个兔崽子马上滚回来了，我让他给群英磕头赔罪。亲家公、亲家母，这结婚的日子眼看就到了，这事得大事化小啊。你们说是不是？你们也好好再劝劝群英，让她看在肚子里孩子的份上，原谅了世杰做的这糊涂事。

高世杰站在了群英门外，群英拒不开门。

高全法在屋门外说，群英啊，你就原谅世杰这一次吧，他肠子都悔青了，他和我们交了实底，他就是心里动过点歪念头，但没和曼娟做出过出格的举动。他发誓往后会对你一心一意，不会再有二心了。

群英坐在屋内，泪水涟涟，反反复复回想着那晚高世杰酒醉后说的几句梦话，都说酒后吐真言，这不正是他内心最真实的想法吗？他内心最爱的那个女人，不是快要嫁给他的、爱他爱得深入骨髓的冯群英。任凭屋外的人轮番着劝说，她始终说服不了自己。

最后，高全法说群英，你给我们二老交个实底吧，你究竟是什么想法？但凡我们能补救的，一定会去做，我们也只想把接下去的婚事，稳妥地办完。你也晓得，你们是初中同学，一个班处了三年，那会儿就好上了，好得像秤和砣一样。前前后后到现在都有八年了，八年的感情不容易，秤哪离得了砣，砣也哪能离得了秤呢？你们总归要携手相伴到老的。

群英这时捂着嘴哭了起来，她回想着两人相处的一幕幕，在常宁老镇相伴的那些岁月，日子虽然过得宁静简单，但质朴里有温馨、甜蜜，一起去打开水，一起琢磨照相技术。哪知，高世杰前脚刚离开常宁镇，后脚踏入县城，人就开始变质了。这样的男人太薄情寡义，明明心已经跑远了，还装着若无其事，这样的婚姻还有存续下去的必要吗？她也同样无法原谅陈曼娟不念发小之情，既然两人早已陈仓暗度，那就索性成全他们好了。

她在纸上决绝地写了两个字"离婚"，从门缝里塞了出去。

门外便噤声无语了。

雅盈担心群英，和清芳上门去劝她，从群英艰难的讲述里，才得知事情的大概。

雅盈说，曼娟也太过分了，姐妹一场，居然会做出这样的事。枉我们还一直把她当好姐妹信任着，没想到她心术这么不正。

清芳也不晓得说什么，只是陪坐着。

金囡走了进来，说雅盈，你替我们好好劝劝群英，把肚里的孩子尽早打掉吧。既然和那个混账东西离了婚，还留着他的骨肉干什么？这不是糟践自己嘛。

雅盈和清芳都吓了一跳，这时才发觉群英的肚腹已经微微鼓起了。

群英坚定地说，孩子是无辜的，大人造的孽，为什么要让未出世的孩子承担。既然已经怀上了，我会把孩子生下来，一个人把他带大。

金囡愤怒地说，你疯了，往后带着个孩子，你还怎么嫁人？你想想雅春，她带着孩子，嫁人多么不容易？好几年后才把自己嫁出去，还嫁了个残疾人。

群英凄然地说,我还嫁什么人,我的心已经碎了,这辈子就和孩子——母子俩相依为命好了。

庄海岳起初对纸箱厂里的生产节奏很不习惯,工时是三班倒,有时是白班,有时是夜班,他白天没睡好,晚上睡意上来,只能强撑着,非常难受,一时半会适应不过来。干了半个月,腰腿酸痛,便请起了假,几天都是只干半个白天。车间主任对清芳说,印刷车间,每个班都排好的,三班倒,海岳他这样可不行,经常请假打乱了排班秩序,其他几个工友牢骚已经发到我这儿了,你劝劝他,熬着点,夜班适应了,就调整过来了。

清芳为难了起来,回头和海岳说进了厂,不能想干就干,想休息就休息,由着自己性子。每月有两天休息,累就忍着点,我在切纸车间也一样。

海岳说这些瓦楞纸板也太沉实了,一天要搬几百张,吃饭时手臂都酸得抬不起来,还有那颜料,五颜六色的,闻着就刺鼻,比油漆味还浓,听说甲醛含量很高,容易中毒的。我呛得直淌眼泪,这哪是人干的活。

清芳说,那你想去哪个车间?黏合车间、打包车间正缺人,你想去吗?

海岳说,黏合车间胶水也有毒,打包活就更累了,我瞅着保安就很轻松,整天无所事事的,上午在厂区里兜几圈,下午么再兜几圈,像警察似的,我适合干那个。

清芳被他气得哑口无言。

一个厂里几百号人,大多是常宁镇周边村庄的,清芳看到好几个小学、初中同学也在厂里。有一个叫蔡伟民的工友,外号叫阿蔡,初中时和清芳一个班,顽劣得很,时常给女生起绰号,常缠着清芳,嬉皮笑脸地叫她"新娘子",因清芳上课时老师一提问,老红脸,像新娘子一样羞涩,惹得清芳哭笑不得。他三天两头旷课,往台球室、录像室里钻,读到初二上学期就辍学了。

一天,在食堂吃饭时,当着工友的面,他又和清芳开起了玩笑,看清芳来得迟,嚷嚷着新娘子,鸡大腿全卖光了,我碗里的没动过,要不要我的大腿给你吃?

工友们紧跟着起哄,说阿蔡啊,你那又臭又毛的猪腿要让清芳吃啊? 美得你。

清芳涨红着脸,愠怒道,呸,蔡伟民,你再胡说,小心把你初中那点英雄事迹,全抖搂出来,让大伙儿一起听听。

有一回蔡伟民在课堂上睡着了,不知道梦到了什么,边上的同学闻到了一股尿臊味,往蔡伟民的椅子下一看,正嘀嘀嗒嗒地淌着水。

全班同学哄堂大笑,一堂英语课被蔡伟民搅乱了,年轻的秦老师气红了脸,拎着蔡伟民的耳朵,把他提到了教室外,让他站在外面把裤子洇干。

在课堂上当众出丑,也直接导致了蔡伟民辍学,所以清芳当众提起初中之事时,蔡伟民脸色陡然生变,不敢再吭声了。

有一回,清芳正在车间干着活,有工友跑过来说,庄海岳和包装车间的蔡伟民打起来了,叫清芳过去劝架。

海岳将蔡伟民按在一堆瓦楞纸上,抡起拳头猛揍,蔡伟民的脸上满是血迹。几个工友合力上前劝架,但就是拉不开一身蛮力的海岳,清芳冲了过去,大喊道海岳,你在干什么? 快住手,再打就要出人命了。

海岳和蔡伟民被叫去了保安室,连110也赶来了。清芳后来得知海岳听一个工友说,蔡伟民在背后说他是怂货,啥事也干不好,清芳是一朵鲜花插在了牛粪上,白白长了一张俊脸蛋。

胡闹! 朱敏姗对两人说,开厂至今,我一再强调工作纪律,不管什么原因,在厂区大打出手,影响极其恶劣,严重损坏工厂声誉,蔡伟民不把心思用在工作上,仍将过去那一套油里油气带到厂里,寻衅滋事,背后说三道四,工人们好几次反映到我这里了,这次打斗,你要负主要责任。庄海岳打人也不对,在车间打斗,引发生产中断,造成不少损失。你们回去写份检讨信,交给行政办,罚去半个月工资。

老子不干了! 海岳对清芳愤愤地说,明明是姓蔡的挑事,我揍他是让他规矩点,替厂里教训他,凭什么让我也写检讨信,还扣我半个月工资?

清芳说,朱厂长已经很给我们面子了,她想服众,得一碗水端平。不能让她为难。

三个月后,一场生产事故的发生,彻底点燃了清芳的愤怒,她压抑了很久的怒火终于喷发了出来。

事情是海岳在车间又打起了盹,前一晚他下班后去了茶馆打麻将,深更半夜才回来,晚上没睡好,白天就没精神,打起了盹。而印刷机一直开着,开始是四色彩印一批双面双芯瓦楞纸板,印完一个批次后,机器上改单色印单面瓦楞纸板,这就需要工人及时调整纸板,改换瓦楞纸板。

前一批次印好,海岳正打着盹,机器上仍在输送着双面双芯瓦楞纸板,但颜料已经改换成单色了,纸板通过印刷机时,直接印成了单色。

过了很久,车间主任过来时,才发觉出了严重事故,几千张双面双芯瓦楞纸板因印刷失误,通通报废。

车间主任因管理不力,被朱厂长一阵痛批,撤销了职务,厂里也对海岳做出赔偿一部分损失、开除出厂的严肃处理。

清芳彻底崩溃了,对庄海岳咆哮着说我对你太失望了,我当初就不该和你同进这个纸箱厂,你就应该待在车行里,像个老年人一样,萎靡不振。蔡伟民说得对,你就是没用,就是一个到哪都没用的窝囊废。

也许清芳这句话深深刺痛了海岳原本脆弱的自尊,他说出了事故,我是有责任,但当初要不是你撺掇着让我进厂,也不会发生这样的事。

清芳气得说不下去了,发觉眼前这个男人越来越矮,越来越低,都低到椅子底下去了。

庄海岳又回到了歇业数月的车行,重操旧业。清芳和他大吵之后,冷战着,谁也不软下来。

清芳在很长时间里,仔细回顾了和海岳交往的时光,感觉自己每一天神经都是拧紧着,像上了发条,得不到片刻清静。她心想,海岳也太不懂人情世故了,喜欢独来独往不是他的错,但连最基本的生存之道也不懂,还脾气暴躁,性格孤僻,思维偏激,我行我素,自认为有理。她又想起最初时,那个风雪夜,海岳开摩托车冒雪来接她,那个紧靠着的肩膀是那么宽厚而有力,他也常将饭菜暖了好几遍,等她下班回来吃,清芳以为自己遇到了良人,哪知等了这么久,仍等不到她期望的转变。

她想着想着,泪水涟涟,心想若不是想着那点点令自己稍感温暖的往事,她也撑不到如今了。

在震涛参加高考前两个月,父母基本上每天都在为清芳和海岳分手的事操劳着。清芳仍在纸箱厂上班,分手的事是她托九香去了新埭,和他父母带的话。

来珍和九香说,清芳这是怎么了?我们地基证都批好了,正准备着拆房开建,怎么又和海岳闹起分手了?我们哪里亏待她了?她每次来,我都准备好菜好饭的。海岳纵然有什么不是,我们也是一直在说劝的。

九香说,你们也晓得,清芳和海岳也已经一个多月没见面了,我那边也劝了不少,可清芳她这回就像吃了秤砣一样,铁了心了。要么,你们自己上她家去说说,兴许还有转圜的余地。

清芳看到海岳父母时,也是一样的话,说我在背后流了多少眼泪,受了多少委屈,你们是不知道的,海岳是什么样的人,想必你们也很清楚。我已经给过他很多机会了,但他仍旧我行我素,一点都不顾及我的感受,我心已经凉了。

一家人终日被清芳的事搅得焦头烂额。一天晚上,下着大雨,萧建根开着摩托车从外头回来时,狂风扬起了雨衣,遮住了他的视线,他车速没降下来,直接撞上了公路边的电线杆,摔倒在了路边。许久,才被路过的人发现,送入了医院抢救。

他因没戴头盔,脑部遭受重创。粉宝站在抢救室外,号啕大哭着,清芳也哭成了泪人。震涛马上要高考了,这半个多月一直待在学校里,一家人只得瞒住他。

清芳这时感觉孤立无援,身边没有一个可依靠的人,猛然想起了几年前,陈雪军在抢救时,陈玉娟坐在地上哀泣的样子。父亲仍在抢救之中,和海岳闹分手已经掏空了她的精力,父亲再发生这么严重的车祸,她简直无法再支撑下去了。

她和母亲坐在抢救室外的长凳上守着,几个叔伯也在一边陪着。她不敢睡过去,怕一合上眼,父亲就走了。迷迷糊糊中,她似乎听到了父亲疲惫的呐喊声,从很远的地方传来,紧接着,她也在撕心裂肺地朝父亲哭喊着,中间隔着一片望不尽的水雾,父亲的喊声越来越遥远。倏而,一阵丁零当啷声从上空隐隐传下来,越来越密,越来越清晰,顷刻间,万丈光芒像利剑般,穿透了乌云,从空中洒下来,涤荡了那片迷蒙的水雾,闪现出了整个楝树湾,她望见了家舍,那一片庭院。她感觉身轻如燕,被那片穿透一切的光芒包裹起来,缓缓托起,往那悠远的丁零当啷声追寻而去。

天亮后,她昏昏沉沉中,回味着凌晨时的梦境,那么熟悉,仿佛曾经也做过相似的梦,耳畔丁零当啷声似乎仍萦绕不绝,她猛地想起了瀛海塔,那些风雨里昼夜不息的塔铃声,像在守望着什么,如此熟悉,而又真切。有多少次,孤苦无依时,那古塔总是出其不意地矗立在她心间,她心想这其中莫非有某种隐喻,不时地给予她某种心灵上的慰藉。

她依稀看见一个人在朝她走来,悄无声息地坐在她身边。她怔了怔,仔细分辨,看清了那人的轮廓,好熟悉,但又很陌生。

和庄海岳同来的还有他父母,来珍对粉宝说,清芳她爸还没醒啊?

粉宝嗫嚅着,刚刚干了的眼眶又湿润开了。

早上九点,抢救室的门打开了,医生说病人暂时脱离了生命危险,因为没有戴头盔,车速过急,头部直接撞击电线杆,脑组织受损严重,目前仍处于重度昏迷,转入重症监护室,能不能醒过来,都不好说,你们家属做好思想准备。

粉宝这时呜咽开了,说这可怎么得了,震涛马上要高考了,要是瞒着他,老头子万一有个三长两短,他见不了最后一面,可怎么好啊? 要是告诉了他,影响了他高考,又如何是好?

来珍说,清芳他爸肯定会挺过来的,后天就要高考了,这个节骨眼上还是得瞒着,孩子苦读了三年高中,就等这个时候了。

清芳两个叔叔也说得瞒着,等高考结束,再让震涛过来。

海岳留下来陪清芳,清芳实在是太困乏了,迷迷糊糊着,在长椅上睡了过去,不知不觉地又倚靠在了海岳的肩上。

高考那天,震涛和其他同学一道住进了县城中学考点边的紫云饭店,食堂准备了丰盛可口的饭菜,粉宝之前一再关照他不要紧张,题目要看仔细。震涛心想,母亲比他还要紧张,三天考下来,他像翻越一座又一座高山一样,翻过一座少一座,全翻完了,也就解脱了。

7月9日是高考最后一天,下午考完英语听力,随着高考结束铃声的响起,考场外一片欢腾,呐喊声、欢叫声响成一片,有的拥抱着,有的哭泣着。

震涛走出校门时,在迎候的人群中,看到了清芳清瘦的身影,边上还有庄海岳。她向震涛走过来说,小弟,妈总归不放心,要我进城来陪你,我怕影响你,就没有早来。今天上午我向厂里请了假,进城来接你,我们一起回家吧。

震涛看见清芳瘦削的身影,眼泪瞬间涌出了眼眶,急忙压低凉帽,怕她瞧见。他发觉,自己是代替姐走入考场的,圆了自己的梦,同时也圆了姐的三年高中梦。

一路上,震涛发觉清芳没有带他往汽车站走,而是往人民医院方向。在医院外,清芳才和震涛说起父亲出车祸的事。为了不影响他高考,才一直瞒着他。

震涛眼里涌出了泪水,哭呛着往住院部跑去,一口气跑上了三楼。

他站在重症监护室外,哭喊着爸爸——爸爸,粉宝这时抱紧了震涛,说好儿子,你终于考完了,你爸听见你的哭喊声,会很快苏醒过来的。这下好了,你爸也该醒过来了。

萧建根在重症监护室昏迷了半个月后,清醒了过来,这让医生大呼奇迹。他的后脑勺像缺了一块似的,凹进去不少,但能保住命,已经是不幸中的万幸了。

接下来的日子,震涛顾不上和同学们欢庆高考结束,整日守在病床边,呼唤父亲，和他说话。震涛说爸，你快醒过来，你要醒来看我高考成绩，我考得很好，你还要送我去上大学哩。

一个月后，震涛收到了南京河海大学的录取通知书，这时萧建根早已出院，神智清爽，在家养伤。

清芳说，弟，姐送你上大学吧，你考上这么好的大学，读的可是法学专业，将来毕业后是做律师的，姐打心底里感到荣光。

九月初的清晨，田野里笼着轻纱似的白雾，宛如仙境，被初升的暖阳镀上了一层淡淡的金色，喜鹊停在屋前的棕榈树上，对着庭院，一早就聒噪开了。

震涛背着双肩包，清芳拎着皮箱，一起出了门。粉宝推着推车，建根坐在上头，沿着机耕路送出去老远。

姐弟俩换了几趟车，辗转了三百多公里，中午时到达了古都南京。

一路上，震涛说，姐，你决定往后仍和庄海岳走下去了？

清芳说，小弟，你也看到了，爸出事这些日子里，海岳一直忙前忙后的，端屎端尿，翻身擦背，照料爸那么妥帖，我晓得他在将功折罪。他除了脾气倔，心眼是好的，否则我也不会和他在一起三年多。你走后，家里里里外外那么多事，妈也上年纪了，靠我一个人也应付不过来的。他也熟知咱们家的情况，其实我心里早已经再次接受他了。

震涛说，如果我是哥，你是妹就好了，你也不用为这个家，拼死拼活地付出这么多，放弃上高中，早早辍学挣钱，去了镇上，又辗转去了县城，让家里造起楼房，帮忙还债，孤身一人在县城里待了那么久。现在还要牺牲自己，顾全这个家。

清芳说，你别这样说，都是一家人，没有谁付出多，谁付出少的，往后你有出息了，你为这个家只会付出得更多。姐没有什么本事，也只能做这么多了。你放心，家里我会收拾妥帖的，爸也会一日比一日恢复得好。如果有来世，我们姐弟俩约好，你当哥，我当妹好哩。

说完，两人开怀地笑出声来。

在南京客运南站，一条条迎接新生报到的彩色横幅，悬挂在出口处，震涛好不容易才看到"河海大学"的横幅,几个学生在横幅下忙着迎接新生报到。

清芳又对震涛交代几句,就准备回去了。震涛与她挥手作别,望着姐姐清瘦的背影,他竟有些不舍,眼泪滑落了下来。

在大学里,震涛过得很充实,放下多年的文学梦又可以捡拾起来,还打打篮球、排球,唱唱歌,抽空和同学结伴游玩中山陵、音乐台、玄武湖、明孝陵。古都的深秋特别美,从栖霞山上远望美龄宫,那斑驳陆离的秋意,不似在人间;那蜿蜒曲折似玉带的梧桐树,像极了一串莹润剔透的项链,悬挂在天地之间。而那美龄宫,就像坠在项链上的玛瑙宝石,光彩熠熠。他不禁感慨古都金陵的风华绝代。

有一回,他在图书馆阅览室翻阅1991年第6期的《收获》杂志时,读到了长篇小说《细雨与呼喊》(出版时名《在细雨中呼喊》),作者是余华。他很快被小说深深触动了,小说表现的是一个少年成长过程中必然要经历的绝望、幻灭、孤独与忧伤。作者从一个孩子的视角去看底层人物的命运,展示了一座人性的迷宫。

震涛被小说中一段话深深击中了心坎:"我不再装模作样地拥有很多朋友,而是回到了孤单之中,以真正的我开始了独自的生活。有时我也会因为寂寞而难以忍受空虚的折磨,但我宁愿以这样的方式来维护自己的自尊,也不愿以耻辱为代价去换取那种表面的朋友。"

他特意将这段话写在本子上,很长时间里,用这句话对照自己之前的人生。他曾经以为世上只有自己是那样的孤独,原来,孤独并不可怕,孙光林不也是这样的人吗?虽然自己可能比孙光林还要孤独,他起码还有过苏宇的陪伴,让他在青春时期感受过善意与包容,收获过至真至纯的情谊。

他彻底被这部长篇小说治愈了。他突然感觉积压在心头多年的郁结消散了。

震涛在大学里,频频给清芳写信,和她分享大学里的喜悦。清芳也在回信中,分享父亲的康复一日比一日好,现在爸爸能下地走路了,尽管走得缓慢,但能脱离他人搀扶,能从楼房大门口,慢慢走到围墙大门口了。

震涛上大学后不久,陈曼娟突然上门来。她对清芳说,我国庆后就要出嫁了,咱们姐妹一场,你好歹要过来送送我。

清芳事前知晓高世杰和群英离婚后,他也没和陈曼娟走到一块。陈曼娟躲高世杰更远了,她想好了,只有早点嫁人,才会将那一出闹剧尽快地翻过去,群英或许还能重新接纳高世杰。

清芳念在往日姐妹一场上,应允了下来。曼娟临走前,清芳突然想到了什么,叫住了她,一字一句地说你出嫁那天,能不能别敲锣打鼓,别叫乐队可以吗?你晓得群英姐她现在仍没缓过来,百货商店干三天,歇两天,不上班,就整日待在房间里,萎靡不振着。她精神再也受不了一丁点刺激了,你念在她过往的好,别让她在屋里听到锣鼓声响。曼娟思忖了下,然后应允了。

曼娟出嫁那天,楝树湾里没有敲锣打鼓声,就像平常一样。金囡紧闭房门,关紧窗户,极力抗拒着屋外隔壁传来的喧嚣,她精神高度紧张,忧心房内的群英听到屋外的声响,会再受刺激,神经紧张起来。

清芳也没有上曼娟家喝喜酒,她托她妈趁夜送去一床毛毯。她摸了摸手腕上群英当年送她的那块梅花手表,又泪水涟涟了。她又准备了五百块钱,让她妈顺道去下金囡家,给群英买点好的吃吃,补充些营养,毕竟她正怀着身孕。

金囡一直叫苦不迭着,她眼见群英肚子越来越大,无论怎么说,她都不听劝。

高全法听说群英和高世杰离婚后,居然没有做人流,便和来娣又上门来,苦口婆心劝群英回心转意,眼下曼娟已经出嫁,也没有和高世杰走到一块儿,群英也该释然了,说明两人真没有什么关系。

但群英不为所动,她斩钉截铁地说,肚里的孩子和你们没有半点关系,我生下他,也不会让孩子将来踏入高家半步的。他将来也不会吃你们一粒米,喝你们一口水的。对她来说,两人究竟有没有发生什么都不重要了,高世杰在感情上背叛了她,比身体出轨更致命。

高全法老泪溢出了眼眶,说群英,你这又是何苦呢?你不是说孩子是无辜的吗?孩子往后总归要有个完整的家,他不能没有爸呀。

群英铁青着脸说,我会和孩子说,他爸老早就死了。

高全法对群英的冷漠与决绝感到分外骇然。

几个月后,群英分娩那一天,刚过了冬至,下着大雪,她在产床上折腾了大半天,生下了一男婴。她也不想再遮遮掩掩,便在常宁镇的供销社宿舍住了下来,金囡忙前忙后伺候着。

高世杰惧于群英,不敢去探望。高全法也不想再去。来娣说你们爷俩这是怎么了,群英生的可是咱们高家的骨肉,难道真的不去认这个孙子了吗?

高全法说,群英现在铁了心,要和咱们划清界限,这事只能从长计议了,等孩子以后长大了,总归还是要来认他爸的。其实这算哪门子事,非要折腾到今天这地步,唉。

来娣对高世杰说,群英对你也算是有情有义了,和你离了婚,受了那么大的委屈,硬是把你们的儿子生了下来,保全了咱高家的骨血。冲这份仁义,我看你跪在她面前磕头谢罪,也是应该的。

高世杰得知曼娟结婚了,原本已经是失魂落魄,再加上群英宁可生下他的骨肉,也不肯再接纳他,让他更加心灰意冷。他已无心打理婚纱影楼,生意也一落千丈,他说,跪就去跪吧,只要她能原谅我,叫我跪下来磕一百个响头,甚至去上吊,拿命赔她也愿意。

高全法怒喝他道,你还有没有点出息,你这样浑浑噩噩,萎靡不振下去,只会让群英更瞧不起你,别听你妈说跪呀求饶的,群英她不吃你这一套的。

来娣说,老头子,那你说怎么办?世杰也老大不小了,也总该成家了吧?不可能一直这样无望地等下去,这要等到啥时才是个头啊。要是群英一直不回心转意,世杰就要打一辈子光棍不成?我以为她只要生下孩子,看在孩子分上,心也就软下来了。哪知那天我去供销社宿舍,冒那么冷的天,拿点奶粉和鸡蛋过去,群英硬将奶粉和鸡蛋全扔了出来,撒得满楼道都是。

高全法说，反正这孩子逃不掉，他总归是姓高，不姓冯的。外面女人多的是，又不是只有群英一个女人，世杰何苦吊死在她这棵树上，该结婚就结婚，该成家就成家。

来年初春时，陈玉娟的父亲陈耀昌去医院检查出来是胃癌晚期，半年前人就开始消瘦，吃得很少，过了数月，就过世了。陈雪军仍像个三岁孩童一样，感受不到父亲离世的忧伤，他在父亲出殡那天，在酒席上自顾自大口喝着啤酒，啃着菜，对边上的恸哭声充耳不闻，亲戚们看见了更加悲恸。

劳动节那一天，萧锦凤也嫁往了邻村，自然也离开了工作了七年的春风服装公司。次年秋天，锦凤回娘家，和清芳说，我孩子都满周岁了，婆家那边的中外合资企业永年服装公司，劳务输出，在非洲毛里求斯开办了新厂。毛里求斯是非洲最大的服装加工基地，有上万中国人常年在那边务工，听说干三年能净赚十七八万，有的挣得更多。服装厂里有好多女工报了名，过了年就出国，去那边务工，我老公的姐和姐夫也报了名，我瞅着孩子大了，脱得开身了，也想出国挣钱去。

清芳说，你爸妈肯放你出去？你孩子还这么小，你忍心得了？

锦凤说，在这边也是服装厂里做，出国也是服装厂里做，在哪干都一样干，国外干三年，顶国内干九年，你想想多划算。我爸妈这样一想，也不反对了。

清芳说，毛里求斯那么远，还是非洲，我最远才去过县城，你出趟远门就想直接出国了。我都不知道说什么好。

锦凤说，我还不是想多挣点钱，干个几年，回来把新房造了，然后开个小卖部，就不想再做服装这么累人的活了。

清芳说，你老公不是跑货车很能挣钱的吗？你一个女孩子家，何苦出国务工，去那么远的地方？

锦凤说，家家有本难念的经，我公公得尿毒症十来年，前年刚走。伟国挣的钱大部分都花在给他爸透析上了。

锦凤出国务工前夕，清芳嫁往庄家，海岳家仍旧是以前的旧楼房，离批出地基证已经过去了三年,水泥场上依然堆着一堆像小山似的红砖,上面长满了稗草。清芳没有了当初造新房的想法,她说嫁鸡随鸡、嫁狗随狗吧,有一个屋住,有一张床睡,就行了。

结婚那天,清芳穿着一身酡红色的秀禾服嫁衣。结婚前几天,陈曼娟特意从城里赶来,给清芳送来嫁衣,同时还带来一套粉色旗袍。这叫清芳惊喜不已。曼娟说咱们二十几年的好姐妹,妹子出嫁,这嫁衣一定得由姐操持着。

结婚那天清晨,新人去城里发廊做了簇新的发式。上午九时许,喧嚣锣鼓声中,清芳被迎亲的婚车接走了,迈出家门前,她伏在她娘肩上,哭了很久。

锦凤约了几个小姐妹,在镇上的春来小饭馆聚聚,玉娟、霞芬、清芳、雅盈一起来了,群英也抱着两周岁多的儿子,过来了。锦凤很快就要去毛里求斯了,临走前,很想和几个小姐妹再多聊几句。

那天,几人聊得很欢快,聊小时候一起踢毽子,跳牛皮筋,打猪草,还一起看言情小说,憧憬着未来的爱情。聊着聊着,玉娟突然就哭了起来,继而清芳哭了,雅盈也哭了起来,然后锦凤和霞芬也加入了哭泣队伍,哭得越来越悲伤,几个人抱在一起,痛哭流涕着。群英抱着儿子,无声地湿红了眼眶。

最后是锦凤破涕而笑道,咱们都别哭了,好好地给我送行,都哭成这样可不行,我是出国挣大钱,又不是上断头台。

结婚半年后,海岳清理了车行,变卖了修车工具,打算开小饭店。他叫来了木工,用木料在小屋子中间隔了一层,楼上隔出三个小包厢,楼下摆几张餐桌。他又瞅准了商机,附近有不少的工厂和工地,经常有好多民工,赶很远的路去镇上解决中饭,他心想,要是开个小饭店,中午卖卖快餐,晚上再接几个包厢生意,生意保准不错。

清芳拿出了积蓄,支持海岳,海岳自己粉刷了墙壁,又购置燃具、餐具、炊具、锅碗瓢盆,一切准备就绪,只待开张迎客。海岳对清芳说,你肚里墨水多,给咱们小饭店取个好听的店名吧。

清芳思忖了一番后，说就叫"春光美农家菜"吧。

清芳心想他菜烧得色香味俱全，吃过的客人啧啧称赞，说下回还来光顾，心里笃定了不少，仿佛海岳终于找到他擅长的事了。纸箱厂效益不好，已经好几个月发不出工资了。朱敏姗厂长长时间不在厂里，生产质量抓不上去，产品销售不出去，积压在仓库里。清芳听霞芬说，厂里的应收款再收不回来，到年底资金再周转不下去，就要倒闭了。清芳也看到车间好些工友早不来上班了，在外头找好了工作。她顾念朱敏姗的恩情，才狠不下心来辞职。这个时候，小饭店里海岳一个人忙不过来，一直催她回来帮忙，她便狠了狠心，办了辞职手续。

生意不咸不淡地做着，有时好，有时不好。看着海岳生意不好时懊丧的样子，清芳说已经不错了，北边那家早开的小饭店，经常一个客人也没有。我们算好的了，又没有招服务员，雇工费都省了，房子是自己的，就付点煤气、水电费。我们接的是回头客，只要好好打理下去，回头客只多不少，生意会越来越好的。

好几天，附近工地施工的几个建筑小工来小饭店吃中饭，来的次数多了，就和清芳熟络了。有一个小包工头对清芳轻声说，看你既漂亮，说话轻声细气，又那么能干，可你老公就不好说话了。有一回我和他说大蒜炒皮子，大蒜炒老了，红烧鲫鱼，酱油放咸了，他就立马拉下了脸，说我手艺就这样，挑剔什么，爱吃不吃。我们是看在你的面子上，才再过来吃的。

清芳知道不好得罪客人，赔着笑脸说，几位大哥，真是对不住，我替我老公向你们赔不是，他就是这个脾气，心是不坏的，往后你们有什么要求，尽可以跟我说，小店新开张，你们可要多来，担待着点。说完，清芳拿了包利群香烟，分发了一圈，又打开了五瓶啤酒，免费给他们喝。

你可真是大方，五瓶啤酒，唰地全打开了，那几盒快餐全让他们白吃了，赔本生意再这样做下去，这店迟早得关门。海岳扔下菜勺，解下围兜，坐在矮凳上，愤愤地说。

谁叫你不好好说话，他们已经在和我抱怨了，你得罪了顾客，哪还有什么回头客?!清芳气愤地说,做生意,讲究个和和气气,和气才能生财,像你这样的犟脾气,哪像是做生意的样子?

海岳被呛了回去,闷不作声了。

天越来越凉,生意也越来越清淡,中午好歹有人进来吃快餐,晚上包厢就一直空着,但蔬菜、荤腥又不能不备着,客人几日没来,冰箱里的菜就不新鲜了,做出的菜,更没人要吃了。

清芳豁不出脸,站在公路上招揽生意,她一直一筹莫展着,陷入了困境。海岳比她还焦灼,一言不合,又和清芳拌起了嘴。

清芳说,这样下去坐吃山空可不行,我想好了,把娘家的电动缝纫机、拷边机拉过来,回家做裁缝,现在服装加工活好接,霞芬也在家里做裁缝,镇南那个纸箱厂倒闭后,她回家做起老本行了。

有一天,清芳正在底楼正间,边听收音机,边做衣服,萧雅盈突然上门来了,她带着男友,说自己已经毕业了,工作也落实了,在县城雅蒙服装公司做服装设计,男友在县城省装饰公司搞家装设计。

清芳欣喜地和她开起了玩笑,说到底是读过大学的,你虽然在服装公司上班,但你是坐办公室,我们是踩缝纫机,一个天上一个地下。

雅盈说什么啊,对老板来说,我们都是打工的,都是为他拼命,被他压榨、剥削剩余价值。说完,两人咯咯地大笑起来。

几日后一大早,清芳突然接到了雅盈从城里打来的电话,说昨夜高世杰的婚纱影楼发生火灾,店里摄影器材、计算机、打印机、衣服全烧成了灰烬,损失惨重。

清芳焦灼地问,那高世杰有没有受伤?

雅盈说,起火时,是半夜,店里没人,听说是电线短路,冒出火花,引燃了婚纱,才酿成火灾。

清芳说,那真是损失惨重了,高世杰全部的心血都在里头,他怎能扛得过去?

雅盈说，之前我憎恨他辜负了群英，但这么多年，他仍是孤身一人，一直在等群英，我再也恨不起来了。

清芳说，是啊，原本好好的两个人，怎么会走到今天这一步？他现在没有群英姐，又没有了婚纱影楼，怎么挺得过去？

清芳心里一直惴惴不安的，为群英担忧起来，她不可能不晓得此事，她要是知道了，不晓得会怎么样。

群英是那天中午从同事那得知了婚纱影楼起火的事，她默不作声地擦拭着柜台，脸上平静得看不出多大悲伤，仿佛在听一桩无关紧要的事一样。

清芳不晓得要不要去镇上陪一陪群英，又不晓得有没有必要宽解她。正举棋不定时，雅盈又打来电话说，高世杰失踪了，婚纱影楼着火后，消防队立即扑灭了大火，警察四处找寻高世杰，但他杳无音讯，去碧翠湾小区住处，也空无一人，客厅里扔满了烟蒂，还有几百个空酒瓶。屋内凌乱不堪，似乎已经很久没人打理了。

警察查找了小区和马路上的监控，发现婚纱影楼那夜失火之前一小时，高世杰出了小区，开着车，进入了婚纱影楼，待了二十多分钟，然后又走出了婚纱影楼。随后，他驱车往海边而去。他离开婚纱影楼二十多分钟后，店内火光冲天，火势迅疾蔓延了开来。

警察沿海岸边搜索，在芦苇丛里发现了他的汽车，车里空无一人，二十几里外的滩头上，发现了他失踪那晚穿的鞋子。警察开着搜救艇，在海面上搜寻，最后在三十里外的海面上，发现了一具尸体，被海水浸泡得肿胀，身份难辨，经法医尸检，才最终确定身份，那就是高世杰。

警察通过缜密侦查，得出结论，高世杰亲手将大量高度白酒浇洒在店内易燃物上，继而放火点燃，然后出门弃车跳海。

冯群英得知高世杰自杀的事后，再也难抑悲伤，在柜台前瘫软倒地，晕厥了过去。

她醒来后，人就渐渐丧失了神智，心里一直为当初诅咒高世杰早死而懊悔不迭。当时一句气话竟然一语成谶，她便深信高世杰是因她这句话而心灰意冷,万念俱灰,走了绝路。她逢人便说是我害死了孩子他爸,他是因我而死的啊。

雅盈和清芳在医院轮番照料她,等她神智稍微好些,对她说,群英姐,你一定要想开些,嘉俊还小,还要你照料他长大哩。

冯群英说,嘉俊,我的儿,他在哪儿? 你们快点把他带过来。我要见着我的儿。

雅盈说,姐,你放宽心呐,嘉俊由大妈好好照料着,你好好养病。

群英这时喃喃地说,我的儿,我的儿。说着便又昏睡了过去。

雅盈哀戚地对清芳说,群英姐心里还是装着高世杰的,这么多年,其实她老早原谅他了。世杰为什么会想不开呢? 为什么不再等等却寻了短见?

清芳说,可能他感觉无望,撑不下去了,才破罐子破摔了吧。

几天后,陈曼娟出现在了医院病房外,她没有推门而入,而是隔着病房门上的玻璃窗,往内瞅着病床上的群英。

雅盈这时抬头发现了门外的曼娟。

她出了门,曼娟看见了雅盈,拘谨地低下了头。雅盈说,去外边说吧。

两人站在了电梯口,雅盈冷冷地说,你怎么来了? 你还是别进去的好,省得群英姐看见了,再受什么刺激了。

曼娟低声说,我晓得的,我只站在门外,远远地看看群英姐。她现在人怎么样了?

雅盈说,群英姐现在情绪很低落,这几年她为了嘉俊,一直强撑着。得知高世杰自杀后,她精神支柱全垮塌了。她一会儿昏迷,一会儿苏醒,医生说要过些时日,她才能缓过神来。

曼娟说,婚纱影楼那边我打听到些消息,高世杰这两年经营不善,一年前那个台湾摄影师携款跑路了,他自己硬顶上去,还借高利贷填补资金窟窿,但资金运转越来越难,生意也越来越淡。半年前员工工资发不出了,一直拖欠着,陆陆续续走了不少人。他纵火后,门店损毁惨重,法院封存了他碧翠湾的住宅,刨去房子贷款后,剩余资产赔偿店铺损失。他名下也没有其他财产,等于现在,他没有给嘉俊留下任何财产。说完,曼娟一脸的凄然。

雅盈长吁短叹着,说往后群英和嘉俊该怎么过下去,太艰难了。

曼娟说,我们几个姐妹一场,一向比亲姐妹还亲。发生这样的事,我心里一直很难过。

雅盈这时抬高音量道,你只是难过吗?你应该自责才对。你和高——高究竟做过什么,只有你自己心里最清楚。群英姐不会无缘由地铁了心和他离婚的。

曼娟这时眼泪无声地淌了下来,身躯渐渐疲软了,扶住墙,险些摔倒。

她用力直起身子,才勉强站稳,沉默许久,才幽幽地说雅盈,我说什么都于事无补。我也不想为自己开脱什么,你们再怎么指责与鄙视我,我都应该承受。说完,她从包里掏出一个信封,继续说,我准备了一万元钱,眼下群英姐住院要花不少钱,她也没有什么积蓄,嘉俊还要养活。你只管收下,把钱交了,千万别和群英姐说。

雅盈把信封推了回去,淡淡地说,我做不了这个主,这可不是小事,要是群英姐哪天知道是你帮忙垫付的住院的钱,那等于是要了她的命。

曼娟说,我晓得她恨我,我难辞其咎。但现在她缺钱是很现实的问题,帮她也是帮我自己赎罪孽,否则我难过得撑不下去了。这几年来,我夜夜做噩梦,没睡过一个安稳觉。你就念在我们都是从小一起长大的分上,尽量帮我隐瞒过去吧。你可以和清芳商量,说是你们两人帮忙垫付的钱,她也就不会多想了。

结婚大半年了,清芳的肚子一直没有动静,春法、来珍焦灼着,建根、粉宝也心急。

去县人民医院检查,妇科医生对清芳说,你是不是以前流过产?子宫刮坏了,子宫壁很薄,安不住胎。就像插稻秧一样,田里泥太硬,稻秧着不了田床一样。

清芳听得不寒而栗,说是啊,医生,我做过两次人流,那我还有怀孕的希望吗？她说完，哭了起来。

陪在一边的粉宝也急了，说医生，你行行好，为我闺女好好治治，她命好苦，这辈子要是生不出孩子，往后还怎么活？

清芳听得出粉宝的弦外之音，海岳正站在一侧。

我们尽力而为吧，回去好好服中药，配合治疗。医生说。

清芳不敢做裁缝了，每天只顾着煎中药，捏紧鼻子，将一碗碗黑褐色的苦药喝进肚里，然后肚里翻江倒海般的难受，干呕着，又呕不出什么。她心想再苦也要喝进去，这是她之前造的孽，迟早是要还回去的。

四个多月后，清芳再去医院检查时，医生说怀孕了，但胚胎发育不好，也是和之前流产有关，必须堕掉。你现在身体没调理好，营养不良，子宫壁没修复好，短时间内不适合怀孕，即使怀上了，也是畸形胎，过三年再考虑怀孕吧。

此后三年里，清芳好像是在为一个契约活着，一天一月一年，一年一月一天，周而复始。她等得心力交瘁，又无可奈何，如果还能回到从前，她拼了命，也绝对不会在第二次选择流产了，以前不想怀孕的时候，偏偏那么容易怀上，现在挖空心思想怀孕时，却是这么艰难。命运真是会捉弄人。

粉宝也跑遍了方圆几里的大小寺庙，求菩萨保佑，还带清芳一起去了普陀山，祈求送子观音降子。

熬过了三年，清芳似感动了上苍，终于又怀上了，且是一个正常、健康的胎儿，她谨小慎微地卧床安胎，直至孕产，诞下一个女婴，乳名麦田。临盆那天，清芳大出血，一袋又一袋血浆被护士拿进手术室。粉宝跪在手术室外，连连磕头，喊着大慈大悲观世音菩萨一定保佑我闺女平安无事。

三十岁终于得子，海岳初为人父，欣喜不已，他父母眉宇终得舒展，欢喜地说菩萨显灵啦，庄家终于有后了。

清芳醒来后，对海岳说，我再也不生了，鬼门关又走了一遭，我爸妈吓得半死。

海岳说依你，有这个小千金就够了。

三个月后，清芳去医院放了环。

那时震涛早已大学毕业,在县城有了安稳工作,安了家。他娶妻生子,成家立业。

麦田两岁时,趴到床底下,扒出了一个红本本。清芳一看,是那张城乡宅基地使用证,积满了尘垢,摊开,泛了潮,几张纸粘连在一起,一看日期,两个月前就失了效。

半年前,为家里造房的事,海岳又和他父母剑拔弩张起来。春法说建房的事我不管了,我红砖运来了,钢材也买好了,剩下的由你们夫妻操弄了。你已成了家,这房就理应由你造了。你结婚,生孩子,这摆结婚酒、满月酒的钱全是我掏的,已掏得快见底了。

老头子不管事了。海岳对清芳说,他搁下了这事,我也不管了。老房子塌下来,我们仨就住西面店里去,让两老喝西北风去,以后老了也不养他们。

正从外面经过的来珍听到了,推开了门,气呼呼地说,好你个没良心的,我们养你这么大,还没有老,就说出这样大逆不道的话,还在背地里和媳妇嘀咕,不养我们的老,我叫你爸回来,立即和你们分家。

妈,海岳也是一时气头上,你别往心里去,我们怎么会不养你们呢?清芳连忙打圆场。

你别做和事佬,海岳将拳重重击在桌子上,说分家就分家,从没见过你们这样自私自利的父母,有钱也不肯拿出来帮忙造楼房,你们连本带利带到棺材里去吧。

来珍听到后,号啕大哭起来,正午睡着的麦田受到惊吓,被惊醒了,也啼哭了起来。

麦田四岁时,家里仍住着二十几年前造的旧房,她对下雨天时,房间、过道上从屋顶滴落的雨打在脸盆上发出的叮叮咚咚声很是好奇,高兴地拍着手说,天线宝宝出来了,天线宝宝出来了。

清芳一把拉住了她,说田田,不要碰那脸盆,倾翻了,地上就更湿了,容易打滑,摔跤。

清芳对下雨天房梁漏水早已习以为常,幸好东面睡房床上面没有渗水,否则麦田晚上怎么睡,自己又怎么睡得着。

水泥场的红砖上,野草长得越来越丰茂,来珍小心翼翼地攀爬上去,颤颤巍巍地割下一捆青草,喂屋后笼子里的兔,楼房正间照例堆满了钢材,已开始生锈。

厨房间打起了两个灶头,一家五口人分两头吃饭,一张桌子上碰面少了,谁都没有再提起建房的事。

患　难

清芳有次正在正间做衣服，萧锦凤突然上门来了，这让她喜出望外。一别三年，锦凤晒得黝黑，清芳揶揄她快成非洲媳妇了，在毛里求斯还习惯吗？

锦凤说，非洲就是热，长年三十几度高温，晚上睡觉都睡不好，我和劳务输出公司签了三年合同，硬扛着才熬过来了。那边吃住很一般，一个宿舍八个人住，只有一台小的电风扇，晚上睡都睡不好。正餐除了米饭，就是一碟素菜，有时是一个茶叶蛋，一周只吃到一回猪肉。一星期工作五天，每天九个小时。

那待遇怎么样？你三年干下来，拿了多少报酬？清芳追问道。

每月报酬由基本工资和加班费两部分构成，由国内的劳务输出公司代发，钱直接打到我老公的存折上，三年下来，也有十五六万吧。

这么多啊？海岳这时凑了过来，说在国内要干到啥时才能攒这么多钱？那个劳务输出公司还需要人吗？海岳问道。

姐夫，你难道也想去毛里求斯？锦凤问。

能赚这么多钱，谁不想去呐。海岳说。

你又做不来服装，去毛里求斯能干啥？你也曾经说过再也不进厂了。清芳说，还是安安心心在小饭店做做好了。

锦凤说，姐，这倒不是，我老公他姐夫之前也做不来服装，和他老婆出去后，做起了熨烫工，能吃苦，赚的钱是更多了，前年，三层楼房托我老公张罗，早造起来了。

你这趟回来,不会再出去了吧？清芳问她。

锦凤说,不瞒你说,我娘家那个哥不争气,赌博欠了不少钱,嫂子一天到晚吵着要和他离婚。我爸妈一天到晚愁得要死。我出国挣钱,也和伟国说好的,抠出点钱,给我哥还赌债,婚才勉强保住了。我哥看我在国外挣钱这么辛苦,人晒得这么黑,发誓再赌博就剁光手指。伟国也一直劝我别再出去了,娘家的窟窿是填不满的。我想着婆家楼房还没造起,还是想再出去干三年,毕竟在毛里求斯,攒钱快得多。三年后我回来时也三十五岁了,就再也不出去了。

那好,你把我也带上吧,我随你们出国挣洋钱去。海岳说。

清芳说,锦凤,你别听他胡说,他吃不了那份苦,只是随口说说罢了。

海岳的心被焐热了,对清芳说早晓得,三年前就出去了,早赚回来十几万,造楼房绰绰有余。我在小饭店里也捣鼓不出什么钱,你看麦田一天天长大,家里房子仍这么破旧,下雨天,屋子里漏成那样,我心里着实不好受。我得出去挣点钱了,挣回来十几万,造三层小洋房。

炎夏来临之前,海岳整理好了几个大包裹,跟随出国务工大军,去了毛里求斯。

清芳特意去镇上的新华书店买了张世界地图,贴在床边墙上,在密密麻麻的地名中,好不容易才看见毛里求斯,用铅笔圈了出来。那是非洲东部一个岛国,位于印度洋西南方,与非洲大陆相距2200公里。她对麦田说,爸爸要坐十几个小时的飞机,才能到毛里求斯,那儿离咱们这儿有一万多公里。

麦田于是也奶声奶气地说,毛里——求斯,好远呐。

海岳说,你不用担心我,全县有一千多人在那边一起工作,会互相照应着。你想我了,可以写信给我,半个月就会收到了,也可以打越洋电话,就是电话费比较贵。麦田要是想我了,你就点着地图上的海岛,告诉她,手指一移,就又到咱们村里了,近得很。

有一次,清芳空闲下来,带麦田回娘家,粉宝说雪军找着对象了,是青塍村人,那女人比他小好几岁,是个聋哑人。他还是老样子,能开口说几句简单的话,场面上应付的事仍不行的,他在村里的福利厂上班,做一些往玩具里填塞腈纶棉的轻便活。他妹玉娟也结婚了,嫁了个青海的技术人员,在仪表厂工作,吃住都在县城里。

清芳说,雪军找这样的女人,我一点都不惊奇,事到如今,他还能挑拣什么?那女人又聋又哑,好歹也嫁出去了,两人凑在一起过日子,谁也不会瞧不起谁的。

雪军结婚后,生了个女儿。玉娟有一回碰到清芳说,哥好歹成了个家,我爸要是地下有知,也该合眼了。我嫂子虽有残疾,但脑子还是蛮活络的,浸撒种谷、养猪、养蚕,样样精通,料理家务也头头是道,现在也进了服装厂挣钱。我哥托付给她,我也放心了。

清芳好久没握笔写字,她按照海岳在毛里求斯的地址,写去了信,越洋电话太费钱,拿起电话,担心着电话费,一急就不晓得说什么话了,还是写信好,想要交代什么,尽可以慢慢写,一样都不会落下。之前,震涛在南京上大学时,姐弟俩也经常写信往来的。

海岳回信说,他去了毛里求斯,才知道那儿有多闷热、潮湿,像老家双抢大伏天一样。听当地的工友说,一年到头只有夏、冬两季,夏天不必说,冬天也有二三十度,蚊蝇很多,人一不注意,就上吐下泻,脚肿、胸口疼痛,发高烧。他没和锦凤在一个服装厂上班,被分在其他的分厂里,相距好几公里。他现在是缝纫车工了,早上七点上班,晚上七点下班,要干十二个小时,临到出单时,要干到晚上九点。宿舍里又不通风,七个工友,只有一台小风扇,转来转去,也扇不到多少,想早睡也睡不着,索性干晚点,人累了,一沾床就睡着了,又能多拿点加班工资。

海岳在信中夹了一张照片,说是趁空闲,和十几个工友出去玩时拍的。他说毛里求斯是一个火山岛国,四周被珊瑚礁环绕,岛上地形千姿百态,靠近海岸是狭窄平原,跟咱们庄家浜一样,中部是高原山地,有很多山脉和孤立的山峰。他此刻站在海边的礁石上,背后是一座黑礁石因冲刷而形成的桥,当地人叫自然桥,是很有名的风景点。他又说岛上的炒章鱼很有名,很大的一种章鱼,新鲜,很有嚼头,烧法也像咱们爆炒猪肝一样,靠的是掌握火候。

清芳在回信里,夹了一张和麦田站在田野里拍的照片,随信寄回给海岳,说家中一切都好,一家人都很挂念他,妈老是偷偷抹泪。望他在国外多加小心,保护好自己,工作也别太累了。

一个多月后,海岳的信又来了,信中说分厂里死了一个女工,几个分厂联合起来在罢工,控诉长时间超负荷的工作和不公正的薪酬制度,还有工作环境太恶劣,吃得也很没营养。

清芳焦灼万分,顾不上写信,跑到邮政所里,拨通了越洋电话。那时正巧是夜晚,她估摸着海岳也该歇息了,等了十来分钟,海岳才接了电话,说罢工平息了,提高了薪资待遇,伙食也比之前好一点,一周有两顿能吃到荤菜,宿舍里又增添了台落地电风扇。

清芳问,平时能碰见锦凤吗? 她怎么样?

海岳说,我在毛里求斯没碰到过她。她身边有她姐和姐夫护着,应该没啥打紧的。

两个月后,清芳从娘家听闻了噩耗。锦凤在毛里求斯过世了。

锦凤家人一下子陷入了巨大的哀恸之中。

锦凤的姐和姐夫极力抗争,工人们也加入了抵抗,劳务公司才同意派飞机,将她的尸体运回了国内,此前他们是想将锦凤的尸体在毛里求斯火化后再运回来。

在殡仪馆,两家人哭成了一团,清芳听郭伟国的姐夫说,这次锦凤返回毛里求斯,人就一直不清爽,他们又不在一个分厂上班,平时照应不到。锦凤劳累过度,常感觉浑身乏力,估计是贫血,毛里求斯很常见的病症。和锦凤同一宿舍的女工说,她上周早晨起床时,突然腿一软,跌倒在地,脑袋磕在凳子上,人事不省,抢救了一天,仍没抢救过来。那边的公司说锦凤是突发脑出血,属于正常死亡,公司没有什么责任,出于人道主义,补偿一些抚恤金,连同六万元人身意外险赔偿金、一万元出国押金拿给她家人。

伟国一直号啕大哭着,喉咙都嘶哑了,他说锦凤在来信中怎么不早说呀?

老说身体好好的,吃得好,住得也好,早晓得这样,我就是坐飞机,也要把她接回来啊。

清芳也黯然神伤着。从殡仪馆回来,她闷闷不乐着,想了想,还是去了邮政所,给海岳打去电话。海岳说,我也得知锦凤出事了,在毛里求斯的中国劳工都很悲痛,半年里,已经死了三个中国人,而且都是女工。我会照顾好自己的,劳务公司打回去的钱收到了吧?

清芳说,工资两个月汇入一次,我常跑银行去打印存折的。你在那边,别老舍不得花钱。千万要照顾好自己,实在撑不下去就飞回来,押金扔掉就扔掉。

海岳说,挣钱那么辛苦,押金有一万块,提前回国就是违约,哪能说扔了就扔了的。车间里那么多女工,她们能挺得住,我一个大老爷们矫情什么。存折上的钱,你领出来点,别舍不得花,麦田正长个子,给她订份鲜牛奶吧,她都四岁了,给她去幼儿园报个名。

麦田在镇上的幼儿园读小班,清芳清早骑踏板车送她去,黄昏时再接回来。她待在家里做服装,活不多,时有时无,工钱也压得低。清芳心想工价低,也仍要做,闲着一分钱也没有。她听隔壁在华美服装厂上班的赵群说,现在在服装厂上班,挣的钱比在家里单干要划算,虽然工资没以前高,但稳当,不怕接不到加工活。清芳说我脱不开身,还要接送麦田,在家里做,只求灵活点,自己能安排得了时间。

赵群说,海岳哥在毛里求斯干得如何?听说出国务工,工钱比国内高。

清芳说,出国总归高一点吧,否则谁愿意跑那么远,吃不好睡不好的,又长年见不着家里人。

清芳拿出那本存折,瞅着存折上的几行数字,内心五味杂陈,3500……4000……4500……4300,这都是海岳背井离乡,辛苦挣来的。她分文未取,想着攒足三年,等海岳回来时,就造三层楼房。

有一次早晨,清芳将麦田送至幼儿园门口,一个男人喊了她,她回头看,那人正从小面包车里探出了头,细看,是初中同学谭焕霖。

清芳说，焕霖，你也来送孩子上学呀？

谭焕霖说，是啊，我儿子读小班，我每天接送，怎么之前没碰到过你？我大女儿在隔壁小学读五年级，我刚送好她，再把小的送过来。你也来送小的？

清芳笑着说，什么小的大的，我就这么一个闺女，刚来这幼儿园读小班，那两个小孩恰巧在一个班里。

谭焕霖说，是啊。你真是晚婚晚育呐。咱们同学当中，有的结婚早，孩子都上初中了，我算迟的，想不到你比我更迟。

清芳便不再细说了。

谭焕霖发动了面包车，说清芳，我要送货去了，把布料、辅料送到下面的加工点去。

清芳说，你在做服装吗？

谭焕霖说，是啊，我弄了个加工作坊。我老婆懂裁剪，请了几个外地人，在家做，我接接服装单子，来不及做时，单子往外面发发。现在乡镇上到处开满服装厂，咱们瑞平县快成服装加工基地了。

清芳说，我也做服装呐，你们单子宽裕吗？我一个人在家做，老接不到加工活的。

谭焕霖说，我联系的几个客户，做外贸的，服装长年出口日本，活比较多，以单层衫衣、夹克衫为主，质量要求很高，要不，下次发你做做看。

清芳笑着说，好的，我把地址写给你。

下午，清芳正在正间做着衣服，大门外开进来一辆小面包车，她看见谭焕霖下车来，从车厢里抱出一堆布料，走了进来。

谭焕霖说，清芳，这是三十件女式夹克衫，边拷好了，样衣我拿了一件来，这是缝纫线、拉链。

清芳笑着说，我就这么一说，你还当真送过来了，太客气了。

谭焕霖说，我给别人是做，给你也一样是做，我看得出你是老车工了，你的技术我信得过。

清芳说,你家在海王村,离新埭有十来公里,你开过来好远,让你专门跑一趟,太麻烦你了。

谭焕霖说,不碍事的,我面包车开来很快的。这30件,你一个星期慢慢做好了,要是布料分发的有差错,做起来有什么问题,你打我手机好了。

清芳说,好的,我会抓紧做好的。

谭焕霖走后,清芳莞尔一笑,能做成品衣服,工钱肯定拿得高。近些日子活不多,她只接些袖口、衬肩的零星活,一毛钱、两毛钱一个的。

来珍这时从灶边出来,说清芳,刚才那个送货的是谁啊?怎么之前没看到过?

清芳说,是我一个初中同学,也是做服装的,今早送麦田上幼儿园时,在园门口碰到的,他也在送孩子,我就让他给我送点活。

来珍说,噢,这么多衣服,要做好长时间了。工钱还好吧?

清芳说,有活做就不错了,他还大老远地送过来,怎么好意思问人家工钱?

清芳忙完了手头的活,就开始做夹克衫。她记得谭焕霖说这批衣服是出口日本的,做工要求高,她不敢怠慢,放缓了心,耐心细致地做着。

她对来珍说,妈,麦田四点钟放学,我来不及接,你去接一下吧。来珍便踩着三轮车,出门了。

麦田回到家,一跨进庭院,就嚷嚷着妈,我今天得了一朵小红花,你快看呀。

清芳抬起头,看见麦田额头贴了朵小红花,笑着说,嗯,不错,受老师表扬了,真乖。

吃晚饭时,她才缝制完一件夹克衫,细看,做得还算中规中矩,没出什么差错。她心想,按照这样的进度可不行,接下去,可要加快进度了。

夜晚十点,麦田早已熟睡过去,来珍出房门解手时,看见楼下正间的灯还亮着,她下楼,说清芳呐,多晚了,还在做啊?眼睛都要熬坏了,早点休息,别太累着了。

清芳惺忪着眼睛，倦意浓浓，打了个哈欠，说妈，我做完这件就上楼睡觉。今天完成了五件，明天再赶赶工，大后天，就可以交货了。

来珍说，干吗做得那么急？难道那个老板催得很紧？

清芳说，他倒不催，给我留了一周时间。但我想早点做完，可以接下一单。

来珍说，别熬坏了身子，海岳在国外挣着钱，汇回来不少，你别干得太苦了。

清芳说，妈，我晓得了。

她做完衣服，起身时，捶了捶腰，发觉一下子伸不直腰，腰椎处酸痛着。十几年前，和震涛一起溜冰时，被他不慎拉倒，摔坏了腰，坐得久了，就痛得厉害。刚才心思全集中在做衣服上，没发觉腰不适。

深夜十一点多，清芳蜷缩在床上，侧也不是，躺也不是，反复揉着后腰，酸胀处贴着三张止痛膏。

过了两天，清芳给谭焕霖打去电话，说30件夹克衫做好了。谭焕霖过来取成品衣时，又将50件女式长裤带来了。他看了看夹克衫，笑着说，双排线缜密，做得真不错，再严格的检验员也验不出一丁点瑕疵，这是工钱，你点点。

清芳说，焕霖，我才刚做好这批衣服，你就给我结工钱了？一个月一结吧。

谭焕霖说，做外贸单，就是这样，工钱结得快，我这批交了货，外贸公司立马给我结工钱，你收下吧。

清芳接过了钱，数了数，有210元，她说，怎么这么多？做一件有7元加工费，你多给了吧？

谭焕霖说，这批夹克衫不好做，产量拿不出，工钱就该给这么高的。

清芳喜出望外，她将两张百元大钞夹在笔记本里，记了一笔：9月30日，30件夹克衫，210元。

工钱这么可观，她干劲十足，每天早晨，将麦田送至幼儿园，就心急火燎地赶回家做衣服，下午都是由婆婆接回。

粉宝得知清芳干得辛苦，过来瞧瞧，对清芳说，你夜夜干到十点多，身子这样下去怎么吃得消,比服装厂里的上档工还干得苦,妈真为你担心。

清芳头也不抬地说,比起海岳来,我吃得好,住得好,已经很不错了,他在那边,才是吃苦头。妈,我不碍事的。

粉宝说,你也别老这么想,男人么,身子骨硬实,总归比女人吃得起苦,他不在身边,麦田还这么小,你累坏了身子,谁来管,往后你还是悠着点。

有一天上午,清芳正做着衣服,家里的电话响起了,是谭焕霖打过来的。

他焦灼地说,清芳,上批夹克衫质量出了问题,拉链装反了,外贸公司提供的设计图纸出了问题,导致那个批次的衣服要返工。我现在开车过来,接你去城里返工,你准备下吧。

不多时,小面包车停在了大门口,清芳说除了拉链拆下重做,其他地方还需要返工吗?

谭焕霖说,我也不太清楚,去了就知道了。

来珍追出来,说清芳,下午麦田还是我去接吗?

清芳顿了顿,说妈,我去县城返工,不晓得啥时回来,你去接下吧。

面包车开走后,来珍站在大门口,往车开去的方向远望,嘴里喋喋不休着,返工干吗要去县城? 不好拿来在家里返工吗?

吃晚饭时,麦田不肯吃饭,嘟囔着说看不到妈妈,我就不吃。

来珍用勺子喂她,哄她说你妈去县城返工去了,给你买回来好多吃的。乖囡听话,奶奶喂也一样。

麦田不依不饶着,奶声奶气地说返工是啥? 妈妈为什么要去返工?

庄春法说,乖囡,吃好晚饭,上楼看天线宝宝去。天线宝宝快出来了。

麦田这才吧唧吧唧咀嚼了起来。

小盏里剩了半碗饭,麦田坚决不肯吃了,立马上楼去看动画片了。

来珍端着饭碗,对春法说,你看你那个儿媳妇,现在哪还有时间管麦田? 以前还接送,现在连饭都顾不上喂了,我喂田田她又不肯吃,小脸蛋都瘦了。

庄春法说,这种话你在田田面前不能说,在媳妇面前更不能嘀咕了,你就当她进服装厂了,一大早进去,晚上回来,也一样管不了家里。

来珍说,清芳进服装厂,我倒放宽了心。你不晓得,她那个男同学三天两头来送货,和清芳走得那么近,我看着就来气。你看现在都几点了,天都黑成这样,还没回来,返工要返到啥时候。谁晓得到底是真返工,还是假返工。

庄春法说,现在服装生意不景气,队里好几户在家做的,拿不到单子做,工钱也一直拖欠。清芳那个同学肯帮忙,给她活做,工钱也结得快,已经很不错了。这样的生意去哪儿找?你还疑心什么?

来珍说,咱海岳要是不出国,不离那么远,我还至于这么多心?你没听说清芳队里那个冯群英,就因为发小在城里勾搭上她男人,搞得她现在离了婚,带着个孩子,人不像人,鬼不像鬼的,想再嫁,也嫁不出去。男人和女人走得太近、太频,迟早会擦枪走火的。我得好好提防着。

庄春法说,别的女人我不好说,咱媳妇是什么样的人,你还不晓得?她不会背着咱们做对不起海岳的事的。

来珍说,反正我这心里不舒坦,街坊邻居看见,时间久了,也会有闲言碎语的。海岳他到底啥时候才能回来呀?老头子,要不咱们把钱领出来,把这新房给造了,让海岳早点回来,好好过日子,麦田也想她爸了。

庄春法说,他这才刚出去,怎么回得来?还有两年零三个月。他不得劲,吃不了苦头时,你一天到晚地唉声叹气,他好不容易有点人样,想出去挣钱了,你又盼着他回来。我再有钱也不去造这个房子,往后这个家的担子得由他来挑,他必须得吃吃这个苦。

很晚了,麦田仍看着动画片,不肯睡,一定要妈哄着才睡。来珍气不打一处来,对春法说,你瞧瞧,都九点半了,还不回来,麦田不肯睡,明天怎么好去幼儿园?

正说时,大门打开了,来珍站在楼上窗前,看见清芳走了进来。

麦田听到妈回来了,飞奔下楼。清芳说,怎么还不睡呀,田田?

你不回来,她就不肯睡,我左哄右哄也不行。来珍站在楼梯上,朝她嚷嚷着。

妈,我知道了,我这就哄她睡觉。清芳撩了下额前发丝,说道。

麦田哄睡过去后,来珍说,清芳,工返好了吗?怎么返那么久?

清芳边洗脚边说,明天还得去,返得快的话,明天一天能返完。

来珍说,那返工是白干吗?有没有发工钱?

清芳说,不是我做错的,是他们图纸搞错的,自然会付我返工钱的。妈,你也早点睡吧。

来珍回西房后,又嘀咕开了,说你看看,明天还要去返工,麦田又得让我接送了,我骑辆三轮车,十几里路,骑又骑不快,膝盖又疼,一来一去两个多小时,骑得我真是腰酸背痛,比干双抢还累得慌。

春法说,好了,好了,你就熬苦点,睡吧。

返完了县城里的工,清芳累得虚脱了,在家里睡了一天,腰疼得更加厉害。她和谭焕霖说想歇息几天。

粉宝说,你腰伤估计复发了,去县城拍个片瞧瞧。

清芳苦撑了几天,腰疼有增无减,便坐了公交车,去了县城人民医院,交了钱,拍了片,医生说,是腰椎间盘突出,已经很严重了,椎骨上有两节还长了骨刺。我碰到过不少服装厂女工,长年累月做下来,得了这个骨伤病。

清芳吓了一跳,说骨刺啊?严不严重?要不要开刀?

医生说,目前还不算太严重,再严重起来,压迫到神经的话,是要开刀的,任其发展下去,会引发半身瘫痪。你回去吃吃药,睡一段时间硬板床,不能再干活了,平躺休息一个月,腰痛会缓解的。

清芳拿着拍片单子,站在人民医院大堂里,望着匆匆的人流,陷入了极度的凄惶。怎么35岁不到,骨头居然长上了骨刺,她记得只有中老年人,才会长这个东西。田田还那么小,不能再做活挣钱了,往后可怎么办。

她木然地回了家,将单子夹在笔记本里,不想告诉公婆,也不敢告诉自己家人,她一个人默默承受着心里的凄楚。

她对来珍说,医生叫我平躺几天,休养休养,腰痛就缓解了。她和来珍一道移开了铺在床上的席梦思,躺在硬板床上,才觉腰痛缓解些。

下午，来珍推出三轮车，准备去接麦田时，发现三轮车没气了。她焦灼地朝楼上喊，清芳，三轮车轮胎刚坏了，这可怎么办？麦田接不成了。

清芳说，那我去接吧。

她刚坐上踏板车，拧油门准备出门时，腰椎用了力，疼得更加厉害，痛出了一身冷汗，双手扶不牢车柄，险些连车带人摔倒。

来珍立马扶住了她，说你这样开车怎么行？我还是打电话叫老头子回来吧，让他去接麦田。

清芳说，爸在县城做油漆，回来去镇上接麦田，二十几公里路，太远了，赶到幼儿园时，都放学了。我想想办法，让别人帮忙接一下，送田田回来。

她两手反撑着腰，蹒跚着上了楼，给谭焕霖打去电话，麻烦他接孩子时，顺便把麦田也接一下，送过来。她实在想不出其他更好的办法了。她不想给楝树湾的父母打电话，不想他们操心。

四点半时，谭焕霖将麦田送过来了，说清芳，几日不见，你腰伤这么严重？我老婆也是腰椎间盘突出，伴有骨质增生，现在久坐不得，只得一天到晚站着，做做裁剪。她胃也不好，有萎缩性胃炎，人很消瘦，长年吃着中药。

清芳说，我这腰伤是老毛病了，不碍事的，硬板床躺几天就好多了，麻烦你了，将麦田送过来。

谭焕霖说，那你好好休养些日子，放学时，需要我送麦田回家，你跟我提前说声好了。

麦田在楼上看电视。清芳慢慢挪上了楼，说田田，谭叔叔接你时，你有没有问他是谁呀？

麦田说，谭叔叔我认得，他来过咱们家里。妈，爸爸啥时候才能回来呢？别人都有爸爸接送的，我却只有奶奶接送，你也好久没有接送田田了。

清芳搂着女儿说，你爸爸出国挣钱去了，挣回来给你盖三层大楼房，让你住又宽敞又明亮的大房间。

麦田说，我不要住大房间，住现在的房间也挺好的，我想要爸爸早点回来，陪着我。

清芳说,咱田田真懂事,爸爸呢,再过八百多天,就回来了。你想爸爸了,就看看这张世界地图,我们在这头,爸就在那头。

清芳腰伤好了些,能开踏板车了,她对来珍说,妈,你接送田田也辛苦了,休息几天,由我接送。

她将麦田送至幼儿园后,买了点菜,去了棣树湾,看望父母。她在西房睡了半天,醒来时仍迷迷糊糊的,下午一点多,才下楼吃中饭。

吃好中饭,她正坐在庭院的樱桃树下休息,隔壁的萧霞芬正好从大门口经过,走了进来。

清芳说,霞芬,今天你也回娘家来了,近来加工活忙不忙?

霞芬说,我半个多月没回来了,上批货刚送出,就歇息两天,过来看看爸妈。你呢,最近做得怎么样?

清芳说,前段时间做了几个日本单子,又赶上返工,做得腰伤犯了,正休养着。

霞芬说,工钱怎么样? 我做的都是内销单子,工价薄得很。

清芳便一五一十地说了。

霞芬说,按理说日本单子价格不高呀,听你这么一说,工价也着实给得不少。我小姐妹她们长年做日本单子,也没见这么高的,都是靠跑量跑出来的。

清芳也纳闷了,说兴许谭老板接的单子,工价就高吧。

霞芬说,你那个老板介绍给我认识下,我也跟着他做。

她回家后,躺在床上琢磨着霞芬的话,暗暗思忖着,现在服装加工生意这么清淡,有活做就不错了,为啥谭焕霖接的单子,工价还这么可观,莫非他看在老同学分上,故意多算了工钱?

下午,她在幼儿园门口等候时,看见谭焕霖来了,不好意思起来。

谭焕霖说,清芳,你腰伤好了?

清芳说,好多了,稍微有点不适,随它去了,反正也是老毛病。我想问你,那工钱,你是不是多给我了? 我瞧现在服装加工不好做,你不能亏本啊。

谭焕霖说,清芳,你多心了,我哪能做亏本生意呢? 不过,我单子发出去,给下面几个代加工的,工钱给的比别人稍微多点,现在大伙都不容易,我和我老婆也想得开,少赚点就少赚点,能挣回厂里的工资就行。

清芳说,你老婆身体不好,长年吃药,你也别不挣钱,现在处处要花钱的。你要是不按规矩来,我再跟着你做,会很过意不去的。

谭焕霖笑着说,清芳,你放心好了,我是不会做赔本买卖的,你需要我送货过来时,电话里说一声。

清芳躺在硬板床上,听着电视里的声音,感觉索然无味,她便下了楼,望着正间的缝纫机,心痒得不行。她坐上去,拿布匹放上去,机针哒哒哒地在布匹上留下几道线痕。

谭焕霖又送布料过来了,他挑了些做工简单的,说清芳,这批活,你慢慢做好了,腰吃不消,就打电话给我,我拿回去自己做。

清芳说,我有数,我也是闲得慌,慢慢做,打发打发时间。

几日后,谭焕霖来取货时,给清芳带了几包中草药,说前些日子,一个服装老板给的,是西部少数民族的苗药,治骨刺很管用,我老婆在吃,感觉蛮有效果的,你试试。

清芳便不好意思推辞了。她在灶间煎着中药,不多时,灶间弥漫起一股苦涩的药草味道。来珍说,你腰伤不是好了吗? 怎么又新配了中药?

清芳说,妈,是刚才谭老板来取货时,顺便给我几包,他说这种中药,治骨刺效果不错,他老婆也在吃,我就吃吃巩固一下。

来珍说,那个谭老板懂得还真多。

吃完了几帖中药,清芳感觉还真管用,腰间隐痛也消失了。谭焕霖说你想要时,我给你拿来,反正我老婆在吃,我也常去药店配的。

清芳心里突然感觉暖暖的,她回想起读初中时,和谭焕霖没有过多的交流,他爸腿瘸,他妈老早过世,印象中他缺课很多,经常帮家里干农活。初中三年,她对每个男同学印象都淡淡的。

几天后是六一儿童节,幼儿园有家长开放日,家长陪着孩子过节日,游园,看孩子表演节目,一起做游戏。

清芳和一群家长坐在小板凳上,不多时,谭焕霖也急匆匆地走过来,坐在一边。清芳朝他笑笑,谭焕霖抓了抓头皮,也笑了。

轮到做节目时,大人和小孩的小腿用绳子捆绑在一起,然后比赛谁跑得快。第一组,谭焕霖和儿子比赛时,用力过猛,步子迈得过大,他儿子跟不上脚步,摔倒了,谭焕霖也被惯性绊倒,扑了出去。清芳在一边看得大笑。等谭焕霖起身时,其他人已经到终点了。

轮到清芳和女儿比赛时,她使不上力,和女儿走得很慢,谭焕霖在一边起劲地喊着加油。清芳憋足了劲,才迈开步子,和女儿坚持到终点。

中午时,游园活动结束,家长带孩子回家。谭焕霖对清芳说,都中午了,要不带孩子一起去镇上吃个饭吧。孩子们玩了半天,也饿坏了。

两个孩子拍手欢呼着。清芳思索了下,说那好吧。

在临河的白龙小饭馆坐下,谭焕霖点了好几道菜,两个孩子喝着果汁,吃得很欢,谭焕霖对清芳说,你多吃点,多吃点。

这时,店外海岳的小舅妈骑车经过,听见小饭店里传出笑声,细看是两个孩子,一个不认识,另一个是麦田,再看大人时,一个男的,另一个却是清芳。

吃罢午饭,谭焕霖说今天是孩子的节日,我们托孩子们的福,也休息一天。下午放假,要么带他们去县城游乐园再玩玩,平时也很少陪孩子玩的。两个孩子听见了,开心坏了,嚷嚷着要去,要去。清芳拗不过麦田,只得上了面包车,一起去了县城。

黄昏,麦田回到家时,和奶奶说今天幼儿园里真热闹,又是做游戏拿奖品,又是表演节目给大人看。下午,谭叔叔又带上我和斌斌、妈妈,去县城游乐园游玩,坐滑滑梯,坐飞机,还划游船。

来珍说,那等爸爸回来时,带田田再去游乐园玩。

晚上,来珍睡在床上,对春法说,下午我那弟媳打电话来了,说看见清芳和那个谭老板在镇上的小饭馆吃饭,还带着两个孩子,吃得欢声笑语,很开心。

庄春法说,吃个饭而已,你弟媳至于打电话过来,和你汇报这事?

来珍说,文锦看见那个谭老板在给清芳夹菜,殷勤得很,清芳也不推辞,吃得眉开眼笑,也不怕外人瞧见。我看这里面有苗头,再这样你来我往下去,要出事的。海岳去那么远的地方,把媳妇搁在家里,我们不帮他看管牢,怎对得起他?

庄春法说,你别胡来啊,海岳他脾气你又不是不知道,没有的事,被你瞎说一通,他一急,真要从那个毛里求斯跑回来了。

来珍说,我晓得轻重,我还不至于这样糊涂。

半个月后,清芳又接连好几天去县城返工,一大早谭焕霖接她走,晚上才送回来。有时候是下午接去,半夜送回来。

来珍对春法说,你看看,被我说中了吧?越来越明目张胆了,两个人假借返工,不晓得上哪儿鬼混去了。真是气死我了,当我两眼一抹黑了。她放着孩子不接送,推托给了我,她倒快活自在。

春法说,兴许真是去县城返工呢。

来珍说,你看他俩眉来眼去、笑呵呵的样子,你见过她对海岳这样笑过吗?

来珍去了趟女儿婆家,和女儿慕云气咻咻地说,给你哥写封信,说我病重,让他尽快回来。再晚回来,见不到他老娘最后一面了。

慕云说,妈,哥才去了大半年,你哪来的病重?想我哥,也不用这样诅咒自己。再说,我哥去的可是毛里求斯,一万多公里呐,哪能想回来就能回来的。出去时,和劳务派遣公司签了合同,交了押金,要干足三年的,提前回来就是毁约,没收一万元押金的。

来珍气愤地说,你晓不晓得,你那个嫂子快要被人拐跑了。

慕云听了来珍一番话,说嫂子生完孩子后,就辛辛苦苦做服装,腰椎都疼成那样了,看得出是一心一意为这个家的,不至于会移情别恋吧。

来珍说,那你说为啥那个谭老板三番五次对她献殷勤,又是送中药,又是请她吃饭,给她夹菜,当自己的媳妇似的。即使你嫂子无意,也难保那男人有意,天长日久,你嫂子的心迟早会被那个男人暖化的。

慕云说,妈,被你这么一说,我心里倒也七上八下了,那你叫我怎么办?和你一起跟踪她俩?然后写封信,叫哥回来?什么合同、押金,都不顾了。

来珍说,我们总归让你哥晓得一点,不要让他三年里都被蒙在鼓里,等清芳和那个谭老板真的走到一起时,就晚了。你哥会和清芳打电话,给她写信,让海岳多给她敲敲警钟,她终究还是咱庄家的媳妇,麦田的娘。

来珍对清芳说,海岳不晓得在那边过得怎样了,这几天越来越凉了,他那边不晓得凉不凉,衣服够不够穿。

清芳边做衣服,边说那边冬天温度也有二十五六度,不像咱们这里的。他出去的时候带去不少衣服,够穿的。

来珍说,你最近有他的消息吗?有没有和他打过电话?他有没有常写信过来?

清芳说,最近我活太忙,电话二十多天没有打了。

来珍说,不是我说你,别人家夫妻白天出门,晚上睡一张床上,有商有量的,海岳人在国外,见不着,你总归也隔三岔五给他打打电话,我们打不来电话,你就替我们问问他,在那边过得怎样,省得我和他爸挂念,晚上都睡不好。

清芳说,妈,我晓得了,过几天,我就给他打电话问问。

谭焕霖说,我听外贸公司的老板说,毛里求斯这十多年一直享受对欧美国家出口商品免税、免配额的优惠,所以那边的纺织业很发达,但当地人口少,满足不了劳动力需求,所以这些年,开始向咱中国引进不少劳务人员,江苏、福建、浙江三省去的人最多。那边条件是很艰苦,你老公真是吃得起苦。

清芳说,我一个发小在那边干了四年,死在了那,我想起这个就揪心,这真是拿命在换钱。想起这个,我就难过,也时常为海岳担心。

谭焕霖说,毛里求斯局势很稳定,经济在非洲也蛮发达的,但吃住和这边是没法比的,就像咱们八十年代初的生活水平。只要自己多注意点,生病了及时治疗,休息好,一般是不碍事的。

清芳去邮政所,拨通了越洋电话,过了半个多小时,海岳才来接电话。

海岳在电话里咳嗽着,说最近发了几天烧,得了热伤风,没休息好。

清芳说,药在吃吗?一定要找医生好好治治,不要像以前,发烧咳嗽了也扛着,从不去医院治。在那边,环境不太好,蚊蝇又多,毛病治得不彻底,保不准拖成大病的。

海岳说,我晓得,这几天我一直在宿舍里休息着,上半年死了几个女工后,工作强度降了不少,生病也能请假休息的。

清芳想说些轻快点的,让海岳开心一下。她说,我现在做日本单子,活比较稳定,工钱也拿得高,一个月也能挣二千多元。你不用在那边干得太苦,等你回来时,我们攒的钱,够造三层楼房的。

海岳说,听你的,等我回来,就张罗着造楼房,一定要造得敞敞亮亮的,比庄家浜任何一户人家的房子都气派。

清芳没有和两老说起海岳发烧咳嗽的事,怕他们又要操心,她说他在那边蛮好的,活也不像起初时那么重了。

半个多月后,清芳再给海岳打去电话时,海岳的口气明显冷了下来。

清芳听出了异样,说海岳,你身体是不是又不舒服了?还是干得太累了?

海岳说,你是希望我身体不舒服是吧?最好累死在毛里求斯,回不来了。

清芳吓了一跳,没料到海岳说这样的话。

她强忍住眼泪,说海岳,你为啥说这样的气话?我和田田日思夜想着你,知道你在那吃尽了苦,我们娘俩盼着你早点回来。

海岳顿了顿,说那个服装老板怎么回事?他那么照顾你,体恤你,给你开那么高的工价。我在毛里求斯累死累活地干,你当我是傻子是吧?你们做了什么龌龊事,反正我也什么都看不到。

清芳羞愤着,眼泪瞬间涌了出来,拿电话的手剧烈颤抖着,一个趔趄,险些摔倒,幸好及时抓住电话亭门把手。

她擦了下眼眶,强平复住语气,说我不知道你从哪里听来的闲言碎语,我是凭自己的力气挣钱,挣的每一分每一厘都是干净的。你身体不好,我不想在电话里和你争辩什么。

海岳啪地挂断了电话。

清芳拎着电话机,电话里嘟嘟声响个不停,许久她才挂断电话。

清芳交了货,原本是想和谭焕霖说不要再送货来了,但话到嘴边,咽了回去。她心想,原本就是没有的事,为什么要躲躲藏藏的呢?放着这么好的活不做,换其他的,真要被海岳家人看成是做贼心虚了。海岳就是那犟脾气,等他气消了,再和他好好说说,也就没事了。

半个月后,她又去邮政所打越洋电话,但打过去好几次,海岳都没来接电话,白白花去了几十元钱。她心想海岳肯定还在耿耿于怀。

转眼,又是一年春天,海岳去毛里求斯一年了。清芳心想,电话打去,他不接,那就给他写信。她写完了信,就让麦田在信纸下面画上图画,两个大人,一个小人,就是他们一家三口,边上还有小河、桥、海岛。麦田说,画上桥,田田就能跨过桥,去海岛上看爸爸了。

清芳左等右等,没收到海岳的回信,距上次电话里吵架已过了四个月,海岳音信杳无。她茫然不安起来。

端午节一过,天一日比一日燥热,麦田嚷嚷着东房好热,吊扇吹出来的风一点也不凉爽。清芳和春法说,爸,我想在东房装个空调,要不西房也一起装吧。

春法说,东房要紧,我和你妈吊扇扇扇么好哩,老年人不怎么出汗,不怕热。

空调装好,没开几天,海岳突然回来了,让一家人错愕不已。

来珍看见一个晒得黝黑的男人站在正间时,还以为哪里冒出来一个从煤窑里钻出的煤矿工人。清芳也一下子没瞧出是一年多未见的丈夫,海岳比去之前瘦削不少。

来珍惊讶地说,海岳,你咋回来啦?让妈吓一跳。怎么黑成这样?不是说三年合同嘛,还有两年哪?

清芳连忙走过去,笑着从海岳手里接过帆布包。海岳朝她看了一下,表情僵硬,清芳的笑容立马僵住,手像触电般,收了回去。

海岳朝正间环视了一下,朝东屋厨房走去,倒了碗水,咕咚咕咚一饮而尽,继而说,我困了,上楼睡会。

清芳连忙上楼,打开了东房的空调,整理下竹席,让海岳躺下。

然后她掩好门,下了楼。

海岳是怎么了?这么早回来了。不是三年合同吗?来珍朝清芳说。

我也不晓得,他之前也没跟我说过要提早回来。让他睡一会,坐这么久的飞机,肯定是累坏了。清芳说。

麦田放学回来时,知道爸回来了,推开东房,扑在了爸的怀里。海岳从沉沉的睡梦中醒过来,紧抱着分离一年多的女儿,左亲右亲。这时春法也回来了,逮杀了只鸡。

傍晚吃饭时,几个舅舅、舅妈也赶过来了,来珍觉着不对劲,把他们叫了过来。

海岳狼吞虎咽,吃了好几碗饭,说好久没吃到这么好吃的家乡菜了。吃饱饭后,他说,毛里求斯那个服装公司要扩大规模,想在国内多招些工人过去,需要几个工人回国,帮忙游说招工,用自己在国外的工作经历,现身说法。招到一个工人,有一千元的补贴。我寻思着,离家这么久,很想田田,来回飞机票还公家承担,帮忙招工有钱赚,就报名回来了。大概待两个月,如果工人提前招足,便提早回去。

清芳、春法、来珍和几个舅舅、舅妈如释重负,纷纷说回来好,回来好好补补,真是在国外遭罪了,瘦成这样。

海岳从帆布包里取出几个贝壳和海螺,麦田惊喜不已,拿着贝壳,说好好看呀。她拿起海螺,一吹,发出呜呜声,像风声一样。

海岳欣慰地笑了,说乖田田,明天爸拿细绳,把海螺和贝壳串起来,串成一串风铃,挂在窗口,风一吹,丁零当啷,好听着呢。

清芳也笑了,说,你刚回来,好好歇息,别太惯着她。

海岳瞅着清芳,微笑了下,盯着她说我不困,我想要那个了。

清芳听懂他的话,说你今个刚回来,累了,快歇息吧。

海岳说,不碍事的,把我憋坏了。沾到自个老婆身子,又生龙活虎了。

清芳拗不过他,说田田还没睡呢,我把她先哄睡着了。

海岳对着黑魆魆的蚊帐,仰躺着,喘着粗气,说那边成月成月没日没夜地干活,只晓得掏裆撒尿,都忘了这茬事了。老婆,再给我生个娃吧,我一直想要个儿子。

清芳颇觉意外,从床上坐了起来,说过了年我都35岁了,还怎么生?上次生麦田那会儿,碰到大出血,险丢性命,你忘了吗?你也答应过我,不再让我生了,我都放好环了。

海岳说,我在非洲拼死拼活地干,心里一想到你和田田,精气神立马就又有了。我没啥盼头,就这个念想,吃苦受罪还不全为了孩子。你明天把环摘了吧,我这两个月在家,保准让你怀上。

清芳说,我身体很不好,前些日子还腰椎间盘突出,骨头上长了骨刺,痛起来,腰都直不起,再严重起来还要动手术,你叫我这破身子骨还怎么生?

海岳说,会行的,你怀了孩子,就什么事也别做,让妈给你端茶送饭。我好像力道又恢复过来了,又想要了。

清芳一把推开他,径自睡到南窗边小床上。

很晚了,她在小床上翻来覆去睡不着。海岳在很遥远的地方时,她心里感觉空落落的,无可依靠,想着他要是在身边,就安稳了。现在他回来了,就睡在一个房间里,听着他的鼾声,她心里却七上八下的,没有了头绪。想到后半夜,她才迷迷糊糊地睡过去了。

一早,海岳起来,在贝壳上穿出针眼,用细绳串成了风铃,又串上几个硬币,挂在南窗和东窗口,风一吹,丁零当啷响了起来。清芳就是被这响声弄醒的,海岳看见她醒了,说一早要出门,去附近几个大的服装公司门口发发传单,早点去,工人们正赶着上班。

清芳一夜没睡安稳,倦意浓浓,打着哈欠给麦田穿好衣服,梳好头。麦田看见床边的风铃,爱不释手,说要带到幼儿园去,让小伙伴们一起听听。清芳说妈帮你包好,别弄坏了,贝壳脆得很。

清芳坐在缝纫机前,漫不经心地做着活,心里一直暗暗思忖着昨晚海岳说的话,估摸不准他话里,几分是真,几分是假。他为啥之前在电话和信里,没提起过再要个儿子呢?两老也从没在她面前流露过再要个孙子的想法。

晚上,海岳在房间里填着表格,将奔波一天下来,有出国务工意向人员的姓名、住址记录下来。本地想出国的人少,大多数是云南、四川、贵州的外来务工人员。现在常宁镇服装园区里,绝大多数招的是外地人,他们吃得起苦,一听到出国做工能挣那么多钱,很感兴趣。对他们而言,从老家出发来到这里,也有一千多公里路,去毛里求斯,也无非是再走远一点。

海岳边写,边对清芳说,环拿掉了吗?

清芳说,我活那么多,哪有时间去医院?你当真要让我再怀孕一次啊?

海岳说,我当然是当真的,我这次回来,专门是为这事的。

他说完,拉灭了灯,将清芳按倒在床。

清芳推开了他,说昨晚不是要过了吗,还想要?我累得慌,我要睡了。

海岳说,那好,我把体力存着,明天我陪你去医院,把那环拿掉,我不能尽做那无用功。

清芳泪水涌了出来,拉着了灯,从抽屉里拿出那本笔记本,将之前拍片的单子给他看,说你瞧瞧,我腰椎成什么样了,再挺着个大肚子,我腰椎还承受得住吗?我还活不活?

海岳拿过单子瞅了瞅,说从来没听说过怀孕和腰椎有啥子关联,我要能怀孕生孩子,还要你帮忙哪?你听我一句,再生一个,生下来不管是男娃还是女娃,就只生这一个,生了后就再也不生了。到时你不放环,我去结扎好了。

清芳泪眼迷蒙,感觉再辩解什么已苍白无力,她拿起薄毯,将自己裹得严严实实的,感觉自己像陷入了一个巨大的黑洞中,越陷越深。

天一亮,海岳将摩托车推到庭院里,擦拭了下后座,盯着清芳。清芳内心激烈斗争了一夜,到天亮时还是松懈了下来。她慢慢挪了过去,坐上了摩托车后座。

她坐在人民医院妇产科过道的长椅上，排队等候取环。

边上一个约莫四十多岁的女人，由老公陪着，她对清芳说，你是来取环，还是放环？

清芳说，我是来取环。

那女人说，我进入了更年期，月经已经停了，肚子老是痛，所以想把环取掉。妹子，你呢？看你还那么年轻，难道经期也不准了？

清芳拘谨地看了眼一边的海岳说，我男人想让我再生一个。

那女人说，那之前还装啥环呢？不是费事嘛，多吃了点苦头。

这时从过道里走过来一个人，清芳瞄了过去，细看是玉娟。她站了起来，迎了过去。玉娟也看到她了。

玉娟说，怎么是你啊，姐？好巧在这碰到了。

清芳说，是啊，好些年没碰到你了，怎么在这碰上了。你这是？

玉娟在长条凳上坐下来，说姐，我来妇产科检查一下身体。她压低了声音，说等会做下宫腹腔镜检查，一直怀不上孩子。

清芳说，去外面大医院瞧过了没？

玉娟说，上海、南京都跑遍了，也吃了不少的药，上半年去南京一个不孕不育专科医院看了，吃了好几个月的中药，药吃完了，再过来做做检查。

清芳说，你也放宽心，我当年怀麦田时，也是那样，越急越不行的。

玉娟说，幸好我老公也不急。你过来检查什么？

清芳说，我来取环，麦田她爸还想让我再生个。

玉娟说，还能生就生个呗。现在独生子女是省事，可孩子孤单呐，长大后，父母老了，连个商量的至亲都没有。孩子生下来，一转眼就长大了，快得很。

夜晚，清芳早早地卧床睡了，她感觉肚子隐隐作痛。海岳笑嘻嘻地帮她揉肚子，又想趴到她身上。

清芳推开了他，说医生说了，半月内不能同房，你想要我的命啊？

海岳说，我不是急嘛，我还剩一个半月就要回毛里求斯了，可能还得提前，我怕来不及。

清芳说，你越心急，越不行。我要睡了。

第二天清晨，清芳被后腰上一阵钻心的疼惊醒，她从床上坐起来，听见房门外一阵响声。她走近房门，细听，声音是从西房隐隐传过来的。

她还愿意生吗？来珍轻声嘀咕着。

环都取掉了，她想不生也不能了。海岳压低声音说道。

家里房子还没造，添张嘴，又得增加不少负担。你可要掂量掂量清楚。有没有孙子我和你爸想得开。来珍继续说。

我就是累死在外头，也要把第二个孩子生下来。海岳憋足了一口气，掷地有声地说。

那是为啥呀？你又一根筋了，我看你在跟自个别苗头。来珍说。

你让我在国外怎么安得下心嘛。想到她和那个做服装的同学走那么近，我气不打一处来，我想来想去，只有再生个孩子，才能留住她的人，拴住她的心。海岳说。

清芳在门后听得四肢发冷，头顶像被浇落一桶冰水一样，直打冷战。她两脚一软，摔倒在床边，挣扎几下，才爬上了床，泪水已经淌了一脸，洇湿了枕头。

夜晚，她像一只刺猬一样，在床上蜷缩成一团，不让海岳近身。

海岳扯开包裹她的薄毯，说田田睡着了。

清芳好像被海岳的手电击了一样，哆嗦了起来，把自己抱得更紧了。

海岳有点不耐烦了，说工招得很顺利，劳务公司说再过一个多月，就可以回毛里求斯了。我时间不多，你总得配合我一下。

清芳依旧不吭声。

海岳火气上来了，说你莫不是又不想怀孕了吧？又和缓了口气说，我不弄疼你的，我轻柔点。

清芳这时坐起身，按亮了灯，一张汗涔涔的脸浮现在海岳面前，清芳的眼睛里湿漉漉的，脸上分不清是汗水还是泪水。

你为什么不相信我？为什么？清芳突然质问起海岳。

海岳被清芳的诘问唬住了，停顿了下，结巴着说，什么相不相信的，我就是想好好努力一把，趁出国前抓抓紧。

我和他一点事都没有，你为什么要折磨我？为什么要逼我生这个孩子？清芳坐在床上咆哮着，随手将床边的空调遥控器掷了出去，遥控器砸到窗边的镜框上，哐啷一声，玻璃碎了，撒落了一地。

海岳被清芳这一举动骇住了，继而也抬高音量道，什么事都没有？以前没有，现在没有，你能保证今后没有吗？你是我老婆，却成天到晚和他同进同出，外人都瞧出来了，你还装傻？这孩子生也得生，不生也得生，你是我老婆，你不和我生这个儿子，你难道想和别人生，和他去生？

你真是死性不改，无可救药。清芳愤愤地说，你整天疑神疑鬼的，有意思吗？既然不相信我，那你去毛里求斯干什么？干脆一天到晚待在家里，看着我好了。

海岳说，我守得住你的人，我守得了你的心吗？你人是在这里，心却已经跑他那边去了，我回来这几天，瞧你不情不愿、不冷不热的样子，老早发觉不对劲了。你若还想要这个家，还想两家太太平平过下去的话，就和我再生个儿子，证明给我看。

清芳彻底无语了，发觉说再多的言语，也已经苍白无力。

她看着小床上熟睡着的麦田，心又揪紧了。既然都走到这个分上了，还想这些有什么用呢？他想再生，想要个儿子，那就再生一回吧，最好像上次一样再大出血，然后抢救不及，腿一伸，一死百了。

海岳心满意足地上了飞机，去了毛里求斯，清芳纠结已久的心才慢慢卸了下来。

清芳肚子渐渐显山露水，可她脸上平静得像一潭死水。麦田很开心，摸着妈妈的肚子说，我快要抱弟弟了，我把风铃让给弟弟，让弟弟也听铃声，弟弟肯定咯咯地笑出声。我学喜羊羊、美羊羊，跳舞给他看，唱歌给他听，妈，你说弟开心不？

清芳边做衣服边说，田田，弟弟肯定开心哩。他在妈妈的肚子里，就能听见你跟他说的话，你瞧，他在踢我的肚子，迫不及待地想出来找你玩耍呢。

来珍说，清芳，我瞧你腿肿得那么厉害，别再做衣服了。有个闪失，可不得了，海岳他人又在国外，我和他爸也使不上什么力。

清芳说，妈，我有数的，成天到晚地躺着，坐着，我也浑身不舒坦，只做些轻便的缝纫活。

谭焕霖已经很久没来送货了。清芳心想还是别来的好，她已经没有多大精力，无法保证按时交货，也把握不住做工质量，婆婆见不着谭焕霖，海岳那头也安了心，不会再捣鼓出什么幺蛾子了。她心想和谭焕霖压根就没什么事，却被这一家子越描越黑，成啥样子了。

她也没再给海岳打去越洋电话，信更少写了。倒是慕云时不时地回来，当着清芳的面，和来珍大声说，给哥打去电话了，他什么都好，只是一直挂念田田，挂念嫂子。

清芳心想，他哪是挂念老婆，只是挂念她肚子里的孩子罢了，他也不是挂念孩子。那他究竟挂念什么呢？她想不明白，只有他自己清楚自个了。

有一天，清芳正坐在正间，给麦田缝一副袖套，房门被推开了，有人大声叫唤着清芳——清芳。她起身，细看是多年未见的萧雅盈。

雅盈比几年前老了不少，脸上添了层浓郁的沧桑。

清芳笑嘻嘻地细看了几番雅盈，说这几年你去哪里了？音信杳无，像人间蒸发了似的。莫非你去国外了？

雅盈在椅子上坐下，伸直了腿，笑着说，你老公去了国外，你不要瞅着每个人都想出国，好伐？

她喝了口茶，紧接着，话匣子打开了。

上次我来看你时，和你说我在县城雅蒙服装公司做服装设计，工作两年后，我就结婚了，没有摆结婚酒，我是想简单点，所以连你也不知道我结婚了。

婚后不久,我怀了孕,日子原本过得安安静静,可突然就——突然就被我爸硬生生搅和了。

雅盈脸上刚刚还明媚如春,突然间,愁云密布,阴郁了下来。

你爸他又怎么了?怎么搅和了你?清芳追问道。

你晓得我爸他嗜赌如命,当年我在服装公司时,他三天两头到公司来找我要钱,要不到,就上财务室预支我的工资,说他要拿钱动手术。我结婚后,他又上门来要钱,从我手里要不到,就找我老公要。我老公躲着他,他又去我老公单位截他,搞得我们夫妻俩经常为这事吵架。我老公为了躲避,主动要求外派到广州分公司工作。事先他向我隐瞒,他去机场的路上,才发短信告知我。我立即打车,火急火燎地赶往机场。他快要登机了,我强撑着身体,在候机大厅疯跑着,因体力不支,重重地摔倒在地,刚怀着三个月的身孕,便流了产,此后三年,都没再怀上过。开年时,他和我离了婚,卖掉房子,留在了广州。我爸却仍不放过我,继续死皮赖脸地找我要钱。我实在被折磨得够呛,只得辞了职,只身一人,去了北方。这几年,我不给家里人打一个电话,写一封信,过年也从来没回过家,家里人就当我死外头算了。我铁了心躲他们远远的,被骚扰怕了,想过几日清静日子。

你一个人在外头,怎么过来的?看你脸色不太好,肯定在外头吃了不少苦头。清芳无限怜爱地问道。

我像一只冬眠的刺猬,找一处洞穴蛰伏起来。我谨小慎微地抱紧自己,竖起身上的每一根刺,警告着身边的人不许靠近。夜深人静时,我时常心痛得半夜醒来,然后茫然地睁着眼睛,支撑到天亮。我极力排斥的家人,却夜夜闯进我梦里,把我折磨得千疮百孔。尤其过年那几天,特别受煎熬。除夕夜望着陌生城市里的万家灯火,夜空里绚烂的烟花,就会特别想念几千公里外的家人。我知道此时此刻家人也会在看春节联欢晚会,我就是不知道那一刻家人会不会想起我。我窝在地下室逼仄的小屋里,看着春晚,假想着和家人待在一起,电视机里越是欢声笑语,我心里就越痛,像针扎似的,眼泪又将眼睛模糊了,感觉实在是撑不下去了。雅盈难过得不能自抑,开始哭泣起来。

清芳连忙抱紧了她,让她靠在自己肩膀上,慢慢平复下情绪。

好一会儿,雅盈抬起头,说好久没有这么畅快地说话了,在鄂尔多斯这几年,身边没有一个可以说话的人。你知道内蒙古的冬天有多冷,有多漫长吗?最冷时能达到零下三十多度,我一个南方人,怎吃得消?我住的是地下室,开着取暖机,也阴冷潮湿,裹着好几层厚衣服,盖了三床被子,才熬得过去。我在那得了严重的哮喘病,西北风一刮,就一直咳,咳得出血为止。实在撑不下去了,开年后才逃了回来。

雅盈凄楚地诉说着,清芳抚摸着她手背上的冻疮,心疼地说我一直以为,也一直深信你过得好好的,哪晓得吃了这么多苦,受了这么多罪。

苦过了,罪也受够了,往后再苦也不会苦到哪了吧。雅盈凄然地说,说说你吧,看你身形,又怀上了?麦田有五岁了吧,你要生,为啥不早点生,早点生,身体才恢复得快。

清芳谎说,以前也一直想再生的,老怀不上,放弃再生时,却又有了。

雅盈说,那真是天意。群英姐的儿子也该有八九岁了吧?你有没有经常看到她?好多年没见着她了,不晓得她现在怎么样了?她比以前好些了吗?

清芳说我送麦田上幼儿园时,碰到过几次群英姐,她送嘉俊上学。嘉俊小小年纪,个子长得老高了,模样像极了他爸爸。群英姐身体一直病恹恹的,长年吃着精神类药,人有些虚胖,话也很少。母子俩一直住在供销社的宿舍里。供销社改制后,她因为身体不好,办了病退,等于是下岗了,吃起了低保。

雅盈说,她真是铁了心,不想再嫁人了?她还那么年轻,应该再走一步的。

清芳说,那桩事对她打击太大了,她一直走不出那个阴影。

雅盈说,她和高世杰父母关系缓和些了吗?嘉俊毕竟也是高家的骨血。

清芳说,其实高世杰去世后,群英姐就慢慢放下了对他们的敌意,也想让嘉俊认祖归宗,宽慰下那边父母的丧子之痛。她当初儿子满月上派出所报户口时,写的是高嘉俊,姓了男方的姓。但高世杰的父母反过来不想认嘉俊了。他们怨恨群英姐,认为是她当初不给高世杰一个台阶,一次机会,才把他硬生生逼上了绝路。群英姐想忏悔、弥补的路都被封死了,更深的自责、歉疚又加重了她的病情,迁延难愈。

雅盈说,唉,真是冤冤相报何时了,一步错,步步错,当初但凡高世杰脑子清醒一点,把持住诱惑,或者出事后,群英姐念在八年的感情份上,给高世杰稍微留点余地,让他心存一点点念想,也不至于闹到今天这样无可挽回的地步。

清芳说,一切都是命,都是天意,往后你有什么打算?留下不走了吧?

雅盈说,我回来,才晓得我爸三年前死了。我去内蒙古后不久,他又失踪了,在外东躲西藏,去了福建、广西、广东,最远躲去过西藏。他最后客死在了珠海,骨灰至今还寄存在那边殡仪馆没取回。他不在了,我也没什么好躲藏的了。我哪儿也不去了,反正也走不动了,往后就走一步算一步了。

清芳说,以后遇见合适的,再走一步吧。女人总得要有个依靠,日子才能过下去。

雅盈说,我不奢望了,我没了生育能力,哪个男人还肯要我?我这三十几年里,被命运反复捉弄,已经不奢求什么幸福了,家对我而言也只是个深夜安慰自己的幻梦。雅盈长呼吸了下,继续说,清芳,你以后生的孩子,认我做干妈吧,我是认真的。往后我心里也好有个念想,不会再空落落的了。

清芳不假思索地应允了她。

清芳在等待分娩的数月里,雅盈隔三岔五地从县城回来看她,陪她解闷。有一回,一个男人开汽车送她过来,一直坐在门外的汽车里。

雅盈说他是成都郫县人,离异了,有个儿子跟着他,放在老家由父母带着。他在县城开了家蜀味火锅店,他不嫌我不能生育。我看他店里人手紧,就辞了工作,去餐馆帮他。

清芳说,你总算有个依靠了,我也放心了。

有一天,薛茉莉带着老公、儿子也来看清芳了,她老公不是常宁镇新华书店那个卖地球仪的崔岚峰。崔岚峰一直向薛茉莉隐瞒,他有先天性心脏病,时而感觉胸闷、呼吸不畅,严重时背着她,入院吸氧。茉莉有一次无意撞见,崔岚峰隐瞒不过去,才如实告知。茉莉无法接受自己如花似玉的,将要托付给这样一个病恹恹的男人,于是决定分手。她离开常宁镇,去了县城,开了爿书摊,卖卖报刊糊口,又兼做保险。几年下来,靠伶牙俐齿,如簧巧舌,在县城保险行当里愣是闯出了一条路,做得风生水起,也结识了现在的老公戴程阳。他是湖北襄樊人,在汽车销售公司做业务员,茉莉常联系他,给新车上保险做牌照,一来二去就好上了。

茉莉对清芳说,姐,你临盆前夕,要千万小心,不能随意走动,觉着有什么不适,提前打我电话,我让程阳开车来接你上医院,在医院里早些住下。

清芳说,现在倒还好,就是两条腿酸痛得不行,挪也挪不动,上厕所解手都费劲。

茉莉说,你这是自讨苦吃,姐夫他人又不在家,你生孩子时,可怎么办呢?

清芳说,还有震涛、雯卿,他们住在城里,到时会过来搭把手的。

震涛在县城的海威律师事务所工作,还算稳当,几年内成了家有了孩子,让清芳心里平添了不少的欣慰。她对娘说,震涛如今有出息了,成了一名律师,工作稳定又体面,雯卿呢,在事业单位做财务,温柔又贤惠,小家经营得很美满,我这个做姐的心里算是安定了。

清芳住进医院等待分娩前,收到了海岳从毛里求斯寄来的信,一笺脆薄的信纸,还夹着几个贝壳,灰黄色、浅褐色的,已经碎裂了。这是九个月里,清芳收到的寄自毛里求斯的唯一的一封信。清芳心想,他是算准了老婆分娩的日子,自己在家里的每个日日夜夜,都被他看管得牢牢的了。

清芳信没看完,就搁在煤气灶上烧掉了,眼泪不争气地从眼眶里挤了出来。她长吁口气,摸了摸肚子,说宝宝,我们该进城住院去了。

戴程阳开来汽车,和茉莉、震涛一起来接清芳去住院。粉宝忐忑不安着,对清芳说我也一同去吧,好照料你。

在人民医院新造好的九楼妇产科病房,粉宝一闲下来就念念有词着,一副如临大敌的样子。她反复去医生办公室,偷偷塞了红包,被医生挡了回来。她又关照主刀医生,女儿上次生产时大出血,这回一定得小心了,她都三十五岁了,算是高龄产妇,出再多的钱也不惜,一定得确保母子平安。

　　慕云去了镇上的邮政所,给海岳打去电话。

　　嫂子住进医院了,哥,你放心吧,有一家子人照料着。慕云说。

　　海岳在电话里呜咽着,不知是喜还是悲。他和缓了语气,抽抽噎噎地说着话。

　　慕云对着电话,大声喊着,哥,你说什么？听不清楚,你大声说。

　　海岳说,哥被风呛住了,没——没啥,等孩子平安生下来,你尽快打电话告诉我。你告诉麦田,爸给她捡了好多好多的贝壳,粉红的、浅紫的、淡蓝的,样样都有,还有海螺,有三色的、四色的,爸再跑远些,给她捡个五色海螺,等一年后回去,爸全都带回去,穿好多串风铃,挂在新房子里,挂得满满当当的,到时弟弟看见了,也会咯咯笑的。

　　海岳在毛里求斯失踪的消息,是清芳生完孩子一周后才知晓的。当时,她不假思索地听从了医生的建议,第一胎是剖宫产,第二胎只能继续选择剖宫产,若强行顺产的话,会裂开之前剖宫产时的创口。

　　慕云焦灼地守在手术室门口。两个多小时后,手术室大门开了,医生抱出一个健康的男婴。她喜极而泣,飞奔着下楼,一口气跑向三公里外的县邮政局,拎起电话,打给异国他乡的海岳。

　　她拨通电话后,令她意外的是,没像以往那样,需要那边的人将哥从车间里叫过来,要等二十几分钟,电话里这时传来一个陌生男人的声音。

　　那男人说,我是毛里求斯分厂的厂长,请问你是庄海岳的家人吗？

　　慕云的心悬了起来,怯怯地说,是啊,海岳是我哥。

　　那男人继续说,我很悲痛地把这个不幸的消息,告诉你和你的家人,海岳他失踪了。昨天傍晚,他趁吃晚饭间隙,又去了海边,像往常一样捡拾贝壳、海螺。天黑时,人仍没回来。工人们去海边四处寻找,找了很久,最后在五公里外,一片礁石上看到一双球鞋,旁边的沙滩上有一堆贝壳和海螺。那是海岳平时穿的球鞋,他是被突然掀起的浪涛卷入海里的,那片海里暗礁很多,风大浪急,年年有不少的国内工人,不清楚那边的海况,被无端卷入海里。

慕云瘫软在电话亭里,听到一半时,已惊吓得控制不住自己。她大哭道,求求你们,一定要把我哥救回来,我嫂子刚生了孩子,你们一定要找到我哥,告诉他,他有儿子了,求求你们,求求你们了。她难过得几度说不下去,哽咽着说完话时,差点抽搐过去。

那男人说,我们会尽力的,你好好安抚好你嫂子和其他家人,我们一定会尽力搜寻的,已经有海上搜救人员不间断搜寻那片海域了,一有你哥的消息,我们会第一时间通知你们的。

天黑了,寒风呼啸着穿城而过,不断撩拨着慕云的乱发,她已感觉不到寒风吹到脸上那刀削般的刺痛,跌跌撞撞地不知道走了多久,才依靠着昏黄的路灯,辨认着回到人民医院。在住院部大厅,她迟疑了好久,才坐上电梯,失魂落魄地上了九楼,出电梯门时,来珍兀自坐在电梯口大理石地上。慕云看到娘,立马扑了过去号啕大哭起来。来珍听完,也瘫软在地,继而发疯似的翻滚了起来,在冗长的过道里滚来滚去。打扫卫生的清洁工从边上小心走过,侧目而视,心想莫非哪个病人又过世了,家属哭得这么凄怆。医院里每天都有人去世,他们早已经见怪不怪了。

海岳他肯定没事的,他水性好着呢,从小就学会了游泳,队里数他水性最好,扎个猛就从河底潜到对岸去了。来珍边哭边大声说着,你哥肯定没事,他老念叨着未出世的儿子,怎么可能这么狠心,就这么撇下走了呢?

几个舅妈搀扶着来珍,一脸愁容,眼睛也早哭得跟核桃似的。其实她们心里知道,海岳是凶多吉少了。

慕云抽噎着说,嫂子才刚刚出手术室,这可怎么办呀?她醒过来,知道哥出事了,怎么接受得了?

小舅妈文锦说,瞒一时是一时吧,兴许过几天,那边就有消息了。海岳从小命大,生龙活虎的,肯定抓住了哪个礁石,等着搜救人员去救他呢。

来珍哭呛着说,他干吗不听劝?叫他少去海边捡什么贝壳、海螺,他就是太宠田田了,他要是有个三长两短,我也不想活了。

粉宝看慕云眼圈红肿,来珍一脸愁容,刚刚还喜笑颜开的,一转眼就跟变了天似的。

她觉察着不对劲,对震涛说,他们这一家子是怎么了?刚刚还笑逐颜开着,庄家好歹添了个孙子,怎么一下子脸色这么难看了?

震涛说,我也看不懂,我一向瞧不懂那一家子人。

文锦这时拉着粉宝的手,出了病房,在过道上,和粉宝说了海岳出事的事。

粉宝惊愕异常,手里的脸盆哐啷掉落在地,她顾不得捡拾,说海里?海岳被浪卷进了海里?那还有活路吗?常人掉入河浜里,也站不稳,那海那么宽,深得没个底,他哪还有活路?他怎么就——怎么就掉到海里去了?说完,粉宝泪痕满脸地呜咽开了,继续说,他小舅妈,你瞧瞧,你瞧瞧,清芳还躺在病床上,还没醒来,海岳要是有个三长两短,我这苦命的女儿,带着两个娃儿,也没有活路了。

文锦也不晓得说什么,说亲家奶奶,清芳那儿,先瞒一时是一时,相信海岳会平安无事的。

清芳是最后一个知晓海岳失踪的。事实上,当她在病房看见母亲时常唉声叹气,眼眶总湿润,就猜到家人们在合着极力隐瞒什么。

她生完二胎,身体感觉像气球被抽空了全部的氢气一样,干瘪了。她连睁眼都感觉力不从心,已没有气力去分辨家人眼神里的躲躲闪闪了。

出了院,她躺在东房,粉宝极力呵护着,帮忙给女儿翻身,擦拭,给婴儿换尿布。来珍在医院里,就一直傻愣愣地坐着,一会儿说乖孙哭了,一会儿说乖孙饿了,该喂奶了。直至慕云从外边回来,一路号哭着迈进家门时,来珍也冲了出去,大哭起来。

清芳这时才说,妈,她们这是怎么了?为什么哭得这么响,这么悲?海岳应该知晓我给他生了个儿子吧?慕云肯定打电话过去报平安了。

粉宝捂着嘴,眼泪滑落了下来,挤过指缝,流淌到手背上。

慕云哭着走进了二楼东房,抱着清芳的胳膊说,我哥没了,嫂子,我哥再也回不来了。

清芳这时眼泪也像断了线的珠子,噼噼啪啪掉落了下来,碎了一地。她喃喃地说,我早想到了,你们瞒着我,不肯说,我心里老早知道凶多吉少,海岳他肯定凶多吉少啊。往后,我、麦田、麦望可怎么过啊。

海岳的尸体在大海里漂浮了半个月,海温高,还被大浪不断拍击在礁石上,被渔民发现时,已经被海鱼啃得面目全非,只有从穿着的永盛服装公司工作服的标牌上,才依稀辨认出了身份。尸首不便托运,在毛里求斯进行了火化,把骨灰空运了回来。

骨灰盒被送至老家时,儿子麦望已经出世满两个月了。两个多月里,粉宝一家人极力呵护着清芳,寸步不离。粉宝最担忧清芳想不开,她说,群英就是坐月子前后受惊吓愁坏脑子的,女儿你一定要想开呀。

清芳慢悠悠地说,妈,你放心,你为了我愁白了头发,爸也瘦了好多,震涛一直在宽解我,我会扛过去的。我对苦已经麻木了,已经分辨不出苦痛的滋味了,有这两个孩子在,我再怎样,都会扛过去的。

粉宝说,有你这句话,妈这心算是安稳了。

海岳被葬在青山公墓里,出殡那天,清芳哭得异常凄恻,雅盈、玉娟、霞芬、茉莉合力搀扶,都扶不稳她。麦望沉沉地睡在东房婴儿床上,对窗外的啼哭声茫然不知,倒是麦田一个劲地抓着清芳的衣襟,也大声啼哭着。

海岳做完五七后,粉宝想接清芳回娘家住。

清芳和粉宝说,妈,我昨晚又梦见海岳了,他漂浮在海面上,大声呼喊着,叫我去救他,可我隔得太远了,浪太急了,拼命划船,也靠不近他。这时天空一下子黑了下来,海面上巨浪滔天,海岳一下子被卷入了黑涡里,拼命呼喊着,声音越来越弱,越来越弱,很快就被吞没了。

她这样下去,精神要垮掉了。粉宝对庄春法说,麦望要喝奶,我要照顾大的,又要伺候小的,忙都忙不过来。

庄春法愁郁地说,亲家母,清芳回去住住也好,麦田我们会照看好的。

来珍坐在门槛上,盯着水泥场上一堆长满稗草的红砖,自言自语地说,回去吧,都回去吧。

清芳走入二楼西房,望着米黄色的墙壁、湖蓝色的天花板、绛紫色的水泥地,突然眩晕了起来。

粉宝连忙挽住了她,说又眩晕了? 贫血还没好转哪?

清芳说,我看见这些颜色,就想起了贝壳、大海,恐惧得很。

粉宝说,那你睡爸妈那间南房,西房重刷下,墙壁、天花板刷成纯白的,地板漆成灰黑的好了。

麦田看妈和弟回外婆家了,吵着不肯睡觉。春法把她也送了过来,接送麦田去幼儿园的活就落在了萧建根身上。

麦田有一回坐在外公的三轮电动车上说,外公,我爸啥时给我带回来贝壳和海螺? 幼儿园的小朋友要看呢,我和他们都说好了。

建根一时半会不知道如何回答,麦田毕竟才六岁,不知道什么是死亡,他说,外公帮田田去捡贝壳和海螺好吗?

麦田说,爸爸那儿的大海边,贝壳才好看,串成的风铃才漂亮。海螺好大好大,吹起来声音好好听。

有一次,谭焕霖开着面包车,送一批服装加工活过来。清芳看见一年多未见的焕霖,憔悴好多,胡子拉碴的,鬓角也开始泛白了。车里还坐着两个孩子,他说等会送孩子上学去。

清芳看见他大女儿胳膊上缠着黑纱,猛然惊了一下,眼眶又湿润了,她现在见不得悲伤的事,一联想到死亡,就浑身战栗。

谭焕霖瞧出了清芳的忧伤,说孩子她妈过世了,其实发现萎缩性胃炎那会儿,燕群就得了胃癌,只是没有查出来而已。

她啥时候过世的? 清芳追问道。

三个月前。谭焕霖说,燕群临死前数月里,大口大口地吐血,消瘦得像根竹竿,手伸出来像鸡爪,后来是全身水肿,整夜整夜地痛,痛得打杜冷丁都不行,蜷缩成一团,太可怜了。说完,谭焕霖抹了下眼眶。

他继续说,我那个服装加工厂关闭了,我不会裁剪,又请不起裁剪师傅,索性关了。有这辆面包车,就帮别的服装厂继续送送货,还能混口饭吃。

粉宝对清芳说,焕霖也是个苦命的人,年纪轻轻就没了老婆。他人瞧着憨厚、本分,和你又是老同学,知根知底的,倒是蛮般配的。

清芳说,焕霖是个好男人,心细,会疼人,我不晓得有没有这个福分了。

粉宝说,他下次来时,你留他在家吃晚饭,我探探他的口风,看他有没有这层意思。反正你们都是成过家的人,也没有什么磨不开嘴的。

几天后,谭焕霖开车送货来,粉宝烧了一桌好菜,挽留焕霖吃晚饭。粉宝忙不迭地给他夹菜,劝他多吃点。

粉宝说,焕霖,你有两个孩子,清芳也有两个孩子,孩子有了爸没了妈苦,有了妈没了爸也苦,你觉得清芳人怎么样?

谭焕霖抿了口酒,说清芳人好,你们一家子人也都好。

吃了晚饭,清芳陪他出去走走,两人走在月色笼罩下的机耕路上,听着秋虫在草丛里呢喃。谭焕霖说,清芳,你人漂亮,性格又柔顺,我是个粗人,不会拐弯抹角地说话。我现在带着两个孩子,日子过得很艰难,我不想拖累你,你应该找个条件比我好的,你往后的日子才过得舒心一些。

清芳沉默了一下,说我感谢你之前帮了我那么多忙,你对我的照顾,我永远不忘。

来珍拿着一篮鸡蛋,上门来看望。她放下鸡蛋,说听村里人说,庄家浜这几年要拆迁,附近好几个村庄都拆迁了,在新农村小区里,造联排楼房。队里好些原本想批地基,在原地基造楼房的也都改换了主意。清芳,你怎么想?

清芳说,妈,我没啥主意,你们拿主意好了。

粉宝说,既然这样,造房就缓缓吧,要是造好,过几年又拆,不是糟蹋钱嘛,又费神费力的。

队里的婶嫂三天两头来串门,起初粉宝时常当着清芳的面垂泪,婶嫂们就说清芳可怜，麦田可怜，麦望更可怜，一出世都没瞧见自己的亲爹。

听多了，清芳觉得胸口像被压着石头一样难受，她受不了她们投向她的目光里，那种惋惜与怜悯。

她内心升起很强烈的念头，躲避所有认识的人，庄家浜的，楝树湾的，甚至整个常宁镇的，都想避开。她只想去一个没有人认识她的地方，这样就不会再有人打扰到她了，她可以清清静静地过日子。

只是自己真的躲得了吗？自己不像雅盈，了无牵挂，像风一样，来无影去无踪，麦田和麦望还小，他们要是知道自己的娘想逃避，躲藏起来，该有多伤心。

麦田上一年级了，清芳带她去了县城，挑了书包和文具用品，还买了裙子、鞋子。麦田瞅着街边店铺门口挂着的贝壳风铃，惊喜着说风铃，风铃，好像爸爸做的风铃。

她跑了过去，抓住风铃的铃铛，丁零当啷，清脆悦耳的声音响了起来。清芳对老板说，买两串吧，还有海螺吗？

老板说，有，有，刚从秦皇岛进的货。

麦田拿着海螺，使劲一吹，没发出声音，嚷嚷着这种海螺不是爸拿回来的那种海螺，没有声音的。

老板说，那是哪个地方的海螺？

清芳笑了笑，说毛里求斯，那边的海螺有三色的、四色的，不像这种海螺，就只有灰白色。

麦田将贝壳风铃挂在书桌窗前，她现在已经知道父亲去世了，溺死在海里，父亲是为了捡一种很少见的五色海螺，而被海浪卷走的。麦田转着书桌上的地球仪说，等我长大后，也去毛里求斯，在那片海滩上，找回爸爸没有带回来的五色海螺。

一年半后，楝树湾嫁往三十里外泾水村的曹贵英突然上门来，和粉宝在楼下灶壁间，说了好一会儿话。

粉宝说，条件是蛮好的，还是城里人，有城镇户口。不晓得清芳答不答应。

曹贵英说,男方死了老婆,不像那些离异的,为了孩子,牵扯不清的。岁数比清芳大三岁,如今双方都带着两个孩子,这点就不要计较了。

女儿,你咋想的？粉宝对清芳说,那个男的,有城镇户口,前年死了老婆,听贵英说是有天上班时,她被货车撞了下,在床上瘫痪了五年,小脑萎缩严重,拖了五年才走的。他带着两个双胞胎女儿,和麦田一般大。他前些年在县棉纺厂做机修工,贵英也在棉纺厂做了十来年。棉纺厂倒闭后,他开过面店、棋牌室、小饭馆,小饭馆后来关闭后,做起了保安。

妈,那你是怎么想的呢？清芳说,他岁数不大,怎么做起保安了？

粉宝说,像他们那些有城镇户口的,下岗后,大多吃不起苦,男的做保安,女的进超市。不像乡下人,只要能多挣钱,脏活累活都能干。做保安不是啥气力活,风吹不着雨淋不到,工资自然比厂里拿的少,但养老金公家交的,也还算稳当的。

妈,我也想不好,那就见见再说吧。清芳说。

几天后的夜晚,曹贵英喜滋滋地领着一个瘦削身材、剃个平头的高个子男人进了粉宝家。

曹贵英说,范祥林手很巧呢,在棉纺厂那会儿,机修工干得出色,年年被评上先进,他还会吹拉弹唱、唢呐、二胡、铜钹,样样都内行。厂里的文艺宣传队,是他和几个文艺骨干搞起来的,逢年过节,厂里和其他国营厂联谊,都要搞文艺汇演的。

范祥林不好意思地笑着。清芳瞧他脸算白皙,但牙齿和嘴唇却黑黢黢的,两手指甲蜡黄,浓重的烟草味里似夹杂着一缕缕奇特的檀香味。

女儿,你觉得怎样？粉宝问道,如果觉着合意,就交往交往,试试看,如果不中意,就立马回绝了人家。

清芳举棋不定着,沉闷了许久,才幽幽地说那处处看吧。

第四章

又进城

邂逅

遥远

出梅

又进城

清芳从衣橱里翻翻找找好久,才找出一件水绿色的长袖衫,她记得是麦田出生前买的,放在衣橱里已经好多年,都起皱了,熨烫一番,才穿上。

黄昏时,她坐上范祥林的摩托车,戴上头盔,趁夜色,去了县城。范祥林也总是傍晚来,深夜回去。

摩托车在空旷的省道上驰行着,风已凉,夹杂着桂花的淡淡香味。清芳向四周张望了一下,路两边是空旷的田野,哪来的桂花香呢?她凝神看着路中间的隔离带,那开得葳蕤的紫薇花,一丛丛,一行行,一片片,将隔离带涂抹得翠翠红红。

她又朝路边一望,雪松之间夹杂着一株株桂花树,那桂花树虽还矮小,但也开得茂盛,那夜色下月白色的细小花蕊,香气浓郁,让过路的人身上也沾染了徐徐香味,清芳不住深吸了几口气。这时她又嗅到了一缕檀香气,细闻,是从范祥林的头发上飘来的。

这时,路边草丛里多了一簇簇火红的花蕊,被颀长的花秆高高地托出草丛,起初是三三两两,紧接着越来越多,越来越密,好像是特意种在绿化带里的。清芳感觉很眼熟,却一时想不起来在哪儿见过这种花。那花瓣粉中带黄,卷曲状,向外发散,在霞光里,妖艳得像一团团火焰在燃烧。

突然,她想到了十二岁那一年,在兴义小学读三年级时,有一天下午课间时,她打开教室西窗,猛然看见窗外墙角边,一颀长花秆上擎着一朵奇异的花,花瓣粉红色的,卷曲着往外发散,像点燃柴火后冒出的一串串火舌,也像极了这种花。当时她的惊呼声一下子唤来了好多同学，大伙蜂拥跑出教室，绕过学校外墙，在教室西窗下围成一圈，纷纷趴在花边欣赏开了。不知谁说这花好奇怪，居然找不到一片叶子，大伙便更好奇了，突然有个调皮的同学找来树枝，掘起了花下的土壤，刨开后发现此花的根像大蒜的球茎。

很快，全校同学争相在墙角边掘起了这种花，掘得了一颗颗类似蒜头的球茎。掘花的势头一直蔓延到附近的河边，萧震涛也加入了掘花的队伍，一直掘得很远。

清芳把姐弟二人掘得的球茎，种在破脸盆里，搁在窗台下，细细呵护也终没有开出花来，此后很长的岁月里，她再也没有看到这种奇异的花了，也不知花名。

这时，范祥林放慢了车速，突然说，那花叫彼岸花，也叫曼珠沙华，寺庙里、坟场上很常见，但公路边突然冒出这么多，倒很少见。花开时看不到叶子，有叶子时看不到花，花叶两不相见，和其他花真不一样，神奇得很。

清芳没想到少年时遇见的那无名花，居然有这样神奇的名字——彼岸花，还有个像印度女人的名字——曼珠沙华。她猛然想起，村小的原址就是一座尼姑庵，彼岸花被尼姑们用心地种在秋雨庵里，给予世人某种暗示与慰藉，再合理不过了。

二十几分钟后，摩托车驶入了城区主干道百川路，路两边的灯火越来越亮，璀璨耀眼的，渐渐连成了一片。清芳记得十九岁那年进县城时，就是骑行在田野间那条石子路上，路两边是田野、低洼地，怎么多年不见，已经是连成片的住宅小区了？范祥林指着前方一座灯火辉煌的庞大建筑物，说那是麦德龙购物中心，地下两层是大型超市，我姐就在那站柜台，卖服装的，姐夫在超市装卸货物。

摩托车进入城区，拐过几条街道后，灯火渐渐暗了下来，进入了老城区。范祥林说扶好，前面是三官堂弄，几个路灯坏了。

说完，摩托车驶入了逼仄的小弄堂里，光线瞬间黑了下来，很快，又拐入了另一条稍宽的巷弄里，最后在冯夷弄口停了下来。

范祥林说,我住处到了,在五楼。

清芳随他上了狭窄的楼梯,楼道灯光昏暗,木栏杆斑驳,楼梯旁住户的房门陈旧,脚步在楼梯里发出沉闷的声响。清芳心想,这楼估摸着有三十几年房龄了。

范祥林打开了房门,说我这房子五十个平方,两间房,两个女儿睡西间,我睡东间。

清芳看见厨房在北间,客厅东西向,一张小餐桌摆放在客厅角落里。他说两个女儿去她们姑姑家了。我姐家离光明小学近,平时都由她帮忙接送,我也忙,时常没时间照看。

清芳走至南阳台,往窗外眺望,也是一大片陈旧的住房,闪着星星点点的灯火,在浓重的夜色下,整个小区显得影影绰绰。

范祥林将满屋子的灯都打开了,屋子里便瞬间亮堂了起来。清芳突然被这一屋子亮堂的灯光照得暖暖的,心里一下子满满当当的。她已经很久没有看见这么明亮的灯光了。

她走入东房,估摸着有十多个平方,放下一张床、一个衣橱,人都要侧着才能走过。西房的床更大,床上有两床被子。客厅的角落里还放着一张折叠床,使客厅显得更加逼仄。范祥林说,有时候我妈过来照料时,晚上打开折叠床,白天便收拢起来。

周末时,清芳带着麦田,坐上范祥林的摩托车,又进了城。

一路上,麦田坐在大人中间,雀跃不已,说个不停,她念叨着城里的锦绣乐园,还有风铃。

范祥林带着母女俩,去宜园游逛了下,麦田在假山洞里,和清芳东躲西藏,玩捉迷藏,趴在石桥上,看水池里的金鱼嬉戏在荷叶间。她兴高采烈地跑着,笑声在一丛丛的绿树间回荡着,清芳忙不迭地在后面追她,范祥林则在后面跟着。母女俩在一处凉亭上拍了照,摄影师对范祥林说,孩子他爸,你也站过去好了,一家三口来张合影,多美。

这时,清芳不好意思地笑了,麦田说,妈,你脸怎么红了?

中午时,范祥林叫他姐将两个女儿送了过来,几人一起在小区附近的小饭馆里吃中饭。

两个女儿长得一模一样,秀气可爱,清芳看着怜爱不已。范祥林给清芳夹菜,也给麦田夹了鸡大腿。清芳也给伶俐、伊俐姐妹俩夹菜。

元旦过后,清芳和范祥林去领了结婚证。

登记前夕,范祥林和清芳说,我还欠着十几万的债,都是向亲戚、朋友借的。老婆被撞后,因为横穿马路,负了一半责,住院花去了不少医药费,瘫痪在床的那几年,我借了不少债,给她做康复治疗。

粉宝犹豫了,对清芳说,你要考虑清楚,往后你嫁过去,这日子过起来很艰难呐。

清芳说,这几个月相处下来,我觉得范祥林人挺细心的,给麦田买这买那,麦田没看到他时,一直嚷嚷着范叔叔,我看得出她应该有个爸爸疼她了。我想好了,他之前相了那么多对象,大多是因为他欠着债,亲才没相成。如果他不欠着债,他一个城镇户口,城里有住房,条件那么好,哪轮得到我。他欠的那些债,说多不多,说少不少,如果结婚后,两个人努力挣钱,慢慢还,还一点是一点,几年内也会还光的,反正四个孩子还小,用钱的地方还不多。

结婚喜酒摆在锦屏路一家小饭馆里,来了男方、女方两边的至亲,正好两桌。庄春法推托工地有事,便没和来珍过来。清芳那天穿了件粉红色的春秋款女装,双排纽扣,内穿淡绿色的毛线衫,还染了头发,卷成波浪式的,靓丽得很。她和范祥林一起,频频给双方家人敬酒,包厢内洋溢着馥郁的饭菜香和浓浓的欢声笑语。

顶楼的小房子,范祥林又重新刷了层白漆,把西房的床挪了挪位置,靠着衣橱,然后又摆下了张小木床,原本不大的房间,显得更加局促。清芳心里却欢实着,她在厨房忙活了一整天,将原本沾满油污的油烟机、煤气灶喷了油污清洗剂,擦得锃亮。

不大的客厅里又新铺上了层淡绿色的塑胶地毯,将原先地砖开裂处精巧地掩藏住了。她发觉屋子经过重新整饬,显得温馨无比,有儿有女,有妻子,有丈夫,才像个家呐。

夜晚,清芳从女包里拿出一个黑色塑料袋,递给了躺在床上看电视的范祥林,说我什么嫁妆也没买,虽说是二婚,但形式也是要的。这点钱你别去张罗着买啥了,拿去先还债吧。

范祥林稍微推辞了下,也就收下了。

清芳的户口迁入了范祥林的户口本上,落在朝阳社区里,麦田、麦望的户口随母,也一并迁入。她心想,自己以前一直羡慕那些拥有城镇户口的城里人,没想时隔这么多年,自己弯来拐去也从农村户口变为城镇户口了,只是现在城镇户口也没像以前那么吃香了。时代在变,人心也在变,这么些年,时过境迁的又何止是一张城镇户口呢?

清芳在城里转了几圈,发觉没有适合自己的工作,家政公司招人,做月嫂,上门打扫卫生,还有服侍生病老人。清芳心想,自己腰椎间盘突出严重,还要接送麦田,便放弃了。超市、商场也一样,上班时间长,她没办法管孩子。

每天清晨,她第一个起床,做好早饭,三个女儿就起床了。吃好后,如果范祥林在家,会送三个孩子上学;如果不在家,就由她来送。放学时,范祥林在上班,脱不开身,清芳先将伶俐、伊俐接回家,让麦田在校门口传达室等,回头再去接她回家。她继续在街上找工作。有一回,她看见几个妇女在小区里分发传单,说是城北一个新开发的楼盘在搞售楼宣传,分发一百张传单,有十元收入。清芳心想不错,如果一天分发完一千张,不就一百元了。

她便去了售楼处,也要了一叠传单,跟随那帮妇女去分发了。她也学她们,将传单卷成喇叭形状,插在汽车后视镜、车门缝处,还插在摩托车、电瓶车上,上小区,插在住户门上。她看见一个妇女将几十张传单卷成一撮,塞在报箱里。她心想既然拿了售楼处的钱,这样做不太妥当。

上档次的小区,大门紧闭,有保安守在大门口,她没法进去发传单。她只得继续在马路上踯躅,看见汽车在马路边的停车位上刚停妥,她就立马过去,将传单插了上去。

她刚转身离开,突然听到后面传来谩骂声。她回头一看,是一个戴墨镜的男人坐在车里骂,将刚插上去的传单从车窗内扔了出去。

清芳听到他骂得很龌龊,是在朝她骂,眼泪不由自主地涌了出来,她急忙掩面逃离马路,在墙角啜泣了起来,很久才止住了哭泣。

她感觉自己像苍蝇一样,那么讨人嫌。那些铺在马路上随风飘散的传单,那些打扫卫生的清洁工喋喋不休的谩骂声隐隐传来,让她羞愤无比,她像一个做了亏心事的贼一样,暴露在光天化日之下,那么难堪,低贱。

几天后,她在广告张贴栏里,看见一家小饭店在招服务员。小饭店毗邻慧源寺,寺西侧有一条美食街,簇拥着大大小小几十家餐馆,入夜后,美食街两侧霓虹闪烁,人流喧杂,空气中弥漫着浓稠的酒气、香辣味。

她推开了彩云楼的店门,这时正是上午,老板娘慵懒地拿着苍蝇拍,在大堂里拍打苍蝇。

清芳说,你们饭店在招人吗?

老板娘抬眼上下打量了下清芳,说是啊,招一个女服务员。

清芳说,我看到广告栏里的招工信息,过来瞧瞧。你们招的女服务员,具体做什么的?

老板娘说,我们饭店白天生意很少,主要做晚上生意,楼下大堂六个餐桌,楼上五个包厢。现在店里一个厨师,一个洗菜阿姨,一个端菜女服务员。之前的服务员回老家了,晚上客人比较多,忙不过来,所以再招一个。

清芳犯难了,想着如果晚上还要上班,哪还有时间接孩子放学。

她说,那不行了,我下午四点半要接女儿放学的。

老板娘说,我们店晚上生意一般是六点开始的,反正现在一时也招不到服务员,你接完孩子后,赶过来端菜也是来得及的,我给你日结工钱好哩。等招到服务员了,你不来也可以。

清芳心想眼下也找不到合适的工作,既然老板娘把条件说得这么宽松,那索性做做再说,四点半接孩子回家,也不耽误过来端菜的。

清芳傍晚接好孩子,安顿好她们吃饭,立马赶到饭店端菜。

她看见那个贵州籍的女服务员染着一头棕黄色长发,涂着猩红的口红,脸抹得雪白,上身外穿黄色皮装,内穿露脐雪纺衫,下身穿玫瑰色超短皮裙,脚穿紫色高跟鞋,像团妖艳的炽热火焰,端着菜,在逼仄的楼梯上噔噔噔地跑上跑下,包得滚圆的丰臀恰到好处地扭成了弧线。

楼上五个包厢全满了,清芳端着菜,忙不迭地跑上楼梯,将菜放在餐桌上。包厢内烟雾弥漫,酒气冲天,她出包厢时,连忙捂住嘴,咳嗽几下。

八点多时,送菜缓了下来,她靠在楼梯上,感觉小腿发胀,这时听见楼上包厢里传来女人的笑声,是那个叫纪小美的女服务员的声音。

她上楼梯,看见纪小美将一箱啤酒打开,倒上酒,和包厢里的男人对饮,一个肥硕的男人搂着她的腰,将手伸进她皮裙里抚摸起来。小美扭动着细腰,连着喝了几杯,又打开了几瓶白酒,将瓶盖塞进了高耸的胸罩里。清芳看不下去了,急忙下了楼。

老板娘坐在收银台前,正忙着算账。她对清芳说,今晚楼上、楼下全满了,多亏你来帮忙。这是你今晚的工钱。清芳接过老板娘递过来的一张百元钞。

几日后,清芳发觉老板娘对纪小美很倚重,好多老顾客都是冲着她来的。小美酒量惊人,又有几分姿色,豁得出去陪酒,被男人揩油也脸不红心不跳。老板娘对清芳说,你也看到了,单单做服务员,端端菜,跑跑腿,一个月也就拿三千多元死工资,但要是能陪陪酒,让顾客们敞开着喝,店里的酒多卖出去些,小费拿得自然更多了。小美是个聪明人,你要是愿意,一晚上也可以多拿些的。

清芳说我不会喝酒,更不会陪酒的。

夜晚,清芳端菜进包厢时,一个喝高了的男人突然拉住了她的手,不让她出包厢,硬要她敬几杯酒,其他人连番起哄,清芳急忙说我不会喝酒。

那男人说你不喝一口,怎么知道会不会喝呢?他端起一杯酒,强搂着清芳的腰,将酒送到她嘴边,给她灌下去。清芳急忙挣脱,那男人搂得更紧了,手伸向她大腿处揉捏起来。

清芳情急之下,抬手甩了那男人一巴掌。那男人错愕着,松开了手,怒骂道臭婊子,敢打我,反了天了?清芳急忙冲出了包厢,下了楼。那男人将杯子往地上一掷,冲出了包厢,下楼理论。包厢里的人也起哄着下了楼。老板娘听明原委,向那男人赔笑,连忙敬烟,说老董,新来的服务员,不懂事,您消消气。

那男人气咻咻地说,我让她喝杯酒,她那么不知好歹,居然甩了我一巴掌,你说这事怎么解决?

老板娘说今晚你们包厢喝的酒,全算我的。她又朝楼上大喊小美,你快下来。

小美这时扭着细腰下了楼,娇滴滴地说老董,干吗生这么大的气?隔着楼层我都听到了,我来陪你们喝酒,让你们喝个尽兴,今晚一醉方休,好伐?

那男人对老板娘说,这笔账先记着,我是看在你的面子上,才来你们饭店,这条街上又不只你一家饭店。我不想下次再看到那女人。说完,他搂着纪小美的细腰,又上了楼。

清芳对老板娘说,对不起,老板娘,我让你为难了。

老板娘说,我不怪你,男人喝高后,往往会冲昏头脑,做出点出格事也在所难免。你习惯了就好。

清芳说谢谢老板娘,我明天不想过来了,今晚的工钱我也不要了,你免了一包厢的酒钱,我过意不去。

清芳临走前,老板娘还是将一百元硬塞给了她。

次日清早,清芳对范祥林说,我还是继续做服装加工吧,就在楼下自行车库里做。

范祥林说,自行车库那么小,又阴暗、潮湿,哪适合做衣服?

清芳说,我看过了。把自行车停在楼梯过道里,锁好。杂物清理一下,还是能放下电动缝纫机的。地上铺上防潮塑胶地毯,再装上日光灯,做衣服能看得清的。

　　清芳在车库里做起了衣服,附近城乡接合部开了几家服装厂,她之前去兜了几家,联系上后,由他们定期送货上门,帮忙加工衣服。

　　白天,她一个人在车库里,开着收音机,独自做着衣服,她听惯了那机针哒哒哒的声音,也不觉得孤寂了。

　　范祥林在城南的广丰中学做保安,连续上班36小时,休息36小时。这时他坐在车库骨牌凳上陪清芳,帮忙修修衣服线头,空闲时拿出一本黄底黑字的薄书轻声默念着。清芳侧耳细听,但听不真切。

　　舍利子,色不异空,空不异色,色即是空,空即是色

　　……

　　念毕,范祥林说我诵的是《心经》。以前棉纺厂的一个程师兄下岗后,拉了几个会吹拉弹唱的老艺人,成立了个吹唱班,去丧户家吹唱。我懂点乐器,他好几次叫我去帮帮他。我抹不开面子,一直没答应。现在家里开支大了,用钱的地方很多,我想趁休息时,帮他去吹吹唢呐,敲敲铜钹,赚点外快,你看咋样?

　　清芳说,你连着上夜班,休息那天,应该好好睡一觉,把睡眠补回来,出去吹唢呐,可是力气活,你身体吃不消的。

　　范祥林说,晚上过十二点后,我也能在值班室睡一会儿觉的,累倒是不累,我就是怕你有想法。

　　清芳说,那你去试试看,都是凭力气挣钱,我怎么会有想法。

　　粉宝打来电话,说尿不湿和奶粉又快没了。清芳急忙去附近的超市购买。她很想念年幼的麦望,那么小交给父母照看,父母六十好几,没日没夜地帮忙照看麦望,没睡过一回安稳觉。麦望一生下来,母亲就帮忙照看了,两年里,苍老不少,夜晚睡不好,眼眶都深陷进去了。每每想到此,清芳的眼眶就

湿润了,内心满是对父母和麦望的亏欠。

她只有趁空闲时,才能回趟乡下,抱抱、亲亲儿子。麦望才两岁,很少见到娘,在娘怀里一个劲地哭着。粉宝说麦望认生,见你见得少,才哭吧。清芳拿出刚买的玩具熊,拧紧发条,玩具熊边敲打锣鼓,边走了起来。麦望好奇地圆睁着双眼,咯咯咯地笑出了声,小手欢快地拍着。

清芳要回城时,才恋恋不舍地将麦望交回粉宝的怀里,眼泪又溢出了眼眶。她朝麦望的脸上亲了又亲,狠了狠心,才出了门,骑电动车回城。

婆婆梅芝看儿媳妇忙这忙那,实在太辛苦,便从大儿子家过来,帮衬帮衬。她帮忙烧烧饭,洗洗菜,收拾下碗筷。晚上把折叠床打开,她挤在客厅睡下。

清芳深夜上楼,看见在客厅里蜷成一团的婆婆,轻微地打鼾。她慢慢朝卫生间挪过去,蹑手蹑脚地。梅芝听到轻微的脚步声,翻了个身。范祥林在中学值夜班没回来,清芳轻声对梅芝说,妈,祥林今晚不回来,你和我睡吧,大床上睡得舒服。

梅芝打了个哈欠说,你干活那么辛苦,我睡你边上,会吵着你的。我老婆子身子瘦小,也不大会翻身,小床上睡不碍事的。

清芳说,妈,你就听我的吧,我睡眠好,一沾枕头就熟睡过去,你年纪大,不睡好,很伤身体的。

梅芝便起身,挨着清芳睡下了。

清芳回头对范祥林说,妈挤在客厅里睡,怎么睡得安稳?她岁数大了,吃不了这个苦。现在六口人,挤了点,要不你去另租个房子吧,宽敞点,最好有三个房间的,不带装修的也行,便宜些。

范祥林去了房屋中介,问询了几处,在城南绿雅名都选中了一处毛坯房,是拆迁安置房,有一百多个平方,带两个卫生间,三个房间。清芳也去看了看,她走入绿雅名都时,突然想起这里以前是一片沼泽地,周围是田野,西边就是县人民医院,河边五十多米高的电视塔,高耸入云,塔顶球形的瞭望塔,在蓝天白云下,闪着绚丽的光芒,煞是养眼。她不禁想着,十几年未见,曾经荒芜的城南地带,林立的商业、住宅楼已经连成片了,感慨着县城变化实在是太大了,目之所及似乎都发生了改变,变得让自己无所适从,再看看自己,好像只剩下自己没有什么改变,二十多年里绕了个大圈子,进城、出城,兜兜转转又进城来了。

她走进出租房,说这么大的房子,够六个人住了,虽说是毛坯,但便宜呀,房租八百多元一个月,已经很划算了,抽水马桶、淋浴是现成的,只需再装上油烟机、煤气灶,再把老房里的桌椅、床搬过来,就可以入住了。

她做了窗帘,在窗两边钉了钉子,挂了上去。西房最宽敞,摆下双胞胎的大床后还绰绰有余,范祥林在南墙边摆下小床,让梅芝睡。东房夫妻两人睡,北边书房则让麦田睡。她在北房,摆上小书桌,还有小床,麦田开心得不得了,说妈,我终于有自己的小房间了,我以后可以关上房门,自己在屋子里做作业了,不用和伶俐、伊俐挤一张桌子做作业了。

范祥林将原先五楼的小房子,收拾了下,很快租了出去,那边地段好,每月可以收五百元的租金。清芳说两边房租一抵,每月就只贴出三百元,也很划算。

吃晚饭时,范祥林给麦田碗里夹了一块红烧肉,麦田突然说谢谢爸爸。范祥林很开心,之前麦田一直叫他叔叔。清芳也笑了,伊俐姐妹俩,也很快改口叫她妈了。

清芳给麦田做袖套时,也总没忘给伶俐姐妹俩做副袖套。她心想,将心比心,以心换心,只要她对两姐妹好,范祥林看在眼里,也自然会对麦田好,以后还要把麦望接过来,他不可能一直待在乡下的。

麦田越来越懂事,清芳晚上在车库做服装时,她吃好晚饭,关好门,在房间做作业了。她在北边窗户上挂了风铃,对清芳说,有风铃陪我就好,妈,你干活去吧。

她嫌伶俐、伊俐太吵,还总爱借她的东西,用完老忘了还。上次慕云给她买了铅笔盒,几支自动铅笔,铅笔头上有可爱的米老鼠。伊俐看见了,就借去写字,不小心掉落在地,被伶俐不小心踩了一脚,踩碎了。麦田心痛了好久,清芳说她是你妹妹,你就让着点,有好东西要和她们分享。麦田说她们有好东西也不和我分享,上次她们小姨买了那么大一个礼包,有棒棒糖、薯片、虾条,也不给我吃。清芳说那是她们小姨,自然没顾上买给你。你要吃,妈给你买,别人不给,你别去要。

麦田扑闪着大眼睛,说那姑姑给我买的自动铅笔,我为啥要和她们分享呢?

清芳答不上来。

范祥林休息日,如果程师兄没打电话过来叫他帮忙,他就待在屋里,坐电脑桌前打扑克,除此,吹吹唢呐,拉拉二胡,房间里便弥漫着深一声、浅一声的器乐声。

梅芝看清芳活忙,帮她修修线头,翻翻袖口,有一搭没一搭地和清芳闲聊。清芳发觉梅芝的耳朵有点背,脑子也不好使,说话时常颠三倒四的。有一回和范祥林说起,他说我妈就是那样,以前"文革"那会儿,我爸是红光机械厂的车间主任,被红卫兵、造反派接二连三拉出去批斗,我妈就是那时被吓坏的。

一天晚上,车库外黑魆魆的,寂静无人,清芳关着车库门做衣服,车门突然砰砰发出巨响,被人猛烈踢撞着,她吓得跳了起来,不敢去开门。好一会儿,声音才停止。

她着实吓出了一身冷汗,看车库外没了动静,才怯怯地打开车库门。门边被人吐了一地,一股浓烈刺鼻的酒味弥漫开来,她隐隐作呕,连忙捏紧了鼻子,跑上了楼,叫来了范祥林。

范祥林说是住三楼的人,做防盗铝窗的,你瞧楼梯上秽物吐了一地,他老是三天两头在外喝酒。他刚才在车库停车时,估计醉得分不清哪个车库是自家的,钥匙打不开,才疯狂踢着。

清芳惊魂未定,长吁了一口气,说祥林,你待在车库陪我吧,我刚才吓都吓死了,冷汗把后背都濡湿了,要是刚才没反锁上车门,那醉鬼冲进来,怎么得了。

范祥林坐在长凳上,拿出一本黄皮薄书轻声念了起来。

他的念诵声短促有力,悦耳浑厚,在狭小的车库里回荡开了,悠悠荡漾开去,清芳不自觉地听了进去,心绪慢慢地沉淀下来,好安静,好恬适,说不出的舒适宁谧,像薄如蝉翼的羽毛在轻轻撩拂后脊背一样,真是难以言表的心旷神怡。她记得二十几年前初次进城时,听到风中传来的瀛海塔上的塔铃声时,也是这样的感觉,惶惑已久的心,立即松弛了下来,疲惫没了,惶惑也没了,只剩下安谧与清凉。

好久,范祥林念诵才止歇。清芳眼里迷蒙了,居然听得入了神,恍惚着,像进入了另一个时空。

她说,祥林,你念的好像和上次的不一样,比以前念得拗口多了。

祥林说你也听出来了? 这是《楞严咒》,经咒里最难的一种,比《心经》难念多了。俗话说,和尚怕楞严,道士怕普庵。你知道《楞严咒》有多难念? 前些日子,永福村的新皇庙有场比较大的法会,程师兄的吹唱班也过去了,新皇庙请来了苦竹寺的果云师父主持,他看我木鱼敲得好,鼓点打得准,和我说半个月后,苦竹寺里有场大法事,让我过去做个空班。我在吹唱班只会打铙钹、吹唢呐、敲木鱼、鸣磬,顶多做到乐众,工钱拿不高,若能熟练唱念《楞严咒》,报酬才拿得高。果云师父邀我去寺里帮忙,我得抓紧把经咒念熟,争取会背。寺里的法事很多,不像吹唱班,散兵游勇的,在寺里一场法事做下来,斋家给得多,我拿的报酬自然也多了。

几日后,清芳正在车库做着衣服,车库天花板突然发出急促的响声,突突突,突突突,像是有人在敲击水泥地。

停一会,又响了,清芳原本有轻微的耳鸣,这时被头顶的响声震得心烦意乱,做不下去。她出了门,上楼,附在101房门口听,屋内有人正拿椅子在撞击楼板。

她定了定神,敲了几下门。这时门打开了,出来一个穿着睡衣,头发上缠满卷筒的发福中年女人。她恶狠狠地瞪着清芳。

清芳说，大姐，你为啥用椅子撞击楼板？我在楼下，听得耳膜都要震碎了。

那女人凶神恶煞着，一对眼珠子瞪得像电珠，快要从眼眶里凸出来了。

她一手叉着腰，一手指着清芳，恶声恶气地说，你个乡下人，晓勿晓得，晓勿晓得，我要被你吵死了，吵死了。

清芳血压立马升了起来，强忍着怒气说，大姐，我怎么吵着你了？我又没影响到你啊。

那女人说，没影响？你一天到晚在车库里做衣服，还不嫌吵？吵得我晚上睡不好觉，夜夜失眠，你晓勿晓得？车库里是停车的，谁允许你在这做衣服了？乡下人，拎不灵清。说完，她翻了个白眼。

清芳说，我是在车库里做衣服，可现在是电动缝纫机，声音很轻呐。

那女人说，我神经衰弱，听不得一丁点声响。再这样下去，我要死翘翘的了，我要找社区居委会，让他们来管一管这桩事。

那女人带着居委会主任，立马上车库来了。严小玲主任仔细察看了一番，当着清芳的面，对那女人说，萧清芳一家是重组家庭，日子过得艰难，双方加起来有四个孩子，在车库做衣服也是维持生计，迫不得已。虽电动缝纫机声音轻微，但夜深人静时，机器震动，楼板引起共振，还是会影响到楼上住户的，清芳你呢，白天做做，晚上就早点休息吧，也别影响楼上住户休息。邻里之间多互相体谅，现在不是处处都要倡导和谐社会嘛。

清芳连连说是，也向那女人致歉了。那女人白眼一翻，大摇大摆上了楼。

清芳虚惊一场，心想城里人怎么这么古怪，说话趾高气扬的，像火药桶一样，好难相处。

她听从了严主任的意见，晚上八点准时关了灯，上楼。几日后晌午，她正做着衣服，天花板又砰砰砰地响了。

她立马停了下来，那声音也停了。她歇了一会儿，又开动了缝纫机，楼上又响了。

她戴上耳机,听音乐,索性任由她去了,那女人再来闹时,大不了把严主任再请来。

她傍晚洗衣服时,好几次从范祥林的衣袋、裤袋里摸出一沓彩票,福利彩票、体育彩票都有,几元、几十元面额不等。她上街买菜时,看见路两边开着为数不少的彩票店,店里时常围满人。她好奇地走至店外,看着贴在墙上的一串串数字,心想那数字怎么组合到一起,就能兑钱了?城里人可真有闲钱呐,舍得把钱平白无故扔进去。

范祥林休息时,时常去小区对面转角的福彩中心,一坐就是大半天,回来时,一身的浓重烟味。

有一回,清芳实在熬不住,问他,你在买彩票?

范祥林说,是啊,以前也玩,现在买得少了,福彩双色球、体彩六加一、大乐透,看准了,稍微买点,碰碰运气。

清芳说,电视里我也看到开奖时,几个彩球一个个滚下来,开出一个个数字,中奖金额从几元、几十元、几千元直到几百万元,每周要开好几次,几百万几百万开出来,中大奖的人全身裹得严严实实的来领奖,那奖金兑不光哪?

范祥林笑着说,奖池里的奖金兑光了,新的奖金又会加进去的,国家发行的彩票,还怕没钱兑奖?

清芳说,我不相信天上能掉馅饼,别说几百万元,几元也中不到的。我从小只有丢钱的份,从没捡到过一个铜板的。

范祥林说,我几十元、几百元的经常中,只要坚持买下去,福气来时,可能哪天就能中到大奖了,要是中到几十万、上百万,你就不用这么辛苦做工了,我们到时换个大房子,做点小买卖。

清芳说,哪有这么好的事?我是想都不敢想的,只有凭力气挣的钱,拿着才心安。

范祥林继续说,我还欠了那么多的债,靠我们两人这么拼命地干,啥时才能还清债啊?只有多想想办法,在彩票上搏搏运气。

清芳对范祥林异想天开的做法很是不解。她想这是很不现实的法子,还是脚踏实地,老老实实凭力气挣钱来得踏实。

清芳发觉二楼一对退休老夫妻,每天很早出门,回来时带回满满一大篮蔬菜,新鲜得很,鱼虾肉也有。这天清芳下楼时,刚巧碰到老夫妻回来,她忙问阿婆,这么早,菜都买好了?叶阿婆笑着说,可不是嘛,秀远桥北桥堍东,慧源寺西边有个露天菜场,凌晨四点多,乡下人都汇拢过来,卖自家种的菜,菜刚从地里收割上来的,不打农药,施的是有机肥料。你瞧这萝卜多脆嫩,青菜多水灵,比菜场的新鲜,还实惠。那边也有卖鸡鸭、鱼肉的,过七点,露天菜场就结束了。我们上年纪了,醒得早,清早出门遛弯,呼吸新鲜空气,又买好了菜,一举两得,多好呐。

清芳喜出望外,第二天,天蒙蒙亮,她就起床了,开着电动车,往慧源寺而去。

一路上,天微微凉,大街小巷一片静谧,街边的霓虹已经隐去,夜空里还闪烁着点点星光。几个穿着橘红色保洁服的清洁工,正推着垃圾车,拿着扫帚清理街道,唰唰唰的扫地声,在街面上慢慢扩散开来,传得很远。她来到广海桥上时,乳白色的水雾正从河面上升腾起来,将河畔两岸的柳树丛也裹了进去,影影绰绰的。河畔边高耸入云的广播电视塔,此刻在半明半晦的天色里,显得更加巍峨。这时卖早点的小贩,推着三轮车,正从小巷里出来,几个戴着头帕的老年妇女,拿着菜篮子,从西边小路上抄了过来,加快了脚步,往北而去。

清芳车刚驶过秀远桥,便听到一片杂沓声,循声东望,锦屏西路沿河边,已坐满兜售蔬菜的人。她停好电动车,走了过去,五十几米长的卖菜队伍,沿路排开,挤挤挨挨的,卖菜的小贩拿着蔬菜,频频吆喝着。清芳细听,大多是本地口音。她仔细挑拣着,望着水灵灵的蔬菜,一下子想不好该买点什么。她称了两斤茭白,看鸡毛菜不错,也称了些。一个老汉水桶里的鲫鱼活蹦乱跳着,清芳问有没有柴油味?老汉说你放心好了,我天天在这摆摊,我的鲫鱼可没有一点杂味,你大胆买回去烧好了。她便称了两条鲫鱼。再往前走,有好几个肉摊,她问了价格,比菜场里每斤便宜两元,她便称了三斤五花肉,两斤排骨。

两手已经拎得满满当当的了,她长吁一口气,感觉要买的实在太多,但已经拿不下了,她便往回走,这时天渐渐亮堂了,不远处慧源寺的黑瓦黄墙,在晨光里显得庄严而神圣,而那寺北的瀛海塔,这时仿佛也刚刚从黑夜里苏醒,仔细聆听,风里似乎传来清脆的塔铃声。

邂　逅

有天中午，清芳忙得忘了做中饭，梅芝去女儿那儿住几天，范祥林说昨晚彩票中了五百元，我们下馆子好好撮一顿吧。

清芳坐上了他的摩托车，沿锦屏西路，一路往东挑选饭馆。锦屏路上开满了各式各样的餐馆，当当煲馆、胖哥俩、川味火锅、苗家鱼宴、东北香辣馆……汇聚着天南地北的美食，俨然成了美食一条街。清芳看见蜀味火锅店的红字黑底招牌，便说祥林，你停下。

她觉着这店名好熟悉，猛然想起曾听雅盈提起过。

她推开店门，看见雅盈正坐在电脑前，忙活着。

雅盈抬头看见是清芳，欣喜着说，清芳，真是稀客呀，你上我们店里来了，快里面坐。

清芳看着菜单上琳琅满目的菜品，说，姐，我不会吃辣，怎么我瞅着菜单上全是辣菜？

雅盈笑着说，蜀味火锅以麻辣鲜香为特色，调味料比较独特，菜品多样，刀工精细，毛肚、鸭肠、鹅肠、黄喉、腰片、鸭血、脑花、洋芋片这些是必点菜，你别瞧县城里开了好几家火锅店，打着蜀味火锅的招牌，但正宗的没几家，这火锅最看重的是火锅底料，我家的底料全是我老公秘制的，凌晨三点，他就开始在灶间翻炒辣椒、花椒、五香粉了。

清芳笑着说，你这老板娘真是当得出色呐，活脱脱成了成都辣妹子了，被你说得我口水都溢出来了。

雅盈说,那就尝尝吧,我关照厨房少放点辣椒。

清芳没吃几口,辣得狂喝雪碧,实在吃不消。雅盈笑着,只好给她另点了几个口味清淡的菜。

结账时,雅盈挡住了范祥林,说自家姐妹,客气啥,免单,往后你们尽管来,吃不穷我的。

回家的路上,清芳仍不住地喝着矿泉水。范祥林笑着说,我原本想把五百元花出去,却白吃了顿中饭,怎么办? 说好把钱花出去,我们去哪再继续花?

清芳打了个饱嗝,说下月你又要交房租了,我们酒足饭饱,回去吧。

她在车库正做着衣服,这时进来了个女人。那女人手里拎了串钥匙,走近缝纫机,朝清芳细瞅了一眼,突然说,你——你是萧清芳吗?

清芳这时抬头,朝她看了看,说我是清芳,你是——?

那女人大笑着拍了下手掌,说你仔细瞧瞧我是谁?

清芳将老花眼镜挺了挺,盯着眼前这个脸上抹了厚厚一层脂粉、喷了浓烈香水的女人,细细分辨了下,不好意思地笑了,说我认不出来。

那女人在对面椅子上坐了下来,说我是赵美蝶呀,怎么二十多年不见,我老得你认不出来了? 我可一眼瞧出你了。

清芳这时关闭了缝纫机,笑着说,是美蝶姐你呀,不好意思,我真没认出你来。我一天到晚盯着缝纫机做衣服,眼花得厉害。

美蝶说,我就住在这上面501,我老早就晓得车库里有人在做衣服,好几次我停车,没进来瞧瞧,如果晓得是你,我早就进来了。

清芳说,美蝶姐,我住到这儿四个多月了。没想到,你就住在我们楼上,我们住302。

美蝶说,你怎么在这买好房了? 你老公家也拆迁了?

清芳说,是租的,之前祥林家房子太小,住不下六口人,原先的房子出租了,再添点钱,来这儿租了个面积大点的。

美蝶说,啥? 范祥林——我楼梯上碰到他好几次了,没想和你在一起了。

美蝶说以前她和范祥林住一个小区,在那住了十来年,和范祥林以前的老婆周梦清也熟。周梦清被货车撞了后,范祥林那时正开着小饭馆,几个月里瘦脱了形。

美蝶说,想不到二十来年不见,在这幢房子里遇见了,真是太巧了。你怎么认识的范祥林?他带着两个女儿,你跟着他,也是蛮艰苦的。

清芳说,我还有一个儿子,两岁,放乡下我妈那帮忙照看着。

美蝶说,你也挺不容易的,二十来年了,以前的恒力钢厂早就拆掉了,昔日的工友也没碰到过几个。这日子过得可真快,以前钢厂轰隆隆的响声仿佛还响在耳边,那油烟粉尘味还依稀闻得到。

清芳说,是啊,二十多年了,人也是一下子从二十岁奔到四十多岁了。美蝶姐,你倒是没变,还是乐呵呵的,一副洒脱快活的样子。

美蝶说,做人嘛就要想得开,天塌下来当被子盖嘛。我现在在人民医院北边开了家矿泉水经营部,给企业、机关单位、学校送送矿泉水。你晓得哇,我们这县城里的水质不太好,不化验不知道,一化验重金属还是超标的,我老早就改喝矿泉水了,你看我皮肤多光洁,就是长年喝矿泉水养成的,以前胃不好,心肺功能也不好,就喝这水喝好了。看你脸色不太好,长了不少黄褐斑,是体内毒素累积,排不出造成的。我们每天喝自来水,要喝进去多少杂质,在体内一直淤积,各种千奇百怪的毛病都要钻出来了。你和我说说你还有什么毛病?

清芳说,我就是腰椎不适,脖颈僵硬,还时有耳鸣。

美蝶说,我就说嘛,这个一部分和你的工作有关,一天到晚做衣服,肌肉得不到放松,又晒不着太阳,体内缺钙和其他微量元素。还有就是和喝的这个自来水有关。

晚上,清芳向范祥林说起订矿泉水的事。范祥林说,那个赵美蝶就是这样,逮着谁,都宣传喝矿泉水的好处,她那个绩溪矿泉水不知道从哪个水沟里灌来的,吹嘘得比农夫山泉、千岛湖水还要好。我看自来水喝喝也蛮好,要是像她说的重金属超标,水质有严重问题,那全城人不是全得病,还不把人民医院给挤爆了？

清芳说，我不晓得自来水水质如何，我只晓得冲洗马桶用那个水，烧饭做菜、洗衣也是那个水。要不咱少订点，烧饭做菜用那个矿泉水，给孩子喝开水也用那个水。

范祥林说那随你吧。

熄了灯，清芳躺在床上，说美蝶她老公不是在邮政所上班吗？她以前说嫁了他，就在家里管管孩子，享福了，怎么自己开了店，卖起矿泉水了？听她说，还要四处拉订单，挣钱辛苦得很。

范祥林说，前些年，邮政和电信分开后，宋训嫌工资不高，送邮件气闷，就辞职不干了，后来做起了厨师。

清芳有天去城南服装厂看样衣，走进裁剪车间里，猛然看见琼花嫂子在铺料，便和她聊了起来。

琼花说，清芳你来城里了？二十多年不见了，都快认不出了。

清芳说，是啊，嫂子，我刚来城里不久，住在绿雅名都，拿衣料在车库里做做，现在过来看看样衣。

琼花说，做衣服是很辛苦的，我常看到那些五十多岁的，还在做衣服，我真是顶佩服她们吃苦得起。

清芳说，嫂子，你不是在汽车站上班吗？怎么过来裁剪铺料了？

琼花说，我前年到退休年龄了嘛，在家里闲得慌，孙女也上小学了，白天没事做，就过来找点事做做。你晓得我劳碌惯了，空闲下来，要闲出病来的，还是动动好。

两人说着说着，就说到了清芳的婚姻上。

琼花说，想不到你婚姻上这么多波折，当初我那么劝你，叫你找个县城周边的土地工嫁了，你偏不听，一定要回乡下找，你看，兜了一圈，还不是进城来，找了个城镇户口。我早就说嘛，城镇户口的，虽然现在没有口粮了，但家境大多比乡下宽裕，底子好嘛。你晓得，现在城里的房子都要四五千一平方，好的已经七八千了,乡下的房子哪值几个钱。

清芳说,是啊,那时我胆小,没想那么长远,早该听嫂子的话的。黄大哥还好吗?

琼花说,原先的钢厂倒闭后,你黄大哥就跟着建筑队,做起了水泥工。现在在城里接镶地砖的活,你们以后在城里买了房,镶地砖的活就叫他做,自家人做起来总归妥帖些的。

范祥林有一天凌晨办好交接班后,没有回家来,直接去了邻县凤凰镇。

他对清芳说,净湘寺每年农历七月廿九要做好几天的法会,我要在寺里待两天,学些法事仪轨。我现在能把《楞严咒》背诵出来了,果云师父说我要是精通些法事仪轨,将来还是有机会在寺里做到维那的,到时我不用再去做什么保安了。

清芳听得云里雾里,电话里诵经声隐隐传来。她说,你到时不做保安,难道要出家当和尚不成?

范祥林说,这你不用担心,我不会真的离开家,去做什么和尚的。维那是寺里一种职位,我将来要是能做到那一步,那挣的钱就更多了。

清芳仍迷惑不解着,继续说,你不是早答应伊俐、伶俐,趁开学前,今早八点出发去上海科技城游玩吗?

范祥林说,我走不开,你休息一天,带伊俐、伶俐去上海吧,你把麦田也带上,旅行社的钱我已交了,你再稍微添点。

天亮后,伊俐、伶俐就起床了,穿戴好,准备出发了,麦田也兴高采烈的,听说也能一同去上海游玩,她兴奋得一连吃了三个馒头。

清芳叫震涛开车来,送她们去中山路上的蔚蓝旅行社。

上大巴车后,清芳才猛然看见,拿着话筒正对着一车游客说注意事项的人居然是陈玉娟。

陈玉娟也注意到了座位上的清芳,等她讲完,立马走了过来,挤坐在清芳身边,轻声聊了起来。

玉娟说,清芳姐,想不到在这里碰见你了,我记得上次不是你来报的名,是新姐夫吧?

清芳笑了笑说,是啊,我又带了我女儿麦田,再补点钱吧。

玉娟说,大人全票,小孩半票,等回来再补吧。我听说你也进了城,一直想来看你,就是不晓得你住哪。

清芳说,我住在城南的绿雅名都,7幢302,平时在地下车库里做做衣服。

玉娟说,姐,你都做了二十来年衣服了,怎么还在做哪?你瞧你的背都驼成啥样了,不能再做了。

清芳说,我不做衣服,还能做啥?我不像你这么能干,能说会道,又在旅行社,做导游了。

玉娟说,哪有。我也是帮朋友的忙,她新开了旅行社,我有空么帮忙带带短团。平时还在瑞平宾馆客房部上班的。

清芳说,那你也是够忙的。你孩子现在几岁了?

玉娟说,我当年治了好久,吃了不少药,到了35岁仍难生养,便和老公领养了个女婴,现在四岁了。

清芳说,那也好,有空你带着女儿,过来认认门,我一个人在车库做衣服,也时常闷得慌,你来陪陪我多说说话。

玉娟说,好的,一定过来。

夜晚,麦田不知怎的,突然四肢发抖,呕吐了起来,把晚上吃的饭全吐出来了。清芳瞅着她吃晚饭时,就有些不对劲,很没胃口的样子。

清芳拿出体温计一量,38.5度。她从冰箱里翻找着,掏出来一瓶美林退烧药,打开看,已用光了。

她这时才想到,半月前伶俐也感冒发烧了,喝了几勺美林退烧药,再喝点小儿氨酚黄那敏颗粒,两天后就好了。

她喂麦田喝下温水,让她躺床上,然后下楼去小区对面的药店买退烧药。

屋外飘着细雨,她顾不上打伞,在雨里小跑着。范祥林吃好晚饭,就出门了,他说和吹唱班几个弟兄碰个头,清芳知道他多半又去了那家彩票店。最近洗衣服时,从他口袋里掏出来的彩票金额越来越大,二百元、三百元、五百元的都有。

她一口气跑过了马路,来到了对面的药店。

营业员说现在美林退烧药要凭处方销售,你去医院开个处方,再来买吧。

清芳说,我孩子在家里正发着烧,你先卖给我,明天一早我就去医院补张处方来好吗?

营业员说,不行的,我们药店装了摄像头,要是没有处方卖给你,要被处罚,吊销营业执照的。

清芳正一筹莫展着。这时从店内走出来一个穿白大褂的中年男人,戴着黑边框眼镜。

那男人瞅了瞅清芳,飞快地写了张处方,然后和那营业员轻声说了几句。

那营业员便拿出一瓶美林,递给了清芳。

清芳付好钱,走出药店时,突然想起刚才那个男人似曾相识,猛然想到了孙楚扬。这时那男人脱下了白大褂,走了出来,和清芳站在了店外。

楚扬凝视着清芳,说你怎么这么晚来买药?

清芳说,我家闺女突然发烧了,家里美林用完了,才过来买一瓶。

楚扬说,你家就在附近?

清芳说,是的,就住路对面的小区。

楚扬说,上次半路碰到你后,好些年没再见到你了。这些年你过得还好吧?

清芳说,马马虎虎吧。女儿跟着我,在县城读书,小儿子还在乡下,托给我爸妈照料。你呢?之前在镇上药店上班,现在也来城里了?

楚扬说,我老早来县城了,做熟了药品这一行,就仍旧打理药店。我给你留个手机号,以后有什么需要我帮忙的,你尽可以找我。

几日后,清芳正在车库做着衣服,赵美蝶拿了几件衣衫过来,说前几日搬水桶时,这件裙子不小心被铁钉钩破了,还有这几件,帮忙改改短。

清芳放下手里的活,立马帮美蝶修补了起来。聊天的工夫,就把衣服弄好了。

美蝶说,清芳你的手就是这么灵巧,我们是老姐妹,往后我有要修补的,就尽找你了,省得我跑好远路,上裁缝铺修补。你晓得现在全县创建全国文明城市,梅苑那边老弄堂的店铺都关张了,寻个地方修双鞋、补个线头,都不太好找的。

清芳说,美蝶姐,你拿过来好了,修补下也不费事的。

两人聊着聊着,天花板上这时响起震耳的响声,哐啷哐啷响,像是脸盆掉落的声音。

清芳说这楼上的女人凶神恶煞的,一天到晚不是摔脸盆就是拿凳跺水泥地。我已经声音很轻了,晚上很早就休息,她还凶巴巴的。

美蝶抬头瞄了下天花板,说你怕她做什么?我们楼道里就数这个女人最不正常,脑子像神经搭错似的,邻居们都不爱搭理她。你也别搭理她好了。她以前在绢纺厂上班,现在每月领退休金。她和她男人是打麻将认识的。那个男人是城南乌夜村的,除了爱打麻将,还喜欢跳舞,常去欢喜门那个大露天广场跳舞,身边常换跳舞搭子,勾肩搭背,跳得不亦乐乎。她看着来气,经常拿这事和他吵。他每晚跳完舞,必去棋牌室搓麻将,半夜回来时,她常反锁房门,把他关在门外。她嚷嚷着房子是老娘的,老色鬼你滚那狐狸精骚窝里去吧。

清芳说,她也真是够泼辣的。

美蝶说,她有房又有退休金,她男人无房又无退休金,自然在她面前低声下气了。不过话说回来,现在的男人都是讨贱,欠收拾。你虽是二婚,我奉劝你经济上要独立,你得多长个心眼。

清芳说,范祥林还欠了十几万的债,我们努力攒钱,就是想一起抓紧把债还清了。

美蝶说,你傻呀,你居然还想帮他还债?

美蝶把椅子朝清芳移近了些,说,你晓不晓得他那些债是怎么欠下来的?

清芳说,不是借钱给他前妻治病欠下的吗?

美蝶说,你是听他跟你说的吗?我和他一个小区住了十来年,看他将媳妇娶进门,生了双胞胎,又看他媳妇发生了车祸,他家里的事我真是门儿清。我告诉你,妹子,他老婆被撞治疗是真,但当时肇事方赔了不少钱,她娘家人也拿出不少钱,给她治病。他大部分债是炒股、买彩票、打麻将欠下的。以前那个小区,但凡他认识的,都借了个遍,和我老公也借了不下三次,还欠了一千多元,至今仍没还。

清芳惊愕了,脸上吓得直冒冷汗,沿额角流淌了下来,说真的吗?我怎么从没听说过这事。他为什么要骗我?怪不得我常从他衣袋里掏到彩票。他说他手气很好的,时常以小博大,中到几十元、几百元,甚至上千元的。

美蝶说,他如果跟你说实话,你还敢嫁给他吗?他在我们以前那个小区,名声算是坏了。他上个老婆死后,相过好几次亲,还和一个女的在以前那小区里住了好长时间,最后还是因为欠债的事分了。我如果早晓得你和他在一起,我早告诉你实情,拦着你点了。什么以小博大,彩票这种事,小玩玩么好哩。玩上瘾了,越买越亏,买得越多,亏得越多,炒股也是一样,我从来没遇到过靠买彩票、炒股发家致富的。

清芳听得心惊肉跳,像被电击了似的,瑟瑟发抖,继而说美蝶姐,我该怎么办?已经成这样了,往后如何是好呀。

美蝶握住了清芳的手,说所以我劝你拎得清点,他欠的债让他自个去还。你要是给他还债,这债是个无底洞,永远还不完,还不清的,到最后还把你拖垮了。

清芳像是被迎头重击似的,头脑里一直嗡嗡响。她四肢发软,头昏眼花,瞅机针都瞅不准了,便上楼卧在床上强迫自己闭上双眼。美蝶的话无疑像颗深水炸弹,在寂静的午后将她炸醒了。她发觉自己像踏进一个迷宫似的,刚走入没几步,就已经迷失了方向,出路在哪,前方在哪,她都不知道。眼前就是一团深不可测的迷雾,让她望不真切,她一直在质问自己,为什么刚刚跳出一个漩涡,又踏进另一个漩涡?自己已经谨小慎微了,还是被人算计了,现在的人心当真是看不懂呐。

她挣扎着起来,拿出床头柜里的存折,去银行存了钱,上月的电费、水费又出账单了,一百多元钱。她心想一旦踏入城里,每月大笔大笔的开销,接踵而至,让自己防不胜防。一家六口人,每天用电、用水已经很省了,水电费加起来还这么多。每月房租费范祥林在交,她想水电费这块,自己不付总有些说不过去,车库的分电表也连在总电表里,楼上楼下加起来,总归是自己用电用得多。

傍晚,范祥林从乡下的苦竹寺回来,拎回来一尼龙袋水果、糕饼。他说斋家供养在寺里的,法事结束后,住持答谢空班,分发了下,果云师父说孩子吃寺里的供品,能开智慧,又保平安、健康。伊俐、伶俐立马打开袋子,挑拣起来,将苹果、香蕉、火龙果拿了大半,拿回了南房,麦田瞅着袋子里剩余的几个小苹果、火龙果,瞅了瞅妈。

清芳抚摸了下她的头发说,袋里还有好多芡实糕、方糕,香喷喷哩。

话说完,有人在敲门,范祥林开了门,那人在门口大声叫着"姐夫"。

清芳看进来的是范祥林之前的小姨子周梦娴,染着一头蓝灰色齐耳短发。她瞅了一眼清芳,笑了笑,轻声叫了声"姐",便在正间椅子上坐了下来,朝南房喊了声伶俐、伊俐。房内便叫起了两声"小姨"。

姐夫,你下次去苦竹寺时,帮我问问果云师父。我想把檀香、蜡烛放那儿卖,那寺香火旺,销量肯定大,分成么对半开好了。周梦娴说。

她住在马路对面的小区里,在乡下开了一间香烛加工厂。

范祥林说,果云师父很忙,我又难得去那,下次有机会去时,帮你问问看。

周梦娴说,今天建国的货车坏了,乡下那几个寺的废蜡烛还没收呢。姐夫,你帮我一起去收一下。

范祥林随周梦娴下了楼,清芳站在北窗口,看见周梦娴坐在后座上,拦腰抱紧范祥林的后腰,他油门一拉,两人顷刻消失在夜色里。

清芳一直回想着两人驾车而去的情形。一个月前,周梦娴叫一家人过去吃饭时,她忙不迭地给范祥林敬酒,脸上始终洋溢着明媚的笑容,而对坐在一边的丈夫建国却爱搭不理的。清芳心想莫不是自己多心了,周梦清过世了,周梦娴自然和两个侄女亲,也连带着和范祥林亲近了,可看到周梦娴对范祥林异乎寻常的热情,她总觉得说不出的怪异。

范祥林回来时,清芳闻到了他身上檀香味夹杂茉莉香水的气味,她清楚周梦娴身上也有这种味道,她便想可能是坐在摩托车上时,衣服不慎沾到的吧。这时她想到当初和范祥林初次见面时,从他身上闻到的,也是这个檀香味。

几日后,赵美蝶拿着一塑料盒牛肉、鸡腿,带给清芳。

她说,我老公在职业技工学校食堂当厨子,这是学生剩的,丢掉也蛮可惜的,他便带回来,再煮一下,吃吃也蛮好的。

清芳推辞了下,说美蝶姐,你自己吃吃好了,不用给我送来的。

美蝶说,我经常劳烦你帮忙修补衣服,拿一点给你们吃,也是应该的。

麦田拿着鸡腿,啃得有滋有味。她说,妈,我好久没吃到鸡腿了,幸好伊俐、伶俐被她们小姨接去了,否则我又吃不到了。

清芳摸了下女儿头发,说她们在的时候,你可不许这么说。

麦田说,我好久没喝到鲜奶了,妈,为啥来城里后,我不能再喝牛奶了?

清芳说,伊俐她们不喜欢喝。

麦田说,那为什么要管她们呢? 她俩去隔壁小姨家,也总不带上我呀。她小姨家好气派,那个鱼缸里养着一条金光闪闪的金龙鱼,好漂亮的,我只看到过一次。

清芳说,伊俐、伶俐总归是和她们小姨亲,你姑不也是和你亲,和她们不亲的。

清芳感觉存折上的钱有减无增,范祥林已经好久没往家里买菜了,家里吃的米,也是清芳从乡下家里拿来的。范祥林也没往家里添钱,清芳感觉靠她一人,养活家里这几口人,分外吃力。

周末时,清芳回了乡下。粉宝照例准备了一大篮蔬菜,还有米。

清芳说,妈,少拿点好了,反正大多数时间就我和麦田吃饭。现在祥林他小姨子住得近了,俩孩子经常被接过去吃饭的。

粉宝说,范祥林平时贴补家里开销吗?他那个债还得怎样了?

清芳说,他顾好自己,不向我要钱就不错了。

她肚里的怨气足足憋了好久,今天向粉宝全吐露了出来。

曹贵英真是丧尽天良,做的什么媒。粉宝愤愤地说,不晓得她从中拿了多少好处,居然把这事隐瞒了下来。祥林烟瘾那么大,还成天买彩票、打麻将,我看他就是这样欠下债的,也不见得全是给他老婆治病欠下的。唉,最可恨的是刚结婚时,你给了他三万元,真是肉包子打狗,有去无回了。

清芳说,我当初是真心实意想和他过日子的,才给了他三万元,让他去还债。哪知道会这样。我老劝他少买点彩票,少打麻将,省下钱还债,给女儿买点好吃的,他嘴上应承着,转身又上彩票店、棋牌室去了。

粉宝说,咱们已经上了贼船,想下船也晚了。往后自己有数点,你还有麦田、麦望,这一家子,你哪顾得过来,顾好自己这一头,也不错了。

有一晚,清芳没活做,觉着好久没带麦田傍晚出门走走了。

母女俩在小区橡胶跑道上散着步。绿雅名都有四十五幢楼,北边二十七幢是安置房,南面十八幢是商品房,每幢三十九层。清芳感觉自己住进来一年多了,从没有仔细看过这个偌大的靓丽小区。

麦田拿着皮球,在空旷的广场上拍打着。突然皮球滚了开去,滚到了道路上,她飞快地跑了过去。这时一辆汽车突然开了过来,打着刺眼的车灯,看见麦田突然冲到道路中央,司机急忙刹车,汽车离麦田二十几米远时,戛然停住。

麦田吓得滚倒在地,哇哇大哭着,在不远处的清芳,正仰着头,锻炼脖颈,听到刺耳的刹车声,立即扭转头,目睹了麦田受惊吓扑倒在地,她吓得脚步发软,心想着麦田是被汽车撞到了。

她屏着口气,朝麦田飞奔过去,紧紧抱住了大哭的麦田,周围散步的人也围了过来。

这时汽车车门打开了,下来一个女人,她也惊魂未定,朝清芳母女俩走过来,立即蹲了下来,焦灼地说,不好意思,不好意思,没吓着孩子吧?我刚挂断电话,没看清前面滚过来的皮球,路灯又不亮堂,刹车慢了。万幸没有撞到孩子,真是吓死人了。

清芳摸了下麦田的膝盖,急切地问,田田,有没有摔疼?叫你小心拍皮球,怎么让球滚到路上了?

麦田仍是惊魂未定,一个劲地哭。

那女人说,看孩子像摔伤了,坐我的车,去医院检查下吧,千万别伤着骨头。

她打开了车门,清芳对田田说,咱们上医院,让医生瞧瞧。

清芳抱着麦田,上了汽车。她坐在后座椅上,一声不吭。

汽车开到人民医院急诊门口停妥,那女人又迅急打开后座车门。清芳抱着麦田下车,抬头,借着医院外一排光亮的路灯,才看清楚那个女人。她突然惊愕地叫出了声——曼娟,是你呀?

陈曼娟这时也看清了抱着孩子的清芳,也吃惊着说,清芳,怎么是你呀?这么巧。刚才怎么没认出你。真是好久没碰到了,我们都没及时认出对方,连对方的声音都没听出来。

清芳笑着说,是啊,都十多年没遇见了,连声音都分辨不出来了,在马路上擦肩走过,估计都不会认出来。

曼娟说,时间过得好快,一晃眼我们都四十多了。噢,我俩只顾着说话,把孩子看病的事给耽误了,快,我去挂急诊,让大夫瞧瞧,有没有伤着骨头。

麦田在外科急诊室,止住了哭泣。医生说孩子是受了惊吓,摸她着地的部位,她没有觉得疼痛,应该没伤着骨头,你们回去观察一下,如果明天感觉痛,再过来拍片瞧瞧。

曼娟将清芳母女俩送至了小区楼下。清芳说上去坐会吧。曼娟随她上了楼。

曼娟说，你就住这上面呀，想不到我们住在一个小区里，我就住最前面38幢，1703。

清芳说，是啊，这个小区这么大，几千号人，真是不容易碰到熟人。刚才要不是那个皮球，我们也不会碰面。

曼娟莞尔一笑，说是啊，不过也是太惊险了。

清芳摸出了钥匙，打开了房门，按下了开关。

曼娟说，就你俩住这儿啊？

清芳说，不是，还有范祥林，他两个女儿，我婆婆，他们都出去了。

曼娟瞅着屋内简陋的陈设，毛地皮，墙壁没粉白，水管沿墙壁蜿蜒，暴露在外头，说你们就住这儿？怎么不装修下？

清芳说，是租住的。以前的房子五十来个平方，住不下这么多人，所以在这租了毛坯房，之前的放了租。我在楼下车库里做点服装加工。

曼娟说，那真是够艰苦的。你的事我听我妈说起过。怎么刚生下二胎，孩子他爸就走了。你带着两个孩子，你现在的老公也带着两个孩子，够艰难的。

清芳说，凑合着过吧。我也不求啥的，想着把孩子平平安安拉扯大，就够了。你孩子应该很大了吧？上初中了吗？

曼娟微笑着说，我大儿子十七岁了，小儿子十四岁。大儿子任晖读小学三年级时，我就把他送出国了，在加拿大渥太华读私立学校，现在阿希伯瑞学院上高中。我看任晖在国外自立得很好，等小儿子任凯也上三年级，能照顾自己了，我狠狠心把他也送了出去，也在渥太华，兄弟俩在一个城市好互相有个照应。

清芳说，曼娟姐，你真是有福，有两个儿子呐，还那么有出息，都在国外念书。

曼娟说，清芳呀，我也是被形势所逼。你瞧现在的孩子读书多累，从一年级开始，家长就开始铆足了劲，报各种各样的兴趣班、辅导班，生怕自己的孩子落在别的孩子后头。我看这些年，身边的小姐妹在孩子上小学时，就陆陆续续把他们送出国了，既可以熟练掌握一门外语，又可以开阔国际视野，上国外的大学，享受到世界一流的教育资源，我细想与其将来国内大学毕业后再让孩子出国留学，不如早一步就让他们出去，早些适应。

清芳说，那得有财力才行呀，我把两个孩子拉扯到高中毕业都够呛。你两个儿子在国外，你平时挂念他们吗？要是想得慌，可怎么办？我想想都心痛。我要是一天见不着孩子，就心急得慌，要是一个星期见不着，得牵肠挂肚死。

曼娟说，清芳呀，我也是没办法，我哪能不想儿子呢？都是自己的心头肉。你晓得，我平时事情很多，我老公又不管事，一年到头，不是上武当山，就是上清凉山的，忙着辟谷养生，我哪有时间管两个儿子，即使不把他们送出国，也要读国内的私立学校，也是几个月都不回家的，那待在国内和在国外有什么区别。现在不是有腾讯QQ嘛，通信发达得很，可以视频聊天的，我每隔几天就和儿子视频通话。其实你别瞧我们这个县城小，把孩子送到加拿大、美国、英国、法国等国家，读寄宿制学校的太多了。我们专门有个加拿大留学生联谊会，会长说出来你肯定认识，就是那个孙楚扬，他现在在县城开了好几家药店，在城南人民医院北边还开了家中医诊所，提供按摩、艾灸理疗。我颈椎不适，常去那理疗的，效果蛮不错的。他大儿子在加拿大待了十年了，现在也在读高三，过几年，他打算把小女儿也送过去。

清芳这时才想到那个雨夜，在同远堂药店，碰到楚扬，原来那药店是他开的，不仅是那药店，县城里还有好多药店是他经营的，不禁暗暗佩服他十几年里，生意做得风生水起，还把儿子都送出国了。

曼娟又环视了屋内，对清芳说，其实说回来，还是像你现在这样子好呐，一家子人住在一起，围坐一起吃吃饭，有说有笑的，才像个家呐。不像我，孩子在外头，老公也在外头，一年到头，就我一个人，孤零零的。她说完，起身，从LV包里拿出十张百元大钞，说这是我一点点心意，你给孩子买点吃的。

清芳推辞着，说那怎么使得。

曼娟说,我这个做姨的那么不小心,伤着了孩子筋骨,就当赔点擦伤费好了,聊表寸心,改天我再来找你好好叙叙旧。

清芳连忙拿起几张大钞,塞回给她,说那你也给多了呐,不消给这么多的。

曼娟摆摆手说,不多的。说完,跨出了门,反手将门关上了。

曼娟刚下楼不久,范祥林手里夹着烟,嘴里哼着经咒,回来了。

他瞅着餐桌上十张百元大钞,眼睛一亮,说哪来这么多钱?你今天发工钱了?

清芳说,是我发小曼娟给的,傍晚麦田在广场上拍皮球,球滚到路上,曼娟正好开车路过,刹车及时,才没撞着麦田。去医院检查没伤着骨头,我和她也十多年没见了,没想在这碰面了。

范祥林说,哪个曼娟?

清芳说,陈曼娟呀,你认识她?

范祥林猛拍大腿,欣喜地说不得了,你发小居然是陈曼娟?你晓不晓得,她在城北开发区,开了个隆盛金属材料公司,做钢材批发生意十几年了,员工有几百号人,知名度高得很。

清芳说,我进城不久,哪晓得这些。她那么厉害呀,噢,应该是她老公厉害吧?记得当年就听说曼娟嫁得不错,夫家家世很好。

范祥林说,这我不知道,反正这些年,抛头露面上电视的都是陈曼娟,人们都叫她陈总,她老公倒是很少听人提起。

说完,范祥林瞅了瞅桌上的钱,继续说我手头有点紧,摩托车减震器坏了,能不能——?

清芳抽了两张给他,说够吗?

范祥林说,够了,够了。

几日后的夜晚,清芳正在车库里做着衣服,桌边玻璃瓶里斜插着一枝桂花,暗香浮动。连日里小区绿化带里的桂花树,竞相开放,馥郁的香气弥漫开了。

曼娟这时带着一身酒气,走了进来,将一盒大闸蟹放在缝纫机旁。

她笑着说,你一个人好逍遥快活呀,闻闻花香,唱唱歌,清静自在的。哪像我,一天到晚,像无头苍蝇,东奔西撞的。上午刚去县政府参加了个招商会,下午又陪客户赶了趟阳澄湖,带回些螃蟹,给你也带盒来尝尝。

清芳从曼娟喷出的口气里,闻到了浓烈的酒气,日光灯下,曼娟酡红的脸上沁着汗珠,一头乌黑的齐肩长发,脸上打了很厚的粉底,双眉描成弯弯的细线,嘴唇涂了层鲜亮的口红,四十多岁的年纪,修饰得精致圆润,愣是将岁月精巧地掩藏起来,减龄不少。

清芳连忙说,曼娟姐,你干吗这么客气?起身给她倒了杯温开水,又说姐,你喝点水,醒醒酒。

曼娟刚拿起水杯,又立即放下了,捂住嘴,跑到门外,呕了几下,然后走了进来。

她用纸巾擦拭了一下嘴,说让你——你见笑了,下午喝了好多葡萄酒,又坐了几小时的车,这会儿胃里翻江倒海的,难受。

清芳起身轻轻拍打着她后背说,干吗喝那么多?别把身子喝坏了。

曼娟顿了顿,说不瞒你说,清芳,我——我这心里一直憋得紧。下午去阳澄湖的车上,一直想着一桩事。

她喝了口水,润了润喉,继续说前晚遇见你后,我这心里又忽上忽下起来,以前的事像赶集似的,全涌了出来。这十几年,我一直不敢去想过去那些事,成天让自己很忙碌,就没有时间去想了。可看到你后,突然就——就全都失控了。

清芳说,怎么了?曼娟姐,你慢慢说。

曼娟眼泪这时淌了下来,握着清芳的手说,不瞒你说,看到你,我就想到了栋树湾里那几个发小,想起了雅盈,想到了群英。我闭上眼,群英就披头散发地出现在我眼前,掐着我脖子,大声质问我,为什么——为什么?为什么和她的老公搅和到了一起,毁了她的婚姻,她的幸福?我极力挣脱着,她掐得越来越紧,我就窒息了。然后高世杰从深海里现出来了,两眼发直地盯着我,眼睛里透着海底深渊才有的锐利寒光,从寒光里抽出刀戟斧钺往我身上一刀一刀地猛烈宰割。

清芳沉默了,不知道如何安抚她,许久,她才说,姐,都过去了。群英姐现在也苦尽甘来了,嘉俊已长成高大的帅小伙,参军入了伍。群英往后算是有奔头了。

曼娟说,可她毕竟是我害的呀,她现在变成这样,神智仍不清,都是我毁了她。我晓得你、雅盈、锦凤、霞芬,几个发小都看不起我,心里都在咒骂我。你们恨我也是应该的。群英姐那么好一个人,记得小时候有一次割草,草丛里钻出一条蝮蛇,我发觉时,已经缠住我的脚了,我吓得哇哇大哭,你们几个也吓得逃开了。群英这时跑过来,徒手抓起蛇尾巴扔了出去,手臂甩得急,撞在桑树上,破了很大的口子,血流不止,缝了好几针。她也是怕蛇的,看见蛇都绕着走,但那会看见蛇缠住了我的脚,她却不顾害怕,立马来救我。我每每想起这事,心里就撕心裂肺般难受。

清芳被她这么一提,内心压抑了十几年的愤怒火焰一下子蹿了起来,她一想到群英那副痴痴傻傻的样子,再也扼制不住自己了。她说群英姐现在这个样子,以前我打死也不会相信的,原本那么幸福、让人羡慕的生活,全被你毁了。你俩一向那么要好,亲姐妹也不过如此,当初怎么就——怎么就没把持住?我真是想不通,你明知道她都快要结婚了,为什么还狠得下心去伤害她。不光是我对你很失望,很痛恨,雅盈、锦凤、玉娟、霞芬她们,也对你很失望,很痛恨。你想过群英母子俩这些年是怎么苦熬过来的吗?想过高世杰为什么会跳海自杀吗?想过两头老父老母又是怎么挺过来的吗?

曼娟这时号啕大哭了起来,哭得很响很急,伏在缝纫机上,双手不停地拍打着缝纫机板,肩膀也剧烈抽搐着。

清芳木然地坐着,也陷入凄怆之中,好久,她手搭在曼娟肩膀上,平复住心情,幽幽地说,事已至此,想回头,也回不去了。

曼娟渐渐止住了哭泣,说我晓得已没有办法再弥补群英姐了,也无法将世杰哥拉回来了,我只有每晚为他们焚香祈福了。今天听到你骂我这些,我才感觉压在胸口的石块轻了不少。

曼娟不住地擦拭着眼眸,渐渐平复住了心情。清芳也只是抚摸着她的肩,不知道再多说什么了。

曼娟起身时,擦净泪痕,说谢谢你,让我积压在心头好些年的郁结和忧闷,消散不少,我心里好受多了,也该回去了,你也早点休息。

临出门时,她突然转身,淡淡地说差点忘了来的目的,你上我那做吧,我那个金属公司,正缺个仓库记录员,登记进货、发货,盘点钢材数量、批次的,岗位很重要。前面那个干活不上心,被我辞掉了,你做事细心,过来帮帮我吧。

清芳说,我好久没进厂了,我一见到一大堆钢材,眼花缭乱的,就慌了,万一登记出了差错,要出大乱子的。

曼娟说,不难的,这活五十几岁的人也做得来,你学几天,就能上手了。

清芳说,你还是让我考虑考虑吧,我还要接送麦田,进厂了不会那么自由的。

曼娟说,不妨事的,早上八点上班,你把孩子送去,过来也正好,下午五点下班,你接孩子也来得及,周日休息一天。

清芳将曼娟送到楼梯底下,一辆黑色轿车停在对面停车位上,车灯一闪一闪的,这时司机从车内下来,给她打开了车门。曼娟上了车,向清芳挥了下手。

车开走了,清芳将手贴在胸口,还在回味着曼娟晚上说的那番话,突然想到刚才那个下来开门的司机身影好熟悉,又想不起何时见过。

她返回车库时,猛然看见曼娟的LV包落在凳子上,她连忙拿起包,追了出去,但车已开远。她想起38幢,曼娟就住在小区南边的38幢高楼,她跑了出去,却想不起几室。她敲了敲后脑勺,觉得自己的记性是越来越差了,小跑着来到38幢楼下时,门厅大门紧锁,要按住户室号才能进入,她仰头望着一片片灯火,茫然无措了。

次日清晨,天刚亮,她就出门了,拿着包去38幢守候,楼内的人进进出出,她想问陈曼娟住几室,行人用狐疑的眼光上下打量了下她,没有作声。

她心想自己战战兢兢,别人以为她做什么亏心事了。

眼看麦田要去上学了,她又回了住处,心想着曼娟上班时,发现包不在,自然会过来拿的。

范祥林看见清芳一早心神不宁着,看见她手里的包,问是谁的。

清芳说是陈曼娟的,她昨晚又来看我了,落下了包。

范祥林说这么大一棵树,老婆你得好好抱着,往后她再来时,你叫我一声,我和她碰个面,熟络熟络。

中午,清芳吃完中饭,又立马下了楼,在车库里做着活。这时赵美蝶拿着半盒鸡爪过来了,说清芳,这鸡爪我盐水卤里浸的,放了柠檬片,很香脆,拿几个给你尝尝。

清芳说,美蝶姐,你又客气了。

美蝶拿起一个递给了她。清芳便擦了擦手,接过咬了起来。

美蝶这时瞅见缝纫机上的LV包,眼睛亮了,说LV包呀,进口货,清芳你自己买的?好贵呐,一万多一个呢。清芳说,我哪买得起这样名贵的包,即使买得起,也用不起呐,是我发小,陈曼娟的。

美蝶狐疑着,陈曼娟——?

清芳说,是啊,她和我一样,都是楝树湾人,从小一起长大的。

美蝶说,想不到陈总是你发小,那你往后算是有靠了。她摊子那么大,身上随便拔根毛,你都可以吃好几年,也不用这样没命地干了。

清芳说,你也认识她吗?

美蝶说,陈曼娟名气那么大,她不认识我,我怎么会不认得她?她经常上县里的电视新闻的,不是上台领奖,就是陪同市县领导参观公司生产车间。员工过生日时,她经常在电视里点歌送祝福。派头大得很。

清芳说,我好久不看电视了,即使电视里看到陈曼娟总经理这几个字,也以为同名同姓罢了,不会想到是她。她真是太有出息了,四十多岁就已经打拼出这样一番家业了。记得她二十多岁时,就说以后要干出一番事业来,我还不相信她一个女孩子能有多大能耐,现在果不其然,她说到做到,干成事了。

美蝶说,女人在社会上要成事,靠自个也是很难的,也得讲究个天时地利。我和她也算是打过一回交道。我有个小姐妹在她公司做出纳,我不是卖矿泉水嘛,她公司两百多号人,工人干的是体力活,每月饮水量可观,就让玫丽帮忙找陈总说说。陈总说先送一桶水过来看看。我就送了几桶过去,陈曼娟还真是心细,居然叫人用仪器检测了下矿泉水,看矿物质含量达不达标。这是玫丽后来告诉我的。我从来没遇到过这样细心的老板,那么大的公司,这样小的事,还这么较真。而后她下了单,说先送两个月,喝喝看,还有其他牌子的矿泉水在喝,如果绩溪喝得好的话,就长期订购。我送去了两个月,公司就不下单了。我瞅着陈曼娟做事一点也不大气,我也不稀罕她公司那点订单了。

清芳心想陈曼娟打小就心细,她若不细心,公司也不会像滚雪球似的,越做越大了。

美蝶继续说,我现在算是看明白了,现在的人,越有钱越吝啬,做事越小气,小老百姓才排场大。你说是不?她拿起鸡爪,又利索地咬了起来,紧接着催促道,你快吃呀。

清芳莞尔一笑,继续啃了起来。

美蝶这时摸了下LV包,说这包做工真是精细,皮革好细密,我要是手臂里挎着这奢侈品包,再戴副GUCCI太阳镜,走在路上,派头不要太好。陈曼娟肯定有不少名贵的包包,往后你就找她讨要一个,她反正多的是,随手扔你一个旧的,也值好几千的。

清芳说,我一个做车工的,挎着这种名贵包,出什么洋相。只有像陈曼娟这样高贵的人,才配挎这样的奢侈品。

美蝶说,你也别作践自己。穷人有穷人的活法,富人也有富人的苦楚。

你别看陈曼娟人前富丽堂皇，派头十足，人们左一声右一声陈总恭维她，她人后的痛苦，只有她自个清楚。我听玫丽说，她和她老公分居十多年了，她单身一人住在小区最南边那栋楼里。听说她老公早年得了白血病，做了骨髓移植手术，还要长年吃大把大把的进口药续命，具体我也不太清楚，也是听玫丽这么一说的。

清芳惊愕住了，猛然想起前几天晚上曼娟在楼上起身前说的那番话，才觉得话里有话，怪不得她眼神里总透着股哀怨。

黄昏时，曼娟上车库来了，说下午翻包找通讯录打电话时，才发觉包落你这了。

曼娟气色明显好了许多，又问清芳考虑得如何了，打算好去她公司上班没。

清芳说还没和范祥林提这事，再缓缓吧。

这时，范祥林手里拿着一本薄书，走了进来，看见曼娟，呆住了，急步上前，握着曼娟的手，殷勤地说，你是陈总吧，听清芳说，你来过好几趟了，我都没碰到你。

曼娟起身，说叫我曼娟吧，我和清芳是发小，妹夫你也不用和我见外的。

范祥林将薄书放在缝纫机上，忙不迭给她拿纸杯倒水。

曼娟瞟了眼缝纫机板上黄底黑字的薄书，继而用纸巾擦了擦手，拿了起来，翻开读了几句，合上，对范祥林微笑道，妹夫也常读佛经？ 真是难得。

范祥林笑着说，我是装腔作势罢了，闲着无事，就随便读读。我懂点法器吹奏。平时在广丰中学做保安，轮到休息日时，跟着程师兄的吹唱班，去乡下丧户家吹唱，轮到寺庙有法事，去做做空班，赚点外快，贴补下家用。

曼娟说，不错，结了善缘，是有福之人。她说完，朝清芳笑了笑。

范祥林说，陈总，噢，陈姐，你也常念经吗？ 我在寺庙，常看见像你们这样尊贵的人，来做做法事，求个身体安康、生意顺遂的。

曼娟说，我哪像你那么精进、虔诚，我是神经紧绷时，才想到听一听禅音松弛下神经。白天神经老绷着，晚上一松下来，就睡不好觉，常常失眠，听点静心音乐,浮躁的心很快宁静下来了,天一亮,心又躁乱得不行。

范祥林说,陈姐生意做那么大,难免操心的事多了。

曼娟说,都是空架子,我也闲不下来,整日瞎捣鼓些罢了。

粉宝打来电话,催清芳回去,上镇上幼儿园报名,麦望四岁了,队里同龄的孩子都上了托班,报名期限快到了。清芳才觉忙着赶工,把这茬事给耽搁了。

她原本想把麦望也接到城里,小区南边就有个青苗幼儿园。她去问过,报名费1500元,再加上每月托班费、牛奶费、餐费,杂七杂八加起来一下子要交出去5000多元。她想了想,每月做服装,天天有活做的话,平均下来六七千元,还要交水电费,买菜烧饭,还有其他各种花销,每月挣的钱根本不够花。范祥林又不往家里带钱。她感觉到一阵茫然,心揪了起来,难受得无法自抑。

她很想回乡下,抱抱麦望,亲亲他,但又怕回乡,每次回城时,看见麦望哇哇大哭着,她内心就像刀割一样,撕心裂肺。她不狠下心,一把掰开麦望的小手,强忍着,头也不回地回城,又有什么办法?

夜深人静时,每每想起麦望,她就愧疚得睡不着觉,湿了枕巾。她想来想去,只能让麦望去常宁镇上幼儿园了,那儿每月费用加起来1500元不到,她才能承受得起。

从乡下回来,清芳一直郁郁寡欢着。再熬一熬,熬过了三年,就可以把麦望接到城里,上一年级了,到时她就能和儿子天天在一起,看着他慢慢成长了。麦望不会整日见不到娘,她也不必忍受那些狠心分离的煎熬了。

遥　远

半月后,范祥林背着包,走进了隆盛金属材料公司的大门,偌大的厂区内堆满钢材,有铸钢、锻钢、热轧钢、冷轧钢、螺纹钢等。北边紧邻洋水河,五十几米宽,河边停满大货轮,一排排起重机吊车正往码头上吊一卷卷钢材。他走入办公楼大厅,朝电梯走去,按了下按钮,电梯门没打开。

这时大厅保安走了过来,问他找谁,他说我找陈总,她在吗?

保安说,陈总很忙,你和她预约过了吗?

范祥林支吾着说没——没,又连忙谎说我是她亲戚。

保安用对讲机讲了几句,然后问叫什么名字。

范祥林报了下姓名。保安又用对讲机说了几句,继而说你上楼吧,三楼东面那间就是总经理办公室。说完,他用卡刷了下电梯显示屏。

范祥林走进电梯后,倒抽一股凉气,心想见陈曼娟一面这么麻烦,不禁心悬了起来。

他上了三楼,径直往东面总经理办公室走去,边上办公室标着财务部、样品陈列室、市场拓展部,工作人员低头忙活着,他心想卖个钢材怎么需要这么多办公室。

他怔了怔,敲了两下门。这时屋内响了声"进来吧"。

他推门进入,看见一张阔气锃亮的老板桌前,陈曼娟正注视着计算机,边上摆着一只展翅飞翔的雄鹰木雕。

他欠了欠腰,说陈总,您好,我是范祥林。

陈曼娟这时站了起来,说祥林,你到沙发上坐吧,这几年公司盗窃钢材事件频发,才在厂区里安装了监控防盗系统,所以你上楼来才多了点麻烦。

范祥林连忙说,陈总,不麻烦,不麻烦,这么大的公司,管理规范点也是应该的。

这时,工作人员端上来一杯茶。

陈曼娟说,我也不知道你爱喝什么茶,现在是深秋,就喝点金骏眉红茶,暖暖胃。我比清芳大一岁,她常叫我姐,我就和你不客套了,就直呼你妹夫吧。

范祥林忙说,陈总,您纡尊降贵,那我就不客气了,直接叫您陈姐了。说完,拿起杯子,抿了一小口。

陈曼娟说,妹夫今天来找我,有什么事吗?有啥事你就直说好了。

范祥林支吾了下,继而从背包里拿出一支纸筒,一股奇妙的檀香味飘了出来。

范祥林说,陈姐,上次听您说晚上睡眠不适,这是我在程师兄的会所里看到的,他一个朋友刚从四川甘孜州色达回来带给他的,说这藏香含有三十八味沉香,加入了藏红花、雪莲花、麝香、藏蔻、红景天、丁香、檀香木、甘松,用古法秘制而成,久闻有滋润肌肤、提神醒脑、缓解精神紧张、助眠诸多功效。我便向程师兄要了两纸筒,带给你试试看。

陈曼娟这时接过纸筒,细看上面写着"珀芙诺三十八味沉香珍品藏香"几个字,她打开盖子,细闻了下,闭上了眼,深呼吸,再睁开眼时,微微笑着。

她说我平时也用藏香,还有鹅梨帐中香、龙涎香啥的,但这么好闻的藏香还真是第一次遇见,真是让你费心了。我回去就用,这藏香真是不错,珀芙诺,这名字也很雅致。

范祥林说,这么精致的藏香,只配陈姐您用。程师兄听说我要把藏香带给您,还特意拿了十粒甘露丸转赠您,他说是几年前去西藏哲蚌寺,拜会寺里一个堪布时,堪布特意赠予他的。据说这甘露丸功德很大,服用后能够消除业障,增长福德与智慧,破除邪气,断除魔障。程师兄一直舍不得用,但他对您一直很钦佩,说陈姐您是女中豪杰,瑞平县里一等一的巾帼,就割爱赠予您了。

说完,范祥林从胸前衣袋里取出一个玛瑙色小瓶,递于陈曼娟。

陈曼娟接过小瓶,拔开栓子,倒出一粒灰棕色小药丸,闻到了一股奇异的苦香味,欣喜地说,早听说西藏寺里有一种甘露丸很神奇,有病祛病,无病消灾。今天还真是第一次见。妹夫你这位程师兄真是太客气了,未曾谋面,赠我这么贵重的东西。他是把我抬得太高了,我可不是什么巾帼、豪杰的。你替我好好谢谢他,改天我去好好拜会他一下。

范祥林说那真是太好了,陈姐想去时,我帮忙引路,就去程师兄的竹林会所,里面很雅致的。

范祥林看陈曼娟兴致很好,谈兴很浓,便不再拘谨了,话题聊开了。他说,陈姐,您的办公室真是宽敞、大气,办公桌上左右摆放的金蟾、貔貅做工真是精细。

陈曼娟说,我也不怎么懂,前几年去苏州出差时,去寒山寺求来的,据说是开过光的。

范祥林说,寺院里出售的摆件,开过光和没开过光的,价钱可就相差大了去了,开了光的,才能挡灾辟邪、迎财招福。你看同样一串木质手串,不开光卖一两百元,经高僧一开光,就能卖好几千元呐。

陈曼娟笑出了声,说没想到妹夫对这些这么有研究,看得出你下了番功夫。

范祥林说,我常去苦竹寺,所以多听到了点。

陈曼娟思忖了一下,说妹夫,你可否帮我联系下苦竹寺住持,我想去那做场大点的法事,为亡灵超度,培点福报。

范祥林说,当然可以,陈姐,我很乐意为你效劳。

从苦竹寺回来,陈曼娟顿觉神清气爽不少,她跪在蒲团上时,心里一直默念着高世杰,他模糊的身影,像在大殿里影影绰绰地现出了形。她心想自己能做的都做了,他在天有灵,也应该放下旧怨了吧,不会再继续缠缚她了吧?

她感觉积压在心头很多年的积郁,在缭绕的梵音里慢慢消散了,那个身影也越来越远。果云师父说施主宅心仁厚,慧根深厚,福报渊长。陈曼娟谢过师父,又往功德箱里布施了好几刀百元钞,在千佛殿前,跪拜了几番。

她对坐在车后座的范祥林微笑着说,你真给我办了件大事,这是给你的辛苦费,你收下吧。说完,将一个信封袋给了范祥林。

范祥林推辞了下,说陈姐,你对清芳这么照顾,等于也照顾了我,为你做点事,是应该的,还谈什么酬谢。

陈曼娟说,这是我一点点心意,你收下,往后,我还有劳烦你的地方呢。

范祥林便不再推辞了。

有一晚,清芳洗漱完,刚要睡下,粉宝突然从乡下打来电话,焦灼地说,麦望又哭又闹,喉咙都哭哑了,我摸了下额头,好像发烧了。

清芳连忙打范祥林电话,打了好几个,他都没接,吃好晚饭后,他就出了门。清芳急得没法,外面正下着雨。她急忙又拨通了震涛的电话,震涛立即开车过来,接上她驱车回了乡下。

震涛在车里说,姐夫今天休息,怎么不在家? 你打电话都找不着他。

清芳说不晓得他去哪里了,吃好晚饭,就出了门,估摸着又去棋牌室、彩票店或者会所了吧。以前也是那样,要么值夜班干脆不回来,休息时也成天到晚在外头,很晚,才一身烟味回来。

震涛说,以前听你说,他晚上常在车库陪你解闷,现在怎么成这样了?

清芳说,他已经好久不陪我了,他待在车库里时,要么念念经,要么看看手机,不一会儿,就打起了哈欠,我也就随便他了,我早瞧出他的心很散,老不着家的。

说话间,乡下到了,清芳在大门口就听到麦望的啼哭声,声音都已经喊哑了。她问粉宝,妈,有没有给麦望吃美林退烧药?

粉宝说,麦望哭着不撒手,你爸加班还没回来,我还没喂他呢。

清芳从冰箱里拿出美林,正要拿汤匙喂给麦望,突然看见麦望后脑勺布满一粒粒的皮疹,她吓了一跳,立马解开孩子衣衫,看见肚子、后背、大腿上布满浅红色的皮疹。

她焦灼地说麦望出疹子了,怎么办呀?

震涛说,姐,别急,去人民医院看下急诊吧。

在急诊儿科前,排队给幼儿看急诊的队伍排得很长,幼儿的哭喊声响成了一片,年轻的父母脸上写满了焦灼与疲惫。清芳忧心忡忡地说队伍好长呐,啥时能轮到咱们呢?

震涛说怎么看幼儿急诊的病人这么多? 莫不是又起流行病了? 他瞧了下前后生病的幼儿,家属说也是起疹子,伴发烧、呕吐。

清芳急得直跺脚,又拿出手机给范祥林拨去电话,让他来医院帮忙,但电话仍没有接。

震涛说,姐夫电话仍没接吗? 都晚上九点了,他会在哪呢? 连电话铃声都没听到。

清芳火气上来了,说要用到他的时候,连人影也找不到,这人老是这样不靠谱。

说话间,诊室出来了一名医生,说正发着高烧的幼儿先进去看,没发烧的先缓缓。

经过诊断,医生说小孩得的是麻疹,是由麻疹病毒感染造成的急性传染病,这种病的症状就是发热、咳嗽、咽痛,现在正是秋冬转换期,正有一批麻疹病毒流行,小孩就是在幼儿园里被交叉感染的,需要住院治疗,才能尽早控制。

震涛急忙说,那就住院吧。

办好入院手续,医生马上配好了药,给麦望输起了液。清芳怀抱着因疲倦而睡过去的麦望,眼泪又从脸上无声地流下来。

震涛说,姐,你不要担心,医生说了,液输下去,体温会渐渐回落的,再过三四天,疹子就会退下去了。

清芳说,辛苦你了,弟,没有你帮忙,姐不晓得怎么办才好。

这时，她手机铃声响了，她一看是范祥林打过来的。

她接通了，对着电话说，你在哪儿？为什么打你十几个电话都不接？麦望浑身起麻疹了，在人民医院住院部输液。

一刻钟后，范祥林出现在了住院病房，他伸手抚摸了一下麦望的脸颊，说麦望没事吧？我在程师兄的会所里，听一个国学大师讲《道德经》，所以手机开静音了。

清芳说，你怎么能开静音呢？万一我有急事，找不到你怎么办？

范祥林说，你晓得那样的环境，手机只能开静音，不能有喧嚣侵扰的。你抱麦望累了，换我抱吧，你歇息会。

说完，他抱过了麦望，坐了下来，用手轻轻拍着麦望的肩膀。熟睡中的麦望，轻轻地喘息着，窗外是一片漆黑，人民医院几个红字，在夜空里闪着迷离的红影。

清芳撩了下黏附在额头的湿发，在床上坐了下来。她静静地看着范祥林和麦望，心想此刻的范祥林像个慈父一样，暖暖地抱着孩子，要是永远这样抱下去，有多好。麦望还那么小，往后真的需要这样一个父亲，一路呵护他成长。

五天后，麦望疹子全退了，清芳办了出院手续，回了乡下。她连着几天照料麦望，虽然渐感疲乏，但内心又蓄满了久违的温暖，麦望出世至今，她从来没有这样细心陪伴过他。

十天后，麦望病愈，又上幼儿园了。清芳收拾好心绪，又回到过往的生活节奏里。

下午三点多时，她去校门口接麦田，这时她的班主任李老师正站在一边维持秩序，看见了清芳，说你是麦田的妈妈吧？我一直想要找你谈谈麦田最近的学习状况，她这次期中考试考得不理想，语文、数学比以往都少考十多分，我不知道问题出在哪。是不是你平时忙于工作，管她少了？如果是这样，你要引起注意，孩子毕竟还小，靠自觉完成家庭作业，总是不够的。

清芳这才想起九月份开学至今，她陪伴麦田实在太少了，她觉得生活压力大后，晚上活做得又晚了，以前八点钟就休息，现在九点半才休息，也不管楼上那女人闹腾了。她急需多挣钱，要花钱的地方实在太多了。麦田吃好晚饭，就关好房门，做作业了。清芳曾想吃好晚饭，挤出点时间陪陪麦田，麦田却说妈，不用你陪，我会自己做作业的。她便很放心女儿了，心想她这么小，就如此懂事，作业做好后，都放在桌上，让她做完工上楼后，帮忙检查一下，第二天清早再进行修改。没想到，她还是高估女儿的自觉性了。

清芳伏在缝纫机上啜泣了起来，她心想自己一天到晚地做衣服挣钱，无非就是想为孩子们多些打拼，没想还是耽误了孩子。

震涛说，姐，你也不用太心急，麦田毕竟才读二年级，一次期中考考得不理想，不要紧的。不过，你晚上要多抽时间陪陪她了，我看范祥林对你也不怎么关心，那晚在病房，他进病房门时，左手从裤袋里抽出，有一张彩票从他裤袋里掉了出来，我捡起来还给他之前，细瞧了下印在彩票上的时间，就是他来人民医院之前的。前几日夜晚，我路过锦和路的福彩店时，从窗户里看见他坐在彩票机前，边吸烟，边跷着二郎腿，玩得兴致高昂。你想想，你们这样下去，要出问题的。你白天做工，晚上么，歇下来，陪陪麦田，再和范祥林出去走走，多说说话，那他闲下来时，也就少去彩票店、棋牌室了。

清芳说，你这么说，也有理。陈曼娟上次叫我去她的金属材料公司上班，说是仓库记账员，你觉得如何？只要上白班，而且不耽误接送孩子的。

震涛说，那好啊，你应该去的。你原本腰椎就不好，也时有耳鸣，不能再长期久坐了。

清芳换上了工作服，在仓库做起了记账员。陈曼娟对仓库的陈师傅关照一番，要他好好带带清芳。

清芳虚心向陈师傅请教，陈师傅将原材料进货、出货，分品种如何登账，细细教她，每天要将进、出、结存形成表格，上报给财务室，每周一小结，月末一大结，还要时常将账面与库存进行核对，一有差错，就立马查找原因。清芳边听边记录了下来,额头时常沁满了汗。

清芳进公司后,才知金属材料公司还有好几个生产处理车间,有镀锌车间、淬火热处理车间、拉丝车间,紧固、螺丝、丝杆生产企业下钢材订单后,金属材料公司先将钢材进行处理,再发往这些企业,节省了生产成本。

中午去食堂打饭时,清芳碰到了好几个原先钢厂的员工,以前住女工宿舍隔壁房间的查红梅,还有其他生产车间的老员工。红梅在清芳身边坐下来,边吃边说,清芳,你怎么也来这个公司了?你住城里了?

清芳说,是啊,在住的地方底楼车库做衣服,腰椎受不了,就来这上班,在仓库做做记账员。红梅姐,你来这好多年了吧?

查红梅说,1999年底,钢厂倒闭后,我就来隆盛上班了,以前公司和咱们的恒力钢厂隔得不远,钢厂大多从隆盛进的货。

清芳说,二十多年了,好些员工碰到,都认不出了。

查红梅说,我再干两年,满五十周岁了,也就不干了,领退休金。你碰到万振刚没?

清芳说,万振刚?我们原先钢厂的?

查红梅说,是啊,还有哪个万振刚。他也在咱们公司里。他现在可有出息了,我们陈总在风陵湖开发了个旅游度假酒店,叫什么兰庭水月度假村。万振刚是那的餐饮部经理。

清芳说,他以前在钢厂时不是锻造工吗?怎么做起餐饮部经理来了?

查红梅说,这说来话长,我跟你慢慢说。你当年前脚刚离开钢厂,振刚也后脚离开了钢厂。听车间主任,也就是他二叔说,振刚去成人职业技术学校学面点制作了,后来在海涛西路上开了爿早点店,叫什么刚哥汤包店,只做灌汤小笼包。由于他做的馅料考究,擀的面皮细嫩、薄韧,汤汁浓郁,生意很好,顾客络绎不绝,很快娶了老婆生了孩子。那时我早上上班急,常去他店里买汤包,也常看到陈总坐在店里,叫了客汤包慢慢吃,吃完,又打包了客汤包,拎回公司去。几年后的夏天,天还未亮,他和他老婆就在店里忙活开了,他在店后面仓库搬面粉时,店内突然发生煤气瓶爆炸,夹杂着面粉,火光冲天,威力十足。他老婆虽然坐在店门口理洋葱，浑身还是被大火烧着，玻璃碎片夹杂着气浪，将她震出十几米远。振刚他老婆浑身严重烧伤，脸几乎毁容。振刚带她去上海大医院救治，汤包店算是关闭了。后来，陈总将厂从锦屏路搬迁到现在这个开发区，生意越做越大，六年前在风陵湖边又开了家度假村，就想着让在柏悦大酒店做面点的振刚过去，负责面点制作。她说信得过他的手艺。振刚去了那后，除了继续做汤包，又连带开发了其他好几款面点，深受顾客喜欢。后来，陈总提拔了他，将整个餐饮部交给他打理。

清芳这时猛然想起，那夜扶着醉醺醺的曼娟站在楼下时，那个下车开车门的，不就是万振刚吗？他在屋外车里坐等了好长时间。

清芳专注地做事，一到下午五点，不容耽搁，马上换下工作服，骑着电动车，向光明小学驶去。一路有四公里左右，她沿主干道赶去要十五分钟，沿小道抄近路，十分钟便能到校门口，她便常走田野边的小道。

她赶至校门口时，麦田已经在校门口等候了。先前，她在教室里做作业，等清芳接她时，她已经在教室里做了两个多小时，把大部分作业完成了，回到家只需再稍微做一会儿，清芳就可以帮她检查了。

清芳匆忙回到家，洗菜做饭。菜是一大清早去慧源寺边的露天菜场买好的。婆婆闪了腰，近来一直住在女儿家。范祥林比她回来得还晚，回来也是吃饭了事。清芳收拾好碗筷，洗涮完毕，又去阳台将昨晚换下的衣服洗好，用洗衣机甩干。要是清早洗的话，怕惊扰到范祥林休息，还有隔壁的伊俐、伶俐。

忙完这些，她着实累得够呛，便在床上靠下，打起了瞌睡。等她醒来时，发觉已经晚上八点了，范祥林又不知何时出门了。她急忙去北房，帮女儿检查作业，错误的地方和她细细讲，订正完作业，麦田打起了哈欠，清芳去卫生间放了热水，安顿好麦田睡下，熄了灯。

屋子里安静了下来，她坐在床上打开电视，心想已经多久没耐心看回电视了，好久不看，看电视连续剧的兴致也渐渐寡淡了。

她瞅着八点半了,伊俐、伶俐还没回来,就披上外套,准备出门去对面小区看看,将双胞胎接回来。

她下了楼,走出小区时,看见双胞胎蹦蹦跳跳地沿人行道走过来,周梦娴走在后面,边上有一个男人和她并肩走着,边走边说笑着,她借着昏暗的路灯,细看是范祥林。

清芳下意识地躲在路灯杆后面,瞅着周梦娴和范祥林亲昵地说着话。她感觉呼吸急促了起来,心猛地揪紧了,反复和自己说,要冷静,再冷静,别瞎想,或许范祥林又从彩票店出来,顺便去周梦娴那,将两个女儿接回家吧。

她扶着路灯杆站了好一会儿,夜空里飘落下雨丝,那一丝丝冰冷让她陷入恍惚里,她和自己说,回去吧,好晚了,范祥林该等急了。

她打开了房门,范祥林正靠在床上看电视,说你去哪了? 这么晚才回来。

清芳脱下了外套,随手放在椅子上,说我出门随便走走,憋得慌。

范祥林说,你不早说,你要出门,我就等你一起出去走走好了。

清芳说,那明晚,我们出门溜达一下。

半月后,清芳在仓库里忙碌着,出纳递给她一张卡,说是红苹果蛋糕店的购物券,面值五百元,明天就是你的生日了,这是公司职工工会发给员工的生日慰问费。清芳受宠若惊,说这怎么使得,我才上班一个月未到,怎么好让公司破费呢?

出纳说,按照公司规定,员工上班满一年后,才会享受到生日慰问费的。但你是陈总特意交代过的,你要感谢,就去谢她吧。

清芳走进总经理办公室,说陈总,怎么好意思让公司给我过生日,我才刚刚来。在公司,她清楚该称呼陈曼娟为陈总。

陈曼娟笑着说,这儿只有我俩,你就叫我姐好了。我将公司搬到这边开发区后,每年都给老员工过生日,后来新员工也是。我很看重企业文化,有助于提升企业凝聚力,这也是一种社会影响力。

清芳感激着说,真是太感谢你了,曼娟姐,我明天肯定去买个蛋糕,让孩子们开心开心。

陈曼娟说,明晚你还要留心看县广告频道噢,晚上六点半,会插播公司祝你生日快乐的滚动页,上面有你的名字。

清芳说,曼娟姐,你想得真是太周到了,我居然还上电视了,不知说什么才好。

晚上,清芳对睡在一侧的范祥林说,公司给了我五百元的蛋糕券,我明天去订个蛋糕,晚上让孩子们乐呵一下。

范祥林说,好啊,原本明晚要去苦竹寺做个空班,那我下午早点回来。我让娘明天也过来,去买点菜,回家做。伊俐、伶俐放学后也直接回家。

清芳说,把梦娴一家也叫过来吧,一起热闹热闹。

范祥林连忙说,他们就别叫了,最近厂里事多,随他们去吧。

清芳合上眼,心里暖烘烘的,心想麦田在幼儿园时,吃了小朋友们的生日蛋糕,也央求着过生日,她便去镇上买了个很小的蛋糕,麦田很开心。已经很久没有给麦田过生日了,而自己四十多年里从没过一次生日,伊俐姐妹俩的生日是12月28日,那索性买个最大的,如果钱不够,就再添点,一起把生日过了。

生日这天,她特意穿了件粉红色的羽绒服,心里一直被喜悦填得满满的。工友们知道她今天生日,纷纷向她道贺,祝她生日快乐。她从工友善意的眼神里,读出了被尊重的温暖,这种感觉她已经很久很久没感受到了。她一直谦卑地活着,孤身一人在车库里做服装加工,很少融入这样的集体中,单干久了,才发觉内心是多么渴望被关爱与看重。

她按照蛋糕券上的电话,中午时就打去电话,订了个十六寸、巧克力味的,她还关照多放点蜡烛,要两个生日蛋糕帽。

下班后,清芳将麦田先接回家,在小区门口,碰见周梦娴正接着两个孩子过来,她额头有几处伤疤,精神有些倦怠。清芳说梦娴,等会儿带上超豪,和妹夫一起过来吃晚饭吧,我去取蛋糕,晚上和孩子们一起过生日。这时双胞胎姐妹欢跳了起来,大声喊着吃蛋糕喽,吃蛋糕喽。

周梦娴淡淡地笑了下,说姐,你们好好过生日吧,我晚上厂里还有点事,就不过来了。

清芳说,那把超豪送过来,让他也一起吃蛋糕。

周梦娴说,他奶油过敏,吃不得蛋糕,算了。

清芳急忙赶去城北红苹果蛋糕店,取了蛋糕,一路上琢磨着周梦娴刚才的神情,看起来有些落寞,似有什么隐衷。但一家子人都在等她,她心里又立即欢实开了,像体内有一团暖暖的气体鼓胀着,越鼓越大。

范祥林给自己倒了杯白酒。麦田瞅着一桌的好菜,眼睛都亮了,她对清芳说,妈,有这么多好菜啊,有红烧肉、牛肉、螃蟹、虾、鱼、鸡肉,丰盛得像吃年夜饭似的。过生日可真好呐,有这么丰盛可口的菜可以吃,还有美味的蛋糕可以品尝。

伊俐说,今天是我和伶俐、妈妈一起过生日,妈妈,你说对不对?
清芳笑眯眯地说,是啊,咱们母女三人一起过生日。

麦田有点不开心了,说那我生日怎么办呀?我今年还没过过生日呢。我已经好久没过生日了,妈,我也要过生日。

清芳说,傻女儿,生日过了,哪有补回来过的,妈答应你,明年给你也买个大蛋糕,好好过生日。

麦田这才喜笑颜开了。

吃罢晚饭,伊俐、伶俐一起合力将蛋糕搬了出来,清芳将两个生日蛋糕帽戴在了双胞胎头上,还在蛋糕上分两边,各插上十根蜡烛。麦田连忙说,妈,你怎么不戴生日帽呀?今天不也是你生日吗?

清芳说,妈在公司里已经过好生日了,让你两个妹妹过生日吧。来,伊俐、伶俐,闭上眼,许个心愿,然后吹熄蜡烛,分蛋糕吃喽。

这时,她突然想到什么,立马打开了电视机,调到县里的广告频道,她说,妈的名字要出来了,你们快看呐,生日快乐歌响起时,字幕就出来了。

六点半到了,这时电视上生日快乐歌响起了,最上一排缓缓闪现出"瑞平县隆盛金属材料有限公司"几个字,接着又缓缓推出"陈曼娟总经理携全体员工祝萧清芳女士生日快乐"一行字。

麦田拍起了手,欢快地叫着,妈妈上电视了,好厉害啊。

伊俐、伶俐也拍起手来。清芳幸福地笑出了声,她说快,趁着生日快乐歌,快许个心愿。两个女儿闭上双眼,双手合紧放在胸前,许起了心愿。

清芳望着一串串明亮的蜡烛火苗,将三个女儿秀气的脸映衬得像白雪公主似的,心里惬意极了。范祥林拿起刀叉,忙着分蛋糕。麦田撩起一块奶油,趁清芳不注意,往她脸上抹。梅芝笑得捂住了嘴,说媳妇成大花脸了。

清芳也撩起奶油,抹在了范祥林的脸上,双胞胎也往范祥林脸上抹,范祥林一边往嘴里送蛋糕,一边追逐着两个女儿,往她们脸上抹,屋子内立即响起一片欢声笑语。清芳笑出了眼泪,她心想这甜甜的气氛好难得呀,和范祥林在一起后,一家子从没有像今天这样乐呵过,真想好好留住这像金子一样珍贵的一幕,不要让它从窗户间、门缝里悄悄溜走了。

清芳对范祥林说,今天三个孩子好开心呐,要是麦望也在,和姐姐们在一起吃蛋糕,不晓得多开心呢。

范祥林说,等伊俐她们上高中后,麦望就该上一年级了,到时我们再换个大一点房子,增加一个房间,麦望也就有自己的房间了。

清芳紧紧搂着范祥林的腰,甜甜地睡过去了,梦里,范祥林和四个孩子,在一片碧绿的草坪上,嬉戏着,追逐着,天上飘浮着像棉花一样绵软的白云。她斜卧在草坪上,乐呵呵地瞅着他们,一脸的幸福与满足。

清芳去食堂吃好中饭后,仍没看见陈曼娟进食堂吃饭,她似乎已经好几天没来食堂了。往日她总是最后一个来食堂吃饭,但这几天食堂师傅将饭和剩菜端回制作间时,陈曼娟仍没过来。清芳看见停车棚里,她那辆宝蓝色的迈凯伦仍停在那。

她走入总经理办公室,看见陈曼娟靠在沙发上打盹,双手紧捂着肚子。

清芳轻手慢脚地走了过去,说曼娟姐,你身体不舒服吗?没见你去食堂吃饭。

陈曼娟这时睁开了眼,坐了起来,虚弱地说清芳,我这两天老毛病又犯了,胃里直反酸,气胀得厉害,没一点胃口。

清芳说,你太操劳了,吃饭也没个准点,饥一顿饱一顿的,怎么行。你药吃了没?

陈曼娟说,刚吃了点胃复春、雷贝拉唑,下午还有个客户要过来,否则我想回去睡一觉。

清芳说,那你好好睡一会儿,我不打扰了,我把空调暖气给你打开了。

晚上,清芳拿出炖锅,放入小米、红枣,熬了半锅的小米红枣粥。熬好后,她盛入铝锅,出了门。

她心想曼娟应该喝点小米红枣粥,养养胃。来到38幢楼下时,她朝上仰望,1703室的北窗亮着,这时自动门打开,正巧有人出来,她立即走了进去。

她端着铝锅进了电梯,上了17楼,走出电梯间,走近1703房门时,看见那扇古铜色的防盗门打开了,一个男人走了出来。她细看,似觉眼熟,待他走近时,才认出是万振刚。她连忙侧过身,心怦怦直跳着,万振刚没发觉她,径直按下电梯,下楼去了。

她在门外站了一会儿,才敲了敲门,走了进去。

回来后,她一直想着万振刚怎么去陈曼娟家里了?他也去给她送小米粥吗?那曼娟的老公会怎么想?忽然她又想到,之前美蝶说了,曼娟一直是一个人住这,她老公常年在外地养生。

几日后,她手机响起,对方说,是清芳吗?我是你初中同学樊雨露,还记得吗?常宁中学八七届的。

清芳说樊——雨——露,你是樊雨露?怎么不记得,我们还同桌三年呐,二十多年不联系了,你还好吗?

樊雨露说,还好,还好。时间过得可真快呀,初中毕业都二十五年了,我们当初还是同桌呐,居然毕业后从没碰到过。不过也快见面了,班长发动全班同学,要开同学会,叫我帮忙联系下几个女同学。你毕业后就消失了一样,和同学们没有联系,初中同学QQ群里也没有你,我好不容易才从谭焕霖那打听到你的手机号,终于联系到了你。原本今年国庆节就要开二十五周年同学会,但班里几个班干部不是公差在外,就是外省培训的,到十一月底仍是那样,老凑不齐,所以干脆推迟到明年元旦后一月五日开,还有二十几天时间,不能再往后延了,地点定在风陵湖边的兰庭水月度假村。到时你一定要参加。

清芳想了想说,我估计走不开呐,带着两个孩子,再说度假村离县城二十多公里路,我去也不方便呐。

樊雨露说,一月五日是周六嘛,同学会是晚上开始的,学校放假,又不用接送孩子的。到时你坐我车去好了,我住城南泊来湾小区。

吃完晚饭,范祥林破天荒地收拾了碗筷,端去厨房间洗涮。

清芳颇觉意外,她只记得刚来县城,在老房子时,范祥林洗过几回碗,搬来毛坯房后,他从不收拾碗筷,吃完饭就放下碗筷走开了,更别说洗碗了。

她说,还是我来洗吧,你忙一天了,也累了。

范祥林说,你去给麦田检查作业,几只碗,我洗洗也快。

清芳给麦田检查完作业,还早,她说我们出去走走吧,我有事要和你说。

两人下了楼,沿着小区绿道散步。清芳说,下午刚接到初中一个女同学电话,说要在下月五日开初中二十五周年同学会。她太能说了,我实在没办法拒绝。

范祥林说,你干吗要拒绝呢? 毕业二十五年了,老同学是应该要聚一聚的。到时你好好打扮下,不要显得寒碜了。

两人又走到了小区南边的绿地广场,有一群大妈在跳广场舞,音箱开得很响。

范祥林这时说,清芳,昨天我从苦竹寺回来,听果云师父说,下周要带一群弟子去普陀山拜山,行程三天,费用每人八百元,我也想去体验下,多了解一些佛事文化。我已经和同事调换好了值班时间,但我近来手头比较紧,你能借我点吗? 等有了钱,我还你。

清芳颇觉意外,想了想说,我工资还没发,那既然你想要去,后天我调休下,去银行取。

新年马上到了,元旦一过,同学会就在眼前。

清芳特意上理发店,将头发稍微染了下,卷成波浪形,换上了高跟皮鞋,那是和范祥林登记时,特意去润丰步行街买的,已好久未穿了,走路有点挤脚。

同学会开得很热闹,居然来了一大半同学,蔡伟民也来了,他现在开了家螺丝厂,在同学会上一贯扮演搞怪的角色,他夸张搞笑的言语,使会场欢笑不断,气氛活跃不少。

晚宴开始后,谭焕霖才匆匆赶来,穿着工作服。有同学揶揄他,说谭老板生意兴隆,好忙呐。

谭焕霖说,瞎忙,瞎忙。说完,他倒了杯白酒,起身,敬在座的同学。

蔡伟民说,谭老板来迟了,一起敬一杯怎么行,起码每桌敬一杯,大伙说是不是?

同学们便连番起哄,说伟民说得是,要一桌桌敬。

清芳这时发觉以前班里的班干部坐一桌,毕业后考上中专或读了大学,在银行、医院等体制内上班的,围坐一桌,还有些开厂、开店做小老板的坐一桌。酒桌上说笑最响的,喝酒最起劲的都是他们。而在厂里务工,住在乡下农村的,则自觉地坐到了一桌。

坐在她边上的王亚丽说,清芳,我觉得我们坐在这儿好傻,他们才是同学会的主角,你瞧班长石坚,他现在是常宁中学的校长,何秀霞在农业银行上班,蔡畅在税务局,古春琴在县人民医院,周洁在公安局,樊雨露老公在县城里开了个广告公司,其他几个也都是大大小小的老板,就数我们最没出息了,在厂里打工,像来做陪衬似的,好没劲。

清芳看昔日很要好的古春琴,只顾着和坐一桌的同学说笑碰杯,吃饭前和自己不冷不热地寒暄几句就走开了,曾经为了维系和她的友情,自己忍受一路颠簸,陪她上涠岩岛,探望未婚夫,而后两人还不是渐渐冷淡了,疏远了。

清芳便说,是啊,和他们比,我觉得自己就是来凑数的。

王亚丽说,早晓得就不过来凑热闹了,白白浪费二百元钱。

清芳说，也没白来呀，你瞧这么一桌好菜，我们就敞开着吃，把那点钱吃回来。说完，她拿起饮料，给一桌的同学倒上了，说来，我们一起碰个杯。

这时，包厢内走进来一个西装革履的男人，头发往后梳得锃亮。石坚迎了过去，热情地拉着那人的手，大声说同学们，餐饮部万振刚万经理过来给咱们敬酒了，大家一起端起杯中酒。

万振刚拿着酒杯，说我和石校长是老朋友，我一定要来敬敬大家，代表兰庭水月度假村全体员工，祝贺咱们常宁中学八七届二十五周年初中同学会隆重举办。说完，他喝下一杯，而后一桌一桌敬过去，每桌倒满一杯雪碧，一饮而尽。轮到清芳那一桌时，他和清芳碰了下杯子，朝清芳微笑着点了点头，清芳也朝他微笑了下。她这时回想着当年振刚在钢厂时的模样，和现在西装革履、沉稳潇洒的他交错在了一起。

九点半时，同学宴终于接近尾声，大多数同学喝得醉意朦胧，樊雨露也醉了，起身时歪歪斜斜的，对着垃圾桶吐得一塌糊涂。清芳心想来时坐她车来的，她醉成这样，可怎么回去呀。

班长这时拿着酒瓶，醉醺醺地大声嚷嚷着谁也不许走，继续到三楼歌舞厅唱卡拉OK、跳舞。清芳坚决要回去，却被几个醉酒的男生强拉住了，非要让她一起上楼唱歌。她强力挣脱着，抚摸着生疼的手臂说孩子还在家里，等她回去检查作业，明早还要上班。男生们仍不依不饶，这时谭焕霖挤了过来，伸出双臂奋力将清芳和几个男生隔开，说让清芳回去吧，她今晚出来参加同学会已经很不容易了。清芳便和其他几个女同学，借机从谭焕霖身后溜了出去。

清芳站在度假村大门口，冰冷的山风夹杂着雨丝斜刮了过来，让她冷不丁打起了寒战。其他几个女同学已经拼好车回城了，只剩下她和王亚丽仍干等着。王亚丽说这可怎么办，三楼还有一半多同学在唱歌、跳舞，我俩怎么回去？清芳也一筹莫展，眼看时间快到深夜十点了。

这时，一辆摩托车驶了过来，那人穿着雨衣，在大门口停了下来，和清芳大声说了句话，清芳没听仔细，凑近看才辨认出是谭焕霖。

谭焕霖摘下头盔说,你俩还没等到车啊?真不巧,我那辆小面包几天前出了点故障,停在了修理厂,要不我给开出租车的小弟兄打个电话,让他过来接你俩?这么晚了,站在外面公路上,也拦不到出租车的。

王亚丽笑着说,焕霖,打的钱,你帮我们付吗?

谭焕霖说,小意思,包在我身上。

清芳这时急忙说,焕霖,不麻烦你了,我俩再等等,等会儿肯定有其他开车的同学回城,我们搭他们的车,你先回吧。

谭焕霖说,夜这么深了,孩子还等你回去,你要等到啥时候?

清芳说,不碍事的,兴许他们很快就出来了。

谭焕霖说,那好吧,等会儿你们要是仍等不到车,就打我电话,我帮你们叫车。我手机号码仍是以前的号,137068——

清芳连忙说,我晓得的,晓得的。

清芳目送着摩托车远去,心想一晚上,竟然没和他单聊几句,看他比几年前苍老好多,头发白了不少,肯定过得很辛劳。

王亚丽说,焕霖真是个热心肠,他老婆燕群以前和我在一个服装厂待过的。燕群过世后,焕霖仍每天开车,帮服装厂送布料,不仅乡下送,远一点的城乡接合部也送。他一个人带着两个孩子,忙里忙外,也是够艰难的。

清芳说,他难道没想再找一个,成个家?

王亚丽说,两年前我曾问过他,想把一个离异的小姐妹撮合给他,我小姐妹人蛮好的,长得也漂亮。但他回绝了,说怕以后两个孩子受委屈,这样的好男人真是少啊。

清芳沉默了下,叹了口气说真是难为他了,这么多年,忙里忙外,既当爹又当妈的。

正说话间,一辆黑色奔驰轿车从地下车库驶了过来,炫目的车灯照得清芳睁不开眼。车开到大门口时停下了,车窗降了下来,车内人探出头说,清芳,你们坐我车吧,我正要回县城,捎你们一段路。

清芳走近一看,说话的人是万振刚。说话间,王亚丽跑了过来,打开了车门,说万经理,谢谢你呀,我家就在常宁镇南面义丰村,风陵大道边,回去刚好路过。

清芳便也坐在了后排座位上。

万振刚边开车,边说,清芳,我过来敬酒时,看你杯子里是饮料,你怎么没喝酒?

清芳说,是啊,我不会喝酒,一碰酒精就头疼的。

万振刚说,我以前酒量不好的,负责酒店餐饮这一块后,招待客人时难免要应酬下,就硬着头皮把酒量练出来了,今晚只喝了几杯雪碧,自己开车回去。倒是你,同学会难得举办一次,稍微喝一点酒也无妨,像那种云雾之湾长相思干白,新西兰进口的,口感清醇,本来就是适合女生喝的,度数也不高,喝一点才尽兴呐。

这时王亚丽说,是进口酒哪? 那肯定很贵哟,清芳咱们光吃菜,没喝酒,真是亏大了。早晓得揣也得揣一瓶回去慢慢品尝。

万振刚笑了,清芳也笑了,车内被一阵阵笑声塞满了。清芳这个时候才感觉浑身松懈开了。

万振刚说,我车子后备箱里有几瓶云雾之湾,等会送给你俩,就当弥补今晚没饮酒的遗憾。

清芳连忙说,这可怎么使得,你不必客气的,别听亚丽瞎说,我们是一点酒也不会喝的。

王亚丽也说,万经理,我是说笑的,你可别当真呐。

万振刚说,区区几瓶干白值不了几个钱,不用跟我客气的。

过了一会儿,万振刚继续说,你们好些同学还在度假村三楼继续唱卡拉OK,你俩怎么提前走了? 同学们难得聚在一起,应该尽情玩一玩,多多放开些。

清芳说,家里孩子还在等着我,我不给她准备好热水洗脸、刷牙,她是不肯睡觉的。

万振刚说,孩子多大了? 一个还是两个?

清芳说,大的是女儿,十一岁了,读三年级,小的是儿子,在读托班。

万振刚说,不错,有儿有女,恰好凑成个好字。

清芳说,你下班也这么晚的?平时都是这个点吗?

万振刚说,今晚你们不是开同学会嘛,好几个我老早就认识,所以留下来招待一下。原本九点就可以回去,临时接到一个订单,明天县里一个部门要过来开会,我就通知餐饮部准备一下。

清芳说,看得出你平时很忙呐。

万振刚说,做餐饮就是这样,琐碎得很,都要亲力亲为,唯恐出现什么差池。

清芳发觉眼前的万振刚谈吐优雅、绅士,条理清晰,逻辑性强,和当年那个锻造车工判若两人,实在是令自己刮目相看。

清芳这时倦意浓浓,很快义丰村到了,王亚丽下了车。万振刚打开后备箱,拿出两提袋干白,送给了王亚丽。

车内只剩下两人了,这时万振刚继续说,时间过得好快,你离开钢厂后,咱们二十多年没碰到了,你过得还好吗?

清芳说,我还是老样子,离开钢厂后,回了老家,服装厂、纸箱厂轮番做了几年,在家里也做过服装加工。她正想要说自己现在在隆盛金属材料公司上班,想想还是把话咽了回去。

万振刚说,做服装很辛苦的,成年累月地坐着,靠时间磨出来。你年纪也不小了,家里有你老公挣钱就行了,你就稍微做一点,女人衰老得快,四十多岁了,还是多保重身体。

清芳说,是的。

车外夜黑如墨,夜雨越来越急,拍打在车窗上,发出急促的响声,车内放着柔缓的音乐,听来像是《挚爱》的曲声,深远亦温情。两人有一搭没一搭地说着话。清芳心想,世事就是这么奇妙,她绝没有想过,有一天会在深夜里,和万振刚两人坐在轿车里,行驶在空无一人的公路上。她原本以为碰到他时会有些许的尴尬,但真和他坐在一起时,却像久别重逢的老友一样,没有一丝尴尬。

这时,万振刚手机突然响了,让沉浸在思绪里的清芳回过神来。万振刚接通电话,手机内传来柔缓的声音:快到了吗?

万振刚压低声音说,快到小区了。

清芳靠得很近,想听不见也难,她听着那女声好软好柔,语气有几分耳熟。

她这时忽然想到,莫不是陈曼娟?她这样想时,脸红耳烫起来,心里莫名焦躁起来,两手互掐了一下虎口,自责着,怎么会生出这样的想法。可是万一真是她呢?内心另一个声音又接踵跑了出来,在说就是她、就是她。如果真的是陈曼娟,那自己在绿雅名都下车,岂不是让万振刚有些尴尬。她想了想,便说我住人民医院北面的小区,你在医院北公交车站点,停一下,我在那下车。

万振刚便在公交站点停车,清芳下了车,他又将两提袋干白给了她。清芳说搭了你的车,还要拿你的酒,太过意不去了。万振刚说难得的,不必客气,以后有什么需要我帮忙的,打我电话。说完,他将一张名片,递给了清芳。清芳热红着脸在细雨里和他挥手作别。

万振刚继续往东驾车而去。清芳看见汽车在东面红绿灯十字路口遇红灯停了下,半分钟后左转,往北而去,很快驶入了绿雅名都,在马路对面的清芳,真真切切地看见汽车拐入小区,又继续往南驶去了。

她心想,这么晚了,万振刚还去那做什么?难道他也住小区南边的高层?又想不会这么巧合的吧。

她躺在床上,细细回想着夜晚发生的事,同学会只剩下喧嚣与觥筹交错,没其他更深的印象了,而回来车子里一路的轻谈,却让她记忆清晰,每一句都还能忆起。此刻她心里有一种奇怪的感觉在升起,不像酸,又不像咸,说不出,又道不明,也许是对往昔岁月的一种割舍与告别吧。正合眼时,谭焕霖宽厚的身影突然闯了进来,左手牵着他的女儿,右手牵着他的儿子,她柔软的心像被什么击中似的,剧烈战栗着,眼眸瞬间晶莹了,在床上辗转反侧到后半夜,才浑浑噩噩地睡过去。

第二天清晨,她起床煮粥时,看见放置一边的砂锅,发愣了下,继而将砂锅放入包装盒里,塞入电视机柜里,又将塑料袋里剩余的小米,打上结,放入冰箱。她心想,现在的人为什么越来越看不懂了?人心如海。看不懂陈曼娟,也看不懂万振刚,不晓得哪一面才是他们最真实的一面,还有同学会上那些起劲喧哗的同学也让人看不懂,这么多年里,他们都变得捉摸不透了,只有自己傻傻的,似乎仍停留在过去。

伊俐、伶俐姐妹俩连着好几天,放学后由清芳接回家,有时候范祥林休息在家时,由他接回。梅芝住了过来,帮忙做点家务,下午四点多时,将电饭煲插上,菜洗好,清芳回来后,炒好菜,就可以一起吃晚饭。

梅芝边剥毛豆,边和清芳说,清芳,近些日子你辛苦了,祥林他小姨子和建国最近打闹得不可开交,估摸着要离婚了。我瞧着她脾气刚烈,和她姐周梦清完全是两样脾气,建国处处要被周梦娴压制,这回脾气终于爆发了,他现在去他表哥在江西开的化工厂上班了。两人分开一段时日也好,小夫妻好好冷静冷静。

清芳这时心想,上次小区门口看见周梦娴脸上有好几处伤疤、青瘀,莫非就是和她老公吵架有关。这个周梦娴说话直,做事风风火火的,上次去她家吃饭时,瞅着她看她老公寡淡的眼神,就觉察出些许异样,但她看范祥林时又摆出一副小鸟依人的样子,当真看不懂,哪一面才是真实的她。

清芳感觉自己虽然和周梦娴认识三年多了,但平时也没有过多的接触,不知道要不要上门去劝劝她,劝她时又该说些什么才得体。

她正犹豫时,范祥林打来电话说,下午伊俐她外公骑三轮车转弯时车速过快,不慎冲进了沟渠里,摔断了肋骨,两个孩子又得让她接了。

清芳下班后,连忙赶去校门口,先将双胞胎接回家,回头又去将麦田接回家,烧好菜,吃完晚饭后,她给范祥林打电话,问伊俐外公伤势怎么样了?范祥林说,爸被送进医院时,头部受撞击,有中度脑震荡,陷入昏迷,现在醒过来了，就是直喊疼，身子动弹不得。你有空，也过来看看吧。

清芳心想，自己嫁给范祥林，对周梦娴一家来说，名义上是代他们长女的，周梦娴叫她姐，而不是嫂子，她理应多去照顾那边老人，尽尽孝道，遂买了牛奶和水果，去人民医院住院部五楼骨伤科探望。

她走入病房，老爷子躺在病床上，正输着液，周梦娴坐在病床边凳子上，手支着头，打着瞌睡。

清芳知道她累坏了，没有惊扰她。范祥林说，连襟又不在，靠梦娴一人，照顾不好爸，我晚上留下来。

清芳说，你让梦娴回去休息吧，不睡好，抵挡不住的。爸挂好盐水，你也在折叠椅上休息一下。明天白天我请假过来照顾爸。

她在病房待了一个多小时，便回去了。关好病房门时，她透过门上的玻璃窗，往病房内望了一下，看见范祥林将自己的外套脱下，盖在了周梦娴的身上。就这么一个动作，让清芳在回去的路上，五脏六腑又翻卷了起来。她知道此时此刻范祥林应该待在那里，他毕竟做了那户人家十多年的女婿，他心里应该装着他们，对他们亲，多过对自己的家人，但他对那边的人好得又似乎忽略了自己的感受。她不知道如何向他表露自己内心的真实想法，或者还有必要向他坦露心迹吗？

次日一早，她煮好了粥，将孩子送至学校后，就立马赶去医院照顾老爷子。傍晚，她烧好饭菜，就拎起煮好的粥出门了，赶至人民医院时，远远看见周梦娴坐着范祥林的摩托车，从北门外进来，这又让她内心很不是滋味。周梦娴那么依恋自己的姐夫，她只要喊声姐夫，祥林就会赴汤蹈火地为她跑腿，甚至去找苦竹寺住持，将佛品送进寺院销售。她不知道该不该去阻止他们再这样下去，还是继续装聋作哑，假装宽宏大度。周梦娴与妹夫的冷战，难道范祥林是局外人？妹夫究竟有什么样的苦衷，才会抛下家人，远赴江西打工，离那个家远远的？她内心煎熬成一团，像一团乱麻，想不通，又理还乱。

她有天送好麦田后，电动车突然越骑越慢，她记得前晚刚充足电，怎么才骑一天多，就没电了？她比往常慢了十多分钟，才到公司。公司要求员工每天上下班打卡,她无疑迟到了,年底发放奖金时,要扣奖金的。

幸好充电器带着,她连忙将电动车插上了电,继续充电。下班,她骑着电动车,将双胞胎姐妹送回家,继续骑车去接麦田。回来的路上,电动车又慢了下来,愣是冲不上桥坡,她下车推了起来,推到小区门口时,全身热汗淋漓,感觉分外吃力。

这时赵美蝶刚好从小区出来,说清芳,怎么推着车,电动车坏了?

清芳说,你瞧,上午充足电,这会儿就没电了,电瓶是前年更换的,估计又坏掉了,老蓄不足电。

美蝶说,你的电动车这么旧,骑了十年有了吧? 你上下班这么远,很费电,早该换一辆新的了。

清芳说,是有十年了,其他地方都还好,换个电瓶还是能开开的,将就着再用用吧。

美蝶说,电动车这么旧了,你还说好好的? 你再换个新电瓶也要五百多,划不来的。你干吗对自己那么抠呢? 你让范祥林给你买辆新的,他不是上月买福彩,中了二十万吗? 除去上税,拿到手也有十来万,反正是天上掉下来的馅饼,你让他给你花点钱,算什么呢?

清芳惊讶着说,什么? 他中大奖了? 什么时候的事? 我怎么一点也不知道? 是真的吗?

美蝶说,我的老天呐。不是我说你,清芳,你看看你老稀里糊涂的,过的是什么日子,连枕边人中了大奖这么大的事居然也不晓得? 他中奖的彩票是人民医院西大门对面那家体彩店买的,那条祝贺本体彩店彩民喜获体彩大乐透二等奖的条幅,还挂在店门口呢。不信你去瞧瞧,咱们小区一半住户都知道他中大奖了,你却仍被蒙在鼓里。

清芳心里像吞了几百只苍蝇般恶心难受。范祥林回来时,她脸一直阴郁着,她开门见山地问道,你中了大奖,为啥这么久了,一直不告诉我? 要不是碰到熟人,向我道贺,我还不晓得这回事。

范祥林说,噢,这件事嘛,我本来是要告诉你的,可我岳父家不是接二连三地出事嘛。周梦娴和建国闹得很僵,估摸着要离婚,我忙着去劝和,又要帮她打理厂子。我岳父又摔得这么严重,我忙前忙后的,就把这事慢慢耽搁了,忘了和你说了。

清芳说,那钱呢? 你把拿到的奖金存哪儿了?

范祥林说,我不是之前欠了十来万的外债嘛,你也晓得的。我一拿到奖金,都一一去还了。亲戚朋友那都欠了这么多年,他们也晓得我中了奖,我以前是没钱还,现在有钱了,不能再赖着不还了。

清芳说,那债都还清了吗?

范祥林说,都还清了。

清芳这时口气和缓了下来,说祥林,既然债还清了,咱们好歹松了口气,眼下还有四个孩子要抚养,两头父母也渐渐老了,往后你不要再去买彩票了,咱俩好好挣钱,一年也能存下好几万的,将来就把那边的旧房卖了,再贷点款,买套房子,让孩子们有个属于自己的家。

范祥林说,我也是这样想的,你放心吧,往后我有数,不会再去彩票店了,一心一意去挣钱。

过完年,麦望五岁了,长得虎头虎脑的。清芳回到乡下时,麦望既背唐诗,又唱歌的,逗她开心。粉宝说,麦望在幼儿园里表现好,常受老师们夸赞,他常在我们面前表演唱歌,逗我和你爸开心。前两年,他还吃奶时,管起来真是辛苦,我半夜起来换尿不湿,喂奶,没睡过一个安稳觉,眼下越来越懂事了,我和你爸也终于松口气了。

清芳说,没有你和爸,我真不晓得如何撑过去。再过两年,等他上小学了,我就接他去城里,你们就可以歇息,过轻松一点了。

粉宝说,麦望去县城读书,我也要过去照料的,你要上班,一个人管两个孩子,我总是不放心的。

有一晚,雅盈上门来,对清芳说,我过几天就要去成都郫县,随我老公回老家了。他父母一直催我们回去,看着老家每家每户三层楼、四层楼造了起来,心急得很,催他回去建房,他们老家那边人很看重这点的。我们就决定回去,把楼房建好,我老公也打算在老家县城开家火锅店。近些年,老家县城开发了新旅游项目,每年游客不少,人流量那么大,生意应该也会好的。

清芳说,你去那么远,往后我们再见面很难了。唉,真是舍不得你离开,不过也真替你高兴,上次去你火锅店,我看得出你老公很疼你的。

雅盈笑着说,以后我也会常回来的,毕竟这儿还有我的家人,你也可以来成都看我呀,你来了,我带你去成都好好玩玩,都江堰呐,宽窄巷、锦里呐,还有乐山大佛、峨眉山,好玩得很。

清芳说,等麦田、麦望长大些,我一定过去看你。

雅盈这时眼泪落了下来,动情地说,我们从小一起长大,亲如姐妹,我永远记得,我当年缺钱难以继续高复时,你从工资里抠出来,让我去交学费,继续高复,这份恩情我没齿难忘。

清芳说,既然是好姐妹,你就不要说这么见外的话。我这四十几年里,最要好、最贴心的就是你们几个小姐妹了。你现在过得好,有了好归宿,我真是替你开心。群英姐虽然神智仍不清爽,和年轻时那个她不能相比,但好在她也苦尽甘来了,听我妈说高嘉俊在部队里已考上了军官,前途不可限量。以前我也对曼娟耿耿于怀,但我听了她很多肺腑之言,说起曾经,她也一直很愧疚,这么多年,她夜夜为高世杰上香超度,为群英姐母子俩祈祷,这份坚持也着实不易。

雅盈说,是的,各有各命吧,每个人的路都是自己选择的,外人真的不好评说。我也早对她释然了。

雅盈起身要回去了,她拿出一个信封,交给了清芳,说这是我给干儿子的一点心意,平时我也很少给他买衣服、鞋子啥的。

清芳推辞着,说你就不要这么客气了,你对麦望已经很好了,麦望叫你干妈,不晓得他多有福气。

雅盈说,虽然麦望叫我干妈,但我心里一直把他当亲儿子一样疼,你就遂了我的心愿吧。

清芳送她下楼,雅盈开车前,最后和她说,清芳,我还有一件事,一直搁在肚子里,不知道当说不当说。

清芳说,雅盈姐,我们之间还有什么好遮掩着,你直说吧,有什么事?

雅盈说,两个月前,我在火锅店里时,范祥林上门来,向我借钱,他开口借两千元,说岳父受伤住院了,手头紧。我当时手头只有一千多元,所以只借了他一千元,他回头没有怪我吧? 我一直懊悔,没有赶紧去银行取钱,借给他。

清芳颇觉诧异,心想两个月前,老爷子老早康复出院了,范祥林借钱做什么,居然还跑去雅盈那借钱了。

她说,我一点也不晓得这事,他怎么上你那借钱了,老爷子的确开三轮车时摔入沟渠,重伤住院,但那是四个月前的事了,在医院住了半个月,就出院了。范祥林他怎么和你谎说这个,借了钱。那后来他还你钱了吗?

雅盈说,他后来没有来过,兴许手头仍紧张吧。那这事就悬乎了,清芳你自己心里好有个数。我现在回想那天他来借钱时,总感觉他眼神飘忽着,似乎有点躲闪。

清芳说,雅盈姐,他向你借了钱,那我替他还给你,你等等我,我上楼去取钱。

雅盈连忙拉住了她,生气道,清芳,我和你不见外才说的,不是提醒你让他还钱的。我只是把搁在心里的事告诉你,我也不知道你和他这些年处得怎么样。

雅盈走后,清芳就立马瘫倒在了床上,手紧紧攥住被子,内心万分纠结。她心想,他借钱难道真的是为了老爷子吗? 可老爷子住院没花多少钱,他也不至于去借钱哪。而且为什么不和自己开口,去向雅盈借呢? 难道是不想让自己知道他四处借钱吗? 那他借钱到底是为了什么? 两个月前,他已经中了大奖,将借款都还清了,那他干吗还要觍着脸,向外人借钱呢? 她不寒而栗,感觉越来越看不懂范祥林,他背着自己,究竟在忙活什么? 每天不是忙着帮周梦娴送货,就是送岳父去医院康复治疗,除此,就是去寺院做空班,或者又去彩票店、棋牌室什么的,深更半夜回家,倒头就睡,天亮也不知道啥时出的门,两个人见面的时间越来越少,更别说交谈了。他从来不会主动和自己商量什么,让自己给他拿拿主意。她在他面前,渐渐像个玻璃人一样,早已透明成一团空气了。她感觉和他之间像竖着一道无形的障壁,隔阂越来越深了,他走不进自己的心里,她也走不进他的心里,和他一个屋檐下了住了这么多年,从来就没有真正了解过他,也从来没走进他的心里过,她是越来越看不懂他了。这样的日子,除了柴米油盐,乏味得已经激不起任何一点浪花了。

范祥林回来时,她没有说一句话,她感觉说再多的话已没什么意义,又何必去戳穿他,驳了他面子。他反正已经习惯什么事都向自己隐瞒,像上次中了大奖,无声无息一样,她发觉自己只不过是他娶回来摆在家里名分上的妻子,就是一纸结婚证而已。除此,还能有什么呢?

她感觉自己好累好累,有点撑不下去了,有时望着家里的一切,感觉好陌生,好虚幻,虚幻得像堆在沙滩上一样,经不起风吹雨淋,就散架了。她感觉自己好无助,待在这个家里,越来越窒息,像被卡住了命运的咽喉,想呐喊,却怎么也喊不出来;想挣脱,却又像掉进了樊笼里,收缩得越来越紧。她感觉人生渐渐失去了方向,不知道往后的日子该何去何从。

清芳失魂落魄地回了乡下。一路上,她灵魂像出窍般,陷入了绝望与凄惶之中。

粉宝说,妈没和你们住在一块,很少听你说和范祥林的事。如果实在走不下去,妈也理解你的苦衷。无论如何,别太委屈了自己,再苦再难,也要挺过去啊。

又是一年年底了,腊月初八这一天,公司里烧了好几锅腊八粥,清芳听工友说这是公司的传统,每年这一天,陈曼娟总经理会和工友们一道,去县城、乡镇敬老院,给孤寡老人送腊八粥、电热毯、慰问金。今年的腊八节,清芳也申请加入,她穿上义工红马甲,和工友们一道,去了一家又一家养老院,帮孤寡老人理发、剪指甲,给他们喂腊八粥,老人们笑得很欢。从他们洋溢着灿烂笑容的脸上,清芳想到了过世二十几年的祖父母、外祖父母。那个一直疼爱她的外婆,时常闯入她的梦境里,眼前这些老阿姨,多像自己的外婆,那么慈祥,那么和善。外婆她走得太早了,都没有让自己尽一份孝心。她拿起餐巾纸,替老人擦了下嘴角,又帮她捶了捶背,她感觉内心蓄满了久违的温暖。

过完了年,她才感觉年过得越来越索然无味了,连震涛都瞧出她和范祥林貌合神离。往常大年初一,范祥林会和清芳一起,带着孩子,回乡下拜年,但今年,范祥林也意兴阑珊了,大年初八都过了,仍没有回过乡下。清芳也不求着他去,过节那几天,她一直和麦田待在乡下。

震涛说,年前已搬进了新房,年后就要将户口迁入新社区。清芳这时想到好久没见到家里户口本了,四年前,她把自己、麦田、麦望的户口,从新埭村迁往县城社区后,就把户口本藏好,没再碰过。

她回城后,在衣柜里翻找,没找着;在皮箱里找,仍没找着。她翻床头柜,甚至拉开席梦思边角上的拉链,往里掏摸,仍一无所获。她问范祥林,有没有见着户口本?怎么找也找不到,是不是你藏好了?范祥林伸着双腿,慵懒地打着游戏,吸了口烟,缓缓吐出了一缕烟圈,烟圈消散时,他说四年前你迁户口时我见过,迁好后都是你存放的,我藏户口本做什么?

清芳问不出什么,焦灼了起来,心想,户口本究竟去哪了?明年就该给麦望上县城小学报名了,提供不出户口本,可怎么办?再寻觅不着,该去派出所补领一本了。

她夜晚想了好久,毫无头绪,半夜突然想到户口本莫非放在老房子了,应该藏在那张旧床的靠垫后面,或者是藏进席梦思床垫里了。

几天后的中午,她顾不上吃中饭,驱车去了之前的朝阳小区。她屏着一口气,跑上了五楼,站在门外时,累得喘不过气来。

她调匀呼吸后,敲了几下门,未开,又敲了几下,门终于缓缓打开了。一个年轻女人用外地口音问,你找谁?

清芳说,我是这屋的房东,麻烦让我进去找个户口本。

那女人说,什么房东?俺才是房东。

清芳愕异着,赶紧说,这房子是我丈夫出租给你的,怎么你成了房东了?

那女人说,你胡说八道什么,俺男人上年从中介那看到这房子,买下来的,早已经是户主啦!

说完,她睒了清芳几眼,立马进屋,呼一声,关上了门。

清芳听到她关门前,怒甩了句——神经病。她突然觉得自己在那女人面前丢尽了脸,从来没有遭受过这般羞辱。她刚才瞭见屋内已经重新进行了装修,客厅铺上了新瓷砖,墙壁贴上了新墙纸,料定自己被深深诓骗了,像个可悲又可怜的小丑,被人像蚂蚁一样轻贱着,而不自知。她眼眶湿润了,内心冰凉到谷底,又感觉内心像有一股灼烫的岩浆在等待爆发,冲破压抑已久的火山口,要喷射出来了,滚烫的熔岩四处流淌开去,吞噬一切,也毁灭一切。她扼制不住了,她要崩溃了。

清芳极力想压抑住沉积在胸腔里的怒火,麦田在,伊俐在,伶俐在,梅芝在,她不想让一艘航行多年早已被虫蚁咬得支离破碎即将沉没河底的木船,再拉上更多的人,使他们无辜地遭受创伤。

范祥林从外面回来时,看见清芳一直阴郁着脸,他内心犯怵,琢磨着清芳的不郁,到底来自哪里。

清芳终于开口了,强压怒火说我有事要问你,去车库吧。

范祥林随她去了车库,清芳关紧门窗,怔了怔神,粗喘了口气,双手撑在缝纫机上,盯着范祥林说,房子是怎么回事?

范祥林说,哪个房子? 楼上的房子,咱们不是住得好好的?

清芳怒斥道,你装什么糊涂? 我是说楼上的毛坯房吗? 我是指朝阳社区的老房子,你的房子。

范祥林说,老房子? 老房子怎么了?

清芳怒喝道,你究竟还要瞒我到什么时候?

范祥林心怵了下,说你去那了?

清芳说,要不是今天我去老房子那找户口本,我还不知道老房子早易主了,你让我的脸都丢尽了。为什么卖房子和我说都没说一声? 老房子是你和前妻买的,难道你卖房子,我连知晓的资格都没了吗?

范祥林说,之前的租户老说房子渗漏,我寻思着房子已经有三十几年了,也没什么好修补的,趁现在房价上涨,赶紧脱手,如果再放下去,房子越来越破旧,再卖就难了。

清芳说,那你为什么不和我说一声?你告诉我,我会阻止你卖房子吗?我要是知道你把房子卖了,我还会去那,丢那个脸吗?

范祥林说,这是周梦清那边家人的意思,他们说这房子是他们女儿手里买的,他们想把卖房钱,用在两个外孙女身上,不能用在我们以后买房上。

清芳说,就是因为这个,你卖了房,就不告诉我?你以为我会阻止,让你左右为难,我是这样的人吗?

范祥林说,我晓得你不是这样的人,我也想着找个合适的时间和你说。既然你现在知道了,就是这么个事。

清芳说,不是找合适的时间,而是你压根就不想告诉我,我在你心里是什么位置,我算是看得一清二楚了。上次你中了大奖,向我隐瞒;你缺钱,四处借钱,也向我隐瞒。这些年,你究竟向我隐瞒了多少?你考虑过我的感受吗?我对你太失望了。

范祥林没再吭声,只是坐在凳上,发着愣。

清芳说,你走吧,让我一个人好好静静,事到如今,你也好好考虑一下我们的婚姻,我们还要怎么继续下去。

范祥林打开车库门,木然地出了门。清芳看着他的背影,从车库门后隐了出去,她感觉这背影是那么陌生,那么遥远,仿佛从来没有靠近过。

出　梅

一个多月后,陈曼娟的一番话,像压死骆驼的最后一根稻草,让清芳内心最后一道防线彻底崩溃。

那天,清芳正在仓库盘货,打扫卫生的王阿姨走了进来,说那个男人又来了,陈总不想见他,他仍死皮赖脸地不肯回去,被保安请了出去。

另一个女工说,哪个男人呢?陈总不想见他,他干吗还要来呢?脸皮这么厚。

王阿姨指了指窗外,说你瞧,他就在那。

清芳也顺着她所指的方向,往窗外停车棚张望,一个瘦削身材的男子正在停车棚,坐在摩托车上吸烟,还朝三楼陈曼娟的办公室不时地张望着。

她呆住了,王阿姨所说的男子,不正是范祥林吗?他三番五次来找陈曼娟做什么?她隐隐觉得这事不简单。她坐不住了,鼓起勇气,上了办公楼三楼,走进了陈曼娟的办公室。

她站在门外,看见陈曼娟站在窗幔后,撩起窗帘,正往外张望。

好一会儿,她转身时,才看见清芳站在门口,望着她。

陈曼娟错愕了下,继而说清芳,你怎么干站着,来了也不吭一声,你快坐。你是有什么事吗?

清芳说,陈总,他来找你做什么?

陈曼娟说,他?你是指谁?

清芳语气急促地说,我是说范祥林。我听说他三番五次来找你,他来做什么？你要如实告诉我。

陈曼娟说，清芳，你不要激动。你也知道他又来了。

清芳说，我刚才听王阿姨说起，才知道他常来打扰你。

陈曼娟说，我和你是小姐妹，我也不和你遮遮掩掩了。范祥林的确来这儿好几次了，我记得是去年八月份，我在你车库第一次碰到他后，他听我说睡眠不好，特意过来送我藏香，还有甘露丸，介绍他那个程师兄，名字叫程广泉的，和我认识，让我去他的竹林会所听了好几场国学课。范祥林还帮我联系了苦竹寺，做了场大法事，消灾祈福。往后，他隔一两个月来一次。有一次说安徽滁州洛迦寺要重建千年古刹，募集善款，问我愿不愿意贡献点善款，到时会将施主的名字写在功德碑上。虽然寺院不在本地，但十方道场十方建，能布施善款，都是宿世的因缘，也一样福报绵长。我细想了下，这是好事，本来也常去寺院布施的，所以我出了一万元交给了他，布施给寺院重建。后来，他又用相同的措辞，向我募集善款。我感觉这大半年睡眠好多了，精气神好了不少，以为是向寺院布施功德款所致，所以他来募集善款时，也很乐意提供。直至两月前，我去平宁县一个公司洽谈生意，看到那边老总在办公楼里专门辟出一间净室，焚香祷祝，虔诚得很。我便一时兴起，说了当地的圆古寺，不知道寺内新修的大悲楼造好了没，等造好了，想去礼拜。谭总当时惊愕地说，当地没有什么圆古寺，也从没听说有什么寺院在兴建大悲楼。我当时从包里拿出一张寺院开出的收据，给他看，收据上写着"平宁县圆古禅寺"。谭总说的确没有这个寺庙。我当时就怔住了，怀疑当初自己是不是听错了，那是半年前，在程广泉的会所里，范祥林和我提起圆古寺兴建大悲楼，募集善款，程广泉也在旁补充，说平宁县的圆古寺长年供奉地藏菩萨，有求必应，灵验得很。我当时仍心存侥幸，或许他俩说的平宁县不是指邻县那个吧，全国应该还有其他叫平宁县的。我上网查圆古寺、平宁县，但查了好久，也没查到有这样一座寺，除了邻县叫平宁，全国也没其他县叫平宁的了。范祥林再来时，我便问他此事，他支吾着，说东扯西，不能自圆其说。我便料定他和程广泉串通一气，乱刻寺院印章，拿收据诓骗我。我当时极为震怒，把他赶了出去。他好几次上门来，向我赔罪我都避之不见。我拿出几张善款收据，什么滁州洛迦寺、溧阳通玄寺、泰州玉佛寺、宿州香海寺、邳州积雨寺，都查不到寺院地址，前后花去数万元。原本想要去告他俩合伙欺诈，但顾念你的面子，我忍了，细想传扬出去也难听，就当破财挡灾了。我也很想找个合适的时间，和你说，但一直抹不开嘴，我晓得一旦我说出真相，你肯定对他失望透顶，你苦心经营的家庭也会彻底散了。

清芳说，我早已知道他四处借钱，打麻将，买彩票，他中了大奖，还清了外债后，我劝过他收手，但他却变本加厉，以为运气还会降临，博彩下注金额越来越大，我去问了几家彩票店才了解到的。他根本就不听我劝，也压根就没听从过我什么。他居然向仅见过一面的雅盈也借了钱，但凡认识的人，他都开口借，以前如此，现在依然如此。我更没想到，他居然处心积虑地编出这样的谎言，和他人合谋来向你诬骗，他难道一点都不怕报应吗？他已经利欲熏心，黑白颠倒，一点恭敬心、敬畏心都没有了。

陈曼娟说，事已至此，我也不知道如何劝你了，清芳，你好自为之吧。这都不是你的错，他原本就是那样的人，只是你对他知之甚少。事已至此，谁也拯救不了他，只有靠他自己醒悟了。

清芳三言两语，就和范祥林做了了结，范祥林也答应得很畅快。两人沉默着，挑了个日子，就去民政局办理了离婚手续。办手续那天，清芳想了想，还是叫上了震涛，一同前往民政局。

办妥了手续，清芳最后说，我会尽快去租房，把东西搬走。我和两个孩子也尽快从你户口下迁出，暂时挂靠在怡园社区。望你念在老父老母，还有两个女儿的分上，悬崖勒马，别再利欲熏心，好自为之吧。

范祥林灰黑着脸，不吭一声。

萧震涛火气一下子蹿了起来，他突然揪紧范祥林的衣领，抡起拳，朝他的脸砸了下去，范祥林没有防备，脸上被重重地砸了两拳。清芳迅疾抓住了震涛的手臂，奋力将他拉了开去。

范祥林的鼻子里淌出了血，眼眶上受重击后，开始乌青发黑。震涛愤愤地说,这两拳是替我姐打的。他抡拳想再揍时,清芳极力拉住了震涛的手臂,伸开双臂挡在了范祥林面前,扭头朝他大喊道,你还不快跑啊。

范祥林顾不上擦鼻孔里淌出的血,立即逃出了门,开着摩托离去。

震涛说,姐,往后你有什么打算?还打算留在城里吗?还是回乡下住去?

清芳说,我们娘仨如今户口变为城镇户口了,再也迁不回乡下,乡下也是回不去了,我还是打算在城里住下来。我十九岁时,来过城里,后又回到乡下。这回,我也不想再逃离了,我即使不是为了自己,也要为麦田和麦望着想。

震涛说,我帮你去按揭,买个小户型的房子吧,麦田在城郊上学,那我就在那一片老城区挑房。

清芳身心俱疲,说弟,姐的事你不用操心,你只要经营好自己的小家,工作顺顺利利的,和雯卿和和美美的,姐就心满意足了。

出梅到来之前的数天里,县城里梅雨绵绵,大街小巷终日被裹在湿漉漉的水汽里。清芳穿着雨披,骑着电动车,穿梭在一条条老巷弄里,寻找出租房。她看了好几处,不是嫌面积大,就是嫌楼层高,往后不好在楼上做衣服。她反复挑了好久,才终于在靠近慧源寺的菜油弄里,租了一间简易的房间。一个独居老太太守着两层小楼。

清芳买了张床,靠南窗摆下后,又放下缝纫机,房间就被搁得满满的。她望着房间,长吁口气,感觉内心从未有过的恬静与安然。

她骑着电动车,去城南服装厂,找琼花嫂子帮忙介绍服装加工的活,碰见了谭焕霖正开小面包车,从厂门口出去。

清芳和琼花说,刚才看见老同学谭焕霖开着小面包出去,他也帮你们厂送料了?

琼花说是的,我们老板瞧焕霖人踏实、厚道,上年起把大部分加工活,都交给他分发,他认识的乡下服装加工点多,订单工期很赶时,货也出得快。县城零散的加工点,都是缝纫工自己过来领面料的。你在出租房二楼做加工,面料很重,你可以叫焕霖帮忙送料,拿上去,加工好了,让他取回。

清芳说,几月前,参加同学会时,他问起我在城里做什么,我说进金属材料公司上班了,现在他要是知道我又干回老本行了,怕他会笑话我。

琼花说,这有什么好笑话哩。

事实上,清芳不想让焕霖知道她已离婚了。

有一次,麦田捧着一本书看得津津有味,突然放下书,惊喜着说,妈,你也看过这本《麦田里的守望者》吗?美国作家杰罗姆·大卫·塞林格写的。

清芳抬起头,说妈哪有时间看书呐,干活都来不及,只有年轻那会儿,才看过一些琼瑶、席绢、梁凤仪、岑凯伦的港台言情小说。那个时候是上个世纪八九十年代吧,言情小说很风靡哩,不过现在都已经过时了。

麦田说,那为什么我和弟弟的名字,和这本外国小说的书名这么契合?

清芳拿过书,仔细看了看封面上的书名,笑着说,还真是呐田田,你观察得真仔细。当初你舅舅给你取名时,他望着家门口初夏田野里一片金灿灿的麦子,灵机一动说就叫麦田好了。轮到给你弟取名字时,你舅舅说就叫麦望吧。我想他应该看过这本书,才给你们姐弟俩起了寓意这么好的名字。你以后也要像你舅舅一样,多看书,将来也考上名牌大学。

麦田抿嘴笑了笑,说舅舅书房里藏了好些书,我会全看一遍的。说完,她朝母亲细瞅了几下,说妈,你头上怎么长出白头发了?有好几根呐,我帮你拔掉。

清芳说,傻女儿,妈都四十多了,长白头发也正常呀。你不能拔的,拔一根,长十根呢。

麦田这时眼圈红了,难过得眼泪掉落了下来,用手擦拭着眼眶。

清芳放下衣服,说怎么了,田田,怎么哭鼻子了?

麦田噯嚅着说,妈,我不许你老,你要永远年轻着,一直守着我和弟弟,我们仨快快乐乐地永远在一起。

清芳眼眶也湿润了,说好——好,田田真是长大了,乖巧又懂事,妈妈心里可甜着哩,头上不会再长出白头发了,妈妈会永远陪伴着你和弟弟,看着你们上大学,参加工作,成家……

麦田心满意足地笑了，又拿起《唐诗宋词课外读本》，坐在床上诵读，她翻到《雨霖铃》，声情并茂地读了起来：

寒蝉凄切，对长亭晚，骤雨初歇。都门帐饮无绪，留恋处，兰舟催发……

她读到"杨晓岸，晓风残月，今宵酒醒何处"时，一边做着衣服的清芳怔了一下，机针差点扎到手，心突然像被什么蜇了下，隐隐作痛起来，眼瞬间迷蒙了，她幽幽地说，田田，别去念那《雨霖铃》，小孩子不要去念它。

麦田摸不着头脑，母亲刚刚还笑逐颜开的，突然之间脸却阴郁了，她狐疑着问道，妈，为什么不能读《雨霖铃》，这首宋词文字好美，难道有毒吗？

清芳哀怨地说，是的，这首词有毒，毒得很呐。

她思绪时常漾开去，漾得很远，穿城过巷，穿过河流、田野，又回到了棟树湾，这时故乡的天空里，响起了一片丁零当啷声，起初听来像是贝壳风铃声，细听，像是慧源寺里瀛海塔上的塔铃声，听来那么心旷神怡，空灵悠远。她闭上眼细听，声音越来越真切、清晰。她又睁开了眼，那铃声不正是从窗外隐隐传来的吗？她站在了南窗前，望着几百米开外的瀛海塔，她笑了，她又想起了十九岁时，第一次进城，还是青春年少时，站在塔下，聆听那悠远的铃声，然后纠结已久的心渐渐松懈了下来，她感觉自己冥冥之中，就和那塔铃声有缘，她是被那塔铃声召唤着，来到了这里。二十多年前，她和古塔初次遇见，古塔就牢牢地矗立在她心坎里了，仿佛那塔已成了她的主心骨，这么多年里，无论生活中有多少起伏，她内心仿佛有了支撑似的，不管多大的哀痛袭来，都不会对生活失去希望。是心里那座巍峨矗立的塔，让她隐忍地支撑起自己，坚强地活下去。一年又一年，她默默地守着内心的塔，守望着自己的一双儿女，还守望着自己的幸福，虽然幸福那么扑朔迷离，但她深信幸福依然还会眷顾她。

她打开了收音机，新近听上了上广交通音乐台每天下午三点点歌送祝福节目。电台主持人说，接下来，这是一位离异多年，带着女儿，在城市艰难打拼的女人，在生日来临之际，为自己点歌，鼓励自己，勇敢面对人生。接下来，一曲闽南歌曲《海海人生》送给她。

她关了缝纫机开关,仔细聆听了起来。

人讲这心情

罕罕　罕罕卡快活

……

人讲这人生

海海　海海路好行

不通回头望

望着会茫

有人爱着阮

偏偏阮爱的是别人

这情债怎样计较输赢

轻轻松松人生路途阮来行

无人是应该永远孤单

阮会欢喜有缘你做伴

要离开笑笑阮没牵挂

……

她慢慢闭上了眼,听着听着,双眼渐渐迷蒙了,她感觉这歌好像也是为自己点送的,每句歌词、每段旋律真真切切地进入了自己心坎里。是啊,海海人生,人生海海啊,人的一生,像大海一样,总会起伏不定,福祸难料。半生已过,一路走来磕磕绊绊,在黑夜里无数次地彷惶着,呐喊着无数个为什么,历尽了人世的凉薄与辛酸,事到如今,才终于释然了。人生原本就是无常,充满变数,不管是爱情还是人生,都要笑着去面对,无论多么艰难,都要学会笑着去承受。这样,人生才会快乐起来,幸福也就不远了。

她慢慢睁开了眼,发觉眼前清亮起来了,像走进了一片光明澄澈的世界里,天空一片蔚蓝,浮云流动,天空下是一片绿色沃野,一条条阡陌从村庄里蜿蜒而出,几个扎着羊角辫、穿着土布衣的女孩子,唱着欢快的歌谣,手拿镰刀,提着竹篮,背着草篓,正结伴从村庄里走出来。陈玉娟走在最前面,接着是萧锦凤、萧霞芬,而后走出来萧雅盈、自己,最后手拉手走出来的是陈曼娟和冯群英,群英用手指拇拇沾在曼娟头上的桃花瓣,曼娟跳跃了起来,抬手去抓头顶嘤嘤飞过的蜜蜂。她抓不着,群英笑着说好皮耶。紧接着,她瞧见陈雪军生龙活虎着,站在河岸边撒开渔网,一条条活蹦乱跳的鲫鱼,顷刻在渔网里跳跃着,湿淋淋的渔网在夕阳余晖里,闪着炫目的金光。

倏而湿淋淋的金光幻化成了一席红底金线袈裟,是范祥林光头净脸,身披这席宽袍大袖袈裟,宁静安详地坐在寺院大殿被灯火照射得异常明亮的高台上,以寺院维那之尊,庄敬地低眉吟诵真言。高台前的大供桌上,堆满水果、糕饼等供果,一长排摆放的烛台上一一亮着高脚蜡烛,中间紫铜大香炉里袅娜着旃檀,在大殿里弥漫开了。大供桌前僧众和斋家整齐地分站两长排,皆神情静穆,合掌倾听着大师念诵真言。

忽而,大殿越来越低,宽大寺院被一片蔚蓝色替代,风吹来,咸咸的,仔细听,似有涛声隐隐传来,村庄、阡陌渐渐变成了金黄色的海滩,沙滩上布满一只只贝壳和海螺,远处麦望和麦田戏耍着,跑了过来,欢快地捡拾起贝壳、海螺来。麦望拿起一只只绚丽的大海螺,鼓着腮帮用力地吹着。一声声悠远的海螺声,招呼着天空里的海鸥,成群结队地从海面上飞来。

涛声响起,清芳看见一条银白色的海浪向沙滩上涌来,在海天交接处,庄海岳正从海浪里,踏浪而来,他脸上洋溢着欢快、慈爱的笑意,手里捧着洁白的贝壳和五色海螺,朝他们走来,越走越近……

(终)